村上春樹 翻訳ライブラリー

ビギナーズ

レイモンド・カーヴァー

村上春樹 訳

中央公論新社

目次

編者序文

ウィリアム・L・スタル
モーリーン・P・キャロル

「でもそれが話のすべてではなかった」――レイモンド・カーヴァー『でぶ』

『ビギナーズ』は一九八一年四月にクノップフ社より刊行された『愛について語るときに我々の語ること』に収められた、レイモンド・カーヴァーの著になる十七篇の短篇作品のオリジナル・ヴァージョンである。それらの原稿は『愛について語るとき我々の語ること』刊行に際して、編集者の手によって改変されていた。

このエディションの基になったのは――本書でベイシック・テキストとして用いられているのは――一九八〇年の春にカーヴァーから、当時クノップフ社でカーヴァーの担当編集者だったゴードン・リッシュに送られた原稿である。リッシュが二度にわたって一行一行綿密な手入れをし、内容の五〇パーセント以上を削除したこの原稿は、インディアナ大学リリー図書館に保存されている。カーヴァーのオリジナルの作品は、タイプ原稿に、リッシュの手書きの改変及び削除の指示が入った形になっていたが、もともとあった形に戻された。

比較をしやすくするために、そしてまたカーヴァーが目次を用意していなかったということもあり、『ビギナーズ』は『愛について語るときに我々の語ること』と同じ順番で作品を収録している。どちらにおいても、最後から二番目の作品のタイトルが、作品の中身は大幅に異なっているものの、短篇集全体のタイトルになっている。カーヴァーの原稿においてはこの作品は『ビギナーズ』というタイトルを与えられている。「僕らはみんな愛の初心者みたいに見える」（四二一ページ）という一節からタイトルが取られている。その『ビギナーズ』を半分にカットすることで、リッシュはカーヴァーの原稿のほかの一節からタイトルをとることにした。『愛について語るときに我々の語ること』というのが作品と短篇集の両方のタイトルになった。

『ビギナーズ』の復元作業は長い年月を要した。ゴードン・リッシュの文献に、あるいはまたキャプラ・プレス社のアーカイブにアクセスする機会を与えてくれた、インディアナ大学リリー図書館のスタッフの皆さんに謹んで謝意を表したい。またオハイオ州立大学図書館に、とりわけ希少原稿・稀覯本部門の責任者であるジェフリー・D・スミスに深く御礼を申し上げたい。彼は「ウィリアム・チャーヴァット・米国文芸コレクション」のレイモンド・カーヴァー文献コレクションの設立にあたって采配を振るった。カーヴァーの著作の再刊行を許可してくれた詩人、エッセイスト、短篇作家であるテス・ギャラガーに我々は感謝している。

レイモンド・カーヴァーは『愛について語るときに我々の語ること』が一九八一年に出版されたとき、この本をテス・ギャラガーに捧げている。いつかこの作品集をオリジナルの長い版で出し直すという約束を添えて。彼のその計画は、彼が五十歳という若さで一九八八年に亡くなったことによって、頓挫した。それ以来、我々は『ビギナーズ』の復元刊行を追求し続けてきたわけだが、その間ミズ・ギャラガーの変わることなき温かい励ましを受けてきた。この我々の努力の結晶を、謹んで彼女に捧げたいと思う。

二〇〇八年八月二十二日
コネチカット州ウェスト・ハートフォード、
ハートフォード大学にて

ビギナーズ

ダンスしないか？

Why Don't You Dance?

彼は台所にいて、酒のおかわりをグラスに注いだ。そして自宅の前庭に並べた寝室の家具ひと揃いを眺めた。マットレスはむきだしにされ、キャンディー・ストライプのシーツは二個の枕と一緒にタンスの上に並べられていた。それを別にすれば、みんな寝室にあったときとだいたい同じに見えた。ベッドの彼の側にナイト・テーブルと読書灯、彼女の側にもナイト・テーブルと読書灯。彼の側、彼女の側。彼はウィスキーをすすりながら、それについて考えた。タンスはベッドから少し離して置かれている。その日の朝、彼はタンスの引き出しの中身を洗いざらい、いくつかの段ボール箱にあけた。その箱は居間に置いてある。ポータブルのヒーターがタンスの隣にあった。派手なクッションのついた籐椅子はベッドの隣にある。磨きこまれたアルミニウムのキッチン・セットは車寄せの一角を占めていた。もらいものの黄色いモスリンのテーブル・クロスは大きすぎて、テーブルのわきからだらんと垂れ下がっている。鉢植えのしだが、ナイフ、フォークの詰まった箱とともにテーブルの上に載っている。これも贈りものだ。大きなコンソール型のテレビはコーヒー・テーブルの上にあった。そしてそこから少し離れてソファーとフロア・スタンド。彼は家の中から延長コードを引いて、器具につなげ、全てが機能するようにした。デスクはガレージのドアに押しつけるようにして置いてある。デスクの上には調理用具が少し、壁掛けの時計と、額に入った版画が二枚載っている。車寄せには、新聞紙にくるんだカップやグラスや皿の詰まった段ボール箱もある。その朝、彼はクローゼットの中をからっぽにした。そして居間にある段ボール箱三つを除いて、洗いざらい家の外に出した。ときどき車がスピードを緩め、人々はじろじろと眺めた。しかし誰も立ち止まらなかった。俺だってやはり立ち止まらないよな、と彼はふと思った。

「ねえ、あれってきっとヤード・セールよ」と娘は若者に言った。

若者と娘はちょうど小さなアパートメントの家具を揃えているところだった。

「ベッドの値段を訊いてみましょうよ」と娘が言った。

「テレビはどれくらいするんだろうな」と若者が言った。

若者は車寄せに車を入れ、キッチン・テーブルの前で停めた。

二人は車を下りて、品物を物色しはじめた。娘はモスリンのテーブル・クロスを触り、若者はブレンダーのプラグを差し込み、ダイヤルを〈細かく砕く〉というところに合わせた。娘はこんろつきの卓上鍋を手に取った。若者はテレビのスイッチを入れ、画像を微調整した。そしてソファーに座ってテレビを見た。煙草に火をつけ、あたりを見まわしてからマッチを芝生の中にはじきとばした。娘はベッドに腰をかけた。そして靴を脱ぎ捨てると、仰向けに寝転んだ。宵の星が見えた。

「ねえ、こっちに来てよ、ジャック。ベッドに横になってみて。そこの枕を一つ持って来て」と彼女は言った。

「寝心地はどう？」と彼は言った。

「試してみれば」と彼女は言った。

彼はあたりを見まわした。家の中は暗かった。

「どうも変な感じだなあ」と彼は言った。「家に誰かいるか見てきた方がいいんじゃないかな」

彼女はベッドの上でぴょんぴょんはねた。

「その前に試してみれば」と彼女は言った。

彼はベッドに横になり、頭の下に枕をあてた。

「どう？」と娘が尋ねた。

「なかなかしっかりしてるね」と彼は言った。

娘は横を向いて、彼の首に腕をまわした。

「キスして」と彼女は言った。

「もう起きようぜ」と彼は言った。

「キスしてよ。キスしてくれなくちゃ」と彼女は言った。

彼女は目を閉じた。そして彼に抱きついた。彼はその指を引きはがさなくてはならなかった。

「誰か人がいるか見てくるよ」と彼は言った。しかしただ身を起こしただけだった。テレビはつけっ放しになっていた。通りに並んだ家々の明かりが灯りはじめた。彼はベッドの端に腰をかけていた。

「ねえ、もしこうだとしたらおかしいでしょうね？ もしさ……」、娘はそう言って笑みを浮かべ、あとは言わなかった。

若者も笑った。彼は読書灯をつけた。

彼女は蚊を手で払った。

若者は立ち上がってシャツの裾をたくしこんだ。

「家の中に誰かいないか見てくるよ」と彼は言った。「誰もいないみたいだけど、もしいたら値段のことを訊いてみる」

「向こうが金額を言ったら、それより十ドル安く持ちかけるのよ」と彼女は言った。「その人たちずいぶん必死になっているみたいだし」

彼女はベッドに座ってテレビを見ていた。

「音を大きくしてみたら」と娘は言ってくすくす笑った。

「このテレビなかなか悪くないぜ」と若者は言った。

「値段をきいてみれば」と彼女は言った。

マックスはマーケットの紙袋を抱えて歩道を歩いてきた。袋にはサンドイッチとビールとウィスキーが入っている。彼は昼からずっと酒を飲んでいて、飲めば飲むほど酔いがさめてくるような段階に達していた。しかしそこにはいくつかの中断があった。マーケットの隣にあるバーに立ち寄り、そこでジュークボックスの音楽を一曲聴いた。そして前庭に物を並べてきたことを思い出したのは、どういうことかあたりが暗くなってからだった。

車寄せに車が停まり、娘がベッドの上にいるのが見えた。テレビがついて、若者がポーチにいた。彼は前庭を横切っていった。

「やあ」と男は娘に言った。「ベッドに目をつけたね。結構結構」

「こんちは」と娘は言って、起き上がった。「ちょっと具合を見てたんです」。そしてベッドを手で叩く。「なかなか良いベッドですね」

「良いベッドだよ」とマックスは言った。「それ以上言うこともないね」

でも何かを言うべきなんだろうなと彼は思った。彼は紙袋を下に置き、ビールとウィスキーを取り出した。

「誰もいないみたいだったから」と若者は言った。「ベッドが欲しいな。それからできればテレビも。デスクもいいですね。ベッド、いくらで売るんですか?」

「五十ドルってとこだね」と男は言った。

「四十でどう?」と娘が尋ねた。

「オーケー、四十で手を打とう」と男が言った。

彼は段ボール箱からグラスを出し、くるんでいた新聞紙をとった。そしてウィスキーの封を切った。

「テレビはいくら?」と若者が言った。

「二十五」

「二十にしてくれない」と娘が言った。

「二十できまり。それでいいよ」とマックスは言った。

娘は若者の顔を見た。

「なあ君たち、一杯やらないか」とマックスは言った。「グラスは箱の中にある。俺は座らせてもらうよ。そこのソファーに座る」

男はソファーにゆったりともたれて、若者と娘を眺めた。

若者はグラスを二つ見つけて、ウィスキーを注いだ。

「どれくらい飲む？」と彼は娘に訊いた。二人はどちらもまだ二十歳だった。一ヵ月かそこらちがうだけだ。

「それくらいでいいわ」と娘は言った。「水で割りたいんだけど」

彼女は椅子を引いてキッチン・テーブルの前に座った。

「そこの蛇口の水が出るよ」と男は言った。「蛇口をまわしてごらん」

若者は彼女のぶんと自分のぶんを水で薄めた。彼は咳払いしてからやはりキッチン・テーブルの前に座った。そしてにっこりと笑った。虫を追う鳥たちが頭上を勢いよく飛び過ぎていった。

マックスはじっとテレビを見ていた。そしてウィスキーを飲み終えた。手をのばしてフロア・スタンドのスイッチを入れようとしたが、そのときソファーのクッションのあいだに煙草を落としてしまった。娘が立ち上がって、煙草を捜すのを手伝ってやった。

「他に何か欲しいものは？」と若者が尋ねた。

若者は小切手帳を出した。そして自分のグラスと娘のグラスにウィスキーを注いだ。

「デスクが欲しいわ」と娘は言った。「デスクはどんなくらいの値段かしら？」

男はその妙ちくりんな質問に対してどうでもいいといった風に手を振った。

「好きな値段でいい」と彼は言った。

彼はテーブルの前に座っている二人を眺めた。電灯の光の下で、二人の表情にはちょっとした何かがうかがえた。少しのあいだその表情は共謀的なものに見えたが、やがてそれは穏やかなものに変わった。穏やかとしか言いようのないものに。若者は娘の手に触れた。

「テレビを消して、レコードをかけるよ」とマックスは言った。「レコード・プレーヤーも売り物だ。安いよ。好きに値段をつけてくれ」

彼はウィスキーをグラスに注ぎ、ビールを開けた。

「洗いざらい売り物だ」

娘がグラスを差し出し、マックスは酒を注いでやった。

「どうも有り難う」と彼女は言った。

「そんなに飲んだら酔払っちゃうぜ」と若者が言った。「僕もまわってきたみたいだ」

彼は酒を飲み干し、少し間を置いてまた新しく注いだ。マックスがレコードを見つけたとき、彼は小切手を書いていた。

「好きなのを選びなよ」と男は言って、レコードを娘に差し出した。

若者はまだ小切手を書いていた。

「これ」と言って娘は一枚取った。レコードのラベルに書いてある名前は知らないものばかりだったが、別にかまわない。これは冒険なのだ。彼女は椅子から立ち上がり、また座った。じっと座っていられない気分だった。

「小切手は持参人払いでいいですね？」と若者が小切手を書きながら言った。

「いいとも」とマックスは言った。彼はウィスキーを飲み干し、ビールで流し込んだ。そしてまたソファーに腰を下ろして脚を組んだ。

彼らは酒を飲み、レコードを聴いた。レコードが終わると、マックスは別のレコードをかけた。

「君たちダンスすればいいのに」とマックスは言った。「遠慮することない。踊りなよ」

「いえ、結構ですよ」と若者が言った。「君は踊りたいか、カーラ？」

「遠慮することはない」と男が言った。「うちの庭なんだ。好きに踊ればいい」

お互いの身体に腕を回し、身をぴたりと寄せ合って、若者と娘は車寄せを行き来した。二人は踊った。

レコードが終わると、娘はマックスをダンスに誘った。彼女はまだ裸足のままだった。

「俺は酔ってるよ」と彼は言った。

「酔っていないわよ」と娘は言った。

「いや、僕は酔払ったな」と若者が言った。

マックスがレコードを裏返すと、娘が彼のところにやってきた。そして二人は踊り始めた。

通りの向かいの家の出窓に人が集まっているのを娘は目に留めた。

「近所の人たちがあそこにいる。こっちを見てるわ」と彼女が言った。「かまわないの?」

「かまうもんか」とマックスは言った。「これはうちの車寄せだし、踊るのは勝手だ。連中はここで起こったことを何もかも目にしたと思っている。でもこういうのはまだ見ていないはずだ」と彼は言った。

やがて彼は娘の息づかいを首筋に感じた。そして言った。「あのベッドを気に入ってもらえるといいんだが」

「うん、気に入ると思う」と娘は言った。

「君たち二人ともに気に入ってほしいんだ」とマックスは言った。

「ジャック！」と娘は言った。「起きてよ！」

頬杖をついていたジャックは二人を眠そうな目で見た。

「ジャック！」と娘は言った。

彼女は目を閉じ、目を開けた。彼女はマックスの肩に顔を押しつけた。そして彼の身体を引き寄せた。

「ジャック」と娘はつぶやくように言った。

彼女はベッドに目をやったが、どうしてそんなものが庭に置いてあるのかよく理解できなかった。彼女はマックスの肩越しに空を見やった。彼女はマックスに身をしっかりと寄せた。そして耐えがたいほどの幸福感に満たされた。

娘は後日その話をした。「中年の男の人だった。家財道具を残らず庭に並べていたの。ウソじゃなく。私たち酔払って、踊ったの。車寄せでね。まったくもう、笑わないでよ。彼がレコードをかけた。このプレーヤーを見てよ。これを私たちにくれたの。

この古いレコードもね。ジャックと私はそのまま彼のベッドで眠った。ジャックは二日酔いの頭を抱えて、翌朝トレイラーを借りなくちゃならなかった。その人から買ったものを全部運ぶためにね。私は一度目を覚ましたの。その人は私たちに毛布をかけてくれていた。この毛布よ。ちょっと触ってみて」

彼女は語り続けた。彼女はみんなに話した。そこにはもっと語るべきものがあったし、彼女にはそれがわかっていた。しかしそれを言葉にすることができなかった。そのうちに彼女はそれについて語るのをあきらめた。

ファインダー

Viewfinder

両手のない男がやって来て、私の家の写真を売りつけようとした。クローム製の鉤《かぎ》状の義手を別にすれば、彼はありきたりの五十がらみの男だった。

「どうして両手を失くしたりしたの?」、彼が用向きを述べたあとで、私はそう尋ねてみた。

「そんなことどうでもいいでしょ」と彼は言った。「写真を欲しいの? それとも欲しくないの?」

「まあ中に入れば」と私は言った。「ちょうどコーヒーいれたところだから」ちょうどジェロも作ったところだったのだけれど、それは言わずにおいた。

「それじゃついでにトイレも使わせてもらおうかな」と両手のない男は言った。

私としては彼が鉤手を使ってどんな風にカップを持つのかちょっと見てみたかったのだ。男がカメラをどうやって持つかはもうわかっていた。カメラは旧式のポラロイドだった。大きくて、黒い。彼はそれに革のストラップをつけて肩から背中にまわし、胸にしっかりと固定していた。彼はうちの前の歩道に立ち、家をファインダーに収め、片方の鉤手でシャッターを押す。やがて写真が出てくる。私は窓からずっとそれを眺めていたのだ。

「トイレはどっちに行きゃいいんでしたっけ？」

「そっちに行って右の方」

　そのときにはもう、身を折りまげるようにかがめて、彼は体からストラップをはずしていた。ソファーの上にカメラを置き、上着のよじれをなおした。「用足ししてるあいだに写真を見ておいて下さいな」

　私は写真を受けとった。狭い矩形の芝生、車寄せ、カーポート、玄関のステップ、張り出し窓《ベイ・ウィンドウ》、台所の窓。いったいどうして私がこんな悲劇の現場写真みたいなものを欲しがらなくてはならないのか？　私は写真に目を近づけ、台所の窓の奥に何あろう私の頭が写っているのを見つけた。流し台の数歩うしろに。しばらくその写真を見ているうちに、便所の水が流れる音が聞こえた。それから男が気嫌よく顔に笑みを浮かべて戻ってきた。片方の鉤手でベルトを押さえ、もう片方でシャツの裾をズボンにたくしこんでいる。

「どうです？」と彼は言った。「気に入ってくれました？　自分ではよく撮れたと思ってるんですよ。でもね、まあ正直なところを言えば、家の写真を撮るのって、そんなにむずかしいことじゃありません。気候がひどくなると話は違ってくるけど、でもそういうときには外の仕事はしません。うちの中でできる仕事をやります。ほら、特別に割り当てられた仕事みたいなのを」。彼はズボンの股の部分を引っ張って直した。

「コーヒーをどうぞ」と私は言った。

「一人暮らし、ですよね？」彼は居間をじっと眺めた。首を振った。「たいへんだよねえ」。彼はカメラのわきに腰を下ろし、溜め息をついて後ろにもたれかかった。そして目を閉じた。

「コーヒーをどうぞ」と私は言った。私は彼の向かい側に座っていた。一週間前に野球帽をかぶった三人の子どもたちがうちにやってきた。その一人が言った。「表の縁石にここの地番をペンキで書かせてもらいたいんですが。この通りのほかの人たちはみんなそうしていますす。一ドルでいいんです」。あとの二人の子どもは歩道のところで待っていた。一人の足もとに白いペンキの缶が置かれ、もう一人は手に刷毛《はけ》を持っていた。三人ともシャツの袖をまくり上げていた。

「ちょっと前に子どもが三人この辺をうろうろしててね、うちの地番を道路の縁石に書かせてくれって言ったんだ。一ドルでいいって言うんだけど、ひょっとして、おたくはそれについて心あたりないかな?」。ただのあてずっぽうだったが、それでも私は男の出かたをじっと見守った。

彼は二本の鉤手でカップを抱えたまま、考え深そうに前かがみになり、カップをテーブルの上に置いた。そして私の顔を見た。「妙なことを言いますね。あたしは一人で商売してます。これまでもずっとそうだったし、これからもずっとそうするつもりでさ。何が言いたいんです」

「関係があるんじゃないかって思ったんだよ」と私は言った。頭が痛んだ。コーヒーを飲んでも痛みは引かない。ジェロならたまに効くことがあるのだが。私は写真を手にとった。「台所にいたんだ」と私は言った。

「知ってます。表からでも見えました」

「そういうことってよくあるの? 家だけじゃなく、一緒に誰か人を撮ることって。普段は奥の方にいるんだけど」

「しょっちゅうありますよ」と男は言った。「その方がよく売れるんです。家の写真を撮っていると、中から人が出てきて、自分たちもちゃんと一緒に写真に収めてもらいたいと言われることがよくあります。ご主人が車を洗っているからそこを撮ってもらいたいと、奥さんにリクエストされたりもします。あるいは息子がちょうど芝刈りをしているから、とかね。ほら、ちょうどいいから撮ってちょうだいよって。あたしはそんな写真を撮ります。一家がちょうどパティオで楽しげに昼食を食べていて、そこを撮ってくれないかと言われることもあります」、男の右足は小刻みに震えていた。「で、みなさんは出ていってしまったんだね。違います？　荷物をまとめてさっさと。そいつはつらいや。子どもたちのことは知りませんね。もうぜんぜん。子どもって好きじゃないんです。自分の子どもたちだって好きになれない。さっきも言ったように、あたしは一人で仕事してます。で、写真は買ってくれるんですか？」

「もらうよ」と私は言った。私は立ち上がってカップを手に取った。「あんた、このへんに住んでいるんじゃないよね。どこに住んでいるの？」

「今はダウンタウンに部屋を借りてます。悪くない部屋です。バスに乗って、近郊をまわって写真を撮って、だいたいひとまわりすると、またよその土地に移ります。そんなにもうかる仕事でもないけど、なんとか暮らしてはいけます」

「子どもたちはどうしてるの？」、私はカップを手に返事を待ちながら、彼がもぞもぞと苦労してソファーから立ち上がるのを見ていた。

「子どもたちなんて知ったことじゃない。その母親にしたって同じだ！　あいつらのおかげでこんなことになっちまったんだから」、彼は両方の鉤手を私の顔の前に差し出した。彼は後ろを向いて、ストラップを身体にまわしてつけた。「できることなら赦して忘れてしまいたいと思ってます。でもそいつができないんだ。今でもまだ痛むんです。そこが問題です。赦すことも忘れることもできやしない」

私はまた鉤手を見ていた。それが彼の身体にストラップをつけていく様を。彼が鉤手を器用に動かす様子はまったく見物だった。

「コーヒーをごちそうさま。それにトイレもね。今がいちばんきついときだ。よおくわかりますよ」。彼は鉤手を持ち上げ、また下におろした。「何かあたしでお役に立てることはありますかね?」

「もっと写真を撮ってもらえないかな」と私は言った。「私と家とを一緒に写してもらいたいんだ」

「そんなことをしても無駄です」と男は言った。「奥さんは戻ってはきませんよ」

「戻ってもらいたいわけじゃない」と私は言った。

彼は鼻で笑った。そして私の顔を見た。「じゃあ割引料金でやりましょう」と彼は言った。「三枚で一ドルでどうです。それ以上安くすると、あたしもやっていけないから」

我々は外に出た。彼はシャッターを調節した。私がどこに立てばいいかを彼が指定し、我々は真剣に撮影をした。家のまわりをぐるりと回った。とてもシステマティックに作業を進めた。時には横を向いた。時にはまっすぐ正面からカメラを見た。家の外に出るだけで気分が楽になった。

「けっこう」と彼は言った。「いいですよ。こいつはなかなかよく撮れてる。ええと、これで」、家のまわりを一周して車寄せに戻ったところで彼は言った。「全部で二十枚になります。もっと撮りたい？」

「あと二、三枚は欲しいな」と私は言った。「屋根の上がある。屋根に上るから、ここから撮ってもらえるかな」

「やれやれ」と彼は言った。彼は上を見て、それから通りに目をやった。「ええ、いいですよ。やって下さいな。でも気をつけてね」

「あんたの言うとおりだ。みんなさっさと出ていってしまったんだ。あとは文字通りもぬけの殻ってやつさ。お察しのとおりだよ」

両手のない男は言った。「ひとことも言わなくたってわかります。ドアを開けたときからそれはわかっていたんだ」、彼は私に向けて両方の鉤手を振った。「地面が足もとから取り去られたような気がするでしょう。両足までもっていかれちまったみたいな。こいつを見てごらんなさい！　結局あんたに残されたのはこの家だけだ！　たまらんよね」と彼は言った。「で、屋根に上るの、上らないの？　あたしだってもう行かなくちゃならないんだからね」と男は言った。

私は椅子をひとつ持ち出し、カーポートのへりに置いた。それでも上には届かない。男は車寄せに立って私を見ていた。木箱をひとつ見つけて、それを椅子の上に置いた。椅子に上り、それから木箱にのった。カーポートにのぼって、それから屋根にあがった。そして四つんばいになって屋根板の上を進み、煙突の近くにある少し平らになった場所に出た。私はそこで立ち上がり、まわりを見渡した。そよ風が吹いていた。私が手を振ると、男も両方の鉤手を振って返した。それから私は石ころを見つけた。煙突の穴についた金網の上に、まるで鳥の巣のように石ころがたまっていた。子どもたちが石を放り上げて、煙突の中に入れようとしたのだろう。

私は石ころのひとつを手に取った。「いいかい？」と私は声をかけた。

彼は私の姿をファインダーの中に収めた。

「いいですよ」と彼は答えた。

私は振り向いて、腕を後ろに引いた。「ほら！」と私は叫んだ。私は力いっぱい遠くまで石を投げた。南の方に。

「うまく撮れたかな」と彼が言うのが聞こえた。「動いたからね」と彼は言った。「ちょっと待って。見てみますから」、少しあとで彼は言った。「へええ、ちゃんと撮れてるよ」、彼はそれを見ていた。彼はその写真を上に掲げた。「よく撮れてますよ」と彼は言った。「ほんとに」

「もう一回」と私は声をかけた。そして石ころをもう一つ手に取った。私は笑みを浮かべた。身体が浮かんでいくような感覚があった。空を飛ぶような。

「行くよ！」と私は叫んだ。

みんなはどこに行った？

Where Is Everyone ?

いろんなことを目にしてきた。何日か泊めてもらおうと思って、私は母親のところに行った。でも階段を上ったところで、母親がどこかの男とソファーでキスしているのを目にした。夏のことで、ドアは開けっ放しになっていた。カラーテレビもついていた。

母親は六十五歳で一人ぼっちの身だ。単身者のクラブにも入っている。でもたとえそういうのがわかってはいても、やはり心穏やかではいられない。私は階段のいちばん上に立ち、手すりに手を置いて、その男が母をひしと抱き寄せて口づけするのをじっと見ていた。母もそれにこたえていた。その向かい側ではテレビがつけっぱなしになっていた。日曜日の夕方五時くらいのことだ。アパートメント・ハウスの住人たちはみんな下のプールにいた。私は階段を降りて、車に戻った。

その日の午後以来多くのことが起こったし、状況はおおむね好転している。でもその当時、母親が出会ったばかりの男とよろしくやっているころ、私は仕事にあぶれており、酒浸りで、頭がおかしくなっていた。私の子どもたちも頭がおかしくなっていたし、妻も頭がおかしくなっていた。彼女はほかの男と「関係」を持っており、相手はやはり失職中の宇宙工学のエンジニアだった。妻とその男とは断酒会で知り合ったのだが、彼もまた頭がおかしくなっていた。名前はロスといって、五人か六人の子持ちだった。彼は歩くときに片脚をひきずっていた。最初の奥さんに銃で撃たれたのだ。そのときの彼は独り身で、私の妻を求めていた。当時みんなが何を考えていたのか、私にはよくわからない。その男は二番目の奥さんとも別れていた。しかし数年前に彼の腿を撃ったのは、最初の奥さんの方である。彼女はロスをうまく歩けない身にし、今では六ヵ月に一度かそこら、慰謝料の支払いが滞ると、彼を法廷に引き出し、刑務所に入れたり出したりしていた。うまくやっているといいのだがと、今では思う。でも当時はそんなこと思うどころではなかった。私は当時、一度ならず銃の話を持ち出したものだ。私は妻に向かって言った。妻に向かって大声をあげた。「あいつを殺してやる！」と。でもそんなことは起こらなかった。ものごとはそのままずるずると進行した。私はその男に会ったことはない。何度か電話で話しただけだ。一度妻のハンドバッグを調べているときに、彼の写真を二枚ばかり見つけた。小柄だが、ちびというほどではない。口髭をはやし、縞柄のジャージーを着て、子どもが滑り台から下りてくるのを待っていた。別の写真では彼は家の前に立っていた。それは私の家だろうか？　何とも言えない。腕組みをし、きちんとした服を着て、ネクタイをしめている。ロス、お前さんも元気にしているといいんだが。いろんなことがうまく運んでいることを願っているよ。

彼が最後に刑務所に入れられたのは、その日曜日の一ヵ月前だったが、その保釈金を支払ったのは私の妻だった。私はそのことを娘から聞かされた。娘のケイトは十五歳だったが、私に劣らずそれが気に入らなかった。でもそれは彼女が私のことを気にかけていたからではない。彼女は私のことも妻のことも、どうなろうが知ったことじゃないと考えていた。機会さえあれば我々のことなんかさっさと見捨てていたことだろう。彼女が頭に来ていたのは、我々の家庭が金銭的な問題を抱えていたからであり、幾ばくかの金がロスに回されれば、自分のところに回ってくるぶんがそれだけ減ることになったからだ。そのようにロスはケイトのブラックリストに載ることになった。また彼女はロスの子どもたちのことも嫌っていた。彼女は私にそう言った。でもその前には、ロスはそんなにひどいやつでもないとも言っていた。酒を飲んでいないときは、愉快でなかなか興味深い人物でもあるらしく、占いまでしてくれたそうだ。

彼は宇宙産業で職を維持することができず、いろんなものの修理をして日々を送っていた。彼の家を一度外から見たことがある。それはどう見てもゴミ捨て場だった。そこにはあらゆる種類の、あらゆる型の機械や器具の類があった。それらが洗濯をしたり、調理をしたり、音楽を聴かせたりすることはもう二度とあるまいとおぼしき代物だった。そういったものが、扉のないガレージとか、車寄せとか、前庭とかにただ並べて置いてあるのだ。彼はまたポンコツ車を集めてあれこれいじくりまわすのが好きだった。つきあいだしてまだ間がないころ、彼は「アンティークの車をコレクションしている」と妻は言った。それがまさに彼女の口にした言葉だ。どんなものか様子を見てやろうと、彼の家の前を車で通り過ぎたとき、私は家の前に停めてある車の何台かを目にした。一九五〇年代、一九六〇年代に作られた古い車で、車体はへこみだらけ、シート・カバーは裂けていた。ただのポンコツだ。見ればわかる。どんな男だか、だいたい読めた。我々の間には、おんぼろの車を運転し、同じ一人の女に必死にすがりついているという以外にも、いくつかの共通点があった。とにかく、修理屋だかなんだか知らないが、彼は妻の車をうまく調整することもできなかった。うちのテレビが具合悪くなったとき、彼はそれを修理できず、とうとう画像が見えなくなってしまった。音は出るのだが、画像が出てこない。もしニュースを知りたくなったら、我々は夜に画面を囲むようにして座り、ただじっと耳を澄まさなくてはならなかった。

私は酒を飲みながら、子どもたちに向かって「ミスター修理屋」についての皮肉を口にしたものだ。今でも私にはまだよくわからない。アンティークの車だとかその手のたわごとを、妻は当時本当に真に受けていたのだろうか？　でも彼女は彼のことが好きだったし、愛してさえいた。今ではそのことがよくわかる。

二人が出会ったとき、シンシアは酒を断とうとしていた。彼女は週に三回か四回は断酒会に顔を出していた。私は数ヵ月にわたってそこに切れ切れに出席していたのだが、シンシアがロスに出会ったのは、ちょうど足が遠のいているときだった。酒の種類こそ違え、毎日何かのボトルを一本空けていた。でもシンシアが電話で私について誰かに話していたところによると、私はとにかく断酒会とつながりを持っているし、本当に助けを求めるときにどこに行けばいいかはわかっている、ということだった。ロスは断酒会に通っていたが、そのうちにまた飲酒に逆戻りしてしまった。私の思うところ、シンシアは私よりは彼の方がまだ少しは回復の見込みがあると感じていたようだ。彼女はロスに援助の手をさしのべ、自分はしらふにならなくてはならないと思って断酒会に通い続けた。やがて彼のところに行って食事を作り、家の掃除をするようになった。家事については、彼の子どもたちはまったく役にも立たなかった。シンシアがそこにいるとき、彼女を手伝おうとするような子どもは一人としていなかった。

しかし彼らが協力的でなければないほど、彼は子どもたちのことを愛した。不思議なものだ。私とはまったく逆だ。私はその当時、子どもたちのことが大嫌いだった。私がソファーに座ってウォッカとグレープフルーツ・ジュースのミックスを飲んでいると、子どもたちが学校から帰ってきて、ドアを思い切りばたんと閉めたものだ。ある日の午後、私は怒鳴り声をあげ、息子と取っ組み合いをした。お前なんかむちゃくちゃにしてやると息子を脅しているときに、シンシアが間に割って入った。お前を殺してやる、と私は言った。「俺がお前に命を与えた。好きに奪うことだってできるんだ」と。

狂気だ。

子どもたち、ケイティーとマイク、彼らはこのようなでたらめな状況を、ここぞとばかりに利用した。彼らは脅しや虐待を糧として成育した。彼らはそれを互いに押しつけ合い、また我々に押しつけたものだ。そこには暴力があり、落胆があり、様々なかたちの混乱があった。この今になっても、遠く離れたところから思い返しても、腹立たしさがよみがえってくる。何年も昔、本格的に酒を飲み始める前のことだが、私はイタロ・ズヴェーヴォというイタリアの作家の書いた小説を読んだ。その中にあった、ひとつの異様なシーンをよく覚えている。語り手の父親が死の床にあり、家族がそのまわりを囲んでいる。泣きながら、その老人が息を引き取るのを待っている。そのとき彼が目を開き、まわりにいる一人ひとりを、これが最後と見渡す。その視線が語り手の上に落ちたとき、彼は突然身震いし、その瞳に何かが宿る。そして最後の力を振り絞って起き上がり、ベッドの上に身を躍らせ、息子の顔を思い切り平手打ちする。それからばたんと倒れ伏して、そのまま息を引き取る。そのころ私はよく、自分が死の床についている様子を思い浮かべたものだ。私は自分がそれと同じことをしている光景を目にした。ただ私としては、二人の子どもたちの両方を平手打ちできるだけの体力が、自分に残されていることを望むしかない。そして私が彼らに残す最後の言葉は、死に向かうものだけが口にする勇気を持てるような言葉になることだろう。

しかし彼らはあらゆるところに狂気を見取っていたし、それは彼らの目的にかなっていた。私ははっきりそう思っていた。彼らは狂気を滋養として肥え太ったのだ。子どもたちは命令し、優位に立つことを楽しみ、我々はといえば愚かにも自分たちの感じている罪悪感を子どもたちの好きに利用させていたのだ。ときとして不便を感じることもあったかもしれないが、とにかく彼らは事態を自分たちの都合の良いように操っていた。我が家で進行しているどのような事態にも、彼らが落ち込んだりめげたりすることはなかった。それどころじゃない。彼らはそれを友だちとの話のたねにした。

友だちを喜ばせるために、二人がおぞましい話を話して聞かせているのを、私は耳にしたことがある。両親の間に起こったどたばた騒ぎの毒々しい細部を、彼らは大笑いしながらみんなに披露していた。経済的にシンシアに依存していることを別にすれば（彼女はまだなんとか教師の仕事に就いていて、毎月の給料を受け取っていた）、子どもたちが全面的にショーを取り仕切っていた。そう、それは既にひとつのショーにもなっていたのだ。

一度マイクは鍵をかけて母親を家から締め出したことがあった。それは彼女がロスの家に泊まって朝帰りしたときのことだったが……そのとき自分がどこにいたのか私は覚えていない。たぶん母のところにいたのだろう。ときどき母のところに泊まりにいっていた。一緒に夕食を食べ、母はどれほど自分が私の家のことで心を痛めているかを口にした。それから我々はテレビを見て、話題を別のものに移そうとした。私の家の問題には触れずに、なんでもない話をしようと試みた。母は私のためにソファーに寝支度をしてくれた。彼女が男と抱き合っていたのと同じソファーだと思う。でもとにかく私はそこで眠ったし、母に感謝したものだ。シンシアは朝の七時に家に帰ってきて、学校に行くために着替えようとした。そしてマイクが家のドアというドア、窓という窓をぜんぶロックして、彼女が中に入れないようにしていることを知った。

彼女は息子の部屋の窓の外に立って、中に入れてくれと懇願した。お願い、お願い、着替えて学校に行かなくちゃならないのよ、そうしないとクビになっちゃうし、もしそうなったらどうなると思うのよ。あなたはどこに行くのよ。私たちはみんなどこに行くのよ。彼は言った、「あんたはもうここには住んでないじゃないか。なのにどうして家の中に入れなくちゃならないんだ？」、息子は窓の向こうに立ち、怒りで顔を強《こわ》ばらせながら、母に向かってそう言った（彼女は後日、酔払ったときに、私にその話をした。しらふだった私は彼女の手を握ってその話を聞いていた）。「あんたはもうここには住んでないんだ」と息子が言ったのだ。

「お願い、お願いよ、マイク」と彼女は懇願した。「中に入れてちょうだい」

彼は母親を中に入れた。彼女は息子に向かって毒づいた。顔色ひとつ変えずに彼は母親の肩に何発か強いパンチをくれた。ばん、ばん、ばん。それから頭のてっぺんを殴りつけ、他にもあちこち痛めつけた。彼女はなんとか服を着替え、化粧をして、学校に飛んでいくことができた。

こういうことが起こったのはそれほど昔ではない。三年くらい前のことだ。まったくすさまじい日々だった。

母とその男をソファーに残したまま、私はしばらくあてもなく車を走らせた。家にも帰りたくなかったし、その日はバーに行く気にもなれなかった。

私とシンシアはときどき二人でいろんなことについて話し合ったものだった。「状況の検討」と我々はそれを呼んだ。それほどしばしばではないが、おりにふれて状況とは直接関係のない話もした。ある日の午後、居間に二人でいるときに彼女は私にこう言った。「マイクがお腹の中にいるとき、気分が悪くなると、あなたは私をバスルームに連れていってくれた。妊娠中でものすごく気分が悪くて、とてもベッドから起き上がれないようなときに。あなたは私を抱えて連れていってくれた。そんなことをしてくれる人はもうこの先誰もいない。誰ももうそこまでは私のことを愛してくれない。そこまで強くは愛してくれない。何のかんの言っても、私たちの間にはそういうものがある。私たちは、他の誰もこれほどは相手を愛せないし、この先愛することもないだろうというくらい強く、お互いのことを愛してきたのよ」

我々は顔を見合わせた。たぶん我々はお互いの手に触れたと思う。よく覚えていないけど。そのとき私ははっと思い出した。今座っているソファーのクッションの下にウィスキーだかジンだかウォッカだかスコッチだかテキーラだかの半パイント瓶が隠してあることを（最高じゃないか！）。早く彼女が何かの用事でここを離れて、どこかに行ってくれないかなと私は思い始めた。台所に行くのでも、バスルームに行くのでも、ガレージの掃除をしに行くのでもなんだっていい。「コーヒーを作ってもらえないかな」と私は言った。「ポット一杯分あればいうことないな」

「何か食べたくない？　スープなら用意できるけど」

「食べてもいいな。でもその前にコーヒーが欲しい」

彼女は台所に行った。私は水道の水音が聞こえるのを待った。それからクッションの下に手を突っ込んで瓶を探した。蓋を開け、そいつを飲んだ。

そんなことは断酒会では話さなかった。みんなの前で私はあまり話さなかった。いわゆる「パス」をよくやった。自分が話をする番になったら、「今夜はパスさせてください」と言えばいい。でもそのかわり他人がおぞましい話を披露すると、私は首を横に振り、腹を抱えて大笑いしたものだった。久方ぶりに集会に出るときには酒を一杯ひっかけて行くのが常だった。怖いと感じるときには、クッキーやインスタント・コーヒー以上のものが必要とされる。

しかしそのような愛情や過去について触れた会話は希だった。我々が口を開くとき、その話題はビジネスのことであり、生き残ることについてであり、最重要事項についてであった。金だ。どこから金が手に入るのか？　電話はもう止められかけている。電気料金、ガス料金も請求を厳しく受けている。ケイティーのことはどうするか？　彼女には着る服が必要だ。成績のこともある。彼女のボーイフレンドはバイク族である。マイクはこれからどうなるのか？　我々みんなはこれからどうなるのか？「まったくもう《マイ・ゴッド》」と彼女は言ったものだった。でも神様は我々のことなんかかまってはいなかった。彼は我々とはもうとっくに縁切りしていたのだ。

私はマイクに陸軍だか海軍だか沿岸警備隊だかに入ってしまってほしかった。彼は手のつけようがなくなっていた。危険人物だった。あのロスでさえ、マイクは軍隊に入った方がいいんじゃないかと言っている、とシンシアが私に教えてくれた。彼女は彼の口からそんなことを聞きたくはなかった。でも彼がその点に関しては私と意見を同じくしていることを知って私は嬉しかった。私のロスに対する評価はそれで一段上がった。しかしそれはシンシアを怒らせた。マイクは本当にうんざりさせられる子どもだったし、暴力的な傾向を持っていたのだが、彼女はそういうのは過渡的なものだと思っていたのだ。彼女はマイクを軍隊になんか入れたくなかった。でもロスは、マイクは軍隊に入って礼儀作法や敬意の払い方を学んだ方がいいとシンシアに言った。その日の朝早く、ロスの家の車寄せで彼とマイクはこづきあいをやって、ロスは舗道に投げ飛ばされた。ロスがシンシアにそう言ったのはそのあとのことだ。

ロスはシンシアのことを愛していた。しかしその一方で彼は、ベヴァリーという名の二十二歳の娘を妊娠させてもいた。それでもロスはシンシアに向かって、愛しているのは君だけだと説き伏せていたのだ。我々はもう一緒に寝てもいないんだから、と彼はシンシアに言った。しかしベヴァリーは妊娠していたし、彼は子どもというものが可愛くてたまらなかった。たとえそれがまだ生まれていない子どもであってもだ。そんな彼があっさりと彼女を捨て去れるものだろうか？　シンシアにそういう事情を打ち明けたとき、彼はおいおいと泣いた。彼は酒を飲んでいた（当時は、いつも誰かしらが酔払っていた）。その光景が目に浮かぶ。

ロスはカリフォルニア科学技術専門学校を卒業したあと、すぐにマウンテン・ビューにあるNASAの研究所に仕事をみつけた。彼はそこで、何もかもが駄目になるまで、十年間働いた。前にも言ったように、私は彼に会ったことはない。しかし私たちは何度かいろんなことについて電話で話し合った。私は一度酔払って彼に電話をかけたことがある。私はそのとき何か惨めったらしい問題についてシンシアと言い争っていた。彼の子どもたちの一人が電話に出た。ロスが電話に出ると、私は彼を問い詰めた。もし俺が身を引いたとして（もちろん私には身を引くつもりなんてなかった。ただの嫌がらせで言ったのだ）、お前さんはシンシアとうちの子どもたちの面倒を見るつもりがあるのかと。今ローストを切り分けているんだと彼は言った。彼は本当にそう言ったのだ。今ちょうど席に着いて、子どもたちと一緒に夕食を食べようとしているところなんだよ。あとでこちらからかけなおしてもいいかな？　私は電話を切った。一時間ほどあとで彼が電話をかけてきたとき、私は自分がさっき電話したことをすっかり忘れていた。シンシアが電話に出て、「ええ」と言った。それからまた「ええ」と言った。それがロスからの電話で、彼は私が酔払っているかどうかシンシアに尋ねているのだとわかった。私は受話器をひったくった。「おい、お前には俺の女房子どもの面倒を見るつもりがあるのか、ないのか、どっちなんだ？」今回のことについてはいろいろ申し訳ないと思っている、と彼は言った。でもみんなの面倒を見ることまではできかねると思う。「つまり答えはノー、面倒なんて見られないということだな」と私は言った。そしてシンシアの顔を見た。これで話の決着はついただろうと言うように。彼は言った、「そう、答えはノーだ」。でもシンシアは表情ひとつ変えなかった。あとになってなるほどそういうことだったのかと思い当たったのだが、彼ら二人は自分たちの置かれた立場について既に何度もじっくり話し合っていたのだ。だからそれを耳にしても、ちっとも驚かなかったのだ。前もってわかっていたのだから。

彼が駄目になったのは三十代の半ばのことだ。機会さえあれば私は彼のことを笑いものにしたものだ。写真で顔を見たあと、私は彼のことを「いたち」と呼んだ。「お前らのお母さんの恋人はいたちそっくりじゃないか」、私は子どもたちと一緒にいて話をしているとき、よくそう言ったものだった。「いたちにそっくりだ」と。そして我々は笑った。あるいは「ミスター修理屋」、それは私の気に入った彼のあだ名だった。君に神のご加護があるように、ロス。今では、私は君に何の悪意も抱いてはいない。でもその当時、私が彼のことをいたちと呼んだり、修理屋と呼んだり、あるいは殺してやると脅迫していたころ、彼は私の子どもたちにとって、あるいはたぶんシンシアにとっても、堕ちた英雄のような存在だった。彼にもかつては人間を月に送る手伝いをした日々があったからだ。私は何度も聞かされたものだ。彼は月面着陸計画に加わっていて、バズ・オルドリンやニール・アームストロングの親しい友人であったということを。もし宇宙飛行士たちがこっちに来ることがあったら、紹介してやるよと彼はシンシアに言って、シンシアはそれを子どもたちに話し、子どもたちが私に話してくれた。しかし宇宙飛行士たちはやって来なかったか、あるいは来てもロスに連絡はしなかったようだった。月面探索のあと間もなく、運命の風向きが変わって、ロスは深酒に浸るようになり、仕事をサボるようになった。そのころから最初の奥さんとのトラブルが始まった。最後の頃には、彼は魔法瓶に飲み物《ドリンク》を詰めて職場に持参するようになっていた。そこは近代的な職場だった。私は見たことがある。カフェテリアの列、重役用の食堂、そんなあれやこれや、そしてどのオフィスにも「ミスター・コーヒー」〔訳注・コーヒー・マシーンのメーカー名〕がある。でも彼は自分用の魔法瓶を職場に持参した。やがて人々は事情を知り、噂をするようになった。彼は解雇された。あるいは辞職した。誰に聞いても、はっきりとした答えは返ってこなかった。言うまでもなく彼は飲みつづけた。気持ちはわかる。それから壊れた機械類の修理やら、テレビの修理やら、車の修理やらの仕事を始めた。彼は占星学やオーラや易経やら、その手のことに興味を持っていた。この男が十分に聡明であり、興味深く、またいっぷう変わったところがあった（我々のかつての友人の大半がそうであったようにだ）ことを私は疑わない。私はシンシアにこう言ったことがある。もしあいつが基本的にきちんとした男じゃなかったとしたら、お前はあいつのことを好きになったりはしなかった（彼らの関係について私には「愛する」という言葉を使うことはどうしてもできなかった）だろうと。「俺たち似たもの同士だよ」という言い方もした。自分の太っ腹なところを見せようとして。ロスは、悪い人間でも、邪悪な男でもなかった。私自身の浮気について語り合っているときに、私はシンシアに言った、「邪悪な人間なんていないんだ」と。

私の父親は八年前に酔払って、眠りながら死んでしまった。それは金曜日の夜で、父は五十四だった。彼は製材所の仕事から帰ってきて、翌朝の朝食用のソーセージを冷凍庫から出し、キッチン・テーブルの前に座り、フォー・ローゼズのクォート瓶を開けた。父はそのころ精神的にかなり持ちなおしていた。敗血症のせいで仕事を離れ、それから何かの原因でショック療法を受けなくてはならなかったのだが、そのあと三、四年してまた職に復帰することができて、それを喜んでいた（その当時私はもう所帯を持って別の場所に住んでいた。私には子どもたちがいて、仕事もあった。自分のトラブルだけで手いっぱいだった。だから父のことにまでは気がまわらなかったのだ）。その夜、父はウィスキーの瓶と角氷の入ったボウルとグラスを手に、居間に行った。そして酒を飲みながら、母が勤め先のコーヒーショップから帰ってくるまでテレビを見ていた。

二人はいつものことだが、ウィスキーのことで少し言い合った。母は酒をあまり飲まない。私が大きくなってから、母が酒を飲むのを見たのは、感謝祭かクリスマスか大晦日くらいのものだ。飲むものはエッグノッグかバタード・ラムで、それもたいした量ではなかった。一度母は酒を飲みすぎたことがあった。何年も前のことだが（その話は父から聞いた。彼は話しながら大笑いした）、彼らはユリーカの外れにある小さな酒場に行った。そこで母はウィスキー・サワーをしこたま飲んだ。車に乗って帰ろうとして、母は気分が悪くなった。そしてドアを開けなくてはならなかった。その途中で母の入れ歯が落ちてしまった。車が少し前に動いて、タイヤがその義歯を轢《ひ》いてしまった。それ以来彼女は祝日以外には酒を飲まなくなったし、飲むことがあっても量をひかえるようになったのだ。

父はその金曜日の夜、母の意見には耳を貸さずに飲みつづけた。母の方は台所にひっこんで、煙草を吸いながら、リトル・ロックに住んでいる妹に手紙を書こうとしていた。ようやく父は腰をあげて、ベッドに行った。それから間もなく、もう父が寝ついただろうと思って、母もベッドに行った。あとになって彼女はこう言った、お父さんにはいつもと違うところはなかった。ただいつもよりいびきが大きくて深くて、そしてお父さんをベッドの向こうに寝返りを打たせることができなかっただけだ。でも母は眠りについた。父の括約筋と膀胱が緩んでしまったときに、母は目を覚ました。夜明けどきで、鳥がさえずっていた。父は相変わらず仰向けに寝て、目を閉じて、口をぽかんと開けていた。母は父の顔を見て、大声で名前を呼んだ。

私はずっと車を運転しつづけていた。そのころにはもう暗くなっていた。自分の家の前を通り過ぎた。家じゅうの電灯がこうこうとついていたが、シンシアの車は見えなかった。ときどき寄るバーに行って、そこから家に電話をかけてみた。ケイティーが出て、お母さんはいないわよ、お父さんは今どこにいるのよと言った。彼女は五ドルを必要としていた。私は何か怒鳴って、電話を切った。それからコレクト・コールで千三百キロほど離れたところにいる一人の女に電話をかけた。その女とはもう何ヵ月も会っていなかった。良い女で、この前会ったときには、あなたのために祈ってあげるわと言ってくれた。

彼女は電話料金の支払いを引き受けてくれた。あなたは今どこにいるの、と彼女は訊いた。元気にしてるの、と彼女は訊いた。「大丈夫なの？」と彼女は言った。

我々は話をした。私は彼女の夫のことを尋ねた。彼はかつては私の友人だったが、今は彼女や子どもたちとは別に暮らしている。

「彼はまだリッチランドにいるわ」と彼女は言った。「どうして私たちみんなこんなことになっちゃったのかしら？」と彼女は言った。「みんな最初はまっとうな人間として出発したのに」。我々はしばらく話をした。それからまだあなたのことを愛しているし、あなたのためにまだ祈りつづけるわ、と彼女は言った。

「僕のために祈ってくれ」と私は言った。「頼むよ」。それから我々はさよならと言って電話を切った。

そのあとで私はまた家に電話をかけたが、今度は誰も電話には出なかった。私は母の家の番号を回した。母は最初のベルで電話を取った。そして何か面倒ごとを予期していたように、用心深い声を出した。

「僕だよ」と私は言った。「電話して悪かったかな」

「いいよ、いいよ、起きていたんだから」と母は言った。「今どこにいるの？　何かあったの？　今日うちに来ると思っていたんだけど。ずっと待っていたんだよ。今はうちにいるのかい？」

「うちじゃない」と私は言った。「みんないったい家のどこにいるんだろう。さっきうちに電話したところなんだけど」

「ケンの奴が今日ここに来ていたんだよ」と母は続けた。「あのろくでなしが、今日の午後にここに来てたんだ。もうひと月も会っていなかったんだけど、ひょっこり顔を出したのさ。まったくねえ。いやなやつだ。あの男のやりたいことっていったら、自分の自慢話をえんえんと聞かせることだもの。グアムでどんな暮らしをしていて、一度に三人の女がいて、あっちこっちと旅行して回ったなんて話だよ。ただの自慢屋だよ。そういう男なんだ。前に話したダンス・パーティーでその男と知り合ったんだけれどね、まあロクな男じゃないね」

「そっち行ってもかまわないかな？」と私は訊いた。

「もちろんじゃないか。何か御飯を作ってあげるよ。私もお腹が減っちゃったよ。今日の昼から何も食べてないんだ。ケンがフライド・チキンをみやげに持ってきたんだ。お前が来たらスクランブルド・エッグでも作ろう。迎えに来てほしいのかい？　お前、大丈夫かい？」

私は車で行った。家に入ると、母は私にキスした。私は顔を背けた。ウォッカの匂いを母に嗅がれたくなかったのだ。テレビがついていた。

「手を洗っておいでよ」と母は言って、検分するように私を見た。「用意はできているよ」

あとで母は私のためにソファーに寝支度を整えてくれた。私はバスルームに入った。母は父の使っていたパジャマをそこに置いていた。私は引き出しからそれを出して、少し眺めてから、服を脱ぎはじめた。私が出ると、母は台所にいた。私は枕の位置を直してから横になった。母はやりかけていた用事を終えると、台所の電灯を消した。そしてソファーの端に腰を下ろした。

「ねえ、私としちゃお前にこんなこと言いたくないんだ」と母は言った。「何も好きでこんなこと言うわけじゃないんだよ。でも子どもたちまでちゃんと知っていて、私にも教えてくれたんだよ。それについて私たちは話をしたんだ。シンシアは他の男と付き合っているんだって」

「いいんだよ、それは」と私は言った。「わかってるから」、私はそう言って、テレビを見た。「ロスっていうやつでさ、アル中なんだ。僕に似てる」

「ねえ、お前も自分のことをなんとかしなくちゃね」と母は言った。

「わかってるさ」と私は言った。そしてテレビを見つづけた。

母は身を乗り出すようにして私を抱きしめた。母は少しの間私を抱いていた。それから手を放し、涙を拭った。「朝になったら起こしてあげるよ」と母は言った。

「明日はべつにやることもないんだ。母さんが出かけたあとも、しばらくここで寝てるかもしれない」。私は思った――母さんが起きて、バスルームに入って、服を着替えたあと、母さんのベッドに入って、そこでうとうととしながら、台所にある母さんのラジオでニュースと天気予報を聴くんだ。

「お前のことが心配でたまらない」

「心配することないよ」と私は言って、首を振った。

「休んだほうがいい」と母は言った。「お前には休息が必要なんだよ」

「もう寝るよ。眠くってしかたない」

「好きなだけテレビを見てていいよ」と母は言った。

私は頷いた。

母は身をかがめて、私にキスをした。母の唇は傷ついて腫れているみたいに見えた。彼女は私に毛布をかけてくれた。それから自分のベッドルームに消えた。母はドアを開けっ放しにしていた。すぐにいびきが聞こえてきた。

私はそこに横になってただじっとテレビを見ていた。軍服を着た男たちの姿が画面に映っていた。ぼそぼそとした声。それから戦車隊が現れ、ひとりの男が火焔放射器を噴射した。音は聞こえなかったが、わざわざ起き上がるのも面倒だった。私は瞼が閉じるまで、テレビを見つめていた。でもはっと目を覚ました。パジャマは汗でぐしょ濡れになっていた。雪明かりのような光が部屋に満ちていた。ゴオオオという音が私に向かって押し寄せてきた。部屋は轟音に満ちていた。私はそこに横になっていた。私は動かなかった。

ガゼボ

Gazebo

その日の朝、彼女はティーチャーズを私のおなかにこぼして、それをぺろぺろ嘗める。その日の午後、彼女は窓から飛び降りようとする。私はそんなことにはもう耐えられない。私は彼女にそう言う。私は言う、「こんなこと続けてはいけない、ホリー。もうむちゃくちゃだ。どっかでやめなくちゃ」

我々は上階にあるスイートの一つの、ソファーに座っている。空き部屋はいくらでもあった。でも我々にはスイートが必要だった。ゆったりと歩き回れて、話のできる場所が。そこで我々はその朝、モーテルのオフィスを閉め、上階のスイートに行った。

彼女は言った、「ねえ、ドゥエイン、私はもう駄目よ」

我々はティーチャーズの水割りを飲んでいる。我々は朝だか昼だかに少し眠った。それから彼女は目を覚まし、下着姿のまま窓から飛び降りてやると言った。私は彼女を取り押さえなくてはならなかった。部屋は二階だったが、放っておくわけにもいかない。

「もううんざり」と彼女は言う。「これ以上耐えられない」。彼女は手の甲を頰にあて、目を閉じる。頭を前後に振って、低く唸るような声を出す。そんな彼女の姿を見ていると死にたくなる。

「これ以上なんだって?」と私は言う。もちろんわざわざ訊く必要はなかったのだけれど。「なんだって、ホリー?」

「そんなこと何度も説明したくない」と彼女は言う。「自分をコントロールできない。プライドもなくしてしまった。昔はちゃんと誇りを持ってたのに」

彼女は三十を過ぎたばかりの、魅力的な女性である。背が高くて、黒髪が長く、瞳は緑だ。私が知っている唯一の緑の瞳の女だ。昔は私はよくその緑の瞳を話題にしたものだった。そして彼女はそれに対してこう言った。そうなのよ、だからこそ私は生まれつきなにかしら特別な星の下にあるのよ。自分でもそれがわかるんだ。私にもそれはわかる。私はいろんなことをとてもつらく思う。

階下のオフィスでまた電話のベルが鳴っているのが聞こえる。電話は断続的に、一日じゅう鳴りつづけている。うとうとしているときでも、その音は聞こえた。私は目を開け、天井を眺め、電話のベルに耳を澄ませ、我々はこの先いったいどうなるんだろうと考えた。

「心が砕けてしまった」と彼女は言う。「こなごなの石ころのようになってしまった。私にはもう責任を持つことができない。何よりもきついのは、自分にもう責任がとれないっていうことなのよ。朝、起きようという気さえ起きないの。ねえドゥエイン、これを決めるのにずいぶん長い時間がかかった。でも私たち、別の道を歩んだ方がいい。もう私たち終わったのよ、ドゥエイン。それを認めた方がいいわ」

「よしなよ、ホリー」と私は言う。私は彼女の手を取ろうとする。でも彼女は手を引っこめる。

我々が初めてここにやってきて、モーテルのマネージャーの職に就いたころ、こう思ったものだった。やれやれこれで一息つけると。寝泊まりできる部屋があって、電気ガスもただで、おまけに月給が三百ドル出るのだ。こんないい話ってない。ホリーが帳簿を担当した。彼女は数字に強かったし、客との応対の大半を引き受けた。彼女は人とつきあうのが好きだったし、人々も彼女のことを好きになった。私は地面を掃き、芝生を刈り、雑草を抜き、プールの掃除をし、簡単な修理をやった。最初の一年は何もかもうまくいった。私はその他に夜のアルバイトを続けていた。夜間シフトだ。余裕も出てきたし、あれこれと計画も立てた。ところがある朝を境に、話が違ってきた。私が客室のひとつでバスルームのタイルを貼りおえたところに、小柄なメキシコ人のメイドが掃除にやってきた。ホリーが彼女を雇ったのだ。それまでももちろん顔を合わせれば多少口はきいたけれど、とくに気にとめたこともなかった。向こうも私のことをただミスターとしか呼ばなかった。でもとにかく、そのとき我々は話をすることになった。彼女は愚かではなく、かわいらしくて感じもよかった。いつも笑みを浮かべ、人の話を熱心に聞き、自分が話すときには相手の目をじっとのぞきこんだ。そしてその朝以来、私は彼女に注意を払うようになった。小ぎれいで小柄な娘で、白くてかたちの良い歯をしていた。私はよく笑っている彼女の口もとを見たものだ。彼女は私を名前で呼ぶようになった。

私はある朝、別のユニットでバスルームの蛇口のワッシャーをつけかえていた。私がそこにいることを娘は知らなかった。部屋に入るとメイドたちがよくやるようにテレビのスイッチをつけた。みんなテレビをつけっぱなしにして掃除するのが好きなのだ。私は作業をやめて、バスルームを出た。彼女は私を見て驚いたようだった。にっこりと微笑んで、私の名前を口にした。我々は互いを見合った。私は進み出て、背後のドアを閉めた。そして両腕を彼女の身体にまわした。それからベッドに倒れ込んだ。

「なあホリー、君は今でも十分自分を誇りにできる」と私は言う。「君は最高だ。元気出しなって」

彼女は首を振る。「私の中で何かが死んでしまった」と彼女は言う。「それには長い時間がかかったわ。でもとにかく死んでしまったのよ。あなたがその何かを殺したのよ。まるで斧をふりおろすみたいに。そして今では何もかもが駄目になってしまった」。彼女は酒を飲み干す。それから泣きはじめる。私は彼女を抱き締めようとする。でも彼女は立ちあがってバスルームに行ってしまう。

私は二人分の酒のおかわりを作り、窓の外に目をやる。他州のナンバー・プレートをつけた車が二台、オフィスの前に停まっている。ドライバーが二人、ドアの前に立って話をしている。一人がもう一人に何かを言い終えたところだ。そして部屋から部屋へとぐるっと見回し、顎をぎゅっと引く。女も一人いる。彼女は顔を窓ガラスにつけるようにして、手で目のまわりをおおって、中をのぞきこんでいる。ドアを引っ張ってみる。オフィスで電話のベルが鳴りだす。

「さっき私とやってたときだって、あなた、あの子のことを考えていた」、バスルームから戻ったホリーは言う。「ねえドゥエイン、こんなのひどすぎる」。彼女は私が渡した酒を飲む。

「もうよせよ」と私は言う。

「でも本当のことよ」と彼女は言う。アンダーパンツとブラジャーという格好で、彼女は酒のグラスを手に、部屋の中を歩きまわる。「あなたは結婚生活を裏切ったのよ。あなたは信頼する心というものを壊してしまったのよ。あなたは旧式な考え方すぎると思うかもしれない。でもかまうものですか。今では私はもう、なんて言えばいいのかしら、自分がゴミみたいに思える。そうなの。どうしていいかわからない。目的というものがないの。あなたが私の目的だったのに」

今回は私にその手を取らせてくれる。私はカーペットにひざまずき、彼女は私のこめかみの両側に指を押しあてる。私は彼女のことを愛している。本当に間違いなく。でも彼女の指が私の首を撫でているそのときにも、私はファニータのことを考えている。ひどい話だ。この先いったいどうなるのだろう？

私は言う、「なあホリー、愛してるんだよ」。でもこんな状態で他に何を言えばいいのか、何を差し出せばいいのか、私にはわからない。彼女は私の額を指であちこち触っている。まるで盲人が私の顔の造りを読み取ることを求められているみたいに。

駐車場で誰かがクラクションを目いっぱい鳴らす。いったん止めて、また鳴らす。ホリーは手を引っこめ、涙を拭う。彼女は言う、「お酒を作って。これは水っぽすぎる。勝手に鳴らさせておきなさい。好きにすりゃあいいわよ。私はネヴァダに行っちゃうんだから」

「馬鹿なこと言うんじゃないよ」と私は言う。

「馬鹿なことなんか言ってないわよ」と彼女は言う。「ネヴァダに行くって言っただけでしょうが。それのどこが馬鹿げているのよ。そこで誰か私を好きになってくれる人を見つけられるかもしれない。あんたはあのメキシコ人のメイドとここに残ってればいいじゃない。私はネヴァダに行くわよ。それとも自殺しちゃうか」

「なあ、ホリー」

「気安く呼ばないでちょうだい」と彼女は言う。彼女はソファーに座って、膝を顎の下まで引き寄せる。部屋の外も中も暗くなっていく。私はカーテンを引き、テーブル・ランプをつける。

「もう一杯お酒を作ってって言ったでしょう、このうすのろ」と彼女は言う。「くそったれ、クラクションなんか鳴らしやがって。さっさとトラヴェロッジに行けばいいじゃないのさ。ちょっと先にあるんだから。あんたのメキシコ人のガールフレンドは今頃そっちで働いているんじゃないの？　トラヴェロッジで。マスコットのスリーピー・ベアのパジャマを毎晩着せてあげているんでしょうよ、きっと。さあ、おかわり作って。今度はたっぷりスコッチを入れてよね」。彼女はきっと唇を結び、凶暴な目を私に向ける。

飲酒というのは不思議なものだ。今になって振り返ってみると、我々にとっての重大な決定というのはどれも、きまって酒を飲んでいるときに下されている。酒の量を減らさなくてはな、という話をしているときですら、我々はビールのシックス・パックかあるいはウィスキーの瓶を前に、台所のテーブルや公園のピクニック・テーブルに座っていた。住んでいた街を離れ、友だちやら家族やら何もかもを捨ててここに来て、マネージャーの職に就くことに決めたときにも、我々は一晩じゅう酒を飲み、ぐでんぐでんに酔払いながら、その得失について語り合った。以前はそれでうまくいった。そして今朝ホリーが「私たちは人生について真面目に話し合わなくちゃならない」と言い出したとき、私がまずやったのは酒屋に行ってティーチャーズの瓶を買ってくることだった。それから我々はオフィスの鍵をかけ、二階に上って話を始めた。

私は残っていたティーチャーズを二人のグラスに注ぎ、角氷と少々の水を加えた。

ホリーはソファーを立ち、ベッドに寝て体を伸ばした。「あなた、このベッドであの女とやったの?」

「やってないよ」と私は言う。

「まあどっちでもいいわよ」と彼女は言う。「今となってはそんなの、べつにどうでもいい。私は自分を回復しなくてはならない。それだけは確かね」

私は返事をしない。もうへとへとだ。私は彼女にグラスを渡し、椅子に腰を下ろす。酒をすすり、考える。さあ、何が来るんだ？

「ねえ、ドゥエイン」と彼女は言う。

「なんだい、ホリー」、私の指はグラスを握っている。心臓の鼓動がだんだん遅くなっていく。私は待つ。私はかつてはホリーを真実愛していたのだ。

ファニータとのあいだの情事は六週間、週に五回もたれた。時刻は十時と十一時のあいだだ。最初のうち我々は、彼女が受け持っている部屋のどれかで会うことにしていた。彼女が仕事をしている部屋に入っていって、ドアを閉めるだけでよかった。でもやがてそれはあぶなく思えてきたので、彼女が仕事の段取りを調整して、二十二号室で我々は会うことになった。その部屋はモーテルの東の端にあり、山に向かっていて、ドアはオフィスの窓から見えないようになっている。我々は優しく抱き合ったが、迅速にことを済ませた。優しくそして同時に素速く、ということだ。でも悪くなかった。それは経験したことのないことだし、予想もしなかったことだ。だから余計に愉しかった。そしてある晴れた日の朝、もう一人のメイドのボビがことの最中に部屋に入ってきた。その二人の女は一緒に働いていたが、友だちというわけではなかった。彼女はすぐオフィスに行って、ホリーに一部始終を報告した。彼女がどうしてそんなことをしたのか私には理解できなかったし、今でもまだ理解できないでいる。ファニータは怯え、恥じた。彼女は服を着て、車を運転して家に帰った。私は少しあとでボビが外にいるのを目にして、彼女も帰した。その日は私にしても、もう部屋の片づけどころではなかった。ホリーはオフィスにこもっていた。酒を飲んでいるのだろうと私は推測した。私はしらふでいた。しかし仕事に出るために自分の住居に戻ったとき、彼女はベッドルームにこもっていた。私は耳を澄ませた。彼女が職業紹介所に電話をかけて、新しいメイドを探している声が聞こえた。受話器を置く音が聞こえた。彼女はそれからハミングを始めた。わけがわからなかった。私はそのまま仕事に出かけた。しかしこのままじゃ済まないことはよくわかっていた。

私は思うのだが、ホリーと私はなんとかそれを切り抜けられたはずだ。私が仕事から戻ったとき、彼女はひどく酔払っていて、私にグラスを投げつけ、二人ともあとあとまで忘れられないようなひどい言葉を私に向かって口にした。私はその夜、生まれて初めて彼女を平手打ちし、それから彼女を平手打ちしたことと、浮気をしたことについてくどくどと謝った。なんとか赦してくれと懇願した。多くの涙が流され、さんざん反省がなされ、更に酒が飲まれた。明け方近くまで我々は起きていた。それからくたくたになってベッドに入り、愛を交わした。ファニータとのあいだのことは、それ以来まったく口にされなかった。感情の激しい噴出があり、それから我々は何ごともなかったような顔をして前に進んでいった。だから彼女としてはそのことを忘れられないまでも、私を赦すつもりではいたのだろう。そのようにして人生は無事に流れていきそうだった。ところが計算外の問題がひとつあった。それは私がファニータのことを忘れられないということだった。彼女のことを考え出すと、ときどき夜も眠れなかった。ホリーが眠ったあとでベッドに入り、ファニータの白い歯のことを考えた。それから彼女の乳房のことを考えた。乳首は黒く、触ると温かかった。両方の乳首の少し下に細い毛が生えていた。腋の下にも毛が生えていた。私は頭がおかしくなっていたに違いない。こんなことが二週間ほど続いたあとで、まったくなんてことだろう、どうしても彼女に会わなくてはならないと私は思った。ある夜私は仕事場から彼女に電話をかけ、彼女のところに寄る手はずを整えた。仕事のあとで私は彼女の家に行った。彼女は夫と別れて、二人の子どもと一緒に小さな家に住んでいた。私がそこに行ったのは十二時を少し回ったころだった。私は落ち着かなかった。でもファニータはそれを知っていて、すぐに私がくつろげるようにしてくれた。我々はキッチン・テーブルでビールを飲んだ。彼女は席を立ち、私の後ろに回って首をさすってくれた。気を楽にして、と彼女は言った。リラックスして、身体の力を抜いて。部屋着姿で彼女は私の足もとに座り、私の手を取って、小さなやすりで私の爪の手入れを始めた。それから私は彼女にキスをして抱き上げ、ベッドルームに連れていった。一時間かそこらのあと、私は服を着て彼女にキスをし、さよならを言った。そしてモーテルの住まいに戻った。

ホリーはそれを知った。密接な関係にある二人のあいだで、そんな秘密がいつまでも隠しおおせるものではない。また隠しとおしたいという気持ちも起こらない。そんなことがいつまでも続けられるわけはないし、いつかばれることはわかっている。もっとひどいのは、常に嘘をつき続ける状態に自分がいることだ。それは生殺しのような生活だ。私はなんとか夜の仕事を続けていた。猿にだってできるような簡単な仕事だ。でもこのモーテルについていえば、いろんなことが急速にうまくいかなくなっていった。我々はもう仕事に身を入れることができなかった。私はプールを清掃するのをやめた。プールは藻でいっぱいになり、使える状態ではなくなった。蛇口を修理したり、タイルを埋めたり、ペンキの剝げたところを塗ったりするのもやめた。もしやる気があったとしても、我々にはそんなことをするための時間がなかった。なにしろ飲酒に忙しかったのだ。本格的に腰を据えて酒を飲むというのは、それでなかなか時間と労力を要することなのだ。この時期にホリーもまた、本格的に酒を飲むようになった。私が仕事から戻ると、それがファニータのところに寄ったときであれ、寄らなかったときであれ、ホリーはいびきをかいて眠っているか（ベッドルームにはウィスキーの匂いが充満している）、あるいはキッチン・テーブルでフィルターつきの煙草を吸い、前に何かの酒のグラスを置いて、私が部屋に入ってくる姿を赤い目でじっと睨んでいるか、そのどちらかだった。彼女は客の受付もうまくできなくなった。金を多く取りすぎるか、少なく取りすぎるかだ。少ないことの方が多かったが。ときどきダブル・ベッドがひとつしかない部屋に三人の客を割り当てたり、一人客にソファーとキングサイズ・ベッドのあるスイートを割り当てて、シングル・ルームの料金しかとらなかったりした。そんなことが続いた。客から苦情が来たし、ときには言い合いにもなった。客が腹を立てて荷物をまとめ、料金の払い戻しを要求してから、よそのモーテルに移っていくこともよくあった。本社から叱責の手紙も来た。それに続く手紙は配達証明つきで送られてきた。電話もかかってきた。どうなっているのか様子を見るために、街から人がやってきた。でも我々はそんなこと、もう気にもとめなくなっていた、まったくの話。こんなままでやっていけないことは目に見えていた。このモーテルでの我々の日々はもうおしまいだ。新たな風が吹き始めていた。我々の人生はどん詰まりにさしかかり、転換が求められていた。ホリーは聡明な女だ。だから私よりも先にそのことがしっかりわかっていたのだと思う。ものごとのたがが外れてしまったことが。

　それから土曜日の朝、まさに行き場のない今の状況についてまるまる一晩論議を交わしたのちに、我々は二日酔いの頭をかかえて目を覚ました。我々は目を開けて、ベッドの中で身体の向きを変え、互いの顔を見た。そして二人は同時にそのことを知った。何かが自分たちの中で終わりを告げてしまったことを。我々は起きて服を着替え、いつものようにコーヒーを飲んだ。そして彼女は言った。私たちはここでとことんしっかりと話をしなくてはならない。電話とか客とか、そんなものはいっさい抜きで。私が車で酒屋に行ったのはそのときだ。帰ってくるとオフィスのドアに鍵をかけ、氷とグラスとティーチャーズを持って二階に上がった。我々は枕を重ねてベッドに横になり、酒を飲み、まともな話なんかしなかった。カラーテレビを見て、陽気に騒いで、下で電話が鳴っていても無視した。スコッチを飲み、廊下の自販機でチーズ・クリスプを買って食べた。どうせ何もかも駄目になってしまったんだもの、こうなったら何でもやっちまえという、変に開き直った気分だった。口には出さずとも、何かが終わりを迎えたということは二人ともわかっていた。でも何が始まろうとしているのか、この先に何が待っているのか、そこまではわからない。我々はうとうとしていたが、その日のもっと遅くになって、ホリーは私の腕から身を起こした。その動きで私も目を開けた。彼女はベッドの上に座っていた。それから金切り声を上げ、私から離れて窓の方にさっと走っていった。

「結婚する前、私たちがまだ子どもだったころのこと」とホリーは言う。「私たちが毎晩車であちこち回って、たとえ一分でも長く一緒にいたいと思いながら、語り合ったり、大きな計画を立てたり、希望を抱いたりしていたころのこと。あなたは覚えている?」、彼女は両膝とグラスを抱えて、ベッドの真ん中に座っていた。

「覚えているよ、ホリー」

「あなたは私の最初のボーイフレンドじゃなかった。最初のボーイフレンドはワイアットといって、うちの家族は彼のことをそんなに気に入らなかった。最初の恋人はあなただった。あなたは最初の恋人だったし、それ以来今にいたるまで私の唯一の恋人だった。想像してもみてよ。でもそれを不満に思ったことなんてなかった。今では、自分がこれまで何を失ってきたかなんて、見当もつかない。しかしそれでも私は幸せだった。本当に幸せだったのよ。歌の文句じゃないけど、あなたこそ我がすべてだった。でも今ではわからない。そんなに長いあいだ、あなた一人のことしか愛さなかったなんて、私どうかしていた。ねえ、私にだって何度かそれなりの機会はあったのよ」

「もちろんあったさ」と私は言う。「君は魅力的な女性だ。そういう機会はいっぱいあったはずだ」

「でも私はそんな機会に乗じたりしなかった。大事なのはそこなのよ」と彼女は言う。「私は機会に乗じたりしなかった。浮気なんてできなかった。それはどこまでも私の理解を超えたことだった。どこまでも」

「ホリー、お願いだから」と私は言う。「もうよそうじゃないか、ハニー。自分たちを責めるのはよそう。俺たちはこれからどうするべきなんだろう？」

「ねえ聞いて」と彼女は言う。「覚えているかしら。私たちがヤキマのはずれにある古い農家に行ったときのことを。テラス・ハイツの先のところよ。私たちはあてもなくドライブしていた。あれは土曜日だった。今日と同じように。果樹園の並んでいる地域に行って、狭い未舗装道路に入っていた。ものすごく暑くて、あたりはほこりだらけだった。ずっと進んでいくと、その古い農家があったの。そこで私たちは車を停めて、玄関に行ってノックをして、冷たい水を飲ませてもらえませんかって尋ねた。今どきそんなことができると思う？　知らない家に行って、ちょっと水を飲ませてもらうなんてことが？」

「きっと銃で撃たれるだろうな」

「あのお年寄りたち、きっともう亡くなったわね」と彼女は言う。「テラス・ハイツの墓地に並んで眠っていることでしょう。でもあの日、その農家のおじいさんと奥さんは、私たちに水を飲ませてくれたばかりか、中に入ってケーキを食べて行けと誘ってくれたのよ。私たちは話をして、台所でケーキをいただいた。そのあとでよかったら家の中を案内してあげようって言ってくれた。とても親切な人たちだった。よく覚えているわ。ああいうかたちの親切心って私にはすごく嬉しいの。家の隅々まで見せてもらった。二人はとっても仲が良かったわ。家の中の様子を私はまだ覚えている。ときどきそれについて夢を見た。家の中のこと、部屋のこと。でもあなたにはその夢の話はしなかった。人は少しくらい秘密を持たなくちゃならないのよ。そうでしょ？でもとにかく二人は私たちに、家の中をすっかり見せてくれた。大きな立派な部屋やら、調度品やらをね。それから家の外を案内してくれた。まわりをぐるりと歩いて、彼らはあの小さな——ほら、なんて言ったっけ——あずまや《ガゼボ》を指さした。私はそんなものをそれまで見たことがなかった。それは樹木の下の原っぱにあった。小さな尖った屋根がついていた。でもペンキは剝げて、階段には雑草が生えていた。そして奥さんがこう言ったの。昔、日曜日になると楽師がそこにやってきて演奏をしたんだって。まだ私たちが生まれてない時代のことよ。彼女とご主人と友だちと近所の人たちが一張羅を着て集まってまわりに座り、音楽を聴いて、レモネードを飲んだの。そのときに私の頭にはっと閃《ひらめ》いた。閃いた、という以外にうまい表現が思いつけない。とにかくその奥さんとご主人を見て、こう思ったのよ。私たちも年取ったら、きっとこんな夫婦になるんだって。この人たちみたいに、年は取っていても揺るぎなく構えているの。愛情はますます深まって、お互いのことを思いやり、孫たちがときどき遊びに来てね。そんなことをみんな覚えている。あなたがその日、カットオフのズボンをはいていたことも覚えている。そこに立ってガゼボを見て、楽師のことを考えていたんだけど、そのとき私の目にたまたま見えたのはあなたのむき出しの脚だった。そして私はこう思った。この脚がたとえ年老いて、がりがりに細くなって、そこに生えた毛が白くなっても、私はこの脚を愛していこうって。私はこの二本の脚を変わることなく愛するんだ、そう思った。それらはどこまでいっても私の脚なんだって。言ってることはわかる、ドゥエイン？　それから彼らは私たちを車のところまで送ってくれて、握手をした。あなたたちは素敵な若者たちだと彼らは言った。また是非遊びに来てくれと言ってくれた。でももちろん私たちは二度とそこには行かなかった。あの人たちもう死んでいるんでしょうね。まあ死んでいるに決まってる。でも私たちはこうして生きている。そのときは知らなかったことを、今の私は知っている。知らずにおられるものですか！　未来がどうなるか見通せないって、ほんとに素晴らしいことよね。違う？　でも今私たちはこのろくでもない町にいて、酒浸りで、しけた小汚いプールのついたモーテルの管理人をしている。そしてあなたはどっかの女と恋仲になっている。ドゥエイン、私はずっと他の誰に対するよりもぴたりとあなたに寄り添っていたのよ。これはちょっとひどすぎる」

少しのあいだ言葉が出てこない。それから私は言う、「ホリー、こういうことだってまた時間がたって、俺たちが年を取れば、やっぱり懐かしく思い出されるさ。おれたち二人一緒に年取っていけるさ。『なあ、あのモーテルのことを覚えているかい？ほら、あの薄汚いプールのついていたやつさ』なんて言って、自分たちのやった愚行を思い出して大笑いしているさ。本当にさ。大丈夫だよ、ホリー」

しかしホリーは空のグラスを手にベッドに座り、何も言わずに私を見ている。それから首を振る。彼女にはわかっている。

私は窓に寄って、カーテンのかげから表の様子を見る。下では誰かがオフィスのドアをがたがたいわせ、何かを言っている。私はただじっとしている。グラスを持つ指をひきしめる。ホリーが何かのしるしを見せてくれないかと祈る。私は目を閉じることなく祈る。車のエンジンがかかる音が聞こえる。もう一台がそれに続く。彼らは建物に向かってライトをつけ、それから順番にそこを離れ、外の道路に出ていく。

「ドゥエイン」とホリーは言う。

このことでも、いつものことながら、正しいのは彼女の方だった。

いいものを見せてあげよう

Want To See Something?

木戸の開く音が聞こえたとき、私はベッドの中にいた。注意深く耳を澄ませたが、他には何も聞こえなかった。でも私にはそれが聞こえた。クリフを起こそうとしたが、彼は意識をなくして眠っていた。だから私は起き上がって窓のところに行った。街を取り巻く山並みの上に、大きな月が浮かんでいた。傷あとだらけのまっ白な月だ。それは人の顔を連想させる。眼窩、鼻、唇だってある。月の光はとても明るく、裏庭にあるすべてを見渡すことができた。ガーデン・チェア、柳の木、二本のポールの間に渡された物干しロープ、私が育てたペチュニアの花、庭を囲んだ垣根、開いたままになっている木戸。

でもあたりに動くものは見あたらなかった。暗い影も見えなかった。万物は月の光にこうこうと照らし出され、とてもちっぽけなものが私の注意を引いた。たとえば、物干しロープに一列に並ぶピンチとか。それから二脚の無人のガーデン・チェア。私は月の光を遮るために、冷ややかな窓ガラスの上に両手を置いた。そしてもう一度目を凝らした。私は耳を澄ませた。それからベッドに戻った。でも眠ることができなかった。何度となく寝返りを打った。私の目には開いたままの木戸の姿が浮かんだ。それはまるで私を招いているみたいだった。クリフの寝息は不規則だった。彼は口をぽかんと開いて、両腕でその白いむき出しの胸を抱き締めていた。そしてベッドの自分の側だけではなく、私の側のほとんどの部分を占領していた。何度も押しのけようとしたが、彼はうんうんと唸るだけだった。私はそのまましばらくじっと横になっていたが、とうとうあきらめた。こんなことしてても無駄だ。私は起き上がって室内履きを履いた。台所に行ってお茶を入れ、それを持ってテーブルの前に腰を下ろした。そしてクリフのフィルターなしの煙草を一本吸った。もう時刻は遅かった。時計を見たくなかった。あと数時間で起きて仕事に行かなくてはならない。クリフも起きなくてはならないが、数時間前に眠りについているから目覚まし時計で起きてもちょうどいいくらいだ。きっと頭痛があるだろう。しかしコーヒーをいっぱい飲んで、バスルームで長い時間を過ごす。アスピリンを四錠飲めば元気になる。私はお茶を飲み、煙草をもう一本吸った。しばらくしてから、外に出て木戸を閉めてこようと決心した。ローブを見つけ、裏口に向かった。外を見ると星が出ていた。でも私の注意を引いたのはすべてを明るく照らし出している月だった。家々や樹木、電柱や電線、そして近隣一帯を月は照らしていた。ポーチから下りる前に裏庭を見渡した。ささやかな風が吹いて、私はローブの前を合わせた。そして木戸の方に歩いていった。

サム・ロートンと私たちの家を仕切っている垣根のあたりで物音がした。私は素早くそちらに目をやった。サムが垣根に両腕を置いてもたれかかり、私をじっと見ていた。彼はこぶしをあげて口にあて、乾いた咳をした。

「今晩は、ナンシー」とサム・ロートンが言った。

私は言った、「まあサム、びっくりするじゃない。いったい何をしているのよ？　何か聞こえなかった？　木戸の掛け金が外れる音が聞こえたんだけど」

彼は言った、「しばらく前からここにいるけど、何も聞こえなかったな。それに何も見なかったよ。ただの風じゃないかな。そんなところだろう。でもまあ、掛け金がかかっていたのなら、こうして開いているってのも変だけど」。彼は何かを噛んでいた。彼は開いた木戸を見て、それからまた私を見て、肩をすくめた。彼の髪は月の光の下では銀色に見えた。そしてぴんと逆立っていた。私は彼の長い鼻や、顔に刻まれた深い皺までを見ることができた。

私は言った、「いったい何してるのよ、サム？」、そして垣根の方に寄った。

「狩りだよ」と彼は言った。「狩りをしているんだ。いいもの見せてあげるよ。こっちにおいでよ、ナンシー。いいものを見せてあげる」

「今そっちに行く」と私は言った。そして家の脇を通って正面の木戸に向かった。私は外に出て歩道を歩いた。ナイトガウンとローブという格好で外を歩いているとなんだか変な気分だった。これはちゃんと覚えておかなくちゃ、と私は思った。こんな格好で家の外を歩くなんてね。サムはローブ姿で彼の家の脇に立っていた。彼のパジャマは、タン色と白のオックスフォード・シューズの上までまくり上げられていた。片手に懐中電灯を持ち、もう一方の手に何かの缶を持っている。彼は懐中電灯で私に合図をし、私は木戸を開けた。

サムとクリフはかつて仲の良い友だちだった。でもある夜、一緒に酒を飲んでいて口論になった。すぐにサムが両家の間に垣根を作った。そしてクリフも負けじと垣根を作った。それはサムがミリーを亡くし、再婚し、再び父親になって間もなくのことだった。すべては一年ちょっとのあいだに起こった。サムの最初の奥さんのミリーは息を引き取るまで私の良き友だった。心臓の具合が悪くなって亡くなったとき、彼女はまだ四十五だった。発作はちょうど彼女が家の車寄せに車を入れたところで起こったらしかった。彼女はハンドルの上につっ伏し、車はそのままカーポートの奥の壁を突き抜けてしまった。サムが外に走り出てきたとき、彼女はもう死んでいた。ときどき夜になると、サムが号泣しているらしい声が聞こえてきた。そういうとき私たちは顔を見合わせ、ただ黙り込んだ。私は身震いをし、クリフはグラスにお代わりを注いだ。

サムとミリーには娘が一人いたが、彼女は十六歳のときに家を出て、サンフランシスコでフラワー・チャイルドになった。何年かのあいだ彼女はときどき葉書を送ってきたけれど、帰宅することはなかった。ミリーが亡くなったとき、サムは娘に連絡を取ろうとしたものの、居場所がどうしてもわからなかった。彼は泣きながら言った。俺はまず娘をなくし、それからその母親を失ってしまったと。ミリーは葬られ、サムは号泣した。それからほどなくして、彼はローリーなんとかという女と交際するようになった。若い女で、学校の先生をしながら、副業に税務申告書類を作る仕事をしていた。つきあっていた期間は短かった。二人とも孤独で、伴侶を必要としていた。それで二人は結婚し、子どもをつくった。でも悲しい結果になった。生まれてきた子どもは白子《アルビノ》だったのだ。彼らが病院から連れて帰ってきた数日後に、私は赤ん坊を見た。疑いの余地のない白子だった。指の先にいたるまで。虹彩のまわりは白ではなくピンク色に染まり、髪は老人のように真っ白だった。頭は大きすぎるように見えた。でも私はそれほど多くの赤ん坊を見てきたわけではないし、あるいはそれは私の思い過ごしかもしれない。最初にその赤ん坊を見たとき、ローリーはベビーベッドの向こう側にいて、腕組みをしていた。彼女の両手の甲には発疹がひろがり、唇は不安のためにひきつっていた。私がそのベッドの中をのぞきこんで、はっと息を呑んだりするんじゃないかと怯えていたのだ。クリフが既にそのことで注意を与えてくれていたので、私には気持ちの準備ができていた。でもいずれにせよ、私はもともと感情をあまり顔に出す方ではない。だから私はかがみこんで、その小さな両方の頬にさわり、なんとかにっこり微笑んだ。赤ん坊の名前を呼んだ。「サミー」と私は言った。しかしそう言いながら私は泣き出しそうになった。前もってわかっていたのに、それでもずいぶん長いあいだローリーとまっすぐ目を合わせることができなかった。彼女はじっとそこに立ち、そのあいだ私は心中で密かにこう思っていた。これが彼女の赤ん坊でよかったと。そう、何があろうと私はそんな赤ん坊を持ちたくなんかない。クリフと私がずっと前に子どもを持たないようにしようと決めたのは、そう悪いことばかりでもなかったのだ。でもクリフによれば（彼はとくに人間の洞察に優れた人間ではないけれど）、サムはその赤ん坊が生まれてから人が変わったということだ。短気になり、我慢がきかなくなり、何かによらずひどく腹を立てるようになったとクリフは言った。やがて彼とクリフは口論をし、サムは垣根を作った。私たちはみんなもう長い間お互いに口をきいていなかった。

「これ見なよ」とサムは言ってパジャマのズボンを引っ張りあげ、しゃがみこんだ。ローブが扇のように膝の上に広がった。そして地面に光をあてた。

見ると地面の上を、むくむくとした白いなめくじが何匹かうごめいていた。

「今こいつらにこれを振りかけてやったところさ」と彼は言って、クレンザーの缶のように見えるものを示した。しかしそれはクレンザーの缶よりもっと大きくて重く、ラベルにはどくろと交叉する骨が描かれていた。「ここはなめくじだらけになっている」と彼は言った。そして何だか知らないが口の中にあるものをもそもそ動かした。そして横を向いてぺっとそれを吐いた。噛み煙草かもしれない。「これをほとんど毎晩やりつづけていないと、どうしようもないことになってしまうんだ」。彼はなめくじでほとんどいっぱいになったガラスの壺に懐中電灯の光をあてた。「夜に餌を撒いてさ、とにかくしょっちゅうこいつを持って見まわりに来る。なにしろうようよといやがる。おたくの家の庭にもきっといるはずだ。うちにいるなら、そっちにもいるはずだものな。こいつらが庭に対してやっていることといったら、まさに犯罪だ。そしておたくの花に対してやっていることもな。これを見てごらん」と彼は言った。彼は立ち上がって私の腕を取り、バラの植え込みの方に連れて行った。そして私に葉っぱにあいた小さな穴を指し示した。「なめくじだ」と彼は言った。「夜になるとそこらじゅうなめくじだらけになるんだ。俺は餌を撒いといて、その用意されたごちそうを食べようとしないやつをこうやってとっつかまえるんだ」と彼は言った。「おぞましい生き物さ、なめくじなんてね。でも俺はこの壺にこいつらを集めておいて、いっぱいになったら、うまく腐った頃合いを見てバラの下に撒くんだ。こいつらは良い肥料になるからね」。彼はバラの植え込みの先にゆっくりと灯りを向けた。少しあとで彼は言った。「たいした生き物だろう」、そして首を振った。

頭上を飛行機が通り過ぎていった。私は顔を上げ、その点滅するライトと、そのライトの背後にくっきりと浮かびあがって見える白く長い飛行機雲を目にした。私は飛行機の乗客のことを想像した。椅子に座って、ベルトを締めている。あるものは本を読み耽っている。あるものは地上を眺めている。

私はサムの方を見た。「ローリーとサム・ジュニアはお元気？」

「ああ、元気にしてるよ」と彼は言って、肩をすくめた。彼は何かわからないものを相変わらずくちゃくちゃと噛みつづけていた。「ローリーは良い女だ。言うことない。彼女は良い女だ」と彼は繰り返して言った。「彼女がいなかったら、俺はどうしていいかわからんよ。もし彼女がいなかったら、俺はミリーと一緒にいたいと思っていたことだろうね。どこだかわからんが、今ミリーがいるところでね。俺が知る限りでは、それはどこでもない場所だ。俺はそういう風に思っているんだよ。それはどこでもない場所だって」と彼は言った。「死とはどこでもない場所のことなんだよ、ナンシー。俺の言ったことをそのまま引用してくれてかまわないよ」、彼はまた何かをぺっと吐いた。「サミーは具合がよくない。あの子はすぐに風邪をひいてしまうんだ。そしていったんひいたらなかなか治らない。明日になったら彼女がまた医者に連れて行く。おたくはどうだい？　クリフォードは元気かい？」

「元気。相変わらずよ。いつもながらのクリフ」と私は答えた。それ以上何と言えばいいのかわからない。私はまたバラの植え込みに目をやる。「今は寝ている」と私は言った。

「ときどきなめくじをつかまえにここに出てくるときにさ、ふと垣根越しにおたくの方を見ちゃうんだよ」とサムは言った。「一度ね――」、彼はそう言いかけて静かに笑う。「失礼、ナンシー。でも今になってみると、そいつはなんだかおかしいんだ。つまりね、一度俺が垣根越しに見ていると、クリフがおたくの裏庭でペチュニアに小便をかけていた。俺は何か言おうとしたんだ。そのことで軽い冗談でも言おうと思ったんだよ。でもやめた。見たところ彼は飲んでいたみたいだったし、何かを言って変にとられるのがいやだったからさ。彼はこっちの姿を目にしなかった。だから何も言わずに黙っていた。クリフと俺とがこんな具合になってしまって残念だよ」と彼は言った。

私はゆっくり肯《うなず》いた。「彼も同じように思っているはずよ、サム」、少し間を置いて私は言った。「あなたと彼とは友だちだった」。しかしクリフがペチュニアに向かって小便をしている姿が脳裏を去らなかった。私は目を閉じてその光景をどこかに押しやろうとした。

「そのとおり、我々は良い友人だった」とサムは言った。そして続けた。「ローリーと赤ん坊が眠りに就いたあとで、ここに出てくるんだ。何かやることがあるというのは悪くない。あんたたちももう眠っている。みんな眠っている。俺はもうなんだからまく眠れなくなっている。そして俺がやっているのは役に立つことだ。そう信じている。ほら、見てごらんよ」と彼は言って、鋭く息を吸い込んだ。「あそこに一匹いやがる。ほら、あそこ。この光の先」彼はバラの根もとを光で指した。なめくじが動いているのが見えた。「見てみなよ」と彼は言った。

私は乳房の下でぎゅっと腕を組み、身を屈めて彼が照らしているところをのぞきこんだ。なめくじは動きを止めて眼のない頭を左右に回した。サムがパウダーの缶を手に身を乗り出し、ばらばらと振りかけた。「気色悪いやつらだよ」と彼は言った。「むかむかするね」。なめくじはにょろにょろとのたうった。それからくるっと身を丸め、やがてまっすぐになった。また身を丸め、それから動きを止めた。サムは玩具のシャベルを手に取ってなめくじをすくった。壺を少し離して持ち、ふたを取り、なめくじを中に落とした。ふたをしめ、壺を地面に置いた。

「ねえ、俺は酒をやめたんだよ」とサムは言った。「まったくやめたというんでもないけど、ずいぶん前から控えている。そうしなくちゃならなかった。しばらくのあいだ何がなんだか、わけがわからなくなってね。今のところなんとかこの家は持ちこたえてるが、もう手のほどこしようはないかもしれない」

　私は肯いた。彼は私の顔を見た。ずっと見つづけていた。私が何か言うのを彼は待っているみたいだった。でも私は何も言わなかった。いったい何が言えるだろう。言うべきことはない。「そろそろ戻るわ」と私は言った。

「ああ、そうだね」と彼は言った。「俺はもう少しこれを続けるよ。それから戻って寝る」

　私は言った、「おやすみなさい、サム」

「おやすみ、ナンシー」、彼は言った。「なあ」。彼は噛むのをやめた。彼は舌先でその噛んでいたものを下唇の裏に押し込んだ。「クリフによろしくって言っといてくれ」

私は言った、「あなたがそう言ってたって彼に言っとくわ」

彼は肯いた。彼は銀色の髪を手の指で梳いた。まるでそれをとことん押さえつけようとするみたいに。「おやすみ、ナンシー」

家の正面に出て、歩道を歩いた。歩を止め、自分の庭の木戸に手を置いて、まわりを見渡した。どうしてかはわからないけれど突然、自分がすべての人から、少女時代に知っていたり愛していたりしていたすべての人から、遠く隔てられてしまったような気がした。私はそんな人々を懐かしく思った。しばらくのあいだそこに立ったまま、あの時代に戻りたいと思った。それから、そんなことはできっこないんだと思った。できっこない。そして若い頃に自分が、将来はこんな風になるだろうと思い描いた人生と、今の現実の私の人生が似ても似つかないことに思い当たった。その当時私が自分の人生にどんなことを求めていたのか、今となってはうまく思い出せない。でもほかのみんなと同じように、私にだって人生の計画はあった。クリフにだって彼なりの計画はあった。そんな中で私たちは出会い、生活を共にするようになったのだ。

私は家の中に入り、すべての明かりを消した。寝室に戻ると、ローブを脱いで畳み、目覚まし時計が鳴ったらすぐに手に取れるところに置いた。私は時計の針を見ないようにしながら、アラームがついていることを確かめた。それからベッドにもぐりこみ、布団を引っ張り上げて目を閉じた。クリフがいびきをかき始めた。突いてみたが、止まらない。彼はいびきをかき続けた。私はじっと彼のいびきを聞いていた。そのときになって、木戸の掛け金を下ろしてくるのを忘れたことに気づいた。私はあきらめて目を開けてじっと横になっていた。目を動かして部屋の中にあるいろんなものを眺めた。私は横を向いてクリフの腰に腕をまわした。その体を少し揺すってみた。彼はしばらくいびきをかくのをやめ、それから咳払いをした。そしてごくんと唾を飲みこんだ。何かが喉にひっかかり、胸の中でガラガラと音がした。彼は深くため息をつき、それからまたいびきをかき始めた。

「クリフ」と私は言って、彼を揺さぶった。強く。「ねえクリフ、聞いてちょうだい」。彼は唸り、ぶるっと一度身震いをした。少しのあいだ呼吸が止まったみたいだった。まるで何かの底に沈んだみたいに。自分でもわからないうちに、私の指は彼のヒップの柔らかい肌に食い込んでいった。私は息を詰め、彼がまたいびきをかき始めるのを待ち受けた。少し間があり、呼吸が戻ってきた。深い、規則的な呼吸だ。私は彼の胸に手をやった。指を開いた私の手はずっとそこに置かれていたが、やがてそれはとんとんと胸を叩き始めた。次に何をしようかと思案しているみたいに。「クリフ」と私はもう一度言った。「ねえクリフ」。私は手を彼の喉にまで上げた。脈動がそこに感じられた。うっすらと髭の伸びた彼の顎を手で包み、手の甲に温かい息を感じた。私は彼の顔を見つめ、指先でその造作を辿った。重く閉じられたその瞼に私は触れた。額のしわを撫でた。

私は言った、「ねえクリフ、聞いてちょうだい」。私は心のうちをすべて語ろうとして、まず「愛している」と言うことから始めた。私はこれまでずっとあなたのことを愛してきたし、これからもずっと愛していくと思う、と私は言った。それらは何にも増してまず口にされなくてはならないことだった。それから私は語り始めた。彼がどこか別の場所にいて、私の言うことなんか全然聞こえていないことも、どうでもよかった。それに、話をしている途中で私にもはっとわかったのだ。こんなことは彼はとっくに知っているし、私自身よりもむしろよく知っているのだということが。ずっと前から彼にはそれがわかっていた。そう思って、私はしばし口をつぐみ、違った目で彼を見た。でもいずれにせよ一度言い始めたことは最後まで言い終えてしまいたかった。私は彼に向かって、自分の心にあることを恨みも高ぶりもなく、そのまま残らず語った。何もかもすべて言ってしまった。すっかり最後の最後まで。私たちはどこでもない場所にまっしぐらに向かっているし、私たちはそのことを認めなくてはならないのだと。たとえ認めたところで何の役にも立たないだろうとわかっていても。

それだけのことかとあなたは思うかもしれない。でもそれを口に出してしまったおかげで、気は楽になった。それから私は頬の涙を拭き、仰向けに横になった。クリフの呼吸は普通に聞こえた。しかしその音は大きく、自分の呼吸が聞こえないほどだった。私は少しのあいだ我が家の外にある世界について考えた。でもそのあとはもう何も考えなかった。そろそろ眠れそうだということ以外には。

浮気

The Fling

じめじめとした十月のある日。泊まっているホテルの窓からは、この灰色に染まった中西部の都市の大部分が一望できる。いくつかのビルディングの窓には灯がともり、街の端の方にそびえる高い煙突からは暮れゆく空に向けてゆっくりと太い煙が立ちのぼっている。ここにある大学キャンパスの分校――いかにも似つかわしくないものだが――を別にすれば、この街にあえて推奨できるようなものは殆んどない。

昨年サクラメントにほんの短かく立ち寄った際に父から聞いた話をしよう。それはその二年前に起こった一連のあさましい出来事に関わる話で、そのとき父と母はまだ離婚してはいなかった。それがもし僕の時間と労力を費やして、またあなたの時間と労力を費やして、あえて語られるほどの重要性をもつことであるのなら、どうして今までその話を持ち出さなかったのだ、と問われるかもしれない。そう言われると答えに窮する。まずだいいちに僕はその出来事をそれほど重要なことだとは思わなかったのだ。少なくとも僕の父と、その出来事にかかわった何人かの人々を別にすれば。第二に、こちらの方がたぶんもっと大きな理由なのだが、そんな出来事と僕のあいだにいったいどんな関係があるというのだ？　その質問に答えるのは、もっとむずかしい。父親に対してそのとき僕がひどい対応をしたと、今思っているということは認める。助けの手を差し出せたときに、僕は父をすげなく見捨ててしまったのだろう。でもそれと同時に、父にはもう救いがなかったのだということを、僕が何をしたところで無益であったということを、心の別の部分が僕に告げている。その数時間のあいだに我々二人のあいだで行われたのは、彼が僕に僕自身の暗い深淵を覗き込ませた――むりやり覗き込ませたという方が近いだろう――というだけのことだった。パール・ベイリーが言っているように、無から生まれるのは無だけだ。そういうことだ。僕らはみんな経験からそれを知っている。

僕は本のセールスの仕事をしている。僕の勤めている会社は中西部では名の知られた教科書出版社だ。僕の本拠地はシカゴで、受持ち販売地域は主にイリノイと、そしてアイオワとウィスコンシンの一部である。そのときロス・アンジェルスで開かれた西部出版業者協会の会合に出席していたのだが、シカゴに帰る途中二、三時間くらい父親に会ってもいいかなという気になった。突然の思いつきだった。どうしようかと迷いもした。両親の離婚以後、もう一度父に会いたいという気持ちはほとんどなくなってしまっていたからだ。でも気が変わる前に僕は財布に入れておいた住所の書きつけを探し出し、そこに電報を打つ手続きをしていた。そして翌朝荷物をシカゴに送り、サクラメント行きの飛行機に乗った。空は全体にうっすらと曇っていた。冷ややかに湿った九月の朝だった。

父を見つけるのにちょっと手間どった。彼はゲートの少し後ろに立っていた。白髪で眼鏡をかけ、茶色のスタ・プレストのコットン・パンツをはいていた。襟首の開いた白いシャツの上にグレーのナイロンの上着を着ていた。彼はじっと僕を見ていた。僕が飛行機を降りてからずっと、父は僕を視野に収めていたのだということがわかった。

「父さん、元気かい」と僕は言った。

「やあ、レス」と父は言った。

我々は短かく握手してからターミナルに向かった。

「メアリと子どもたちは元気かな？」と父が尋ねた。

返事をする前に僕は父の顔をまじまじと見た。しかしもちろん彼は知らなかった。我々がもう六ヵ月近く別居しているということを。「みんな元気だよ」と僕は答えた。

彼は白い菓子店の袋を開けた。「おみやげに持っていってもらおうと思って買ってきたんだ。たいした量じゃないよ。メアリにアーモンド・ロカ、エドにクーティー・ゲーム、それからバービー人形。ジーンは気に入ると思うよ」

「うん、もちろん」と僕は言った。

「忘れていかんようにな」と彼は言った。

僕は肯いた。尼さんの団体が興奮し、熱心に話しながら搭乗口に向かってやってきたので、我々は道をあけた。父は老けこんでいた。「お酒かそれともコーヒーでもちょっと飲まない？」と僕は言った。

「なんでもつきあうよ。ただ車を持っていなくてな」と彼は詫びるように言った。

「ここらでは車は必要ないんだ。タクシーで間に合うから」

「どこに行く必要もないさ。バーに行って一杯やろう。まだ時間は早いけど、ちょっとくらい飲んでもいいだろう」

ラウンジを探し当て、父をブース席に案内してから、バーの方に行った。喉がからからに乾いていたので、待っているあいだにオレンジ・ジュースを所望した。父の方を見ると、彼はテーブルの上でしっかりと両手を握り合わせていた。そして色のついたガラス窓から空港の風景をじっと眺めていた。大きな飛行機が一機、乗客を乗せているところだった。そして遠くの方では一機が着陸しているところだった。二つか三つ隣のスツールでは、三十代後半と思える赤い髪の女性が白いニットのスーツを着て、年下に見える二人の身なりの良い男たちに挟まれて座っていた。男の一人は彼女の耳に口を寄せ、何ごとかを話しかけていた。

「久しぶりだね、父さん。乾杯」。父は肯き、我々は長く一口を飲み、それからそれぞれ煙草に火をつけた。「どうだい、元気にしている?」

彼は肩をすぼめ、両手を開いた。「まずまずだ」

僕は深く背もたれにもたれかかり、長く息を吸い込んだ。父はそのまわりに苦悩の雰囲気を漂わせていて、それがいささか鬱陶しかった。

「シカゴの空港はこの四倍くらいは大きいんだろうな」と父が言った。

「もっと大きいよ」と僕は言った。

「大きいんだろうと思っていた」と彼は言った。

「いつから眼鏡をかけてるの?」と僕は尋ねた。

「ちょっと前からさ。この二、三ヵ月かな」と彼は言った。

少ししてから僕は言った。「お代わりをもらおう」。バーテンダーがこちらを見たので、僕は肯いた。今度は赤と黒のドレスを着た、やせて感じの良い娘が席まで注文をとりにきた。バーのスツールは今ではいっぱいになっていた。そして何人かのビジネス・スーツを着た男たちがブース席のテーブルの前に座っていた。天井からかかった漁網には、色とりどりの日本の浮き球がたくさん放り込まれていた。ジュークボックスではペトゥラ・クラークが「ダウンタウン」を歌っていた。父が一人暮らしをしていることを僕はもう一度思い出した。機械作業を行う工場で、夜間の旋盤職人をしている。とても信じられないことだが。バーにいた女が出し抜けに大きな声で笑い、両脇に座った男たちの袖をつかんで、スツールの上で後ろに反り返った。娘がお代わりのグラスを持って戻ってきた。今度は父は僕とグラスを合わせた。

「まったく穴があったら入りたいような気持ちだよ」とおもむろに彼は言った。二本の腕はグラスの両側にどっしりと置かれていた。「レス、お前は学のある人間だ。お前ならわかってくれるんじゃないかと思うんだよ」

僕は目をあわせないようにかすかに肯いた。そして話を待った。彼は単調な低い声で、引きずるような調子で話し出し、僕は最初からすっかりうんざりさせられた。僕は灰皿の端を立てて傾け、底に書いてある文字を読んだ。**ハラーズ・クラブ／リノ&レイク・タホー**。楽しさ満載の場所。

「彼女はスタンリー・プロダクツの販売員だったんだ。小柄な女で、手足が小さく、髪は石炭みたいにまっ黒だった。世界一の美人というわけじゃないが、人好きのするところがあった。歳は三十で、子持ちだった。でもな、言い訳するんではないが、きちんとした女だったよ。

お前の母さんはいつも彼女から物を買っていた。ホウキとかモップとか、パイの具とかな。ま、母さんはあのとおりの女だからな。その日は土曜日で、私は一人で家にいた。お前の母さんはどこかに出かけていた。どこに行ってたかはわからん。仕事に出てたわけじゃない。居間でのんびりと新聞を読みながらコーヒーを飲んでいるときに、ドアにノックの音がして、出てみるとその小柄な女が立っていた。サリー・ウェインだ。ミセス・パーマーに御注文の品をお持ちしました、と彼女は言った。『私はパーマーだが、女房は今いないんだよ』と私は言った。それで、代金を払うから中に入りなさいと私は言った。彼女はどうしたものかわからず、小さな紙袋とそのぶんの領収書を手に持ったまま、そこに立っていた。

『私が受けとるよ』と私は言った。『金があるかどうか見てくるから、中に入ってそこに座ってなさい』

『かまわないんです』と彼女は言った。『つけにしておくこともできますから。おりを見て集金にうかがえます。そうなさる方も多いですし、かまわないんです』。そう言ってにっこり笑った。本当に気にしなくてもいいんだという風に。

『いやいや』と私は言った。『今払っておこう。その方がいい。あんたが出なおしてくる手間が省けるし、こっちも借りを作らずに済む。入んなさい』と私はもう一度言って、網戸のドアを開けてやった。『女の人を外で待たせておくというのは礼儀に反するからね』と言った。それは午前十一時か十二時くらいのことだった」

彼は咳きこみ、それからテーブルの上にあった僕の煙草の箱から一本とった。バーにいた女がまた笑った。僕はその女の方を見て、それからまた父を見た。

「彼女は中に入った。私は『ちょっと待っててくれ』と言ってベッドルームに行き、自分の財布を探した。ドレッサーの上をずっと見たんだが、財布はなかった。いくらかの小銭とマッチと櫛はあった。しかし財布がないんだ。お前の母さんが午前中かけて家の中をきれいに片づけちゃってたわけだ。で、私は居間に戻り、彼女に言った、『今ちょっと探しているから』と。

『ほんとに、御面倒でしたら』と彼女が言った。

『面倒なんかじゃないよ。どうせ財布は見つけなきゃならないんだからね。そこで楽にしてなさい』と言った。

『そういえば』と私は台所のドアの前で立ち止まって言った。『東部での派手な強奪事件のことは知ってるかね?』、私は新聞を指さした。『ちょうど今、記事を読んでたところなんだけれど』

『昨夜《ゆうべ》テレビで見ましたわ』と彼女は言った。『映像が出て、警官がインタビューを受けていて』

『あざやかな手並みだよね』と私は言った。

『手際がとても良かったみたいですね』と彼女は言った。

『人は誰しも時として完全犯罪を夢見るものじゃないかね』と私は言った。

『なかなかあんなにうまくはいきませんよね』と彼女は言った。彼女は新聞を手に取った。第一面に装甲現金輸送車の写真があり、百万ドル強奪というような大きな見出しが出ていた。たぶんそんな見出しだったと思う。その事件のことは覚えているか、レス？　犯人たちはそのとき警官の格好をしていたんだよ。

それ以上いったい何を話せばいいのか、わからなかった。我々はそこにつっ立ったまま、互いに顔を見合わせていた。それから私はポーチに行って洗濯かごを開けてズボンを探した。お前の母さんがそこに入れたんじゃないかと思ったからさ。案の定、財布はズボンの後ろポケットに入っていた。それから部屋に戻って、いくら払えばいいかと尋ねた。

『さあ、これで用件が済む』と私は言った。

勘定は三ドルか四ドルで、私はそれを払った。それから、なんでそんな質問をしたのかよくわからんのだが、もしあんたにそれだけの金があれば、というのは強盗が持って逃げた金のことだが、それで何をするかね、と彼女に尋ねた。

そう訊かれて彼女は声をあげて笑った。笑うと歯が見えた。

なあレス、そのとき自分にいったい何が起こったのか、自分でもよくわからんのだよ。私は五十五で、子どもたちもみんな大人になってる。それなりの分別もあった。女の方はほとんど私の半分の歳で、学校に上がった小さな子どももがいた。子どもたちが学校に行っている時間は、やることがないのでスタンリーで働いていた。もちろん小遣い銭が入るのはありがたかったが、それよりは何もせずにぶらぶらしているのが嫌だからというのが働いている理由だった。べつに無理に仕事をする必要はなかったんだ。ちゃんとした収入はあった。亭主は、ラリーっていうんだが、コンソリデーティッド運送の運転手で、良い給料をとっていた。ほら、例の組合《チームスター》だからさ。楽に生活できるだけの収入はあった。金に困ってアルバイトをしているというんじゃなかった」

父は話しやめて、顔を手で拭った。「お前にはそのへんのことをわかってもらいたいんだ」

「それ以上話さなくていいよ」と僕は言った。「とくに事情を知りたいわけじゃない。誰にでも間違いはある。それはわかっているから」

父は首を振った。「私はこのことを誰かに話さなくちゃならないんだよ、レス。この話は今まで誰にもしていない。でもお前にはこの話をしておきたいし、理解してもらいたいんだ」

「彼女には二人の子どもがいた。スタンとフレディー、学校に通っていて、一つ違いの兄弟だ。ありがたいことにその子どもたちに会ったことはない。でもいつか彼女は子どもたちの写真を何枚か見せてくれた。私がさっきの盗まれた金のことを持ち出すと、彼女は笑って、金が入ったらスタンリーの仕事をやめてサンディエゴに行き、そこで家を買うと思うと言った。サンディエゴに親戚がいるんだそうだ。そしてそれだけの金があったら、そこに落ち着いてスポーツ用品店を開きたいと彼女は言った。二人でいつもその話をしていると彼女は言った。もしそれだけの資金ができたら、スポーツ用品店を開こうってな」

僕は新しい煙草に火をつけ、腕時計を見た。テーブルの下で脚を組んだり、組み直したりしていた。バーテンダーがこちらを見たので、僕はグラスを上げた。彼はほかのテーブルで注文をとっている娘に合図をした。

「彼女は今ではソファーに座り、前よりずっとリラックスして、新聞を流し読みしていた。それから顔を上げ、煙草をお持ちじゃありませんか、と私に訊いた。別のバッグに入れたまま家に置いてきてしまったんで、家を出てからずっと煙草を吸ってないんです、と彼女は言った。だって家にカートンがあるのに、自動販売機の煙草なんて買いたくありませんもの、と彼女は言った。私は彼女に煙草を一本やり、マッチで火をつけてやった。でも私の指は震えてたよ」

父はまた黙って、テーブルの上をひとしきり見ていた。バーに座った女は、両わきの男たちと腕を組んでいた。そして三人はジュークボックスの曲に合わせて歌っていた。「あの夏の風が、海の上を吹き渡っていた」。私はグラスに指を上下させながら、気の進まぬまま、父の話の続きを待った。

「それからあとのことはぼんやりとしか思い出せない。コーヒーを勧めたことは覚えている。ちょうど作ったばかりだからってな。もう行かなくちゃいけないんだけど、でもまあコーヒー一杯くらいなら、と彼女は言った。話しているあいだ、どちらも母さんの話は持ち出さなかった。いつ母さんがここに戻ってくるかもわからないというようなことをな。私は台所に行ってコーヒーが温まるのを待った。そのときには私もすっかりその気になっていて、おかげで手にしたコーヒーカップはかたかたと音を立てていた。でもなレス、これだけは信じてほしいんだが、お前の母さんと夫婦になってこのかた、私は浮気なんてただのいっぺんもしたことがなかった。ただのいっぺんもだ。そういう気になりかけたことも何度かあったし、チャンスもあったよ。ま、はっきり言ってお前の母さんについてもお前の知らんようなことはある。ときには母さんは、つまり場合によっては――」

「やめてくれないか」と僕は言った。「そういう話はあまり聞きたくない」

「何もそういう意味じゃない。私はお前の母さんのことを愛していた。お前は知らんだろうが。私としてはただわかってもらいたかっただけだ。そういうことを……。私は彼女にコーヒーを持っていった。そのとき、サリーはもうコートを脱いでいた。私はソファーの反対側の端に座って、もっと個人的な話をした。彼女の二人の子どもはローズヴェルト小学校に通っていた。ラリーは運送の仕事の都合でときどき一週間から二週間も家をあけた。北はシアトルから南はロスまで、あるいはアリゾナ州フェニックスか、しょっちゅうどこかに行っている。そのうちに私たちは話をしているのが楽しくなってきた。つまり、そこに座って話していると気持ちが良いんだよ。彼女の両親はもう亡くなっていて、このレディングの街で叔母さんに育てられたということだった。ラリーと彼女は同じ高校に通っていてそこで知り合い、結婚した。でもきちんと最後まで学校に通えたことを誇りに思っていると彼女は言った。で、まあそのうちに、私の口にしたあることで彼女は吹き出した。それはちょっと意味深《いみしん》なことだったのさ。彼女はそのことで笑いつづけていた。それから彼女は私に、未亡人の家に行った旅まわりの靴のセールスマンの話を知ってるかと尋ねた。我々はその話に大笑いし、それから私がもう少し品の悪い小話をやった。それで彼女はくすくす笑って、もう一本煙草を吸った。はずみがつくということがあるが、そのときはまさにそんな具合で、ほどなく私は彼女のすぐそばにまで寄っていた。

こんなことを血を分けたお前に言うのは心苦しいんだが、私は彼女に口づけした。手際が良かったとはとても言えないが、私はソファーの背もたれに彼女の頭を押しつけ、キスした。彼女の舌が私の唇に触れるのが感じられた。何と言えばいいのか、どう言えばいいのか本当にわからんのだがな、レス、私は彼女をレイプしたんだ。いや、何も彼女の意志に反してレイプしたというんじゃない。でも彼女をレイプしたことに変わりはない。まるで十五歳の男の子みたいに不器用にがむしゃらに。彼女は進んで従ったというのでもなかったが、かといって格別私を止めようともしなかった。……私にはよくわからんよ。それまできちんとルールに従って生きてきた、そんな風にやってきた人間が、次の瞬間には……。

でも一分か二分ですべては終わってしまった。彼女は立ち上がり、服の乱れをなおした。そして恥じらいの色を顔に浮かべた。私はどうしていいかわからなくなって、台所に行ってコーヒーのおかわりをふたつ作った。戻ってくると彼女はコートを着て、帰り仕度をしていた。私はコーヒーを置いて彼女のところに行って、ぎゅっと抱きしめた。

『きっとあなた私のことを商売女みたいだと思ってるんだわ』。そんなことを彼女は言った。そして自分の靴をじっと見下ろしていた。私はもう一度彼女を強く抱きしめて言った。『まさか、そんなことあるもんか』と。

彼女は帰っていった。我々はさよならも言わなかったし、また会おうとも言わなかった。彼女はただ振り向いて、ドアからすっと出ていった。彼女が車に乗って、角まで行って消えていくのを私はじっと見ていた。

私はすごく興奮したし混乱もしていた。ソファーの乱れをなおして、クッションを裏返した。新聞をまとめ、使ったコーヒーカップまで洗った。コーヒーポットを空にした。そのあいだずっと考えていたのは、お前の母さんが帰ってきたときにいったいどういう顔をすればいいのか、ということだった。少し外に出て頭を整理しなくてはと思った。私はケリーの店に行って、そこで夕方までビールを飲んでいた。

そんな具合にものごとが始まったんだ。そのあと二週間か三週間、何ごとも起こらなかった。お前のお母さんと私はこれまでどおりの生活を送っていた。そして二日か三日後にはその女について考えるのを私はやめた。いや、私は何もかもしっかりと覚えていたよ。そんなことがどうして簡単に忘れられる？　ただそれについて考えるのをいっさいやめようと思ったんだ。ところがある土曜日、私は前庭に出て芝生を刈っていた。すると道路の向こう側に彼女が車を停めるのが見えた。彼女はモップと、二つか三つの小さな紙袋を手に持って車から降りてきた。配達をしていたんだ。このときはお前のお母さんは家にいたから、もしたまたま窓のそばにいたら何もかもしっかりと見えたはずだ。でも私は思った。サリーに何かを言う機会を何があってもつくらなくてはならないと。私はじっとそちらを見ていた。そして彼女が向かいの家から出てくると、できるだけなんでもないような顔をして、そちらにぶらぶらと歩いていった。手にはスクリュードライバーとプライヤーを持っていた。それらしい用件があるようなふりをしてな。私が車のわきに行くと、彼女は既にその中にいて、身を屈めて窓ガラスを下ろさなくてはならなかった。私は言った、『やあサリー、元気にしているかい？』

『ええ、元気よ』と彼女は言った。

『また君に会いたいんだ』と私は言った。

彼女はただ私の顔を見た。腹を立てているというのでもなく、何を思っているというのでもなく、ただ何げない普通の目で私を見ていた。両手はハンドルの上に置かれたままだった。

『君に会いたい』と私はもう一度言った。口がずいぶん重くなったみたいだった。

『サリー』

彼女は唇を歯の間にはさんでいたが、それをやめ、言った。『今夜うちに来ない？ラリーは留守にしている。オレゴンのセーラムまで行っているから。ビールでも飲みましょう』

私は肯いて、車から一歩離れた。『九時過ぎにね』と彼女は付け加えた。『明かりはつけたままにしておくから』

私が再び肯くと、彼女は車のエンジンをかけ、クラッチを繋いで去っていった。私は通りを渡って家に戻ったが、両脚はがくがくしていた」

バーの近くでは、赤いシャツを着た痩せた浅黒い男がアコーディオンの演奏を始めた。ラテン音楽で、彼はその大きな楽器を腕の中で思い入れたっぷりに前後に揺すりながら演奏した。ときには片脚を腿の上にまであげ、ぐるぐるまわした。さっきの女はバーに背中を向けて座り、酒のグラスを手にして聴いていた。彼の音楽をじっと聴き、彼を見つめ、スツールの上で曲にあわせて身体を前後に揺すり始めた。

「生演奏つきか」と私は父に言った。話をそらすためだ。父親はそちらの方向にちらりと目をやっただけで、グラスの酒を飲み干した。

出し抜けにその女はスツールから滑るように降りた。そして数歩歩いてフロアの正面に出ると、ダンスを始めた。彼女は頭を左右に振り、靴のヒールが床を踏むのにあわせて両手の指を鳴らした。そこにいる全員が彼女の踊るのを見ていた。バーテンダーはカクテルを作るのをやめた。外にいた人々も中を覗き込み、戸口のところにちょっとした見物の人だかりができたが、それでも女は踊り続けていた。最初のうち人々はその光景に魅せられたのだと思う。しかしやがてそこには彼女のために恐れたり、気恥ずかしく思ったりする気持ちが少し混じってきたようだ。少なくとも僕に関してはそうだった。そのうちに彼女の赤毛がほどけて、背中にはらりと落ちた。でも彼女は叫び声を上げ、より速いペースで床を踏みしめただけだった。両手を頭の上にあげて、指を鳴らしながら、フロアの真ん中に小さな輪を描いてまわった。彼女は今では男たちに取り巻かれていた。しかしそれでも彼らの頭上に彼女の両手と、スナップする白い指を目にすることはできた。それから靴音のスタッカートと、最後の鋭い一声とで、ダンスは終わった。音楽も終了し、女は頭を前にさっと振り、髪が顔の前にかかった。そして彼女は床に片膝をついた。アコーディオン奏者が拍手をリードした。彼女のいちばん近くにいた男があとずさりして、彼女のためにスペースを作った。彼女は頭を垂れ、長い息をつきながら、その床の上にしばらくじっとしていた。それからようやく立ち上がった。彼女は頭がぼんやりしているみたいに見えた。彼女は唇にかかっている髪を舐め、まわりにいる人の顔を目にした。男たちは拍手を続けていた。彼女は微笑み、ゆっくりと身体を回してみんなの顔を視野に収めてから、ゆっくりかしこまった会釈をした。それからバーの自分の席に戻り、グラスを取り上げた。

「見たかい？」と僕は尋ねた。

「見たよ」

そんなものには何の興味もないという顔つきだった。一瞬父のことがとことん情けなく見えて、僕は目をそらさないわけにはいかなかった。自分が愚かしいことはわかっていた。どうせあと一時間で僕はいなくなってしまうのに。しかし父親の浮気について、それが僕の母親になしたことについて、自分の考えを父に告げることを回避するには、僕としてはそうする以外になかったのだ。

レコードの途中からジュークボックスが鳴り始めた。女はバーに静かに座っていた。

ただ頬杖をつき、鏡に映った自分の顔を見つめていた。彼女の前には酒のグラスが三つ置かれていた。そして男たちの一人は（さきほど彼女に話しかけていた男だ）彼女から離れてバーの端っこの方に移っていた。もう一人の男は手のひらを広げて、彼女の背中の下の方にあてていた。私は長く息を吸い込み、唇に笑みを浮かべ、父親に顔を向けた。

「そんな具合にことは運んだ」と彼は話を再開した。「ラリーのスケジュールはだいたい前もってわかっていたから、チャンスがあれば欠かさず彼女のところに行くようになった。母さんには『エルクス』に行くと言った。あるいは工場でやり残した仕事があるとか、とにかく何でもいいから適当な理由を言っておいた。二、三時間家をあける理由になるならなんでもよかった。

最初のとき、その日のことだが、私は三ブロックか四ブロック離れたところに車を停め、歩いて彼女の家まで行って、その前をいったん通り過ぎた。コートのポケットに両手を入れ、足早に歩いていって、勇気を奮い起こすためにその先まで歩き続けたんだ。彼女の家のポーチの明かりはこうこうと灯っていて、シェードは残らず下ろしてあった。私はブロックの端まで行って、それからゆっくりと戻ってきた。そして彼女の家の敷地に入って、玄関のドアまで行った。もしラリーが中にいてドアを開けたら、それでおしまいだとわかっていた。道がわからなくてとか適当なことを言ってごまかしただろう。そしてもう二度とここには戻らない。心臓がどきどきと脈打つ音が耳のすぐそばで聞こえた。ベルを押す前に、私は苦労して指から結婚指輪をはずし、それをポケットに入れた。お前のお母さんに対して自分がどんなことをやっているか、それについて考えたのは、本当に心からそのことを考えたのは、ただ一度そのときだけだったと思う。ポーチに立って、彼女がドアを開けるのを待っていたそのいっときのことだよ。そう思う。サリーがやってきてドアを開けるまでのいっときだ。自分が今やっていることの意味がわかったし、それはどこまでも正しくないことだった。

でも私はそれをやってしまった。私の頭はどうかしていたに違いない。なあレス、私の頭はずっとどうにかなっていたのに、それが自分でもわからなかったんだ。なぜ、どうしてあんなことをやってしまったんだろう？　成人した子どものいるこんな老いぼれがな。どうして彼女はそんなことをしたんだ？　あの尻軽女が！」、父は顎をぎゅっと引いて深く考え込んでいた。「いや、それは違う。私は彼女に夢中になっていたし、それは認めなくちゃならん。……機会があれば私は昼間にだって彼女のところに行った。ラリーが遠くに行っているとわかっているときには、工場を午後に抜け出して飛んでいった。彼女の子どもたちはいつも学校にいた。ありがたいことに、子どもたちとは一度も鉢合わせしなかった。今も続いていたら、それはもっと大変なことになっていたはずだ……。でもその最初のときがなんといってもいちばん大変だった。

我々はどちらもかなりナーバスになっていた。二人で台所に座って、長いあいだビールを飲んでいた。彼女は自分について多くを話し始めた。内緒の思いと彼女が呼ぶところのものだ。私はだんだんリラックスして、気も楽になってきた。そして私もそのうちにいろんな話を彼女にしていた。たとえばお前の話をした。お前は働いて金を貯めて、学校に行って、それからシカゴに引っ越した。小さな時に鉄道でシカゴまで行ったことがあると彼女は言った。私はこれまで自分がやってきたことについても話した。とくに大したことはやっていないんだ、と私は言った。そして自分がまだやりたいと思っているいくつかのことについて、私は彼女に話した。自分がいつかやろうと計画していることについて。彼女のそばにいると、そういう気持ちになれた。まだそういうことができるんじゃないかというような気にな。計画が持てないほど年老いちゃいないと私は言った。『人には計画というものが必要なのよ』と彼女は言った。『計画を持たなくちゃ。自分に計画が持てなくなったり、先を楽しみにすることができなくなったら、そのときにはもう人生そのものを終えてしまいたい』、そんなことを彼女は言った。ほかにもいろんなことを言ったな。そして私は彼女のことを愛しているんだと思うようになった。我々はそこに座って、どれくらい長くだろう、とにかくありとあらゆることを話しあった。それから私は彼女の身体に腕を回した」

父は眼鏡をとり、しばらく目を閉じていた。「この話は今まで誰にもしたことがないんだ。いささか酔ったような気がする。もうお代わりはいらんよ。でもこのことは誰かに話してしまいたいんだ。もう自分一人の中に留めておくわけにはいかない。こんな話をしてお前をうんざりさせているかもしれない。でも頼む。悪いとは思うが、もうちょっとだから、私の話を最後まで聞いてくれ」

僕は返事をしなかった。僕は空港を眺め、それから腕時計に目をやった。

「なあちょっと聞いてくれよ！　お前の飛行機は何時に出発するんだ？　ひとつあとの飛行機に乗るわけにはいかないのか？　なあレス、もう一杯酒をおごらせてくれ。二杯頼んでくれよ。手短に話す。すぐに終わる。どうしてもこの重荷を胸からおろしてしまいたいんだ。聞いてくれよ。

彼女は亭主の写真をベッドルームに置いていた……。何もかも全部話してしまいたいんだよ、レス……。最初のうち、それはどうにも落ち着かなかった。ベッドに入って明かりを消す前に最後に見るのがご亭主の写真だなんてな。でもそれも最初の数回のことだった。そのうちにその写真にも慣れてきた。だんだんそれがあることが気に入ってもきたんだよ。我々がベッドインするときに、彼がこちらににっこりと微笑みかけていることにな。それをほとんど楽しみにするようにさえなった。もし写真がなくなったら、きっと物足りなく思っただろう。昼間そこに行くことを好むようにさえなった。部屋が明るければ好きなときに写真が見られるわけだから」

父は首を振った。頭が少しぐらついているようにも見えた。「信じがたい話だろう。自分の父親がどういう人間かよくわからなくなったんじゃないか。……まあ、話の結末はひどいものだった。それは知っているだろう。お前のお母さんは家を出ていった。私に文句を言える筋合いは何もない。そのへんのことはお前も知っているはずだ。もうあなたの顔を見ていることができないと、母さんは言った。でもそれもとくに重要なことでさえない」

「どういう意味だよ」と私は言った。「それが重要なことでもないというのは？」

「それについて話すよ、レス。この話の中でいったい何がいちばん重要なことなのかというのを、お前に話そう。ここにはそれよりも更にずっと重要な意味を持つことがいくつかあるのだということが、お前にもわかるはずだ。お前のお母さんが私のもとを去ったことよりも、もっと重要な意味を持つものごとがあるということがな。それは、長い目で見れば、ほんのなんでもないことだ。……我々はある夜ベッドの中にいた。夜中の十一時頃だったと思うな。というのは私はいつも十二時前には家に帰るようにしていたからだ。子どもたちは眠っていた。我々はベッドの中でおしゃべりをしていた。サリーと私の二人でだよ。私の腕はサリーの腰に回されていた。彼女の話を聞きながら、たぶんうとうとしていたんだと思う。半分居眠りをしながら話を聞いているというのは、気持ちの良いものだった。その一方で私は目覚めていて、そろそろ起き上がって家に帰らなくちゃなと考えてもいた。そのとき一台の車が車寄せに入ってきて、誰かが降りて、ドアをばたんと閉めたんだ。

『どうしよう』と彼女は金切り声を上げた。『ラリーだわ!』。私がベッドを飛び出て、まだ廊下で洋服を着ようと苦労しているときに、彼がポーチに上がってきて、ドアを開ける音が聞こえた。私は頭に血がのぼってしまったに違いない。そのとき頭に浮かんだのは、裏庭の方に逃げたらでかい金網の塀に追いつめられて殺されちまうな、ということだったと思う。サリーの方はなんだかわけのわからん声を出していた。まるで息がうまく吸い込めないみたいな感じだな。彼女は部屋着を着ていたが、前がまる開きだった。それで台所に立って頭を前後に振っていた。何もかもが一瞬のうちに起こったんだよ。私はといえば半裸で、手に服をつかんでいる。そしてラリーが玄関のドアをまさに開けんとしている。それでだな、私はジャンプしたよ。大きな正面の窓めがけてジャンプし、ガラスを突き破って脱出したんだ。私は茂みの中に落ちた。とび起きると身体からガラスの破片がばらばらと落ちた。私はそのまま通りに向かって走った」

よしてくれよ、そんなひどい話ってあるものか。それはあまりにもグロテスクだった。最初から最後まで常軌を逸している。もしそこに僕の母親が絡んでいなかったら、何はさておき大笑いするところだ。僕はしばらくのあいだじっと父の顔を見た。彼は僕と目を合わせなかった。

「逃げおおせたの？　彼はあとを追ってくるとかしなかったのかい？」

父は返事をせず、空になったグラスをじっと見つめていた。僕は腕時計に目をやり、伸びをした。目の奥に軽い痛みを感じた。「そろそろ行かなくちゃいけないみたいなんだけど」と僕は言った。そして顎のところに手をやって、シャツの襟をまっすぐにした。「その話はもうそれで終わりなんだろう。父さんと母さんはそれで離婚し、父さんはサクラメントに移った。母さんはまだレディングにいる。そういうことなんだろう？」

「いや、正確にはそうじゃない。まあそのとおりではあるんだが、でもな、そうじゃなくて――」、彼は声を大きくした。「なあ、お前はなんにもわかっとらんのだなあ。

本当になんにもわかっとらん。三十二歳になってもお前にわかるのは本の売り方だけなんだな」。彼は私をちらりと見た。眼鏡の奥で彼の目は小さく、赤く、ずっと遠くにあるみたいに見えた。私はそこにじっと座ったまま、どのみち何も感じなかった。そろそろ行かなくてはならない時刻だった。「いやいや、そうじゃない。それで終わりじゃない。……悪かった。そのほかにどんなことが起こったのかを話そう。もし、もし彼が彼女を殴りつけるとか、あるいは私のあとを追いかけるとか、私に会いに家までやってくるとか、そういうことであれば。私はどんな目にあわされても文句の言えないところだ。どんなことをされてもな……。でも彼はそうしなかった。彼はそんなことを何ひとつしなかった。私が思うに、そうだな、彼はただがっくりしてしまったんだ。ただもう……腑抜けのようになってしまった。彼はソファーに横になっておいおいと泣いた。彼女は台所にいて、やはりおいおい泣いていた。床にひざまずいて、神に向かって声に出して祈った。ごめんなさい、ごめんなさいと言った。でも少しあとでドアが閉まる音を彼女は聞いた。居間に行ってみると彼の姿はなかった。車に乗っていったのでもなかった。車は車寄せに置かれたままだった。彼は歩いていったんだ。彼はダウンタウンまで歩いていって、ジェファーソン通りで部屋を借りた。三番街のあたりに。彼はどこかの終夜営業のドラッグストアで果物ナイフを買って、部屋に戻って、それで腹を突き刺し始めたんだ。自殺しようと思ってな。……二日ばかり後に誰かが無理に中に入ってみると、彼はまだ生きていた。三十だか四十だかの小さなナイフの刺し傷があって、部屋中が血だらけになっていた。でも彼はまだ生きていた。彼は内臓をずたずたに切ってしまった、と医者は言った。一日か二日後に彼は病院のベッドで死んだ。できることはもう何もないと医者は言った。彼はそのまま死んでしまった。一言も口をきかず、誰かを求めることもなかった。内臓をずたずたにしたまま死んでいったんだ。

なあレス、私は自分がそこで死んだように感じている。実際に私の一部は死んだ。お前のお母さんは私と別れて正しかったよ。彼女は私のもとを去るべきだったんだ。でも葬られるべきはラリー・ウェインではなかった。私が死にたいというのではないよ、レス。それはまた別のことだ。墓に入っているのが彼であって私でないことの方を、私は選ぶことだろう。もしどっちかを選べと言われればだが……私には何がなんだかわからないんだ。生とか死とか、そういうことがさっぱりわからん。人生は一回しかなく、それっきりだと私は信じている。でもな、それでも、他人の人生を心に負ったまま生きていくというのはきついものだよ。忘れようとしても忘れられない。私の起こしたことが原因となってその男が死んでしまったことが、どうしても頭から去らないんだ」

父は何かを言いかけたが、首を振ってやめた。それからテーブルの上に軽くかがみ込み、口を軽く開けたまま僕の目を覗き込もうとした。彼は何かを求めていた。彼はその話の中に、何らかのかたちで僕を引き込もうとしていた。たしかに。でもそれだけではなかった。彼は別の何かを求めていた。おそらく答えだろう。しかし答えなんてありはしない。それともほんのちょっとした仕草を求めていたのかもしれない。腕に軽く手を触れるとかそういうことをしてほしかったのかもしれない。それだけで十分だったのかもしれない。

僕はシャツの襟を緩め、手首で額の汗を拭いた。咳払いをしたが、彼と目を合わすことはまだできなかった。身体ががたがた震えているみたいだった。説明のつかない恐怖が僕の身体を貫いていた。目の奥の痛みはひどくなっていた。僕が身体をもぞもぞし始めるまで、僕が彼に与えられるものは何ひとつないんだということが、そんなことを言えば誰に与えられるものも何ひとつないんだということがどちらにもわかるまで、彼はじっと僕を見つめていた。僕は表面こそスマートだが、中身はまったくの空っぽなのだ。僕はショックを受けた。一度か二度、瞬きをした。煙草に火をつけるとき、指がぶるぶる震えていたが、それを父に気取られないように注意した。

「こんなことを私が口にするのは正しくないとお前は思うかもしれない。しかしご亭主の方にもともと何か問題があったと私は思うんだ。だって女房が男と遊び歩いているからといって、そんなことまでするなんてな。つまりさ、もともと頭が半ばおかしいからそんなことまでするんじゃないか……。まあお前にはわかりはしないだろうが」

「良心の呵責みたいになっていることは気の毒だと思う。でもそんな風に永遠に自分を責めて生きていくわけにはいかない」

「永遠に」と彼は言ってまわりを見る。「それはどれくらい長くだ?」

我々は何も言わずに数分間そこに座っている。ずいぶん前にグラスは空になっているが、娘は注文をとりに来ない。

「お代わりを頼む?」と僕は言った。「僕が払うよ」

「もう一杯飲む時間があるのか?」と彼は言って、僕をまじまじと見た。それから言った。「いや、もうやめよう。お前は飛行機に乗らなくちゃならない」

我々はブース席から立ち上がった。僕は父にコートを着せかけてやり、二人で店を出た。僕は彼の肘に手をあてていた。バーテンダーが僕らを見て「ごきげんよう」と言った。僕は手を振った。腕がこわばっているみたいだった。

「新鮮な空気を吸おう」と僕は言った。我々は階段を降りて外に出て、午後の眩しい光に目を細めた。太陽がちょうど雲の後ろに姿を隠したところで、我々はドアの外に出たまま、何も言わなかった。人々は僕らの後ろをかすめるように通り過ぎていった。みんなとても急いでいるみたいだった。ただ一人の例外は、一泊用の革製のショルダーバッグをかけたジーンズ姿の男で、彼は鼻血を流しながら我々の隣を歩き過ぎていった。彼が顔にあてているハンカチは血でこわばっていた。彼は通り過ぎるときに我々の顔を見た。黒人のタクシー運転手が乗っていかないかと我々に尋ねた。

「タクシーに乗りなよ、父さん。うちまで送るよ。住所は？」

「いや」と父は言って、覚束ない足取りで縁石から離れるように一歩後ろにさがった。

「私がお前を見送る」

「そんなことしなくていい。ここで別れよう。それでいいじゃないか。あらたまってさよならを言うのはもともと好きじゃないんだ。そのへんはわかるだろう？」と僕は付け加えた。

我々は握手をした。「あまりいろんなことを気にしない方がいいよ。それが今はいちばん大事なことだ。この世界には完璧な人間なんていやしないんだ。気を取り直してやっていくしかないさ」

僕の言うことを彼が聞いていたのかどうかわからない。いずれにせよそれについて父は何も言わなかった。運転手は後部席のドアを開け、僕の方を向いて言った。「どちらまで？」

「この人に訊いてくれ。知っているから」

彼は肩をすくめ、ドアを閉め、運転席に戻った。

「それじゃね。手紙を書いてよ、父さん」と僕は言った。「元気でね」と僕は最後に言った。タクシーが出ていくとき、父は振り返るように窓から僕を見た。それ以来父には会っていない。シカゴに戻る途中で、父のくれたプレゼントの紙袋をラウンジに置いてきてしまったことに気づいた。

父は結局手紙を書いてはこなかった。あれから連絡はまったくない。こちらから父に手紙を書いて、元気にしているかどうか確かめてもいいのだが、住所をどこかになくしてしまったようだ。でも、どうだろう、僕みたいな人間に、父が何を求めることができただろう？

ささやかだけれど、役にたつこと

A Small, Good Thing

土曜日の午後に彼女は車で、ショッピング・センターにある小さなパン屋に行った。そしてルーズリーフ式のバインダーを繰って、ページにテープで貼りつけられた様々なケーキの写真を眺めたあとで、結局チョコレート・ケーキに決めた。それが子どものお気に入りなのだ。彼女の選んだケーキには、片方の端に宇宙船と発射台と、そして白い星がデコレーションとしてちりばめられていた。もう一方の端には赤い砂糖衣で作られた惑星がひとつ浮かんでいた。スコッティーという名前が、緑色の字で惑星の下に入ることになった。パン屋の主人は猪首の年配の男だった。来週の月曜日でスコッティーは八つになるんです、と母親が言っても、パン屋の主人は黙って聞いているだけだった。主人はスモックのようなかたちの白いエプロンをつけていた。エプロンの紐が両腕の脇から背中をぐるりと回って正面に出てきて、でっぷりとしたウエストの下で結ばれていた。彼は女の話を聞きながらエプロンで両手を拭いていた。そして見本帳の写真に目をやったまま、女にずっと喋らせておいた。パン屋は彼女にゆっくりと時間をかけてケーキを選ばせた。仕事場にやってきたばかりだったし、どうせ一晩そこでパンを焼くことになるのだ。何も急ぐことはない。

彼女は「宇宙ケーキ」に決め、アン・ワイスという自分の名前と電話番号を教えた。ケーキは月曜日の朝にはできている。オーヴンから出したばかりの状態で。その日の午後に開かれるパーティーまでにはたっぷり時間の余裕がある。彼は愛想のいい人間ではなかった。冗談なんか言わない。手短に言葉を交わし、必要なことしか口にしない。パン屋は彼女を居心地悪い気分にさせたし、彼女としてはそれがあまり気に入らなかった。彼が鉛筆を手にカウンターにかがみこんでいるあいだ、彼女はその男の粗野な顔つきをじろじろと見ながら、この人はこれまでの人生で、パンを焼く以外に何かをやったことがあるのだろうかと思った。彼女は三十三歳になる母親だった。そして世の中の人は誰であれ、とくにこのパン屋の主人のような歳の人なら（彼女の父親くらいの歳だ）、バースデイ・ケーキや誕生パーティーが子どもたちにとって大事な意味を持つことがわかっているはずだと思っていた。子どもを持つ親なら、そういうことはよくわかっているはずだ。なのにこの人はいかにもつっけんどんだ——無礼というのではないが、つっけんどんだ。この人とはとても仲良くなれそうもない。彼女はパン屋の奥の部屋に、長いどっしりとした木のテーブルがあるのを目にとめた。テーブルの端の方にはアルミニウム製のパイ焼き皿が積み重ねてある。テーブルの隣には、空の枠をいくつも詰めた金属の容器がひとつ置いてある。そして巨大なオーヴン。ラジオがカントリー・ミュージックを流していた。

パン屋は特別オーダーのカードに注文を書きつけ、バインダーを閉じた。そして彼女を見て「月曜の朝に」と言った。彼女はじゃあお願いしますねと言って家に帰った。

月曜日の午後、スコッティーは友だちと歩いて学校から帰宅した。二人はポテトチップの袋を回していた。スコッティーは友だちが誕生日プレゼントに何をくれるつもりなのか何とか口を割らせようとしていた。交差点のところで、彼はまわりを確かめずに歩道から下りた。そしてその瞬間に車が彼をはね飛ばした。少年は横向きに倒れた。頭は溝の中につっこみ、両脚は路上にあった。目は閉じられていたが、脚は何かをよじのぼるような格好で前後に動いていた。連れの少年はポテトチップの袋を落として泣き出した。車は三十メートルくらい進んでから、道の真ん中で停まった。車を運転していた男は肩越しに後ろを振り返った。そして少年がよろよろと立ち上がるのを待っていた。少年は少しふらっとよろめいた。頭は少しぼんやりしているようだが、大丈夫らしい。男はギヤを入れて走り去った。

スコッティーは泣かなかった。しかし何ひとつ言うべき言葉を持たなかった。もう一人の少年が、車にはねられるのってどんな感じだいと訊いても、返事もしなかった。彼はまっすぐ歩いて家に帰った。連れの少年は彼とそこで別れ、走って家に帰った。スコッティーは中に入って、一部始終を母親に話した。彼女は息子と並んでソファーに座り、その手を取って膝の上に載せた。「ねえ、スコッティー、大丈夫？　何ともない？」と話しかけながら、医者を呼ぼうかと彼女が考えているとき、子どもは突然ソファーの上でごろりと仰向けになって、目を閉じ、ぐにゃっとしてしまった。どうしても子どもが目を覚まさないことがわかると、彼女は夫の会社に急いで電話をかけた。ハワードは彼女にいいかい落ち着くんだ、落ち着くんだよ、と言った。そして救急車を呼び、自分も病院に急いだ。

もちろん誕生パーティーは開かれなかった。少年は病院に運ばれた。軽い脳しんとうを起こし、事故によるショック状態にあった。嘔吐があり、両肺に水が溜まっていて、午後のうちに取り除く必要があった。今ではただぐっすりと眠りこんでいるように見えた。しかしそれは昏睡ではない。両親の目にもしやという不安の色を読み取って、昏睡ではありませんよとフランシス医師は強調した。その夜の十一時、レントゲン写真をいっぱい撮られたり、いろんな検査を受けたあとで、少年はとても気持ちよさそうにすやすやと眠っていた。あとは少年が目覚めて、起き上がるのを待つだけ、というときになって、ハワードは家に帰った。彼とアンはその日の午後からずっと二人で少年に付き添っていた。だから彼はいったん家に戻って風呂を浴び、服を着替えることにした。「一時間で戻るからね」と彼は言った。彼女は肯いた。「いいわよ」と彼女は言った。「二人で大丈夫」。彼は妻の額に口づけし、二人は手を触れ合った。彼女は枕もとの椅子に座り、スコッティーの顔を見ていた。そして子どもが元気に目を覚ますのをじっと待ちつづけた。そうすれば彼女も一息つくことができる。

ハワードは車を運転して家に戻った。彼は雨に濡れた暗い通りを必要以上に飛ばした。それからはっと気づいてスピードを緩めた。彼の人生は今まで順調そのもので、満足のいくものだった。大学を出て、結婚して、もうひとつ上の経営学の学位を取るためにもう一年大学に行って、投資会社の下位共同経営者になっていた。子どももいる。幸福で、今までのところは運にも恵まれていた。それは自分でもよくわかっていた。両親は健在だったし、兄弟姉妹はみんなきちんとした一家を構えていた。大学時代の友人たちは社会に出て、それぞれの場所で立派にやっていた。彼の人生はこれまでのところ、危害らしい危害から遠ざけられていた。ほんのちょっとしたことで風向きは変わるものだし、そうなればそのような暗い力は、人の身を損ない、その足をつかんで引きずりおろすこともあるということを彼は承知していた。彼は車寄せで車を停めた。左足ががたがたと震えていた。そして座ったまま、ここはひとつ冷静に対処しなくちゃなと思った。スコッティーが車にはねられて入院している。でもまもなく回復するだろう。ハワードは目を閉じて手で顔を撫でた。それから車を下りて玄関まで歩いた。家の中で犬が吠えていた。名前はスラッグ。彼が鍵でドアを開け、壁のスイッチを手さぐりで探しているあいだずっと、電話のベルが鳴り続けていた。家になんか帰ってくるべきじゃなかった。俺は病院にいるべきだったんだ。彼はののしりの言葉を口にした。彼は受話器を取って「今帰ってきたばかりだよ！　もしもし！」と言った。

「ケーキを取りに来ていただかないと」と電話の相手は言った。

「何だって？　何を言ってるんだ？」とハワードは訊いた。

「ケーキですよ」と相手は言った。「十六ドルのケーキです」

ハワードは話の筋を理解しようと、受話器をぎゅっと耳に押しつけた。「ケーキがいったいどうしたんだ」と彼は言った。「何の話だかわからないな」

「そういう言い方はないでしょう」と相手は言った。

ハワードは電話を切った。彼は台所に行って、ウィスキーを少しグラスに注いだ。そして病院に電話をかけてみたが、スコッティーの容体は前と同じだった。子どもは眠り続けており、変化はない。風呂に湯をはっている間に、ハワードは顔に泡をたてて髭を剃った。バスタブの中で体を伸ばして目を閉じると、また電話のベルが鳴りはじめた。彼は風呂からとび出すと、タオルをつかみ、急いで部屋を抜けて電話のところにいった。「俺は馬鹿だった。まったく馬鹿だった」と彼は言いつづけていた。病院を離れるべきではなかったのだ。彼は受話器を取り、「もしもし！」と怒鳴った。電話の向こうには物音ひとつ聞こえなかった。それから相手は電話を切った。

十二時少し過ぎに彼は病院に戻った。アンは相変わらず枕もとの椅子に腰かけていた。彼女はハワードを見上げ、それからまたスコッティーに視線を戻した。少年の目は閉じられたままだ。頭はまだ包帯に包まれている。息づかいは静かで、規則的だった。ベッドの上の器具にはブドウ糖液の瓶が吊るされ、そのチューブが少年の腕に繋がれていた。

「具合はどうだい？」とハワードは訊いた。「これは何だい、いったい？」と彼はブドウ糖液とチューブに向けて指を振った。

「フランシス先生の指示なの」と彼女は言った。「栄養補給が必要なんだって。体力を維持する必要があるの。ねえハワード、なぜこの子は目を覚まさないの？」と彼女は言った。「問題がないのなら、どうして眠りっぱなしなの？」

ハワードは妻の後頭部に手をあて、指で髪を撫でた。「きっと良くなるさ。すぐに目を覚ます。フランシス先生にまかせておけば大丈夫だよ」

少し間があって彼は言った。「君もちょっと家に帰ってひとやすみしたらどうだい？そのあいだ僕が付いているよ。しつこく家に電話をかけてくる変態野郎がいるけど、相手にしないように。切っちまえばいいのさ」

「誰が電話かけてくるの？」と彼女は訊いた。

「誰だか知らないよ。知らない家に電話をかけるくらいしか楽しみのない奴さ。さあ、家に帰りなさい」

彼女は首を振った。「帰らない」と彼女は言った。「私は大丈夫よ」

「なあ、頼む。ちょっと家に帰って休んで、また戻ってきて、朝に僕と交代してくれ。きっとうまくいく。フランシス先生はなんて言った？　スコッティーは元気になるって言っただろう？　だから心配することなんかないんだよ。スコッティーはぐっすり眠ってるんだ。それだけのことだよ」

看護婦がドアを押し開けた。そして二人に向かって肯いてから、枕もとに行った。彼女は布団の中から少年の左手を出して、手首に指をあて、時計を見ながら脈を取った。そして少ししてから手をまた布団の中に戻し、ベッドの足もとに行って、そこでベッドに備えつけてあるクリップボードに何か書きこんだ。

「具合はどうですか？」とアンが訊いた。ハワードの手は彼女の肩の上で重く感じられた。その指に力が入るのがわかった。

「安定してます」と看護婦は言った。それからこう言い添えた。「まもなく先生がお見えになります。先生は病棟に戻っておられて、今、回診してらっしゃるんです」

「今話をしてたんですが、妻はできたら帰宅して休みをとりたいんです」とハワードは言った。「先生が見えたあとででも」と彼は言い添えた。

「どうぞそうなすって下さい」と看護婦は言った。「お二人とも気になさらずに、ご自由にお休みになってかまいません」。看護婦は大柄な金髪のスカンジナビア系の女だった。制服の胸の部分が大きな乳房でいっぱいに膨らんでいた。彼女の喋り方には少し訛があった。

「先生のおっしゃることを聞きたいわ」とアンは言った。「先生とお話ししたいの。この子がこんな風に眠り続けるなんて何だか変よ。良くないしるしよ」。彼女は片手を上げて目にあて、頭を少し前に傾けた。彼女の肩に置かれたハワードの手に力が入った。それからその手は首にまわされ、そこの筋肉を揉み始めた。

「フランシス先生はまもなくお見えになります」と看護婦は言った。そして部屋を出ていった。

ハワードはしばらく息子の顔をじっと食い入るように見ていた。掛け布団の下で、その小さな胸が静かに上下していた。会社にアンから電話がかかってきたときに味わったあのおぞましい恐怖がもう一度、四肢にわきあがってくるのが感じられた。彼はそれを追い払うために首を振り始めた。スコッティーは大丈夫だ。眠っているのが家のベッドではなく、病院のベッドだというだけだ。頭には包帯が巻かれ、腕にはチューブがささっている。でもそういうものが今の彼には必要なのだ。

フランシス医師が部屋に入ってきた。さっき会ってからまだ数時間しか経っていなかったが、彼はハワードと握手をした。アンは椅子から立ち上がった。「先生?」「やあ、アン」と彼は言って肯いた。「まず坊やの様子を見てみましょう」と医者は言った。彼はベッドの脇に行って、少年の脈を取った。片方の瞼を開け、もう片方もおなじように開けた。ハワードとアンは医者の隣に立ってそれを見ていた。スコッティーの瞼が裏返され、瞳の外の白い部分がむき出しにされると、アンは小さな声を上げた。それから医者は布団をめくり、聴診器を使って心臓と肺の音を聴いた。腹のあちこちに指をあてた。それが終わると、彼はベッドの足下に行って、チャートを調べた。腕時計に目をやり、何やらチャートに記入した。それからじっと待っているハワードとアンの方を向いた。

「いかがですか、先生？」、ハワードが尋ねた。「いったい息子はどうなっちゃってるんでしょう？」

「どうして目覚めないんですか？」とアンが言った。

医者はハンサムで、肩が広く、顔は日焼けしていた。三つ揃いのブルーのスーツを着て、ストライプのネクタイをしめていた。そして象牙のカフスボタン。白髪まじりの髪はぴたりと頭の両側になでつけられている。まるで今しがたコンサートから帰ってきたばかりのように見えた。「問題はありません」と医者は言った。「何もあわてるようなことはありません。もっと良くなっていてもいいはずなのですが、でも心配なさることはないです。早く目が覚めてくれないものかな。もう目が覚めてもいいはずなんだが」。医者はまた少年の方を見た。「あと二時間ほどしたら、もっと詳しいことがわかります。いくつかの検査の結果が出てきますから。でも御心配には及びません。信じて下さい。頭蓋骨にごく細いひびが入っている以外に悪いところはないんです。ひびが入っていることは確かですが」

「そんな」とアンは言った。

「そして、以前にも申し上げたように、軽い脳しんとうを起こしています。それから、言うまでもなく、彼はショック状態にあります」と医者は言った。「こういうショック状態にある患者が眠りこむ例はときどきあるんです」

「でも大きな危険はないとおっしゃるんですね?」とハワードが言った。「これは昏睡じゃないってさっきおっしゃいましたよね? たしかに昏睡ではないんですね、先生?」ハワードはじっと医者を見ながら返事を待った。

「ええ、昏睡と呼びたくはありません」と医者は言って、またちらっと少年を見やった。「彼はとても深く熟睡しているのです。体は自らを回復しようとしており、眠りはその手段なのです。大きな危険はありません。それははっきりと言えます。いずれにせよ彼が目覚めて、検査の結果が出たら、より詳しいことが判明するでしょう。心配なさらないで」と医者は言った。

「これは昏睡です」とアンは言った。「とにかくその手のものです」

「これはまだ正確には昏睡とは呼べません」と医者は言った。「これを昏睡と呼びたくはありません。少なくとも今のところはね。彼はショック状態にあるのです。そんな場合、こういう反応が出るのはよくあることです。肉体的外傷に対する一時的な反応です。昏睡というのは長期にわたる深い意識消失状態です。それは何日も、ときには何週間も続きます。私たちの見るかぎり、スコッティーはまだその領域には入り込んでおりません。朝になれば、回復の徴候が出てくるはずです。大丈夫、私が保証します。目が覚めたらもっと詳しいことがわかりますし、ほどなく目は覚めるはずです。いうまでもないことですが、御自由に行動なさって下さい。ここにいらしても結構ですし、お宅にお帰りになっても結構です。でももしちょっとのあいだ病院を離れておやすみになりたければ、遠慮はなさらないように。大変なことはよくわかっています」。医者は少年を検分するようにもう一度じっと見つめ、それからアンの方を向いた。「物事を悪い方に悪い方に考えてはいけません、お母さん。私を信じて下さい。できるだけの手は尽くしているのです。もう少しの辛抱と思って下さい」。彼はアンに向かって肯き、ハワードとまた握手して部屋を出ていった。

アンはスコッティーの額にしばらく手をあてていた。「少なくとも熱はないようね」と彼女は言った。「でも神様、この子すごく冷たい。ねえ、ハワード、こういうのってちょっと変じゃない？　おでこを触ってみて」

ハワードは子どもの額に手を触れた。彼自身の呼吸はもう落ち着いていた。「この状況ではとくにこれでおかしくないと僕は思うけどね」と彼は言った。「この子はショック状態にあるんだよ。先生がそう言っただろう？　それに今検診したばかりじゃないか。スコッティーの様子がおかしいようなら何か言ってるさ」

アンは唇をじっと噛みしめながら、しばらくそこに立っていた。それから彼女は自分の椅子に戻って腰を下ろした。

ハワードはその隣の椅子に座った。二人は顔を見合わせた。もっと何か言って妻を安心させたかった。でもそうするのが怖かった。ハワードは妻の手を取って自分の膝の上に載せた。それは彼の気持ちを安らかにしてくれた。膝の上の妻の手。彼は彼女の手を取って、ぎゅっと握りしめた。それから力を抜いて、普通に握った。二人はしばらくそのまま座っていた。ひとことも口をきかずに子どもを見つめていた。ときどき彼は妻の手を堅く握りしめた。やがて彼女は手を引っ込めてこめかみをさすった。

「私、ずっとお祈りしてたの」と彼女は言った。

彼は肯いた。

「お祈りのやりかたなんてもうほとんど忘れちゃったと思ってたんだけど、やってるうちに思い出してきたわ。目を閉じてこう言えばそれでいいのよ。『神様、私たちをお助け下さい。スコッティーをお助け下さい』って。あとは簡単だった。言葉がする出てくるの。あなたもお祈りしたら？」と彼女は彼に言った。

「僕ももうお祈りした」と彼は言った。「今日の午後も祈った。いや昨日だな。つまり、君が電話をかけてきて、車で病院に来るまでの間にさ。僕はずっと祈っていたよ」、彼はそう言った。
「よかった」と彼女は言った。そこで初めて彼女は、自分たちは二人一緒にこれに、このトラブルに巻き込まれているのだと感じることができた。今までずっと、これは自分とスコッティーだけの身にふりかかった問題なんだと自分が考えていたことに彼女は気づいた。彼女はハワードを数に入れていなかったのだ。彼もずっとそこにいて、必要とされていたにもかかわらず。彼は疲れているように見えた。彼の頭はがっくりと、胸につくように垂れていた。彼女は夫に対して優しい気持ちを抱いた。この人が夫で良かったとアンは思った。

少したって、前と同じ看護婦がやってきてまた少年の脈を取り、ベッドの上の点滴の流れ具合を点検した。

一時間ほどしてから、別の医者がやってきた。新しい医者の名前はパーソンズと言った。放射線科の医者だった。彼はもじゃもじゃとした口髭を生やしていた。ローファー・シューズにウエスタン・シャツ、ブルージーンズという格好で、その上に白い上っぱりを着ていた。
「もう少し写真を撮りたいんで、この子ちょっと下に連れていきますね」と彼は二人に言った。「もっと写真を撮る必要があるんです。スキャンもやりたいし」

「なんですって?」とアンは言った。「スキャン?」彼女はその新しい医者とベッドの間に立ちはだかった。「レントゲン写真ならもうずいぶん撮ったじゃありませんか」「もう少しだけ必要なんです」と彼は言った。「心配なさることとありません。ただあと少し写真が欲しいだけです。それから坊やの脳のスキャンをやりたいんです」

「神様」とアンは言った。

「こういう場合、ごく普通にやることなんです」と新しい医者は言った。「どうして坊やがまだ目覚めないのか、我々としても今一度確認しておきたいんです。手順としてはごく普通のものです。御心配なさることじゃありません。すぐに下に運びます」と医者は言った。

ほどなく二人の看護人が車輪付担架《ガーニー》を押してやってきた。どちらも黒髪で肌が浅黒く、白い制服を着ていた。彼らは外国語でふたことみこと言葉を交わしてから、横たわっている少年の手に付けられたチューブを外し、ベッドからガーニーに移した。そして車を押して部屋の外に出た。ハワードとアンは同じエレベーターに乗った。アンはガーニーの脇に立ち、子どもを見ていた。エレベーターが下降しはじめると、彼女は目を閉じた。看護人たちは何も言わずにガーニーの両端に立っていた。一度だけ片方が連れに向かって、彼らの言語で何かひとことと口にしただけだった。連れの男はそれに対してゆっくりと肯いた。

少しあとになり、太陽が放射線科の外の待合室の窓を明るく照らし始める頃、少年はもとの病室に運ばれ、ベッドに戻された。ハワードとアンは行きと同じように子どもと同じエレベーターに乗り、同じベッドの枕もとの椅子に戻った。

一日じゅう二人は待ち続けた。でも少年は目を覚まさなかった。時折、片方が部屋を出て階下に行き、カフェテリアでコーヒーや果物ジュースを飲んだ。そして自分が何かやましいことをしているような気分になり、跳びあがるようにテーブルを立って、急いで病室に戻ってきた。フランシス医師はその日の午後にまたやってきて、もう一度少年を検診し、容体は良くなっている、今にも目覚めるでしょうと言って帰っていった。看護婦が（昨夜とは違う看護婦たちだ）時折やって来た。それから検査室の若い女性がノックして、部屋に入ってきた。彼女は白いブラウスに白いスラックスという格好で、いろんなものを載せた小さな盆を持っていた。彼女はそれをベッドの脇にある小卓の上に置いた。そして何も言わずに、少年の腕から採血していった。その女が少年の腕の適切な部分を探しあて、そこに針を刺すのを見てハワードは目を閉じた。

「これはいったいどういうことなんですか？」とアンはその女に尋ねた。

「医師の指示です」とその若い女は言った。「言われたことをやってるだけです、私は。採血をするようにと言われたら、採血します。この坊や、いったいどこがいけないのかしら？」と彼女は言った。「こんなに可愛いのに」

「車にはねられたんです」とハワードは言った。「轢き逃げです」

若い女は頭を振り、また子どもの顔を見た。それから盆を持って部屋を出ていった。

「どうして目を覚まさないの？」とアンは言った。「私、病院のきちんとした答えをききたいの、ハワード」

ハワードは何も言わなかった。彼はまた椅子に腰を下ろし、脚を組んだ。そして両手でごしごしと顔をこすった。彼は子どもの顔を見て、それからまた椅子に落ち着いた。目を閉じ、そして眠ってしまった。

アンは窓際に行って、大きな駐車場を見ていた。もう夜になり、出入りする車はライトをつけていた。彼女は窓の前に立ち、両手で窓枠をつかんでいた。そして自分たちが今重大な局面に、それも困難な局面に立ち至っていることを直観的に知った。彼女は怖かった。歯ががたがたと音を立てたので、彼女は力を入れて顎を閉じなくてはならなかった。大きな車が一台病院の正面に停まって、そこにロング・コートを着たどこかの女が乗り込むのが見えた。私もあの人のようになれたらなあと彼女は思った。そして誰かが（誰でもいい）車でここからどこかへと連れ去ってくれるのだ。どこか、スコッティーが車から下りてくる自分を待ちうけていてくれる場所へと。「ママ」とスコッティーは言って飛んできて、彼女は息子を思いきり抱き締めるのだ。

ほどなくハワードが目を覚ました。彼はまた少年の顔を見た。そして椅子から立ち上がり、手脚を伸ばし、窓際にやってきて彼女の隣に立った。二人は外の駐車場を眺めた。ひとことも口をきかなかった。でも二人は今では互いの身の内が感じとれるようだった。あたかも心労が、どこまでも自然に二人を透明にしてしまったみたいに。

ドアが開いてフランシス医師が入ってきた。彼は今回は違うスーツを着て、違うネクタイをしめていた。しかし髪の様子は同じで、髭は剃ったばかりに見えた。彼はまっすぐベッドに行って、子どもの具合を見た。「もう元気になっているはずなんだが。目を覚まさない理由がないんです」と彼は言った。「でも御心配なさらないように。それは我々としても自信を持って申し上げることができます。この子は決して危険な状態じゃありませんから。目を覚ましさえしたら、一安心できるんだが。回復しない理由は何もないんです。まったく何ひとつないんです。そりゃあまあ、目が覚めたらかなりの頭痛は感じるでしょう。それは覚悟して下さい。でも悪い徴候は何ひとつとしてないんです。すべてがこの上なく正常に機能しています」

「じゃあ、これは昏睡ですね？」とアンは言った。

　医者はつるりとした頬を撫でた。「とりあえずそう呼びましょう。お子さんが目を覚ますまでのあいだね。でもあなたも体を壊してしまいますよ。ただ待っているというのはきついものです。どうか外に出て、食事でもなすって下さい」と彼は言った。「その方がいいです。もし御心配なら、お出かけになっているあいだ、看護婦を付けておきますよ。外に出て何か召し上がりなさい」

「何も食べられません」とアンは言った。「おなかもすいていません」

「もちろんどうなさろうと御自由です」と医者は言った。「いずれにせよ、私は悪い徴候はまったくないっていうことを申し上げたかったんです。検査の結果は正常でした。おかしなところは何もありません。目を覚ましさえすれば、もう峠は越えたようなものです」

「有り難うございました」とハワードは言った。彼はまた医者と握手した。医者はハワードの肩を軽く叩いて帰っていった。

「どちらかが家に戻っていろんな用事を済ませた方がよさそうだ」とハワードが言った。「たとえばスラッグにも餌をやらなくちゃならんし」

「近所の誰かに電話してよ」とアンは言った。「モーガンさんに頼んでよ。頼めば犬の餌くらい誰だってやってくれるでしょう」

「わかった」とハワードは言った。それからややあって彼はこう言った。「ねえ、君がやったらどうだろう。君が家に帰っていろんな用事を済ませて、それからここに戻ってくればいいじゃないか？　そうした方がいいと思うんだ。僕が子どもを見ている。考えてごらん」と彼は言った。「僕らがここで消耗しちゃったら元も子もないぜ。この子が目を覚ましてからも、僕らはしばらくここに詰めていなくちゃならないかもしれないから」

「あなたが帰ればいい」と彼女は言った。「スラッグに餌をやって、自分も食事してくれば」

「僕はもう帰った」と彼は言った。「正確に言って一時間と十五分、家に帰ってた。君も一時間ばかり家に帰って、さっぱりとしてきたまえ。それから戻ってくればいい。僕がここにいる」

　彼女はそれについて考えようとした。でも考えるには彼女は疲れすぎていた。彼女は目を閉じて、もう一度考えを巡らしてみた。少しして彼女はこう言った。「じゃあ少しだけ家に帰るわ。もし私がこうしてここでいっときも目を離さず見つめているのをやめたら、この子はひょっとして目を覚ますかもしれないものね。わかる？　私がいないほうが、この子、目を覚ますかもしれないわよね？　だから家に帰ってお風呂に入って、新しい服に着替える。スラッグに餌をやる。それからまた戻ってくるわ」

「僕はここにいるよ」と彼は言った。「家に帰りなさい、ハニー、それから戻ってくればいい。変わりがないかずっと見守っているから」。彼の目はまるでずっと酒を飲み続けていたみたいに赤く充血し、小さくなっていた。服はしわだらけだった。髭もまた目立つようになっていた。彼女はその顔に手をやり、それから引っ込めた。夫がしばらく一人になりたがっていることが彼女にはわかった。彼は少しのあいだ誰とも話したくないし、誰とも心労をわかちあいたくないのだ。彼女はナイト・テーブルの上のハンドバッグを手に取った。彼は妻にコートを着せてやった。

「そんなに長くはかからないから」と彼女は言った。

「家に帰ったら座って、少し体を休めるんだよ」と彼は言った。「何か食べなさい。風呂から上がったら、また座ってしばらく休むんだ。それでずいぶん楽になるはずだから。そのあと戻っておいで」と彼は言った。「我々まで体を壊してしまってはいけない。フランシス先生の言ったこと聞いただろう?」

彼女はコートを着たまましばらくそこに立って、医者が何と言ったか一言ひとこと正確に思い出してみようとした。口にした言葉そのものより、細かいニュアンスなり、仄めかしらしきものが裏に隠されていないかと思い巡らした。医者が身をかがめてスコッティーの検診をしているときに、表情が変化を見せはしなかったかと懸命に考えてみた。子どもの瞼をめくり、それから呼吸に耳を澄ませているときの医者の顔つきを彼女は思い出した。

彼女はドアまで行って、そこで振り返った。少年を見て、それからその父親を見た。ハワードは肯いた。彼女は部屋を出て、ドアを閉めた。

彼女は看護婦の詰め所の前を通り過ぎ、廊下の端まで行ってエレベーターを探した。廊下の端で彼女は右に曲がり、小さな待合室を見つけた。待合室の枝編みの椅子には黒人の一家が座っていた。カーキのシャツとズボンという格好で、野球帽を後ろにずらせてかぶった中年の男がいた。部屋着にサンダルという格好の大柄な女が椅子の中にだらんと沈みこんでいた。ジーンズをはいて何ダースという数の細いおさげに髪を編んだ十代の娘が、椅子の上に横になって煙草を吹かしていた。彼女はくるぶしのところで脚を交差させていた。アンが中に入っていくと、一家全員が彼女にさっと視線を向けた。小さなテーブルの上は、ハンバーガーの包装紙や発泡スチロールのカップでいっぱいだった。

「ネルソンのことかい」と大柄な女が身を起こして言った。「ネルソンのことで何かあったのかい？」、彼女の目は大きく見開かれていた。「さあ、言っとくれよ、ねえさん。ねえ、ネルソンのことなのかい？」、彼女は椅子から立ち上がろうとしたが、男が彼女の腕を片手でつかんだ。

「落ち着くんだ、イヴリン」と彼は言った。

「ごめんなさい」とアンは言った。「私、エレベーターを探してるんです。息子が入院してるんですが、エレベーターが見つからなくて」

「エレベーターならあっちだよ。左に曲がるんだ」と男は言って別の廊下を指さした。

娘は煙草の煙を吸い込み、アンをじっと見た。彼女の目は糸のように細まった。そしてその幅のある唇をゆっくりとはがすようにして、煙を吐き出した。黒人の女は頭を肩に倒し、アンから目を背けた。もう関心はないという風に。

「子どもが車にはねられたんです」とアンは男に言った。言い訳をしなくてはならないような気がしたのだ。「脳しんとうを起こしていて、頭蓋骨に小さなひびが入っているんです。でも快方に向かっています。今はショック状態なんです。でもそれは昏睡の一種かもしれないんです。それでとても心配なの、その昏睡のことが。私、ちょっと家に戻ります。その間主人が子どもに付き添ってくれているんです。私がいないあいだに子どもは目を覚ましてくれるかもしれません」

「お気の毒に」と男は言って、椅子の中で姿勢を変えた。そして首を振った。彼はテーブルの上に目をやり、それからまたアンを見た。彼女はまだそこに立っていた。彼は言った。「わしらのネルソンは今手術台の上におるんです。誰かがあいつに切りかかったんだ。殺そうとしたんですよ。喧嘩に巻き込まれましてな。パーティーだったんです。あいつはただ見物してただけだってことです。誰の怨みを買うようなこともせんかった。でも当世、そんなこともう関係ないんですな。それで、あいつは今手術台の上におるんです。わしらはただ希望を持って、お祈りするしかない。それ以外になんともしようがないのですわ」。彼はじっと彼女に視線を注いでいた。それから帽子のひさしを引っぱった。

アンはまた娘の方に目をやった。娘はまだ彼女のことをじっと見ていた。それからアンは中年の女のほうを見た。頭は同じように肩の上にあったが、今では目が閉じられていた。彼女の唇が音もなく動いて、何かの言葉を形作るのが見えた。彼女が何と言ったのか尋ねてみたいと、アンは激しく思った。彼女は自分と同じようにただじっと待ちつづけているこの一家と、もっと言葉を交わしたかった。彼女は怯えていたし、同じようにこの一家も怯えていた。彼らには共通点があった。彼女は事故についてももっと別のことを喋りたかった。スコッティーについてももっともっと話したかった。それがこともあろうに彼の誕生日である月曜日に起こったのだということも。そして彼はいまだに意識がないのだ。でもどのように話しはじめればいいのかがわからなかった。だから彼女はそれ以上何も言わず、じっと一家を眺めて立ちつくした。

彼女は男が教えてくれたとおりに廊下を進んで、エレベーターを見つけた。閉じたドアの前にしばらく立ったまま、私は正しいことをしているのかしら、と思い巡らせた。それから指をのばしてエレベーターのボタンを押した。

彼女は家の車寄せに入ると、車のエンジンを切った。スラッグが家の裏手から走り出てきて、興奮して車に向かって吠えた。それから芝生の上を輪を描くように走り回った。彼女は目を閉じ、ハンドルにひとしきり頭をもたせかけていた。エンジンが冷えていくコチコチという音に耳を澄ませた。それから車を降りた。彼女はその小さな犬を抱き上げ、玄関まで行った。それはスコッティーの犬だった。玄関のドアには鍵がかかっていなかった。彼女は家に入って電気をつけ、お茶を入れようと湯を沸かした。ドッグ・フードの缶を開け、裏のポーチでスラッグに与えた。犬はいかにも腹を減らしたように、ぺちゃぺちゃという小さな音を立てて食べた。そしてその間に何度も行ったり来たりして、彼女がまた出ていくんじゃないかと探りを入れた。お茶を手にソファーに腰を下ろしたときに電話のベルが鳴った。

「はい！」と彼女は答えた。「もしもし！」それは朝の五時だった。電話の背後で何か機械なり装置なりの音が聞こえたような気がした。

「ミセス・ワイス」と男の声が言った。

「はい、もしもし、何ですか？」と彼女は言った。「こちらはワイスです。ミセス・ワイスです。何があったのですか？」後ろで聞こえるのは何の音だろうと彼女は耳を澄ませた。「ひょっとしてスコッティーのことでしょうか？」

「スコッティー」と男の声が言った。「そうだよ、スコッティーのことだよ。スコッティーのことが問題なんだ。あんた、スコッティーのことを忘れちゃったのかい？」と男は言った。そしてそのまま電話を切った。

彼女は病院に電話をかけ、三階を呼び出した。彼女は電話に出た看護婦に子どもの状態を尋ねた。それから夫を呼んでほしいと言った。緊急のことなんです、と彼女は言った。

彼女は電話のコードを指でくるくると巻きつけながら夫が出るのを待った。目を閉じると胃がむかむかした。何か無理にでも食べなくては。スラッグが裏のポーチからやってきて、足もとに横になった。犬はぱたぱたと尻尾を振っていた。彼女が犬の耳を引っ張ると、犬はその指をぺろぺろと嘗めた。ハワードが電話に出た。

「誰かが今電話をかけてきたの」と彼女は言った。彼女は電話のコードをねじっていたが、それは勝手に前のかたちに戻った。「スコッティーのことだってその人は言ったのよ」と彼女は叫んだ。

「スコッティーなら大丈夫だよ」とハワードは言った。「まだ眠り続けてるってことだけどね。変化は何もない。君がいなくなってから看護婦が二回やってきた。三十分かそこらごとに誰かがやってくる。看護婦か、あるいは医者がね。スコッティーは問題ない」

「誰かが電話をかけてきたのよ。そしてスコッティーのことだって言ったの」と彼女は言った。

「ねえ、ハニー、君は休まなくちゃ。休むことが必要なんだ。そいつはたぶん僕が出たのと同じ電話のやつだろう。気にするな。一服したらここに戻っておいで。二人で朝飯だかなんだかを食べよう」

「朝御飯」と彼女は言った。「何も食べられない」

「僕の言ってることわかるだろう?」と彼は言った。「ジュースでもマフィンひとつでも、何でもいい。何がなんだか僕にもよくわからないんだよ、アン、僕だって腹なんて減ってない。ここでは話せないよ、アン。僕は受付の前に立ってるんだ。フランシス先生が八時にまたやってくる。そのとき何か我々に話があるそうだ。もっとはっきりとしたことが聞けるらしい。看護婦の一人がそう言っていた。彼女にもそれ以上のことはわからない。ねえアン、そのときにもう少し詳しいことがわかるだろう。八時だよ。八時前にこっちに戻っておいで。とにかく僕はここにいるし、スコッティーは問題ない。ずっと同じ容体だよ」と彼は付け加えた。

「お茶を飲んでいたら電話が鳴ったの」と彼女は言った。「そしてスコッティーのことだって言うの。後ろで何か音が聞こえるの。ねえ、あなたの電話のときも後ろで音が聞こえた？」

「まったく思い出せないな」と彼は言った。「酔払いとか、そんなところじゃないのかな。よくわからないけど。それともスコッティーをはねた車を運転していたやつかもしれない。そいつが変質者で、スコッティーのことを聞きつけたのかもしれない。でも僕はずっとスコッティーに付き添っているよ。だから心配せず休みなさい。風呂に入って、七時頃までにこちらに戻ってくればいいんだ。そして先生が来たら、二人で説明を聞こうじゃないか。何もかもうまくいくさ、ハニー。僕はちゃんとここにいるし、看護婦も先生もすぐ近くにいる。みんな容体は安定してるって言ってる」

「私、怖くて怖くて仕方ないの」と彼女は言った。

彼女は風呂に湯を入れ、服を脱ぎ、バスタブに身を沈めた。手早く体を洗い、タオルで拭いた。時間がないので髪は洗わなかった。新しい下着を身につけ、ウールのスラックスをはき、セーターを着た。居間に行くと、犬が見上げて、尻尾を一度ぱたっと床に打ちつけた。外に出て車に向かう頃、空は白み始めていた。人影のない湿った道路を病院に向けて車を走らせながら、二年近く前の雨の日曜日の午後を彼女は思い出した。スコッティーの姿が見当らず、ひょっとして溺れたのではないかと、二人はそのとき案じた。

その日、午後になって空が暗くなり、雨が降り出したのだが、子どもはまだ帰ってこなかった。二人は子どもの友だち全員に電話をかけてみたが、みんな無事で家にいた。彼女とハワードはハイウェイ近くの野原の先の方にある、石と板でできた彼の「砦」まで行ってみたが、子どもの姿はなかった。それからハワードはハイウェイの脇を一方に走った。彼女は逆方向に走り、しばらく走ると、排水路に行き当たった。かつてはちょろちょろと水が流れていた水路だが、今では堤のところまでどす黒い急流が溢れていた。雨が降り出したとき、彼は友だちの一人とそこにいたということだった。二人は廃材と、通り過ぎる車から投げ捨てられた空のビール缶とでボートを作っていた。二人は板きれを合わせたものの上にビール缶を並べ、それを流れに押し出していた。流れはハイウェイのこちら側で終わり、暗渠《あんきょ》に吸い込まれていた。そこでは水が猛烈に逆巻いて、あらゆるものをその管の中に吸い込んでいた。雨が降り出したとき、その友だちはスコッティーを一人で堤に残して帰った。もっと大きなボートを作るから、もう少しここに残るとスコッティーは言った。彼女は堤の上に立って、じっと水を見ていた。水は暗渠に勢いよく吸い込まれ、ハイウェイの下に消えていった。何が起こったか、彼女の目には明らかだった。子どもは水の中に落ち、今では暗渠の中のどこかにひっかかっているに違いない。それは恐ろしい考えだった。あまりにもひどい、胸を潰されるような考えだった。そんなことを想像するだけで苦しかった。しかしそれが紛れもない真実であるように彼女には思えた。子どもがその暗渠の中にいるということが。そしてまたそれがこの先、自分が背負い耐えていかなくてはならないものごとなのだと、彼女にはわかった。スコッティーのいない生活だ。しかしそれに直面してどのように振る舞えばいいか、喪失という事実にどう向き合えばいいか、それは彼女の理解を超えたことだった。男たちが機械を使い暗渠の口で夜を徹して捜索作業をしている恐ろしい光景。そんなものに私は耐えられるだろうか？強力な照明の下で男たちが働いているのを、じっと見守っていられるものだろうか？自分はどこまでも延々と行く手に続いている空虚さを、どうにかして通り抜けていかなくてはならないだろう。そして自分は、考えることだに情けないが、結局は生き延びていくことだろう。彼女にはそれがわかっていた。あとになれば、ずっとあとになれば、たとえスコッティーが日々の生活の中から消えてしまっても、自分はおそらくその空虚さとなんとか折り合いをつけてやっていけるだろう。やがてはおそらく、その喪失を、その恐ろしいまでの欠落を、うまく処理する術を覚えるだろう。そうしないわけにはいかない。ただそれだけのことだ。でも今、その「待つ」という部分をどのように切り抜ければいいのか、彼女にはそれがわからなかった。

彼女は両膝をついた。彼女はじっと急流を見つめ、神に語りかけた。もしあなたがスコッティーをこの手に戻して下さるなら、もし奇跡的に彼がここに戻れたとしたら――「奇跡的に」と彼女は声に出した――もしスコッティーが暗渠に引きずり込まれたりすることなく、この手に無事に戻るようにして下さったなら、私はあなたにお約束します。私とハワードは暮らしを変えます。すべてを変えます。私たちが生まれ育った小さな町に戻ります。一人しかいない子どもを私たちの手から残酷に奪っていくような、こんな郊外住宅地はあとにします。ハワードが彼女の名前を呼んだとき、彼女はまだ両膝をついていた。ハワードは雨の降りしきる中、野原の向こう端から彼女を呼んでいた。彼女は顔を上げ、二人がこちらに向かってやってくるのを目にした。

ハワードとスコッティーの二人だ。

「この子は隠れていたんだ」とハワードは泣くのか笑うのかよくわからない声で言った。「見つかってあまりにも嬉しかったんで、怒ることもできなかった。この子はシェルターを作ったんだ。陸橋の下の茂みの中に、自分の潜める場所をこしらえた。鳥の巣みたいなものをね」と彼は言った。彼女が立ち上がったとき、二人はまだ彼女の方に向かって歩いていた。彼女は両のこぶしを固めた。「『砦は雨漏りするから』というのがこの悪ガキの言い分だった。見つけたとき、まったくみごとに濡れていなかった。たいした隠れ家だよ」とハワードは言った。彼の目から涙が急に溢れた。それからアンはスコッティーにとびかかった。怒り狂ったように頭や顔を叩いた。「なんてことをするのよ！　なんてことをするの！」と叫びながら彼女は子どもを叩いた。「アン、よすんだ」とハワードは言って、彼女の両腕をつかんだ。「この子は無事だったんだ。それがいちばん大事なことだ。無事だったんだよ」。彼女は泣きじゃくる子どもを抱き上げ、しっかり抱き締めた。どこまでもしっかり抱き締めた。彼らの服はずぶ濡れになり、靴の中には水が入っていた。三人は家に向かって歩き出した。彼女はしばらくのあいだ子どもを抱えていた。子どもはその腕を母親の首のまわりに回していた。彼の胸は母親の乳房の上で上下していた。ハワードは二人の隣を歩きながら言った、「まったく胸が潰れそうだった。本当に、怖くてたまらなかった」。ハワードは本当に怖くて、今はその恐怖から解放されたのだろう。それが彼女にはわかった。しかし自分が目にしたあの光景を彼は目にしてはいない。この人にはわかりっこないのだ。すぐに死に思いを馳せ、その先のことまで考えたことで、彼女は自らに対して疑念を抱くことになった。私にはひょっとして愛が十分備わっていないのではないだろうか？　もし十分な愛があれば、それほど簡単に最悪の事態に思いが至らないのではないだろうか。彼女は気が触れたように頭を前後に振った。ぐったりと疲れて、歩を止めてスコッティーを下におろした。残りの道を三人は一緒に歩いた。スコッティーを真ん中にして三人で手を繋ぎ、彼らは帰宅した。

しかし彼らは引っ越しをしなかったし、そのときの話が持ち出されることもなかった。時折彼女は自分がした約束のことを思い出した。自分が捧げた祈りのことを。そしてしばらくのあいだなんとなく落ち着かない気持ちになった。しかし彼らは前と同じ生活をそのまま続けた。まずまず心地よい忙しい生活だ。格別たちの悪い、不正直な生活というものでもない。実際そこにはたくさんの満足があり、ささやかな喜びがあった。その午後の出来事はそのあと一度も話題に上らなかったし、彼女はやがてそれについて考えることをやめてしまった。彼らはずっと同じ街に暮らし、そのまま二年が経過した。そしてスコッティーは再び危機に遭遇している。おそろしい危機だ。そして彼女はその状況は、事故と昏睡は、罰としてもたらされたものではないかと考え始めていた。自分たちはこの街を去り、もっと簡素で静かな生活を送れる場所に戻って、昇給のことなんか忘れ、まだ垣根もつけていなければ芝生もきちんと植えていない真新しい家のことも忘れてしまう、という約束を守らなかったことで？　彼女は想像した。どこか遠くの町で、夜になるとみんなで大きな居間に集まって座り、ハワードが本を読む声に耳を澄ませている光景を。

彼女は病院の駐車場に車を入れ、玄関の近くに空いた場所をみつけた。今神に祈りたいとは思わなかった。自分が嘘を見破られ、偽りを追及されている人のように思えた。今起こっていることが自分のせいであるかのように思えた。遠まわしであるにせよ私に責任があるのかもしれない。彼女はふと黒人の一家のことを思った。ネルソンという名前と、ハンバーガーの包装紙の散らばったテーブルのことを思い出した。そして煙草の煙を吸い込みながらじっと自分を見ていた十代の娘のことを。「子どもなんて持つもんじゃない」、彼女は病院の玄関に入りながら、頭の中にある娘のイメージに向かってそう言った。「本当よ。持つもんじゃない」

彼女は今から勤務に就こうとする二人の看護婦と同じエレベーターに乗って、三階に上がった。水曜日の朝、あと数分で七時になろうとしていた。三階でエレベーターのドアが開いたとき、ドクター・マディソンの呼び出し放送があった。看護婦たちのあとから彼女はエレベーターを下りた。看護婦たちは違う方向に歩いていきながら、彼女が乗り込んできたことによって中断されていた会話の続きを始めた。彼女は廊下を歩いて、黒人の一家が待機していた小部屋の前に行った。一家の姿はもうなく、まるでほんのちょっと前にみんなが飛び上がってどこかに駆けていってしまったという風に、椅子が散乱していた。椅子にはまだぬくもりが残っているかもしれないと彼女は思った。テーブルの上には同じようにコップと紙が散らばり、灰皿は吸殻でいっぱいだった。

彼女は待合室の少し先にある看護婦詰め所に寄った。受付カウンターの後ろに立った看護婦は髪をとかしながらあくびをしていた。

「黒人の男の人が昨夜手術を受けていたはずなんですが」とアンは言った。「名前はネルソンです。御家族が待合室にいらっしゃってた方。手術はどうなりました？」

カウンターの後ろのデスクに向かっていた看護婦は目の前のチャートから顔を上げた。電話が鳴って、彼女は受話器を取った。しかし彼女の目はじっとアンに注がれていた。

「亡くなりました」とカウンターの看護婦が言った。彼女はヘアブラシを持ったままじっとアンを見ていた。「あの御家族のお知り合いか何かなんですか？」

「昨夜、あの方たちに会ったんです」とアンは言った。「私の子どももここに入院しています。ショック状態にあるみたいなんです。どこがいけないのか、まだわからないんです。ネルソンさんのことが気がかりだったんです。それだけです。どうもありがとう」。彼女は廊下をそのまま歩いていった。壁と同じ色をしたエレベーターのドアがさっと横に開いて、白いズボンに白いキャンバス・シューズという格好のやせて禿げた男が、重そうなカートをひっぱって下ろした。そんなドアがあることに、昨夜、彼女は気がつかなかった。男はカートを押して廊下に出し、エレベーターからいちばん近い部屋の前に止めて、クリップボードを確認した。それから身をかがめてカートからトレイをひとつ取り出した。そしてこんこんと軽くドアを叩き、中に入っていった。カートの横を通り過ぎるとき、温かい食べ物の不快な匂いがした。彼女はもうひとつの看護婦詰め所はのぞかないようにしながら廊下を足早に歩き、スコッティーの病室に通じるドアを押した。

ハワードは手を後ろに組んで、窓の前に立っていた。彼女が部屋に入ると、彼は振り返った。

「具合はどう?」と彼女は訊いた。彼女はベッドに行った。ハンドバッグをナイト・テーブルのわきの床に落とした。ずいぶん長くここを離れていたような気がした。彼女は子どもの首のまわりの布団にさわった。「ねえハワード?」

「ちょっと前にフランシス先生がここに見えたんだ」とハワードは言った。彼女は夫の顔をまじまじと見た。彼の肩がこわばって少し丸くなっているように感じられた。

「八時にならないと見えないっていう話だったじゃない?」と彼女はすかさず言った。

「もう一人別の医者も一緒だった。神経科医だ」

「神経科医」と彼女は言った。

ハワードは肯いた。彼の肩は丸まっている、と彼女はあらためて思った。「それで、なんて言われたの? ねえ、ちゃんと言って、それでどうだったの? どういうことなの?」

「また下に連れていって、更に検査をするんだそうだ。手術することになりそうだって言うんだ。手術をするんだよ。どうして目が覚めないのか、彼らにもわからないんだ。ショックとか脳しんとうとかいう以上に何かあるらしい。それがわかってきたんだ。頭蓋骨の関係とか、そのひびとか、そういうことらしいね。そういうことが関係しているんじゃないかって、彼らは言うんだ。だから手術をすることになる。君に電話をしてはみたんだが、もう出たあとらしかった」

「ああ神様」と彼女は言った。「ねえハワード、ねえ、どうしよう?」、彼女はそう言って、夫の腕を取った。

「見て!」とハワードは言った。「スコッティー! 見てごらん、アン!」。彼は妻の体をベッドに向けた。

少年は目を開け、そしてまた閉じた。そして今また目を開けていた。その目はしばらくの間じっとまっすぐ前方を見ていたが、視線はやがてぐるりと回ってハワードとアンの上に留まり、そしてまたゆっくりと離れていった。

「スコッティー」と母親は言って、ベッドに行った。

「おい、スコット」と父親は言った。「おい、どうした?」

二人はベッドの上にかがみこんだ。ハワードは両手で子どもの左手を取って、ぽんぽん叩いたり握ったりしはじめた。アンは子どもの上に身をかがめ、おでこに何度も何度もキスした。彼女はその両頰に手を当てた。「ねえスコッティー、お母さんとお父さんよ」と彼女は言った。「ねえスコッティー」

少年は二人を見た。でもよくわかっていないようだった。目はぎゅっと思い切り閉じられ、口が開いた。そして肺の中の空気がなくなるまで長い唸り声をあげた。それで力が抜けたように、顔がほっとゆるんだ。末期の息が喉から吐かれ、堅く噛みしめられた歯のすきまから安らかに脱け出ていくとき、その唇は開かれた。

医師たちはそれを不可視閉塞と呼んだ。百万に一つの症例なのだと彼らは言った。それが何とかわかっていたら、そしてその場ですぐ外科手術を行っていたなら、あるいは命を救うこともできたかもしれません。でもそれもおそらく難しかったでしょう。結局のところ、何を求めて手術すればいいのかもわからなかったのですから。検査でも、レントゲン撮影でも、不審な点はひとつも見当りませんでした。フランシス医師はがっくりしていた。「本当にお気の毒です。申し訳なく思っています。申し上げる言葉もありません」、彼はそう言って、医師用のラウンジに二人を連れていった。そこでは医者が一人、椅子に腰掛けて前の椅子の背もたれに足をかけ、早朝のテレビ番組を見ていた。彼は分娩室用の服を着ていた。ぶかっとしたグリーンのズボンにグリーンの上着、髪を包むグリーンのキャップ。彼はハワードとアンを見て、それからフランシス医師を見た。彼は椅子から立ち上がってテレビのスイッチを切り、部屋を出ていった。フランシス医師はアンをソファーに座らせ、その隣に座った。そして低い、慰めるような声で話し始めた。途中で身を乗り出して、彼女の体を抱いた。彼女は医者の胸が自分の肩の上で規則的に上下するのを感じることができた。彼女は目をあけたまま、彼に抱かれるままになっていた。ハワードは洗面所に行ったがドアは開け放しにしておいた。激しい発作に襲われたようにひとしきり涙を流したあと、水道をひねって顔を洗った。それから電話が置かれた小さなテーブルの前に腰を下ろした。さてまず最初に何をすればいいものかと考えるように、彼はじっと電話を見た。そして何本か電話をかけた。フランシス医師も少しあとでその電話を使った。

「何か私にお役に立てることはありますでしょうか?」と彼は二人に尋ねた。

ハワードは首を振った。アンはじっと医者を見た。何を言っているのかまったく理解できないといった目で。

医者は二人を病院の玄関まで送った。人々は病院に入ったり、病院から出ていったりしていた。午前十一時だった。アンは自分が嫌々といってもいいくらいゆっくりと歩を運んでいることに思い当たった。フランシス医師は私たちが残っていなくてはならないときに、私たちを帰らせようとしているんだ、彼女にはそう思えた。そう、私たちは何があってもあそこに残っているべきなのに。彼女は駐車場に目をやり、そして歩道から後ろを振り向いて、病院の玄関を見やった。彼女は頭を振りはじめた。

「駄目。駄目よ」と彼女は言った。「そんなことできない。あの子をここに一人置いてはいけない」。彼女は自分がそう言う声を聞いた。そしてなんてひどい話だろう、と彼女は思った。唯一口から出てくる言葉が、こんなテレビドラマみたいな言葉だなんて。ドラマの中では、人々はみんな殺されたり急死した誰かの前で、茫然としてこういう陳腐な台詞を口走るのだ。彼女は自分自身の言葉が欲しかった。「駄目」と彼女は言った。そしてわけもなくあの黒人の女の記憶が蘇ってきた。頭をがっくりと肩に倒していたあの女。「駄目」と彼女は繰り返した。

「また後ほどゆっくりお話しします」と医師はハワードに言った。「まだやるべきことが残っているのです。納得がいくように、きちんと調べあげたいのです。どうしてこうなったか、私たちとしてもその理由を解明する必要があるんです」

「検死解剖ですか?」とハワードは訊いた。

フランシス医師は肯いた。

「結構です」とハワードは言った。それから言い直した。「いや、先生、それはできない。そんなこと私には承服できませんよ。そんなの駄目です。絶対に嫌だ」

フランシス医師は彼の肩に手を回した。「お気の毒です。本当に、お気の毒です」。彼はハワードの肩から手を離し、それをさしだした。ハワードは相手の手を見て、それを握った。フランシス医師はまたアンの体に手を回した。この男はアンには理解しようもない善意に満ちているように思えた。彼女はなされるがままに医者の肩に頭をもたせかけていたが、それでも目は開いていた。彼女は病院を見続けていた。車に乗って駐車場を出ていくときも、彼女は振り返って病院を見ていた。

家に戻ると、彼女はコートのポケットに両手を入れたままソファーに座った。ハワードは子ども部屋のドアを閉めた。彼はコーヒーメーカーのスイッチを入れ、それから空っぽの箱をみつけた。子どものものを集めてそこに詰めるつもりだったが、でも思い直して、妻の隣に腰を下ろした。箱を脇に押しやり、身を前にかがめ、膝の間に両腕をはさんだ。そして泣き始めた。彼女は夫の頭を膝の上に抱き、肩をやさしく叩いた。「あの子は死んだのよ」と彼女は言った。そして夫の肩を叩き続けていた。彼のすすり泣きにかぶさるように、キッチンのコーヒーメーカーが立てるしゅううっという音が聞こえた。「ねえ、ほら、ハワード」と彼女は優しく言った。「あの子は死んじゃったのよ、もう。私たちそれに慣れなくちゃならないのよ。私たちは二人だけなんだということに」

少したってから、ハワードは立ち上がって、箱を手にあてもなく部屋の中を歩きまわった。箱に何を入れるでもないが、それでも床の上のいくつかの品物を集めて、ソファーの脇にまとめて置いた。彼女は相変わらずコートのポケットに手をつっこんだままソファーに座っていた。ハワードは箱を下に置き、コーヒーを居間に運んできた。そのあとでアンは親戚に電話をかけた。それぞれの電話の回線が繋がり、相手が出てくると、アンはその度に何かよくわからないことを口走り、そして少しのあいだ泣いた。それから彼女は抑制された声で一部始終を話し、これからの段取りについて語った。ハワードは箱を持ってガレージに行った。そこにはスコッティーの自転車があった。彼は箱を下に落とし、自転車のわきの舗道に腰を下ろした。彼は自転車をぎこちなくつかみ、それは彼の胸に倒れかかった。彼はそれを支えた。ゴムのペダルが彼の胸に突きたてられた。車輪はズボンの上で少し回転した。

姉と話したあとで、彼女は受話器を置いた。次の電話番号を探しているときに電話のベルが鳴った。最初のベルで彼女は受話器を取った。

「もしもし」と彼女は言った。電話の向こうで何かの音が聞こえた。ぶううんという物音だった。「もしもし!」と彼女は言った。「何なのよ」と彼女は言った。「いったい誰なの? 何を求めてるの? 何とか言ったらどうなの? 何か言って」

「あんたのスコッティー。あんたのためにあの子を用意してある」と男の声が言った。「あの子のこと忘れたのかい?」

「悪魔！」と彼女は叫んだ。「この悪魔！　どうしてこんな酷《ひど》いことするの？」

「スコッティー」と男は言った。「あんたスコッティーのこと忘れたのかい？」。そして男はがちゃんと電話を切った。

ハワードが叫び声を聞いて戻ってきた。そして妻がテーブルにつっぷして、腕の中に顔を埋めているのを見た。彼は受話器を取ってみたが、聞こえるのはダイアル・トーンだけだった。

その日も遅くなって、いろんな雑用を済ませた後に、また電話のベルが鳴った。十二時近くだった。

「あなた出てよ、ハワード」と彼女は言った。「あいつよ。私にはわかるの」二人はコーヒーカップを前にキッチンのテーブルに向かっていた。ハワードはカップの隣にウィスキーを入れた小さなグラスを置いていた。彼は三回めのベルで受話器を取った。

「もしもし」と彼は言った。「どなた？　もしもし！　もしもし！」電話が切れた。

「切れたよ」とハワードは言った。「誰だか知らんが」

「あいつよ」と彼女は言った。「あの悪党。殺してやりたい」と彼女は言った。「銃で撃って、のたうちまわるところを見たい」と彼女は言った。

「よすんだ、アン」と彼は言った。

「何か聞こえなかった?」と彼女は訊いた。「後ろの方で? 騒音とか、機械音とか、そういうもの。ぶうんというような音」

「いや、聞こえなかったと思うな。そういうのは聞こえなかったみたいだ」と彼は言った。「時間も短かったしね。ラジオの音楽が聞こえたような気がするけれど。うん、そうだ、ラジオが鳴っていた。思い出せるのはそれくらいだよ。まったく、いったい全体何がどうなってるんだ?」と彼は言った。

彼女は首を振った。「そいつを捕まえることさえできたら」。そのとき、彼女ははっと思いあたった。それが誰なのか、彼女にはわかった。スコッティー、ケーキ、電話番号も教えた。彼女はさっと椅子を引いて立ち上がった。「車でショッピング・センターに連れていって」と彼女は言った。「ねえハワード」

「何を言ってるんだい?」

「ショッピング・センターよ。電話をかけてる相手がわかったわ。誰だか知ってるの。パン屋よ、あいつがかけてるのよ。スコッティーのバースデイ・ケーキを注文したパン屋。そいつが電話をかけてきてるんだわ。電話番号を知ってて、それでしつこく電話をかけてきてるのよ。ケーキのことで、私たちにいやがらせしてるのよ。あのパン屋、あのろくでなし」

　二人は車でショッピング・センターに行った。空はくっきりと晴れて、星が出ていた。寒かったので、車のヒーターを入れた。二人はパン屋の前で車を停めた。ショッピング・センターの店はみんな閉まっていた。しかし二つ並んだ映画館の前の駐車場の隅には、何台か車が停めてあった。パン屋のウィンドウは暗かったが、じっとガラスの中を覗き込むと奥の部屋に明かりが灯っているのが見えた。エプロン姿の大柄な男が白い均質な光の中を出たり入ったりしているのも見えた。ガラスの向こうに、彼女はディスプレイ・ケースや、いくつかの小さなテーブルと椅子を見ることができた。彼女はドアを引っ張ってみた。ウィンドウのガラスをこんこんと叩いた。しかし、もしその音がパン屋の耳に届いたとしても、彼はそんなそぶりは見せなかった。こちらを向きもしなかった。

　二人はパン屋の裏手に回って車を下りた。明かりの灯った窓は高すぎて、その中を覗くことはできなかった。裏口のわきには「パントリー・ベイカリー、特別注文に応じます」という看板が出ていた。中からラジオの音が微かに聞こえた。何かが引っ張られるぎいっという軋みも聞こえた。オーヴンの扉を開ける音だろうか？　彼女はドアをノックして、待った。それからもう一度、もっと強くどんどんとノックした。ラジオの音量が下がり、何かをこするような音が聞こえた。何かが（たとえば引き出しが）開けられ、そして閉められる音だった。

鍵が外され、ドアが開いた。光の中にパン屋の主人が立って、二人を凝視した。「店は閉まったよ」と彼は言った。「こんな時間に何の御用かな？　真夜中だよ。酔払ってるんじゃないのかい？」

彼女は開いたドアからこぼれる光の中に足を踏み入れた。パン屋は彼女が誰かを知って、もったりとしたまつげをしばたたかせた。「あんたか」と彼は言った。

「私よ」と彼女は言った。「スコッティーの母です。こちらはスコッティーの父親。入っていいかしら？」

パン屋は言った。「あたしは忙しいんだよ。仕事があるんだ」

彼女は構わず中に入った。ハワードはその後から入ってきた。パン屋は後ずさりした。「パン屋の匂いがするわ。ねえハワード、パン屋の匂いがすると思わない？」

「何の用だね、いったい？」とパン屋は言った。「注文したケーキが欲しいのかね。ならいいさ、やっとケーキを引き取る気になったんだね。なにしろ自分で注文したケーキだものな」

「あなた頭がいいわね。パン屋にしとくのは惜しいわ」と彼女は言った。「ねえハワード、こちらがずっと電話をかけてきた方。パン屋さんよ」。彼女はこぶしをぎゅっと握りしめた。そしてぎらぎらとした目で男を睨んだ。彼女の体の中で何かが燃えていた。怒りのせいで自分の身体が実際以上に大きくなったような気がした。二人の男たちよりも大きく。

「ちょっと待ちなよ」とパン屋は言った。「あんたの注文した三日前のケーキを持っていくかい？　それでいいのかい？　あんたと口論したくないんだよ、奥さん。まだケーキはそこに置いてあるよ。腐りかけてるけどな。正価の半分の値段であんたに譲ろう。いや、金はいらん。ただで持ってっていいさ。あたしが持っててても仕方ないものな。誰が持ってたって今更仕方ないけどね。言っとくが、そのケーキ作るのには時間もかかったし、金もかかった。でも欲しければ持っていきなよ。いらないんなら置いていきゃいい。どっちでも構わん。とにかくあたしは仕事に戻るよ」、彼は二人を見て、歯の奥で舌を丸めた。

「もっとケーキを焼いてちょうだい」、彼女は言った。彼女は自分が抑制されていることがわかっていた。自分の中にわきあがってくるものを、彼女は抑制することができた。彼女は冷静だった。

「なあ奥さん、あたしは生活のために一日十六時間ここで働いてるんだよ」とパン屋は言った。両手をエプロンで拭いた。「ここで昼といわず夜といわず働いている。

日々の銭を稼ぐためにね」。アンの顔をある表情がさっとよぎった。パン屋はそれを見て後ずさりし、こう言った。「面倒は御免だぜ」。彼はカウンターに行って、のし棒を右手につかみ、もう一方の手のひらをぱんぱんと叩いた。「ケーキが欲しいの、欲しくないの？　あたしは仕事をしなきゃならないんだよ。パン屋は夜中に働くんだ」と彼は繰り返して言った。彼の目は小さく、狡《ずる》そうな光を放っていた。目は今にも頰のまわりの、毛の生えた肉の中に沈みこんでしまいそうだ、と彼女は思った。Tシャツの襟から出た彼の首には脂肪がたっぷりついていた。

「パン屋が夜中に働くことは知ってるわ」とアンは言った。「そして夜中に電話もかけるのよ。このろくでなし」と彼女は言った。

パン屋はのし棒をぴしゃぴしゃと叩き続けていた。彼はちらっとハワードの方を見た。「変な真似はするなよ」と彼は二人に向かって言った。

「子どもは死にました」と彼女は冷たい平板な声できっぱりと言った。「月曜の午後に車にはねられたんです。死ぬまで、私たち二人はずっと子どもに付き添っていました。でももちろん、あなたにはそんなことわかりっこないわね。パン屋にはなにもかもがわかるってわけもないし。そうよね、パン屋さん？　でもあの子は死んだの。死んだのよ、このひとでなし！」、それがわきあがってきたときと同じように、その怒りは突然すうっと消えていって、何か別のものに姿を変えてしまった。くらくらとするむかつきのようなものに。彼女は小麦粉の散った木のテーブルに寄り掛かり、両手で顔を覆った。そして泣き始めた。肩が前後に揺れた。「あんまりよ」と彼女は言った。「こんなのって、あんまりだわ」

ハワードは妻の背中のくびれに手を置いた。そしてパン屋を見た。「恥を知れ」とハワードはパン屋に向かって言った。「恥を知れ」

パン屋はのし棒をカウンターに戻した。そしてエプロンを取り、カウンターの上に投げた。彼はしばらく立ったまま、苦渋に充ちたどんよりした顔で二人を見ていた。それからカード・テーブルの椅子を引いた。テーブルの上には書類や領収書や計算機や電話帳が載っていた。「お座りなさい」と彼は言った。「今椅子を持ってきます」と彼はハワードに向かって言った。「どうぞ、座って」。パン屋は店頭に行って、小さな錬鉄製の椅子を二つ持って戻ってきた。「どうか、腰かけて下さい」

アンは涙を拭き、パン屋を見た。「あなたを殺してやりたかった」と彼女は言った。「死なせてやりたかった」

パン屋は二人のためにテーブルの上を片づけた。メモ用紙や領収書の束なんかと一緒に計算機を隅の方に押しやった。電話帳は床の上に払い落とした。それはどさっという音を立てて落ちた。ハワードとアンは腰を下ろし、椅子を前に引いた。パン屋も座った。

「そう思われるのも無理ない」とパン屋は言った。彼はテーブルの上に両肘をついて、ゆっくりと首を振った。「言いようがないほどお気の毒に思っております。聞いて下さい。あたしはただのつまらんパン屋です。それ以上の何者でもない。以前は、ずいぶん昔のことになりますが、たぶんあたしもこんなじゃなかった。でも昔のことが思い出せないんです。いずれにせよ、あたしは今とは違う人間でした。今のあたしはただのパン屋に過ぎません。もちろんそれで、自分のやったことが許してもらえるとは思っちゃいません。でも心から済まなく思っています。お子さんのことはお気の毒だった。そしてあたしのやったことはまったくひどいことだった。なんといっても」とパン屋は言った。彼は両手をテーブルの上で広げ、それからひっくり返して手のひらを見せた。「あたしには子どもがおりません。だからお気持ちはただ想像するしかない。申し訳ないという以外に言いようがありません。もし許してもらえるものなら、許して下さい」とパン屋は言った。「あたしは邪悪な人間じゃありません。そう思っとります。あたしは奥さんが電話で言われたような邪悪な人間じゃありません。つまるところ、あたしは人間としてのまっとうな生き方というのがわからなくなっちまったんです。そのことをわかって下さい。お願いです」とパン屋は言った。「聞かせて下さい。奥さんにあたしを許して下さるお心持ちがあるかどうか？」

パン屋の店内は暖かかった。ハワードは立ち上がってコートを脱いだ。そしてアンのコートも脱がせた。パン屋は二人をちょっと見て、それから肯いて席を立った。オーヴンのところに行っていくつかのスイッチを切った。カップをみつけて、電動コーヒーメーカーからコーヒーを注いだ。クリームの大きなパックと砂糖壺をテーブルに置いた。

「何か召し上がらなくちゃいけませんよ」とパン屋は言った。「よかったら、あたしが焼いた温かいロールパンを食べて下さい。ちゃんと食べて、頑張って生きていかなきゃならんのだから。こんなときには、ものを食べることです。ささやかなことですが、助けになります」と彼は言った。

彼はオーヴンから取り出したばかりの、まだ砂糖が固まっていない温かいシナモン・ロールを出した。バターをテーブルの上に置き、バターナイフを添えた。パン屋は二人と一緒にテーブルについた。彼は待った。二人がそれぞれに大皿からひとつずつパンを取って口に運ぶのを彼は待った。「何かを食べるって、いいことなんです」と二人を見ながら言った。「もっと沢山あります。いくらでも食べて下さい。世界じゅうのロールパンを集めたくらい、ここにはいっぱいあるんです」

二人はロールパンを食べ、コーヒーを飲んだ。アンは突然空腹を感じた。ロールパンは温かく、甘かった。彼女は三個食べた。パン屋はそれを見て喜んだ。そのあと彼は話し始めた。二人は注意深く耳を傾けた。疲れきって、深い苦悩の中にいたが、それでもパン屋が胸に溜めていた話に二人は耳を傾けた。パン屋が孤独について、中年期に彼を襲った疑いの念と無力感について語り始めたとき、二人は肯きつつその話に耳を傾けた。この歳までずっと子どもも持たずに生きてくるというのがどれほど寂しいものか、彼は語った。オーヴンをいっぱいにしてオーヴンを空っぽにしてという、ただそれだけを日々繰り返す生活がどんなものか。パーティーの食事やらお祝いのケーキやらをただ作り続けることがどういうものか。指のつけねまでどっぷりと漬かるアイシング。互いの腕にもたれかかる新郎新婦。それが何百という数に及ぶ。いや、今ではもう何千になるだろう。誕生日。それだけのキャンドルが一斉に燃えあがる様を想像してみて下さい。あたしは世の中のお役に立っている。あたしはパン屋です。花屋にならなくてよかったと思っています。花を売るよりは、人に何かを食べてもらう方がずっといいです。しばらくそこに置かれて、やがては捨てられるものを提供していなくてよかったです。匂いだって、花よりは食べ物の方がずっといい。

「匂いをかいでみて下さい」とダーク・ローフを二つに割りながらパン屋は言った。「こいつは重みのある、リッチなパンです」。二人はそのパンの匂いをかぎ、パン屋にすすめられて、一くち食べてみた。糖蜜と粗挽き麦の味がした。二人は彼の話に耳を傾けた。二人は食べられる限りパンを食べた。彼らは黒パンを飲み込んだ。こうこうとした蛍光灯の光の下にいると、まるで日の光の中にいるように感じられた。彼らは夜明けまで語り続けた。太陽の淡い色あいの光が窓の高みに射した。でも二人は席を立とうとは思わなかった。

出かけるって女たちに言ってくるよ

Tell The Women We're Going

ビル・ジェイミソンはジェリー・ロバーツと変わることなく親友だった。二人は町の南区域にある古い催しもの広場《フェア・グラウンド》のそばで育ち、同じ小学校から同じ中学校へ、そしてアイゼンハワー高校へと進学した。二人は学校ではなるべく多く同じ先生のクラスを選択し、互いのシャツやセーターやペグド・パンツ〔訳注・腰まわりがふくらんで先細りのズボン。五〇年代に流行した〕を交換し、同じ女の子とデートをしたり、ものにしたりした。何によらずそんな具合にやってきた。

　夏休みには二人は組んでアルバイトをした。桃の取り入れをしたり、さくらんぼを摘んだり、ホップの筋をとったり、小銭が入って上役にがみがみ言われたりこづきまわされたりすることなく、秋まで続けられる仕事ならなんでもやった。ジェリーは人にとやかく命令されるのが好きではなかった。ビルはとくに気にはしなかった。でもジェリーが押しの強い人間であることを、ビルは気に入っていた。ハイスクールの最上級生になろうという夏に、二人は金を出しあって真っ赤な54年型のプリマスを三百二十五ドルで手に入れた。ジェリーが一週間まとめてその車を使い、それからビルが使った。二人は何かを共有することに慣れていた。しばらくの間とくに問題もなくうまくいった。

　しかしジェリーは一学期が終わる前に結婚し、車を自分の手元に置き、学校をドロップ・アウトしてロビーズ・マーケットに就職した。それが二人の関係に緊張が生じた唯一の期間だった。ビルはキャロル・ヘンダーソンには好意を持っていた。彼は二年ばかり前から彼女を知っていて、ジェリーが彼女と知り合いになったのもだいたいその頃のことだ。しかしジェリーが彼女と結婚して以来、二人の友情は前とは違うものになってしまった。ビルはとくに最初のうちはよく二人のところに遊びにいった。彼は急に大人になったような気がした。なにしろ所帯持ちの友だちがいるのだ。彼は昼飯どき夕飯どきに、あるいはまた夜遅くに二人のうちに遊びに行った。そしてみんなでエルヴィスやらビル・ヘイリーとザ・コメッツやらを聴いた。ファッツ・ドミノのレコードも二枚ばかりあった。しかし、キャロルとジェリーがビルのいる前でキスしたりいちゃつきはじめたりすると、いささか居心地が悪くなった。そんなときビルは席を立ち「ちょっとディゾーンのガソリン・スタンドまで歩いてって、コークを買ってくるよ」と言って出ていくしかなかった。というのはアパートの部屋にはベッドが一つしかなくて、それは居間の真ん中にあるソファーベッドだったからだ。あるいはキャロルとジェリーが二人で、脚をからめ合うようにしてよろよろ歩いて、何も言わずバスルームに入ってしまうこともあった。そういうときにはビルは台所にひっこんで、食器棚や冷蔵庫を興味深そうに眺めているふりをし、何も聞かないようにつとめたものだ。

そういうこともあって、ビルは二人の家にあまりしょっちゅうは行かないようになった。六月に学校を卒業し、ダリゴールド牛乳の工場に就職し、州軍に入った。一年のうちに自前のミルク販売ルートを持ち、リンダ・ウィルソンという娘と恋人として付き合うようになった。気だての良い、きちんとした娘だ。ビルとリンダは週に一度は二人でロバーツ家に行って、ビールを飲んだりレコードを聴いたりした。キャロルとリンダは気が合った。キャロルは「リンダって嘘のない人ね」とそっと打ち明けるように言った。ビルはそれを聞いてとても嬉しかった。ジェリーもリンダを気に入った。「彼女はゴキゲンだよ」とジェリーは言った。

ビルとリンダが結婚したとき、ジェリーが当然ながら花婿の付き添い役をつとめた。披露宴はドネリイ・ホテルで行われた。まるで昔に戻ったみたいだった。ジェリーとビルは二人で悪ふざけしてはしゃぎまわり、腕組みをして、パンチ酒を一気飲みした。

しかしそんな幸せのまっただ中で、ビルはふとジェリーの顔を見てずいぶん老けたなと思った。二十二歳にはとても見えない。髪は彼の父親と同じように後退し始めているし、腰のまわりにはたっぷりと肉がついていた。そのときジェリーとキャロルには二人の子どもがおり、三人目がキャロルのお腹の中にいた。彼はまだロビーズ・マーケットで働いており、今では副店長になっていた。ジェリーは酔払って二人いた新婦付き添いの両方にちょっかいを出し、受付係の一人に喧嘩をふっかけた。ひどいことになる前にキャロルが彼を車に乗せ、家に連れ帰らなくてはならなかった。

二組の夫婦は二週か三週ごとに顔を合わせた。気候の良いときにはもっと頻繁に会った。今のように天気がよければ、彼らは日曜日にジェリーの家に集まり、ホットドッグやハンバーガーを焼き、子どもたち全員を簡易プールで勝手に水遊びさせておいた。そのプールはジェリーが自分の店のレジ係の女性の一人からほとんどただ同然で手に入れたものだった。

ジェリーは居心地の良い家に住んでいた。家は丘の上にあって、ナッチーズ川が見わたせた。近所には五、六軒の家が点在していたが、町に住むことを思えば近所なんてないも同じだった。彼はみんなが自分の家に来ることを好んだ。子どもたちに身支度をさせ、車に詰めこんで移動するのは一苦労だったから。彼の車は今では68年型の赤いシボレー・ハードトップになっていた。彼とキャロルは四人の子持ちになり、全員が娘だった。キャロルはまた妊娠しており、もうこれでおしまいにしようという話になっていた。

キャロルとリンダは台所で洗いものや片づけものをしていた。午後の三時頃で、ジェリーの四人娘たちはビルの二人の男の子たちと、家の下手の垣根のそばで遊んでいた。プールに赤いビニールのボールを投げこみ、歓声をあげ、水を蹴散らしながらそれを追いかけていた。ジェリーとビルは中庭《パティオ》のリクライニング・チェアに座り、ビールを飲んでいた。

ビルがだいたい一人でしゃべることになった。共通の知人のことや、ポートランドのダリゴールド本社でくり広げられている内部抗争や、彼とリンダが買おうとしている四ドアのポンティアック・カタリナのこととかだ。

ジェリーはときどき肯いたが、あとは物干しロープや、ガレージをじっと眺めているだけだった。落ちこんでいるみたいだな、とビルは思った。それからこの一年かそこら彼が沈みがちであったことを思い出した。ビルは椅子の中で体を動かし、煙草に火をつけた。そして思い切って尋ねた。

「よう、何かあるのか？」

ジェリーはビールを飲み干し、缶をにぎりつぶした。そして肩をすくめた。「ちょっと外に出ないか？　車を走らせて、どっかでビールでも飲んで。日曜ごとにこんなところでうじうじしてたら、男が腐っちまうぜ」

「いいねえ、そうしよう。女たちにちょっと出かけるって言ってくるよ」

「いいか、俺たちだけで行くんだぜ。家族は抜きにしようぜ。ビールでもちょっと飲みに行くって言ってな。車の中にいるよ。俺の車で行こう」

二人で一緒に何かをしたということがもうずいぶんなかった。二人はナッチーズ・リヴァー・ハイウェイをグリードの方に向かった。ジェリーが運転した。よく晴れた暖かな日で、風が車の中を抜けていった。ジェリーは笑みを浮かべていた。

「どこに行くんだい？」とビルが尋ねた。ジェリーの気分がなおったことで彼はずいぶんほっとしていた。

「ライリーの店に行って玉突き《ローテーション》でもやらないか」

「いいとも。そういや、ずいぶん長くそういうこともしてないな」

「男には息抜きってものが必要なんだ。そうでもしないとくさくさしちまう。言ってることはわかるだろ？」とジェリーは言ってビルを見た。「仕事ばかりで遊びもしないなんてやりきれないぜ。意味はわかるだろ?」

ビルにはよくわからなかった。彼は金曜日の夜に工場の連中とボウリングの対抗試合に出かけるのが好きだった。週に一、二回、仕事帰りにジャック・ブロデリックと二人で軽くビールを飲むのも好きだった。でも彼は基本的に家にいることを好んだ。それでくさくさしたりはしない。彼は腕時計に目をやった。

「まだつぶれてなかったな」とジェリーは言って、「グリード娯楽センター」の正面の砂利敷に車を停めた。「ときたま通りかかることはあったけど、もう一年以上店の中には入ってない。そこまで暇がなくてな」。彼は唾を吐いた。

中に入るとき、ビルがジェリーのためにドアを押さえてやった。ジェリーは通りぎわに、ビルのみぞおちに軽くパンチをくれた。

「ようよう。ずいぶん久しぶりじゃないか。ずいぶん長くあんたたちの顔を見なかったね。どうしてたんだい?」、ライリーが笑みを顔に浮かべカウンターの奥から声をかけた。がっしりとした禿げ頭の男で、半袖のプリント・シャツの裾をジーンズの上にたらしている。

「ああ、とやかく言わずオリンピアを二本、さっさとくれよ、おっさん」とジェリーが言い、ビルに向かってウィンクした。「ライリー、元気でやってるかい?」

「元気、元気。おたくらこそ何してたんだよ。いったいどこをうろついてたんだ？　どっかで女遊びでもしてたのかい？　この前あんたに会ったときゃさ、ジェリー、おたくのかみさんが妊娠六ヵ月のときだったよな」

ジェリーはそこに立って少しぼんやりしていた。「どれくらいになるのかな、ライリー？　そんなに前のことだっけな？」

「なあ、ビールくれよ」とビルが言った。「ライリー、あんたも一緒に一杯やりなよ」

二人は窓際のスツールに腰を下ろした。ジェリーが言った、「おい、ライリー、いったいこの店はどうなってんだよ。日曜の午後だっていうのに女が一人もいないなんて」

ライリーは声をあげて笑った。「あんたたち、まだ遊び足りないみたいだな」

二人は缶ビールをそれぞれ五本ずつ飲み、二時間かけてローテーションを三ゲームとスヌーカーを二ゲームやった。ライリーは暇をもて余していたので、カウンターから出てバー・スツールに腰かけ、話をしながら二人のプレーを眺めていた。

ビルはずっと腕時計とジェリーの顔を見くらべていた。「そろそろ引き上げた方がよくないか、ジェリー。どうだい？」とビルは言った。

「いいぜ。このビールを飲んじゃったら行こう」、ジェリーはほどなく缶ビールを飲み干し、握りつぶし、スツールに腰を下ろしたまましばらくその缶を手の中でくるくると回していた。「またそのうちにな、ライリー」

「また来てくれ。待ってるぜ」

ハイウェイに戻ると、ジェリーはしばらく車をすっとばした。時速一四〇か一五〇キロは出していた。しかし他にも車は走っていた。公園や山に行った帰りの車だ。だから彼はそんな車をさっとスピードを上げてときどき追い抜くことで満足しなくてはならなかった。あとは八〇キロくらいでまわりの速度に合わせていた。

彼らが自転車に乗った女の子の二人連れを目にしたのは、家具を積んだおんぼろのピックアップ・トラックを追い越した直後だった。

「見ろよ！」とジェリーは言って車のスピードを落とした。「おいしそうじゃないか」

彼はそのまま車を進めたが、二人は後ろを振り返った。娘たちはそんな彼らを見て、路肩でペダルをこぎつづけながら笑った。

ジェリーは一キロ半ほどそのまま進んでから、路肩の広くなったところに車を停めた。「引き返そうぜ。声をかけよう」

「嘘だろう。参ったな。もう戻った方がいいよ。それにあの子たちは俺たちには若すぎる。そうだろう？」

「若すぎるもんか。女ってのは妊娠できる身体になったら、それで一人前って言うだろうが」

「そりゃそうだが、しかしね」

「いいじゃないか。こっちも楽しむし、向こうにもいい思いをさせてやろうや」

「ああ、いいよ。わかったよ」、彼は腕時計に目をやり、それから空を見上げた。「お前がしゃべりをやれよな」

「よせやい。俺は運転してるんだぜ。お前が話しかけるんだ。それにそっち側からしか声はかけられないだろう」

「やれやれ。そういうのはご無沙汰だからな」

ジェリーは歓声を上げ、車の向きをぐいと変え、来た道を引き返した。

彼は女の子たちと並ぶところまで来ると、車のスピードをゆるめた。そして車を彼女たちの向かい側の路肩に乗り上げた。「よう、どこに行くの？ 乗ってかないか？」

娘たちは顔を見合わせて笑ったが、そのまま自転車のペダルをこぎつづけた。道路に近い方の内側の女の子は十七歳か十八歳で、黒髪で背が高く、自転車にかがみ込んだ姿はすらっとしていた。もう一人はもう少し小柄で、明るい色の髪だった。二人ともショート・パンツをはいて、ホルターネックのシャツを着ていた。

「はすっぱめ」とジェリーは言った。「ものにしちゃおうぜ」、そして車を何台かやりすごしながらUターンできる機会を待った。「俺は髪の黒い方を取るから、お前は小さい方でいけよ。いいな」

ビルはフロント・シートの中で体をもぞもぞと動かし、サングラスのブリッジにさわった。「なあ、そんなの時間の無駄だよ。うまくいきっこないんだから」

「やってみる前からあきらめてるやつがあるか」

ビルは煙草に火をつけた。

ジェリーは車を反対車線に出し、二人はすぐに娘たちの背後に追いついた。「さあ、ばっちりやれよ」と彼はビルに言った。「魅力をふりまいて、うまく誘い込め」

「やあ」、娘たちと並んでゆっくり車を走らせながらビルは言った。「僕の名前はビル」

「それはそれは」と黒髪が言った。もう一人の女の子が笑い、それで黒髪も笑った。

「君たちどこに行くの？」

娘たちは答えなかった。小柄な方がくすくす笑った。二人は自転車をこぎつづけ、ジェリーはそれに合わせて車をゆっくり走らせた。

「なんだいなんだい、教えなよ。どこまで行くの？」

「どこでも」と小柄な方が言った。

「どこでもってどこだよ」

「ただのどこでも」

「僕は名前をさっき言った」とビルは言った。「君たちのを知りたいな。こいつはジェリーってんだ」

娘たちは顔を見合わせ、また笑った。二人はペダルをこぎつづけた。

後ろから車がやってきて、ホーンを鳴らした。

「うるせえなあ！」とジェリーが怒鳴った。それでも彼は車をもっと路肩に寄せた。

少しあとで後ろの車は機会を捉えて彼らを追い抜いた。

彼らはまた娘たちの横に並んだ。

「君たち、車に乗りなよ」とビルは言った。「どこでも行きたいところまで連れてってやるよ。本当だよ。自転車だって乗りつかれたんだろ？　顔を見りゃわかる。過激な運動は体によくないんだぜ。ほんとに」

娘たちは笑った。

「だからさ、名前教えてよ」

「私はバーバラ、この子はシャロン」と小柄な方が言った。彼女はまた笑った。

「いい線いってるぜ」とジェリーが言った。「あとは行き先を聞きだせ」

「で、君たちどこへ行くの、バーバラ？　どこに行くんだよ、バーブ？」

彼女は笑った。「どこでも」と彼女は言った。「このちょっと先」

「この先のどこさ？」

「教えていいかしら？」と彼女は連れに尋ねた。

「いいんじゃない。教えても教えなくても、べつにどっちだって同じよ。どっちみち一緒になんて行かないんだから」

「私だってそんなつもりはない」と彼女は言った。

「やれやれ」とジェリーは言った。

「どこに行くんだよ」とビルはもう一度尋ねた。「ひょっとしてペインティッド・ロックスかな？」

娘たちは笑った。

「間違いないぜ」とジェリーが言った。「ペインティッド・ロックスだ」。彼はシボレーのエンジンを吹かせ、車を少し先の路肩に乗せて停めた。それで、娘たちは彼の側を回り込んで通り過ぎることになった。

「いいじゃないか」とジェリーは言った。「来なよ」と彼は言う。「名乗りあった仲じゃないか。遠慮なしで行こうよ」

娘たちはペダルをこぎながら笑った。「来なよ。何もかみつきゃしねえよ」とジェリーが言うと、娘たちは更に笑った。

「そんなことわかるもんですか」と小柄な方が振り向いて言った。

「信用してくれよなあ」とジェリーが言った。

黒髪の方がちらっとふりかえった。そしてジェリーと目を合わせ、眉をひそめまた前を向いた。

ジェリーは車を勢いよくハイウェイに戻した。土と砂利が後部タイヤの下ではねた。

「また会おうぜ」、遠ざかっていく二人に向かってビルが叫んだ。

「いただきだな」とジェリーが言った。「俺を見たときのあの女の目、見たかい？もうもらったようなもんだ」

「どうかね」とビルは言った。「おとなしく家に戻った方がいいんじゃないかな」

「いやいや、もうばっちり俺たちのものさ。俺にはわかるんだ」

ペインティッド・ロックスに着くと、二人は樹々の陰に車を停めた。ハイウェイはこのペインティッド・ロックスで二つにわかれていた。一方の道はヤキマに、もう一方はナッチーズ、イーナムクロウ、チヌーク峠、シアトルへと通じている。道路から一〇〇メートル離れたところに黒い岩でできた高い小山があった。低く連なった丘の一部で、そこにはまるで蜂の巣みたいに小径や小さな洞窟が掘られ、洞窟の壁のあちこちには先住民の絵文字が描かれていた。岩山の道路に面している側は断崖になっていて、そこは各種の通知や警告でいっぱいだった。**ナッチーズ67――グリード山猫団――イエスは救いたもう――くたばれヤキマ。**大部分は平板で不揃いな書体で、白や赤のペンキで書かれている。

二人は車の中で煙草を吸いながら、ハイウェイに目をやり、キツツキが林の奥で断続的に立てるコツコツという音に耳を澄ませた。蚊が何匹か入ってきて、二人の手や腕の上を飛んだ。

ジェリーはラジオの番組を探し、ダッシュボードの上を鋭く叩いていた。「ビールがありゃなあ」とジェリーは言った。「ビール飲みてえな」

「まったくな」とビルは言って腕時計を見た。「もうそろそろ六時だぜ、ジェリー。あとどれくらい待つつもりだよ？」

「なあ、もうすぐにもやってくるって。目的地に着いたら、いやでも止まるさ。三ドル賭けたっていい。それが俺の有り金だからさ。二、三分のうちにあいつらきっと、ここに姿を見せる」。彼はビルに向かってにやりと笑い、膝をぶっつけた。それからギアの握りをとんとんと叩いた。

娘たちの姿が現れたとき、二人は対面する向きで、反対側に車を停めていた。ジェリーとビルは車の外に出て、フロントのフェンダーにもたれかかって待った。娘たちは路肩から逸れて木立に入ってきて、男たちの姿を目に留めた。そしてペダルを踏む速度を速めた。小さい方の娘は速度を上げるためにサドルから腰を浮かせながら、声に出して笑っていた。

「わかってるよな」とジェリーは車を離れながら言った。「髪の黒い方が俺、ちびの方がお前だ」

ビルは歩を止めた。「俺たちいったい何をするんだ？　なあ、気をつけないとちょっとまずいぜ」

「あのな、俺たちはちょいと楽しもうというだけさ。あいつらを立ち止まらせて、話をするんだよ。それだけさ。大丈夫。あいつら何も言いやしないさ。ただお楽しみをするだけさ。女ってのはちょっかいを出されるのが好きなんだ」

二人はぶらぶらと崖の方に行った。娘たちは自転車を置いて、小径のひとつを上の方に登っていった。彼女たちは角を曲がって姿を消し、それから少し上の方でまた姿を見せた。そして歩を止めて、下を見下ろした。

「あんたたちどうして後をつけるのよ」と黒髪が下に向けて叫んだ。「ねえ。いったいどういうつもりなの？」

　ジェリーは返事をしなかった。ただ上に向けて小径を登っていった。

「走るわよ」とバーバラが言った。笑っていたが、少し息が切れていた。「さあ早く」

　二人は振り返り、早足で小径を登っていった。

　ジェリーとビルは歩く速度で進んだ。ビルは煙草を吸っていて、三メートルばかり歩くごとに休んで息を大きく吸い込まなくてはならなかった。家に帰れたらなと彼は思い始めていた。あたりはまだ暖かく、空気は澄んでいた。しかし突き出した岩や樹木の落とす影は目の前の山道に長くなり始めていた。小径を曲がったところで、彼は振り返って車の姿を最後にちらりと見た。こんな高いところまで来たなんて、信じがたい。

「さあ、来いよ」とジェリーは鋭い声で言った。「ついてこられないのか？」

「今行くよ」とビルは言った。

「お前は右から行け。俺はまっすぐ行く。挟み撃ちにしよう」

　ビルは右手に進んだ。彼は登り続けた。途中で一度休んで座り込み、息をついた。車もハイウェイももう見えなくなっていた。左手の下にナッチーズ川の一部が、リボンくらいの大きさに見えた。それはミニチュアの松の木のそばできらきらと光っているみたいだった。右手には谷があり、リンゴや梨の果樹園が尾根を背にして、また尾根の両側が谷に向かって傾斜する上に、きれいに区画されて広がっているのが見えた。そのあちこちに家が見え、細い道路を太陽に目映《まばゆ》く照らされた車が走っているのが見えた。すべてはしんと静まりかえっていた。少し後で彼は立ち上がり、ズボンで両手を払った。そしてまた小径を辿り始めた。

もっと上に行くと、道は下りになった。谷間に向けて左に曲がっていた。角を曲がったところで、二人の娘が露出した岩の背後にうずくまって、別の小径を見下ろしているのが見えた。彼は立ち止まり、さりげなく煙草に火をつけようとしたが、自分の指が細かく震えていることに気づき、少しショックを受けた。それからできるだけ何ごともないような顔をして、娘たちの方に向かって歩いていった。

彼の足の下で石が音を立て、娘たちはさっと後ろを振り向いた。ビルの姿を目にして、二人は飛び上がった。小柄な娘は悲鳴を上げた。

「おい、ちょっと待ちなよ。腰を下ろして、ゆっくり話をしようじゃないか。俺は歩き疲れちまったよ」

その声を聞いて、ジェリーは軽い駆け足でやってきて、姿を見せた。「おい、こら、待てよ！」。彼は二人の行く手を阻んだので、娘たちは違う方向に向かった。小柄な方は悲鳴をあげながら笑っていた。どちらも裸足で、ビルの目の前の泥板岩と土の上を走っていた。

いったい靴はどこへやったんだろうとビルは思った。彼は右の方に動いた。小さな方は鋭く向きを変え、斜面を登っていった。黒髪はぐるぐる走り回り、歩を止め、それから丘の側面に沿って谷に向かう下り道をとった。ジェリーはそのあとを追った。

ビルは時計に目をやり、それから岩に腰を下ろした。サングラスをとって、もう一度空を見た。

黒髪は跳ねるように走り続けていたが、やがて洞窟のひとつに行き当たった。大きな岩がひさしのように突き出していて、内部は暗く見えなくなっている。彼女は登れるところまで登り、そこに座り込み、頭を下げて激しく呼吸をしていた。

間もなく彼女は彼が小径をやってくる足音を耳にした。岩がひさしになっているところで彼は歩を止めた。彼女は息を殺した。彼は泥板岩のかけらを手に取り、暗闇の中に投げ込んだ。それは彼女の頭のすぐ上の壁にあたった。

「ねえ、いったい何のつもりなの。私の目をつぶしたいわけ？　石を投げるのはよしてよ。何をするのよ、もう」

「ここに隠れてるんじゃないかと思ったからさ。両手を挙げてでてくるんだ。さもないとこっちから捕まえに行くぜ」

「ちょっと待ってよ」と彼女は言った。

彼はひさしの下の小さな岩棚に飛び乗り、暗闇の中を覗き込んだ。

「いったい何をするつもりなの？」と彼女は言った。「なんで私たちのことを放っておいてくれないの？」

「さあね」と彼は言って彼女を見た。その身体にゆっくりと視線を這わせた。「そっちが走って逃げるから、俺たちも走らざるを得ないんじゃないか」

娘は彼のそばにやってきた。それからさっと脇をすり抜けようとした。しかし彼は手を壁の方に伸ばして、その行く手を遮った。そしてにやりと笑った。

彼女も笑った。それから唇を噛みしめ、別の方向から逃げようと試みた。

「笑うとキュートになれることが自分でもわかってるんだな」、彼は娘の腰を捕まえようとしたが、彼女は身をかわし、その手を逃れた。

「ちょっと！　もうよしてよ。行かせてちょうだい」

彼はまた娘の正面に出ていった。指で彼女の胸に触れた。彼女はその手を叩いた。彼はその胸を今度はぎゅっと摑んだ。

「ああ」と彼女は言った。「痛いじゃないの。お願い、よして。痛いんだから」

彼は手の力を緩めたが、離しはしなかった。「いいとも」と彼は言った。「痛い目にはあわさないさ」。それから彼は手を離した。

彼女は彼を突いてバランスを崩させ、小径に走り出て、そのまま駆け下った。

「ちくしょうめ」と彼は怒鳴った。「戻ってこい！」

彼女は右手に曲がり、また上りにかかった。彼はつるつるする雑草に足を取られて滑って転び、慌てて立ち上がって、また走り出した。彼女は三十メートルほどの長い隘路に入った。突き当たりに光と谷の風景が見える。彼女は走った。裸足の両足がぴしゃぴしゃと岩を打ち、こだました。それは自らの荒い息に被さるように、彼の耳に届いた。隘路の出口のところで、彼女は振り向いて叫んだ。「もうかまわないで！」、彼女の声の調子は変わっていた。

彼は呼吸をおさえた。彼女は向こうを向いて、視界から逃れた。彼が出口に達して肩越しに見上げると、娘が四つんばいになって着実に上に登っているのが見えた。二人のいるのは谷側で、彼女は小さな丘のてっぺんに向けて登っていた。もし彼女がてっぺんまで行ってしまったら、それ以上追いかけることがむずかしくなるだろうことは彼にもわかった。そんなに遠くまではついていけない。だから必死であとを追った。石や草をつかんで懸命に斜面をよじ登った。心臓が早鐘を打ち、息は鋭く短い喘ぎへと変わっていった。

娘がてっぺんに到達したとき、彼は彼女の足首をつかんだ。そして二人は同時に平たく開けた狭い場所に転がり込んだ。

「このやろう」と彼は息を切らせながら言った。彼はその足首をまだ握り続けており、彼女はもう片方の足で相手の頭を思いきり蹴った。その衝撃で耳ががんがんと鳴り、目の奥で閃光が光った。

「くそ、何をしやがる」、彼の目からは涙がこぼれた。彼は娘の両脚の上にのしかかり、相手の両腕をつかんだ。

彼女は両膝を上にあげ続けようとしたが、彼は僅かに身をよじって、ぐっと押さえ込んだ。

二人ははあはあ息をつきながら、そこにしばらく横になっていた。娘の瞳は恐怖のために大きく見開かれ、動きまわっていた。彼女は左右に首を振り、唇を嚙みしめた。

「いいか、なあ、お前を解放してやるよ。放してもらいたいか？」

彼女は素速く肯いた。

「いいとも、放してやる。でもその前にすませたいことがある。わかるか？　だから余計な抵抗をするな。いいな？」

彼女は何も言わずじっとしていた。

「わかったな？　わかったなって俺は訊いたんだぞ」、彼は娘を揺さぶった。

少しあって娘は肯いた。

「わかった。わかったわよ」

彼は手を緩め、身を起こした。そして彼女のショートパンツに手を伸ばした。そのジッパーをおろし、脱がせ始めた。

彼女は素速く動いて、彼の耳に拳の一撃をくれた。そしてそのまま脇に転がった。彼は娘に向かって突進した。彼女は今では大声で叫んでいた。彼は娘の背中に飛びかかり、その顔を地面に叩きつけた。彼はその首筋をつかまえていた。少しして娘が抵抗するのをやめたとき、彼はショートパンツを下におろし始めた。

彼は立ち上がり、娘に背を向け、服の埃を払った。次に目をやったとき、娘は身体を起こしていた。もみあいのあった地面に目をやり、額にかかった数本の髪を撫でつけた。

「誰かに言うつもりか？」

彼女は何も言わなかった。

彼は唇を湿した。「黙ってた方がいいぜ」

彼女は前屈みになり泣き始めた。手の甲を顔につけて、静かに泣いた。

ジェリーは煙草に火をつけようとしたが、マッチを落としてしまった。しかしそれを拾うこともなく歩き出した。それから立ち止まって後ろを振り返った。そのあと少しのあいだ自分がそこで何をしているのか、彼にはわからなくなった。その娘がいったい誰なのかも。彼は落ち着かない気持ちで谷の向こうに目をやった。太陽が丘陵に沈もうとしていた。顔にそよ風が微かに感じられた。谷間は尾根や岩や樹木の落とす暗い影に少しずつ包み込まれようとしていた。彼はまた娘を見た。

「誰にも言わない方がいいぜ。ああ……まったく。悪かったな。悪かったと思う」

「早くどこか行って」

彼はそばに寄った。彼女は立ち上がろうとした。彼は素速く前に進んで、片膝をついて立ち上がりかけている娘の頭の脇を拳で殴った。彼女は悲鳴をあげて倒れた。そしてもう一度立ち上がろうとしたとき、彼は石を拾い上げてそれを娘の顔に強く叩きつけた。歯が折れ、骨が砕ける音がしっかり聞こえた。唇のあいだから血が吹き出た。彼は石を落とした。娘はどさりと地面に倒れ、彼はその上にかがみ込んだ。彼女が動き始めると、彼は石を拾い上げてもう一度それで叩いた。今回はそれほど力を入れず、頭の後ろを叩いた。それから石を地面に落とし、娘の肩に手を触れた。そして娘を揺さぶり始めた。少し後で彼は娘を仰向けにした。

彼女の目は開いていた。そこには生気がなかった。彼女は頭をゆっくりと左右に動かし始めた。血と折れた歯を口から吐き出そうとして、口の中で舌がもったりと丸められた。彼女は頭を左右に僅かに動かしながら、彼の顔にじっと焦点を合わせた。それから意識が失われた。彼は立ち上がって一メートルばかり歩き、また戻ってきた。彼女は身を起こそうとしていた。彼は膝をつき、相手の両肩に手をやり、また寝かせようとした。しかし彼の手は娘の首の上に移動した。そしてその首を絞め始めた。でもそれを最後までやり通すことができなかった。だから彼が手を離したとき、娘の気管はぜいぜいと音を立ててもがくように息を吸い込んでいた。彼女はぐったりと後ろにもたれ、彼は立ち上がった。彼は身を屈めて、地面から大きな石を引っこ抜いた。石の底から土がぼろぼろとこぼれた。彼はその石を目の高さまで、更に頭の上まで持ち上げた。それから娘の顔の上に石を落とした。ぐしゃっという音が聞こえた。彼は石を拾い上げ、娘の顔を見ないようにしながら、もう一度落とした。彼はなおもまた石を持ち上げた。

ビルは隘路を抜けた。もうずいぶん遅い時間になっていた。ほとんど夜に近い。誰かが斜面を登ったあとが見てとれた。彼は来た道を引き返して、より歩きやすい別の道を行くことにした。

小柄な娘に彼は追いついた。バーバラだ。しかし彼はとくに何もしなかった。キスもしなかったし、ましてやそれ以上何をするつもりもなかった。正直なところ、もうそんな気分ではなかった。彼はむしろ怖くなっていた。彼女にはその気があるのかもしれないし、ないかもしれない。しかしそんなことを試すには、彼には失うべきものが多すぎた。娘は今は自転車を止めたところにいて、友だちが来るのを待っていた。いや、彼が求めているのは、ジェリーを見つけて、これ以上遅くならないうちに家に連れ帰ることだった。リンダからきつい叱責を受けることはわかっている。心配しておかしくなっているかもしれない。もう遅くなりすぎている。何時間も前に戻っているべきなのだ。彼はひどく不安になって、平らな狭いてっぺんに向かう坂道の最後の数メートルを全力疾走した。

彼は二人の姿を同時に目にした。ジェリーは娘の身体の向こう側に、石を手にして立っていた。

ビルは自分の身体が縮んだような気がした。薄くなって、体重が失われたような気がした。それと同時に、耳をもぎとられそうな強風を受けて立っているみたいにも思えた。そのまま走って、ただ走って逃げ出したかった。でも何かが彼の方に向かって動いてきた。岩の落とす影が、そこを抜けてやってくる人影とともに、その足もとを動いているように見えた。地面は奇妙な角度で差し込む光の中、その位置を変えてしまったみたいだ。彼は何の脈絡もなく、丘の麓で、車の隣で待っている二台の自転車のことを思った。その一台を取り除いてしまえば、何もかもが変わってしまうのではないか、こうして丘のてっぺんにいる自分の前から、その娘に起こったことがすっかり消えてなくなってしまうのではないか、そんな気がした。しかしジェリーが今、彼の前に立っていた。まるで骨が抜けてしまったみたいに、洋服の中で身体がだらんとしていた。二人の身体が恐ろしいくらい接近しているようにビルには感じられた。腕一本の長さほどの距離もない。彼は腕を上げた。そして、まるで二人のあいだを隔てているその距離の穴埋めをするかのように、相手の身体を軽く叩き、撫で始めた。そのあいだ彼の眼からは涙が溢れていた。

もし叶うものなら

If It Please You

イーディス・パッカーはカセット・テープをイヤフォンで聴きながら、夫の煙草を吸っていた。テレビはついていたが、音は出ていない。彼女はソファーの上に両脚を折って座り、ニュース雑誌のページを繰っていた。ジェームズ・パッカーが客間から出てきた。彼は客間を、自分の仕事場として使っていたのだ。彼はナイロンのウィンドブレーカーを着ており、妻を見てびっくりしたように、それから失望したように見えた。イーディス・パッカーは夫の姿を見てコードを耳から外した。彼女は煙草を灰皿に置き、ストッキングをはいた片方の爪先を夫に向けてもそもそと指を動かした。

「ビンゴだけど」と彼は言った。「今夜は行くのか行かないのか？　行くんだったらそろそろ出ないと」

「私は行くわよ」と彼女は言った。「もちろん。ちょっと夢中になっていたから」。彼女はクラシック音楽が好きだったが、夫はそうではない。彼は退職した会計士だった。でもときどき昔の顧客の納税申告を引き受けており、今夜はその仕事をしていた。気が散るので、仕事中に音楽が聞こえるのを彼は好まなかった。

「行くんなら、もう行かなくちゃ」、彼はテレビに目をやり、そちらに行ってスイッチを切った。

「行くわよ」と彼女は言った。「その前にバスルームに行かせて」。彼女は雑誌を閉じて、立ち上がった。「ちょっとだけ待っててね」と彼女は言って微笑んだ。そして部屋を出ていった。

彼は裏のドアが閉まっているか、ポーチの電灯が点いているかどうかを確かめた。それから居間に戻って妻を待った。コミュニティー・センターまでは車で十分の距離だった。つまり二人は最初のゲームには参加できないことになる。彼は時間に遅れずにことを運ぶのが好きだった。それはとりもなおさず、五分前にそこに到着することを意味した。そうすれば先週の金曜日の夜以来会っていない人々に挨拶ができる。彼は自分のスタイロフォーム・カップのコーヒーに砂糖を入れてかき混ぜながら、フリーダ・パーソンズと冗談を言い合うのが好きだった。彼女は金曜日の夜のビンゴ・ゲームを主催するクラブ所属の女性の一人で、普段の日は町でただひとつのドラッグストアのカウンターで働いていた。彼は定刻より少し早くそこについて、フリーダから二人分のコーヒーをもらい、壁際の端っこのテーブルに陣取るのが好きだった。そのテーブルが彼の好みだった。この何ヵ月も、金曜日の夜には彼らは同じテーブルの同じ席に座っていた。その席でビンゴ・ゲームに参加した最初の金曜日の夜、彼は四十ドルのジャックポットを獲得した。そのあとで彼はイーディスに言った。俺はもう永遠にビンゴに取り憑かれちゃったよ、と。「ひと味違うお楽しみを求めてたんだよ」と彼は言って笑みを浮かべた。何十枚ものビンゴ・カードがテーブルの上に積み重ねてある。その中からプレーヤーは好きなカードを何枚か選ぶ。それらのカードが勝ち札になるかもしれない。それから腰を下ろし、テーブルに置かれた鉢の中から白い豆を手ですくう。そしてゲームが始まるのを待つ。女性クラブの会長である堂々とした白髪のエレノア・ベンダーが番号をふったポーカー・チップを入れたバスケットを回して、その番号を読み上げ始めるのを待つ。それが会場に早く行かなくてはならない本当の理由だ。好きな席を確保し、好きなカードを何枚か選ぶ。あなたには好みのカードがあり、またことによっては、毎週毎週あなたの頭の中に浮かんでいるカードがある。それらのカードの番号の組み合わせには、ほかのどんな組み合わせよりずっと心をそそられる。ラッキー・カードと言っていいかもしれない。すべてのカードの右上の部分には、それぞれのコード・ナンバーがプリントしてある。もしあなたがこれまでにある特定のカードでビンゴを獲得したことがあったとしたら、あるいはもう少して獲得するというところまでいったとしたら、またあるカードになぜか心引かれるものがあったとしたら、早くそこに行ってカードの山の中からそれらを選び出す価値はある。あなたはそれらを自分のカードと呼ぶようになるし、毎週毎週それらを探すことになるのだ。

イーディスはやっとバスルームから出てきた。彼女は戸惑ったような表情を顔に浮かべていた。二人がゲーム開始に間に合う可能性はない。

「どうかしたのか」と彼は訊いた。「イーディス?」

「どうもしない」と彼女は言った。「どうもしないけど。私、見かけ変じゃない、ジミー?」

「何も変じゃないよ。なあ、出かける先はビンゴ・ゲームだぜ」と彼は言った。「どうせほとんどみんな顔見知りじゃないか」

「だからこそちゃんとした格好で行きたいの」と彼女は言った。

「ちゃんとしてるよ」と彼は言った。「君はいつだってちゃんとしている。そろそろ行かないか?」

センターのまわりの路上にはいつもより沢山の車が駐車しているようだった。ジェならなかった。

ームズがいつも車を停める場所には、車体にサイケデリックな図柄を描いた古いヴァンが停まっていたので、彼はそのブロックのいちばん奥まで行ってターンしなくてはならなかった。

「今晩はいやに車が多いんじゃない」とイーディスは言った。

「時間どおりに来ていたらこんなにはいなかったよ」と彼は言った。

「時間どおりに来ていても数は変わらない。ただそれを目にしなかっただけよ」と彼女は冗談っぽく訂正した。そして彼の袖をつまんだ。

「なあイーディス、もしビンゴ・ゲームをやるのなら、時間どおりに来るようにしなくちゃいけないよ」と彼は言った。「人生の第一の鉄則は『時間どおりに場所に着け』ということだ」

「静かにして」と彼女は言った。「今夜は何かが起こりそうな気がするの。楽しみにしていて。一晩中ジャックポットを出すかもね。胴元をつぶしちゃうかも」

「そいつは何よりだ」と彼は言った。「そうなるといいがね」。彼はブロックのいちばん奥近くに駐車スペースを見つけて、そこに車を入れた。エンジンを切り、ライトを消した。彼は言った、「今夜はどうもうまくいきそうな気がしないんだ。ハワードの税金の処理をしていたとき、五分くらいは、今日はいけるぞって感じがしてたんだよ。

でも今はどうも気が進まない。ゲームの前にはるばる一キロ近くも歩かなくちゃならないなんて、げんが悪いとしかいいようがないじゃないか」

「ずっと私のそばについていらっしゃいよ」と彼女は言った。「そうすればツキが回ってくるから」

「うまくいかないような気がする」と彼は言った。「ドアをちゃんとロックしてくれよな」

二人は歩き始めた。冷たい微風が吹いていた。彼はウィンドブレーカーのジッパーを首の上まで上げた。彼女はコートの前を合わせた。コミュニティー・センターの裏手にある崖の下から波が岩にあたって砕ける音が聞こえた。

「ねえジミー、中に入る前にあなたの煙草を一本ちょうだい」と彼女は言った。

二人は角にある街灯の下に立ち止まった。古びた街灯についた補強用の針金が風に吹かれて揺れ、灯りを受けたその影が舗道の上をちらちらと前後していた。ブロックのいちばん先にセンターの灯りが見えた。彼は手のひらで囲むようにしてライターの火を彼女に差し出した。それから自分の煙草に火を点けた。「いつになったら煙草をやめるんだよ？」と彼は言った。

「あなたが禁煙したら」と彼女は言った。「自分もやめようという気になったら。あなたが禁酒する気になったときと同じようにね。ある朝目が覚めて、そのままやめちゃうの。ぱっと。あなたと同じ。そして何か趣味を見つける」

「編み物のやり方を教えてやるよ」と彼は言った。

「私にはそういう辛抱が足りないの」と彼女は言った。「それに編み物をやる人は一家に一人で十分なんじゃない？」

彼は微笑んだ。そして彼女の腕をとった。二人は歩き続けた。

センターの入口の階段に着いたとき、彼女は煙草を下に落として、足で踏み消した。そして二人は階段を上って、ロビーに入った。室内にはソファーがひとつと、疵《きず》だらけのテーブルがひとつ、そして折りたたみ式の椅子がいくつかあった。壁には漁船や軍艦の写真がかかっていた。軍艦は第一次大戦以前のフリゲート艦で、転覆して傾いたまま、町のすぐ下にある砂浜に打ち上げられていた。彼がいつも心引かれる一枚の写真があった。それは引き潮でひっくり返った船の写真で、一人の男が竜骨の上に立って、カメラに向かって手を振っていた。オークの額縁に入った海図があり、クラブの会員によって描かれた田園風景の絵が数枚あった。池の背後に見えるゴツゴツした山と雑木林、そして海に沈んでいく太陽の絵。二人はロビーを通り抜けた。そして会場に入るとき、彼は再び彼女の手をとった。入口の右手にある長いテーブルにはクラブの女性が何人か座っていた。フロアには三十かそこらのテーブルが、折りたたみ式の椅子とともに並べられている。ほとんどの椅子には人が座っていた。ホールのいちばん端っこにはクリスマス劇が上演されたステージがあった。そこではときどきアマチュア劇団の公演が行われる。ビンゴ・ゲームは既に始まっていた。エレノア・ベンダーがマイクを持って、番号を読み上げていた。

二人はコーヒーも受け取らず、早足で壁に沿って後ろの方に向かった。自分たちのテーブルを目指して。人々はテーブルに身をかがめていた。誰も顔を上げて二人を見ようとはしなかった。人々は自分のカードを見ながら、次に読み上げられる番号を待っていた。彼は先に立って自分のテーブルに向かった。しかし今夜のこれまでの成り行きから見て、その席には既に誰かが座っているだろうと彼は踏んでいた。そしてその予想は正しかった。

そこにいたのはヒッピーのカップルだった。女が若いことに彼はとても驚いた。ほとんど少女と言ってもいいくらいだ。その娘は色褪せた古いデニムの上下を着ていた。ジーンズに上着、そして男物のデニムのシャツだ。指輪とブレスレットをいくつもはめ、長いイヤリングをぶら下げていた。彼女が動くとそれがじゃらじゃら音を立てた。ちょうど彼女は動いているところだった。隣にいるバックスキンのジャケットを着た長髪の男の方を向いて、彼のカードの番号を指さしていた。そして彼の腕をつねった。男は髪を後ろにまとめて結び、薄汚い髪が一房、顔にかかっていた。小さな金属縁の眼鏡をかけ、耳に小さな金のリングをひとつつけていた。

「やれやれ」とジェームズは言って立ち止まった。彼はほかのテーブルに妻を導いた。「ここに二つ椅子が空いている。ここでがんばるしかないな。我々の席にはヒッピーたちが座っているから」。彼は連中の方を鋭い目で睨んだ。ウィンドブレーカーを脱ぎ、イーディスがコートを脱ぐのに手を貸した。それから席に腰を下ろし、自分たちの席に座っているカップルをもう一度見た。番号が読み上げられると、娘は自分のカードに目を通した。それから隣の長髪男の方に身を屈め、そのカードを点検した。これじゃまるで、自分のカードの数字もろくすっぽ読めないやつだと思ってるみたいじゃないか、とジェームズは思った。ジェームズはテーブルの上のビンゴ・カードの山をとり、半分をイーディスに渡した。「いい札を選んでくれ」と彼は言った。「私はいちばん上の三枚でいい。今夜はどのカードを選んでも変わりないような気がする。今夜はどうもツキがなさそうだし、その気分をどうやっても変えることができないんだ。あの二人組はこんなところでいったい何をしているんだ？　どうにもまともな連中には見えないんだが」

「あの人たちのことを気にするのはよしなさいよ、ジミー」と彼女は言った。「あの人たち、誰かに迷惑をかけているわけじゃないでしょう。彼らは若いのよ、ただそれだけ」

「これはコミュニティーの人たちのための金曜日定例のビンゴ大会なんだ」と彼は言った。「あいつらにいったい何の用があるんだ?」

「ビンゴをやりたいだけよ」と彼女は言った。「でなきゃ、こんなところにいるわけないでしょう。ねえジミー、ここは自由の国なのよ。あなたはビンゴをやりに来たんじゃないの? さっさとプレーしましょうよ。さあ、私はもう自分のカードを選んだわよ」。彼女はカードの山を彼に手渡した。彼はそれを自分が選ばなかったカードと一緒にテーブルの真ん中に置いた。彼はヒッピーたちの前に捨て札が積まれていることに気づいた。まあいいさ、俺はビンゴをするためにここに来たんだ。ちゃんとやろうじゃないか。彼は鉢から豆をいくらかすくい取った。

カードは一枚が二十五セントである。カード三枚で五十セントになる。イーディスは三枚とった。ジェームズはこの夜のために貯めておいた一ドル札の束から一枚を抜いた。そしてその一ドル札を自分のカードの隣に置いた。クラブの女性の一人がほどなくコーヒーの空き缶を持ってやってくることになっている。青みがかった髪のやせた女で、首にほくろがあった。ジェームズは彼女の名前がアリスであるということしか知らなかった。彼女は札や硬貨を集め、釣り銭が必要なら缶から出して置いていくのだ。金を集め、ジャックポットを出した人に支払いをするのは、彼女かあるいはもう一人のベティーという名の女性である。

　エレノア・ベンダーが「Iの25」と言った。部屋の真ん中あたりのテーブルに座った女性が「ビンゴ!」と叫んだ。

　アリスがテーブルの間を縫うようにして前に進んだ。彼女はかがみ込んでその女性のカードがエレノア・ベンダーの読み上げた当たり番号と同じであることを確かめた。

「ビンゴです」とアリスが言った。

「みなさん、このビンゴの賞金は十二ドルです!」とエレノア・ベンダーがアナウンスした。「おめでとうございました!」アリスはその女性のために札を数え、曖昧な笑みを浮かべた。そして立ち去った。

「さあ準備して下さいね」とエレノア・ベンダーが言った。「次のゲームは二分後に始まります。すぐにラッキー・ナンバーを動かし始めますよ」。彼女はポーカー・チップの入ったバスケットを回しだした。

　二人はそのあと四ゲームか五ゲームやったが、どれもうまくいかなかった。ジェームズは一度持ち札の一枚でかなりいいところまでいった。ビンゴの番号と数字ひとつ違うだけだった。でもそれからエレノア・ベンダーが五つの数字を連続して読み上げたのだが、どれも彼の手持ちの数字ではなかった。ホールにいる他の誰かが、自分のカードの番号を見つけて声を上げたが、その前から彼には既にわかっていた。自分が必要とする番号が決して読み上げられないであろうことが。

「あのときはもう一息っていうところだったのにね、ジミー」とイーディスが言った。「私、ずっとあなたの札を見ていたのよ」

「いくら近くたって当たらないのは同じさ」とジェームズは言った。「一マイル離れてるのと同じことさ。ただ気を持たせているだけだよ」。彼はカードを傾けて、手のひらに豆をこぼした。そして手を閉じて、拳を作った。その拳の中で豆を振った。豆を窓の外に向かって投げている少年の姿が彼の脳裏に浮かんだ。それは何かカーニヴァルかお祭りに関連したことだった。そこには牛も出てきたな、と彼は思った。その記憶はずっと遠くの方からやってきたもので、なぜか心が乱された。

「ゲームを続けましょう」とイーディスが言った。「きっとうまくいくわよ。カードを換えてみたらどう？」

「カードを換えたって同じことだ」とジェームズは言った。「今夜はツキがないんだよ、イーディス。それだけのことさ」

彼はまたヒッピーたちの方に目をやった。男が何か言って、二人はそのことで大笑いしていた。娘がテーブルの下で男の脚を撫でているのがジェームズには見えた。まわりの人間の存在なんて二人の目にはまるで入っていないみたいだった。アリスが次のゲームの賭け金を集めに回ってきた。しかし最初の番号をエレノア・ベンダーが読み上げた直後に、ジェームズはヒッピーたちの方にたまたま目をやった。そして男が自分が金を払っていないカードの上に豆を一つ載せるのを目にした。捨て札の山に入っているべきカードだ。でもそのカードはそのまま置かれていたので、男はそれを目にして、他のカードとともにそれでプレーすることができた。エレノア・ベンダーは次の番号を読み上げ、男はそのカードにまたひとつ豆を置いた。それから男はそのカードを使うべく、自分の方に引き寄せた。ジェームズはそれを見て唖然とした。そしてすっかり頭に来た。彼は自分のカードに神経を集中することができなくなった。彼はそのヒッピーがやっていることをじっと見ていた。他の誰もそのことに気づいていないようだ。

「ねえジェームズ、自分のカードを見てなさい」とイーディスが言った。「ちゃんとカードを見てなくちゃ。あなた34を逃しちゃったわよ。ほら」。彼女は彼の番号の上に自分の豆をひとつ置いた。「ぼんやりしてちゃだめよ、あなた」

「我々のいつもの席に座っているヒッピーがインチキをやってるんだ。とんでもないことだ」とジェームズは言った。「自分の目が信じられないよ」

「インチキって、どんなインチキをやってるのよ？」と彼女は訊いた。「ビンゴでどんなインチキができるのよ、ジミー？」。彼女は少し気が散らされたみたいにあたりを見回した。まるでそのヒッピーがどこに座っていたかを忘れてしまったみたいに。

「金を払っていないカードを使っているんだ」と彼は言った。「何をやっているかちゃんと見えるんだ。やりたい放題をやってやがる。ビンゴ・ゲームでだぜ！　誰かが通報しなくっちゃ」

「余計なことはしないでね。私たちが迷惑をこうむっているんじゃないんだから」とイーディスは言った。「こんなにたくさんの人がこんなにたくさんのカードを扱ってるんだもの、一枚くらいいいじゃないの。好きなだけの枚数でやらせればいいでしょう。中には六枚のカードでプレーしている人だっているんだから」、彼女はゆっくりとそう言った。そして自分のカードに意識を集中しようとした。彼女は自分の番号の上に豆を置いた。

「でもみんなはそのぶんの金を払ってるんだ」と彼は言った。「それはかまわない。

でもそれとこれとは話が違う。あいつはインチキをやってるんだよ、イーディス」

「ジミー、いいからそんなことは忘れなさい」と彼女は言った。そして手のひらの豆をつまんで、それを番号の上に載せた。「放っておきなさい。自分のカードに意識を戻して。おかげで自分のカードに集中できなくなっちゃったわ。私も番号を聞き逃しちゃったじゃない。しっかりプレーしてちょうだいよ」

「あいつらが悪事を働きながらそのまま逃げおおせたとしたら、そんなのゲームとも言えないぜ」と彼は言った。「そういうのは我慢できないな。とてもじゃないけど」

　彼は自分のカードに目を戻した。でも今回のゲームに勝つ見込みがないことは火を見るよりも明らかだった。これから先のゲームだってまずだめだ。彼のカードの番号のほんのいくつかにしか豆は置かれていなかった。これまでいったいどれだけの番号を見逃してきたのか、どれくらい遅れをとってしまったのか、見当もつかない。彼は豆を手の中にぎゅっと握りしめた。希望もなく、今読み上げられたばかりの番号「G―60」の上に豆をひとつ、押し出すように置いた。誰かが「ビンゴ！」と叫んだ。

「まったくもう」と彼は言った。

　十分ほど休憩します、みなさん一服して身体をほぐしてください、とエレノア・ベンダーは言った。休憩のあとのゲームはブラックアウト〔訳注・すべての升目を埋めると上がり〕になります。

カード一枚が一ドルで、勝者の総取りです。今週のポット（積み立て賭け金）は九十八ドルになりますと、エレノアが告げた。口笛と拍手が起こった。彼はヒッピーの方を見た。男は耳のリングをさわりながら、室内を見回していた。娘はまた男の脚に手をやっていた。

「洗面所に行かなくちゃ」とイーディスが言った。「煙草をちょうだい。ねえ、あそこにあったレーズン・クッキーとコーヒーをとってきてもらえるかしら」

「わかった」と彼は言った。「それからカードを換えてくる。まったく、今のカードじゃとても勝てる見込みがなさそうだ」

「私は洗面所に行ってくる」と彼女は言った。彼女は彼の煙草の箱をハンドバッグに入れ、テーブルを立った。

彼は列に並んでクッキーとコーヒーを受け取った。フリーダ・パーソンズに何か声をかけられ、彼は肯いた。金を払い、それからヒッピーたちが座っているところに戻った。彼らは既にコーヒーとクッキーを取っていた。二人はコーヒーを飲み、クッキーを食べ、話をしていた。まわりの普通の人たちと同じように。彼はその男の椅子の後ろに立った。

「おたくがやっていることをちゃんと見ているからな」とジェームズは男に言った。

男は振り向いた。男の目は眼鏡の奥で大きく見開かれていた。「なんだって？」と彼は言ってジェームズの顔を見た。「俺が何をやっているっていうんだ？」

「わかってるはずだ」とジェームズは言った。娘は怯えているようだった。彼女は手にクッキーをしっかりと持ったまま、ジェームズをじっと見ていた。「あえて言うまでもなかろう」とジェームズは男に向かって言った。「いちおうご忠告まで。あんたのやっていることはちゃんと見えるんだ」

彼は自分の席に戻った。身体がわなわなと震えていた。ろくでもないヒッピー連中が、と彼は思った。そんな対決をしたおかげで、酒が飲みたい気分だった。まったくたかがビンゴ・ゲームのあれやこれやで、酒が飲みたくなるなんてな。彼はクッキーとコーヒーをテーブルの上に置いた。それから目を上げてヒッピーを見た。男は彼の方をじっと見ていた。娘もこちらを見ていた。ヒッピーはにやりと笑った。娘はクッキーをかじった。

イーディスが戻ってきた。彼女は煙草の箱を返し、腰を下ろした。彼女は静かだった。ことのほか静かだった。少ししてジェームズは気を取り直し、言った。「どうかしたのか、イーディス？　大丈夫か？」、彼は彼女の顔をまじまじと見た。「なあイーディス、何かあったのか？」

「大丈夫よ」と彼女は言って、コーヒーを手に取った。「いいえ、やはりあなたに言っておいた方がいいわね、ジミー。あなたを心配させたくはないんだけど」。彼女はコーヒーを飲んで、一息置いた。「また汚れが出てるの」

「汚れ？」と彼は言った。「いったいどういう意味だよ、イーディス？」。しかし彼にはその意味はわかっていた。その年齢で、そしてまた彼女が言うような痛みを伴うのであれば、それが意味するのはおそらく二人が最も恐れているものである。「汚れ」と彼は静かな声で言った。

「わかるでしょう」と彼女は言った。そしてカードを手に取り、一通り見渡した。「少し出血しているの。参ったわ」と彼女は言った。

「家に帰った方がいい。もう引き上げたほうがよさそうだ」と彼は言った。「よくないんだろう、そいつは？」、痛みが始まっても、彼女はそのことを黙っているかもしれないと彼は思った。彼女の様子を見て、もっと前にそれを尋ねるべきだったのだ。すぐにも引き上げなくては。彼にはそれがわかっていた。

彼女はまた別のカードを見渡した。彼女は狼狽し、いくらかばつが悪そうに見えた。「いいえ、もう少しいましょう」と彼女は少しあとで言った。「そんなに心配するほどのことじゃないかもしれない。あなたに心配かけたくないの。もうほんと大丈夫よ、ジミー」と彼女は言った。

「イーディス」

「もう少しいましょう」と彼女は言った。「コーヒーを飲みなさいよ、ジミー。心配することないったら。私たちビンゴをしにここに来たんじゃない」、彼女はそう言って、少し微笑んだ。

「こいつは史上最悪のビンゴ・ゲームの夜だな」と彼は言った。「私はすぐにでも帰れるよ。もう引き上げた方がいいと思うんだが」

「ブラックアウトには参加しましょう。どうせあと四十五分くらいのものでしょう。それくらいの時間なら何も起こらない。さあ、ビンゴをやりましょう」、彼女は明るい声を出そうと努力して言った。

　彼はコーヒーを飲み下した。「私はクッキーはいらないから、食べていいよ」。彼は持ち札を戻し、積まれたビンゴ・カードから使われていない札を二枚を取った。彼は怒りの目でヒッピーたちを見た。お前らのおかげでこんなことになったんだと言わんばかりに、しかし男の姿はテーブルになく、娘がこちらに背を向けているだけだった。彼女は椅子の中で向きを変え、ステージの方に目を向けていた。

二人はブラックアウトに参加した。一度そちらに目をやったが、ヒッピー男はまだ同じことをやっていた。金を払っていないカードでプレーをしていた。ジェームズはそのことを誰かに教えなくてはと思ったが、自分のカードをおろそかにするわけにもいかなかった。なにしろカード一枚一ドルの勝負だ。イーディスの唇は固く結ばれていた。そこには決意の色が、それとも焦慮がうかがえた。

ジェームズは一枚のカードに三つの番号を、もう一枚のカードに五つの番号をからめていた。一枚は既に無役になっていた。そのときにヒッピー娘が叫びだした。「ビンゴ！　ビンゴ！　ビンゴよ！　ビンゴになった！」

男も手を叩き、一緒に叫びだした。「ビンゴができたぞ！　ビンゴだ！　ほら、ビンゴだよ！」、彼は手を叩き続けた。

エレノア・ベンダー自らがその娘のテーブルまで行って、彼女のカードと台帳の番号とを照合した。それから言った、「こちらのお嬢さんが九十八ドルのジャックポットを獲得なさいました。おめでとうございます。みなさん盛大な拍手をお願いします」

イーディスはほかのみんなと一緒に拍手をした。しかしジェームズはテーブルの上に両手を置いたままにしていた。ヒッピー男は娘を抱いた。エレノア・ベンダーは娘に封筒を手渡した。「よかったら念のために数えて下さいね」と彼女は微笑みを浮かべて言った。娘は首を振った。

「あいつら、どうせあの金でドラッグを買うんだ」とジェームズは言った。

「よしなさい、ジェームズ」とイーディスは言った。「これは運次第のゲームなんだから。彼女はべつに変なことはしてない」

「そう願いたいものだね」と彼は言った。「しかしあの相方の男はみんなをうまく出し抜いてひともうけする気でいるぞ」

「ねえ、あなたはまた同じカードでゲームを続けるつもり?」とイーディスは言った。

「そろそろ次のゲームが始まるわよ」

彼らは結局すべてのゲームに参加した。「プログレッシブ」と呼ばれる最後のゲームまで残っていた。定められた回数だけ番号を読み上げて誰もビンゴにならないときには、その賞金は次の週に繰り越されていくというゲームだ。最後の番号が読み上げられたときに、ビンゴが出なければ、そこでゲームは終了し、翌週の賭け金として五ドルが加えられ、番号を読み上げる回数も一回増える。最初の週、ゲームは七十五ドルと三十の番号で始まった。それが今週は百二十五ドルと四十の番号になっている。番号が四十に達しなければ、ビンゴが出るのは希だ。しかし四十を過ぎれば、いつビンゴが出てもおかしくはない。ジェームズは金を払い、勝つ希望もなく、勝つつもりもなく、持ち札でプレーした。もうどうでもいいような気分だった。ヒッピー男が勝ってもとくに驚きはしなかっただろう。

四十の番号が読み上げられ、誰一人叫び声をあげなかったとき、エレノア・ベンダーは言った。「今夜のビンゴはこれでおしまいです。ご来場ありがとうございました。もし神の御心があれば、来週もまたここでみなさんとお会いしましょう。よき週末をお楽しみ下さい」

ジェームズとイーディスは人々の列に加わって会場を出たが、なぜかたまたまヒッピーのカップルの後ろになった。二人は高額のジャックポットを獲得したことで、まだはしゃいで笑いあっていた。娘は自分のコートのポケットをとんとんと叩いて、また笑った。彼女は男のバックスキンの上着の下から、その腰に腕を回していた。その指は彼のお尻に触れていた。

「あいつらを先に行かせよう」とジェームズは言った。「まったく、あいつらは疫病神だ」

イーディスは何も言わなかった。しかし彼女は夫に歩調を合わせ、そのカップルを先に行かせるようにした。

「おやすみ、ジェームズ。おやすみ、イーディス」とヘンリー・クールケンが言った。クールケンは白髪まじりの大柄な男で、何年も前に息子をボートの事故で亡くしていた。その後間もなく、奥さんがほかの男と駆け落ちをした。彼はそのあと深酒をするようになり、最後には断酒会に加わった。ジェームズはそこで彼に出会い、話を聞いた。今では彼は町にふたつしかないガソリン・スタンドの一軒を持ち、ときどき彼らの自動車の整備修理もしている。「また来週な」

「おやすみ、ヘンリー」とジェームズは言った。「たぶん来週も来ると思う。でもわからんな。今夜のビンゴはけっこうへこんだから」

クールケンは笑った。「気持ちはよくわかるよ」と彼は言って、行ってしまった。

外では風が吹きはじめていた。自動車のエンジンをかける音にかぶさるようにして、波の音がたしかに聞こえたように、ジェームズには思えた。彼は例のカップルがヴァンのところに足を止めるのを見た。わかりきってるじゃないか。考えてみれば当然のことだ。男は自分の側のドアを開け、それから腕を伸ばして女の側のドアを開けた。彼がヴァンのエンジンをかけたとき、二人は道路の路肩を歩いていた。男がヘッドライトを点け、ジェームズとイーディスは近くの家の壁をバックに明々と照らし出された。

「あの野郎」とジェームズは言った。

イーディスは何も言わなかった。彼女は煙草を吸い、もう片方の手をコートのポケットに入れていた。二人は路肩に沿って歩いた。ヴァンは彼らを追い越し、角に近づいてギアを落とした。街灯が風に揺れていた。二人は自分たちの車を停めたところまで歩いた。ジェームズは彼女の側のドアを開け、それから自分の側に回った。そしてシートベルトを締め、帰宅した。


イーディスはバスルームに入ってドアを閉めた。ジェームズはウィンドブレーカーを脱いで、それをソファーの背にかけた。そしてテレビのスイッチをつけ、椅子に腰を下ろして待った。

しばらくしてイーディスがバスルームから出てきた。彼女は何も言わなかった。ジェームズは少し待ち、テレビを見ていようと努めた。イーディスは台所に行って、水道の蛇口をひねった。それから水を止める音が聞こえた。少しあとでイーディスが台所の戸口に立って言った、「明日の朝にクロフォード先生に診てもらった方がいいみたいね、ジミー。たしかに何か変調があるようだから」。彼女は夫を見ていた。そして言った。「ああ、どうしよう。どうしたらいいのかしら。ほんとに参った」、そして泣き出した。

「イーディス」と彼は言って、彼女の方に寄った。

彼女はそこに立ったまま首を振っていた。彼女は手で目を覆っていたが、ジェームズがそばによって彼女の体を両腕で抱くと、彼によりかかった。彼は妻を抱きしめた。

「イーディス、ああ、かわいそうに」と彼は言った。彼はどうしていいかわからなかったし、怖くもあった。彼は妻を抱いたまままそこに立っていた。

イーディスは小さく首を振った。「もう寝るわ、ジミー。疲れたし、本当に具合がよくないの。明日の朝いちばんにクロフォード先生に診てもらう。でも大丈夫だと思う。だからあまり心配しないで。心配するのは私一人で十分だから。あなたが悩む必要はない。あなたは今でも十分気遣ってくれている。きっとなんでもないわよ」と彼女は言って、彼の背中を撫でた。「コーヒーを作ろうと思ってやかんを火にかけたんだけど、ベッドに入りたくなった。もうぐったり。ビンゴ・ゲームのせいね」、彼女はそう言って、微笑みをなんとか浮かべようとした。

「明かりとかを消して、それからベッドに行くよ」と彼は言った。「今夜は私も早く寝てしまいたい。まったくの話」

「ねえジミー、私は今できれば一人になりたいの」と彼女は言った。「どうしてか説明するのはむずかしいけど。でもこの今だけは一人でいたいの。こんなこと言って悪いとは思うけど、わかってちょうだい。お願い」

「一人でいたい」と彼は反復した。彼は妻の手首を握りしめた。

彼女は手を伸ばして彼の顔に触れ、彼を抱き、少しのあいだ顔の造作を確かめた。それから唇に口づけをした。彼女は寝室に入って明かりをつけた。振り返って彼を見て、それからドアを閉めた。

彼は冷蔵庫に行った。扉を開けてその前に立ち、明かりのついた内部をざっと点検しながらトマト・ジュースを飲んだ。冷たい空気が身体に当たった。棚には小さなパッケージやカートンに入った食品があった。ラップをかけたチキン、アルミフォイルにきちんと包まれた食べ残し。そんなすべてが突然彼をむかつかせた。どうしてかはわからないが、彼はアリスのことを思った。彼女の首のほくろのことを。そして彼は身震いした。冷蔵庫の扉を閉め、口の中に残っていたジュースを流しに吐き出した。それから口をゆすぎ、インスタント・コーヒーを作った。そのカップを持って居間に行った。そこではまだテレビがついており、古い西部劇をやっていた。彼は腰を下ろして煙草に火をつけた。数分間見てから、ずいぶん前にその映画を見たことがあるような気がした。登場人物のキャラクターになんとなく覚えがあった。台詞もあちこち聞き覚えがあった。見たことを忘れた映画を見ているとよくそうなる。それから主人公が――最近死んだ映画俳優だ――小さな町に馬で乗り付けてきた見知らぬ男に厳しい質問をする。そこでいろんな物事がはっと腑に落ちた。そしてジェームズはその見知らぬ男が質問に対して適当な返事をする、その一語一語をちゃんと知っていた。話がどう展開するかも思い出した。しかしそれでも、筋をますますくっきりと思い出しながら見続けた。一度ついた弾みを止めることはできなかった。主人公はごく普通の住民から保安官になった男だが、彼は勇気と胆力を披露した。しかしそれらの資質も、それだけでは十分ではなかった。すべてを台無しにするには一人の頭の狂った男と一本のたいまつがあれば事足りた。彼はコーヒーを飲み干し、煙草を吸い、暴力的な避けがたい結末がもたらされるまでその映画を見ていた。それからテレビを消した。彼は寝室のドアの前に行って聞き耳を立てた。しかし彼女がまだ起きているかどうかはわからない。少なくともドアの下の隙間から明かりは漏れていなかった。もう眠っているといいのだがと彼は思った。彼はなおも耳を澄ませた。自分がなぜか無防備で、無価値になったみたいに思えた。彼女は明日の朝にクロフォード医師のところに行くだろう。そこで何が見つかるか、そんなことは誰にもわからない。まず検査があるだろう。どうしてそれがイーディスなんだ、と彼は思った。どうして我々なんだ？　どうしてそれが誰か別の人間ではないのだ？　たとえば今夜会ったあのヒッピーたちとか。連中はのうのうとこの世界を生きている。鳥のように自由に、何の責任も持たず、未来についての疑問なんて持つこともなく。どうしてあいつらがそうならないんだ？　あるいはあいつらみたいな連中が？　筋が通らない話だ。彼は寝室のドアから離れた。外に散歩に出ることを考えた。ときどき彼は夜の散歩に出ることがあった。しかし風が強くなり、家の裏手で樺の木の枝がぴしっと鳴る音が聞こえた。外に出るには寒すぎる。こんな夜遅くに一人で表を歩くことを考えるだけで、気が沈んだ。

彼はまたテレビの前に座ったが、スイッチはつけなかった。煙草に火をつけ、部屋の向こうの方からヒッピー男が、自分に向かってにやりと笑ったときのことを思った。自分のヴァンに向かって急ぐことなくゆったりと通りを歩いていく、いかにも偉そうなその足取り、彼の腰に回された娘の腕。重い波の音を思い出した。この今も暗闇の中で、大きな波が砂浜に打ちつけているのだと彼は思った。男のイヤリングを思い出し、自分の耳を引っ張ってみた。あの男がゆったりと歩いていたみたいに、ヒッピー娘に腕を腰に回され、ゆったり歩き回りたいと、どんな人間が望むのだろう？　彼は自分の髪に指を這わせ、その不公正に対して首を振った。その娘がビンゴと叫びながら、どんな顔つきをしていたか、彼は思い出した。みんなが彼女の若さと興奮ぶりに対して羨望の目を向ける様を。彼女とその連れがどんな人間かを、もしみんなが知っていたなら。もし自分がみんなにそれを教えることができたなら。

彼はベッドに入っているイーディスのことを思った。血が彼女の体内を巡っている。したたり、出口を探し求めている。彼は目を閉じ、目を開けた。彼は早く起きて、二人のためにしっかりと朝食を用意するだろう。それから、医院の開く時刻になったら、彼女はクロフォード医師に電話をし、診察の時間を取り決めるだろう。彼は妻を医院まで車で送り、そして待合室に座って雑誌を読みながら、診察が終わるのを待つだろう。イーディスがその知らせを持って出てくる頃には、ヒッピーたちはきっと朝食をとっているだろう、彼はそう想像する。長い夜をセックスをして過ごし、腹ぺこになっている。そんなのはフェアじゃない。あいつらが今、この居間にいればいいのにと彼は思う。彼らの人生の真っ盛りに。どんなことが彼らを待ち受けているか、私が教えてやる。私があいつらの考えを正してやる。傲慢さと馬鹿笑いを遮って、しっかり告げてやる。指輪やらブレスレットやらイヤリングやら長髪や恋愛沙汰のあとにどんなものが控えているか、あいつらに教えてやる。

彼は立ち上がって客間に行き、ベッドの上の明かりをつけた。自分の机の上に置かれた書類や帳簿や計算機を眺めた。そして落胆や怒りが身のうちにこみ上げてくるのを感じた。引き出しの中に古いパジャマが一組入っているのを見つけ、服を脱ぎ始めた。机とは反対側の部屋の端にあるベッドの上掛けをまくって寝支度をした。それから家の中を一通りまわって明かりを消し、戸締まりを点検した。この四年で初めて彼は家の中でウィスキーを飲みたいと思った。仕方ない、今夜はそういう夜なんだ。酒を飲みたいと思ったのが今夜二度目であることに気づいて、彼はがっかりした。そして肩を落とした。断酒会では疲れや、喉の渇きや、空腹は禁物だと言われた。ひとりよがりもな、と彼は心の中で付け加えた。彼は台所の窓の前に立って外を見た。強い風に木が揺れていた。窓の縁ががたがたと音を立てていた。センターの写真のことが頭に浮かんだ。砂浜に座礁している船の写真だ。そして今夜海でなにごとも起こらなければいいのだがと祈った。ポーチの明かりはつけたままにしておいた。それから客間に戻り、机の下から刺繍のバスケットを取り出し、革の椅子に身を落ち着けた。バスケットのふたを開け、白いリネンがしっかりと張られた金属の輪っかを取り出した。明かりの下で小さな針を持ち、青い絹糸をその穴に通した。そして数日前の夜に中断したところから、その花柄の刺繍を開始した。

酒を断って間もない頃、断酒会である夜彼は、一人の中年のビジネスマンが、針仕事をやってみるのも悪くないかもしれないと言うのを聞いて笑ったものだ。これまでは酒を飲んでつぶしていた時間がぽっかり空いてしまうので、そのときに何か手仕事をしていると気が紛れるかもしれないということだった。針仕事なら夜でも昼でも好きなときにできるし、達成の満足感もある。「針仕事に集中するんだよ」とその男は言ってウィンクをした。ジェームズは笑って首を振った。しかし酒を断って数週間すると、手持ちぶさたな時間がどんどん増えていって、手や頭を使って何かをしなくてはという必要性を彼は感じるようになった。そしてイーディスに、必要な材料と手引き書を買ってきてくれないかと頼むことになった。彼は決して器用な方ではなかった。彼の両手はすぐにくたびれてこわばってしまった。しかしピロー・ケースと家事用布巾を縫ってみると、いくつかの作品は彼に満足感を与えた。かぎ針編みも始めた。孫たちのために帽子やマフラーや手袋も編んだ。どれもありふれた出来ではあるけれど、完成された作品を目の前にすると、達成感を持つことができた。彼は手袋やマフラーから、小さな敷物へと進んだ。今では家内のすべての部屋にそれが敷かれている。彼はまたウールのポンチョを二つ作り、彼とイーディスは浜辺を散歩するときにそれを着用している。アフガン編みの毛布にも挑戦した。今までのところ彼にとってもっとも野心的な仕事で、それを完成させるのにほとんどかかりきりで六ヵ月を要した。毎晩せっせとその作業を進めた。小さな部分をひとつひとつ積み重ねていった。そして勤勉さが常にもたらしてくれるあの幸福感に浸ることができた。今イーディスはその毛布にくるまって眠っている。深夜のこの時刻、彼は刺繍用の輪っかの感触に、そこにぴんと張られた白い布地の感触に、心を安らげることができた。彼は図柄の導くままに、リネンに針を通していった。必要に応じて結び目をつくり、余分な糸を切り取っていった。しかしほどなく彼はまたヒッピー男のことを考え始め、仕事の手を止めなくてはならなかった。頭に再び血がのぼった。なんといってもそれは原則の問題だ。一枚のカードでずるをすることがヒッピー男が勝つのを助けたとは彼も思わない。実際の効果は知れたものだ。彼は結局勝たなかったし、それがポイントなのだ。ともあれそのことは頭に入れておかなくてはならない。大事なところでは、所詮勝つことができなかったのだ。そういう意味では彼とヒッピー男は同じボートに乗っている。ただヒッピー男はまだそのことを知らないでいる。

ジェームズは刺繍のセットをバスケットに戻した。そのあとで自分の両手をしばらくじっと見つめた。それから目を閉じて、祈ろうとした。お祈りをすることによって今夜の自分に満足がもたらされるだろうと彼は思っていた。もし正しい言葉を見つけることができさえすれば。酒を断とうとしていた時期を最後に、もうずいぶん長いあいだお祈りをしていなかった。そのときだって、お祈りをすることに何かの効果があるとはまったく考えていなかった。そういう状況下ではお祈りをするくらいしか手はあるまいと思っただけだった。たとえ何も信じていないにせよ――とりわけ自分に酒をやめる能力があるということを――それが害を及ぼすようなことはあるまいと当時の彼は踏んでいた。しかし時としてお祈りをしたあと救われたような気持ちになることがあって、そこには大事な何かが含まれているのだろうと彼は考えるようになった。その頃、うっかり忘れてしまわない限りということだが、彼は毎晩お祈りをした。酔払って床につくときも、いやそういうときにこそ、もし忘れていなければ、彼はお祈りをした。朝に最初の酒を飲むときにも、ときどき彼はお祈りをした。酒をやめる力をお与え下さいと祈った。もちろん時にはそのことで余計にひどい気分になり、自分が救いがたい人間に思え、邪悪な恐ろしい力に支配されているみたいに感じた。なにしろお祈りをした次の瞬間には酒のグラスに手を伸ばしているのだから。それでも結局酒を断つことができた。しかし彼はそれがお祈りのおかげだとは思わなかったし、それ以来お祈りをしようなんて、ほんの少しも考えたこともなかった。考えてみれば、もう四年もお祈りをしていない。酒をやめた後、お祈りをする必要をまったく感じなかったのだ。それ以来ものごとはうまく進んでいた。禁酒してから、すべては再び順調に運び出した。四年前のある朝、彼は二日酔いの頭で目を覚ました。しかしいつものようにウォッカ入りのオレンジ・ジュースを手にすることもなく、何も飲むまいと心を決めた。ウォッカは相変わらず家の中に置かれていたが、そのせいで状況はより明確なものになった。彼はその朝酒を口にしなかった。その午後も、その夜も。イーディスはもちろんそのことに気づいたが、何も言わなかった。彼は体をぶるぶる震わせていた。次の日も、その次の日も、同じだった。彼は酒を飲まず、しらふのままでいた。四日目の夜になって、彼は思いきってイーディスに打ち明けた。酒を口にしなくなってもう数日になると。彼女はただ「知ってるわよ」と言っただけだった。彼はそのことを思い出した。妻は彼を見て、その顔に手を触れた。今夜彼の顔に手を触れたときと同じように。「あなたのことを誇りに思う」と彼女は言った。彼女が口にしたのはそれだけだった。彼はまた断酒会の会合に出席するようになった。その少しあとで彼は針仕事を始めたのだ。

飲酒が深刻な問題になり、酒をやめられるようにと祈り始める何年か前のことになるが、いちばん下の息子がジェット機のパイロットとしてヴェトナムに出征したあと、彼は折に触れて祈ったものだ。その頃は思いついたときにお祈りをした。昼日中に、その恐ろしい場所についての記事を新聞で読んでいるときに、息子のことを思い出してお祈りをすることもあった。夜中にイーディスの隣で寝ていて、その日に起こったことを思い返していて、息子のことがふと頭に浮かんだりもした。そのときに彼はおぼろげに祈った。現代の不信心な人間のおおかたがやるのと同じように。しかしそれでも、息子が無事に帰還することを彼が祈ったという事実に変わりはない。息子は無事に帰還した。しかしそれが自分のお祈りのおかげだとは、ジェームズは微塵も考えなかった。そんなわけがない。彼はふとそこで思い出した。もっとずっと昔、彼が二十一歳で、まだお祈りの力というものを信じていた頃、力の限りに祈ったことを。ある夜、彼は夜を徹して父親のために祈った。父親が自動車事故からなんとか回復しますようにと。でも結局死んでしまった。父親は酔払って車をとばし、樹木に衝突したのだ。何をもってしても彼を救うことはできなかった。でも今でも彼はよく覚えていた。緊急治療室の外に座って、朝の光が射すまで、無我夢中で父のために祈り続けたことを。涙ながらに、もし父親が生き延びられたらこんなことをします、こんなこともしますと、片端から約束していったことを。母親は彼の隣に座って、父親の靴を手に持って泣いていた。どうしてかはわからないが、その靴は父親と一緒に救急車で病院まで運ばれてきたのだ。

彼は立ち上がって、刺繡のバスケットを片づけた。今夜はこれまでだ。そして窓の前に立った。家の裏手にある樺の木は、バック・ポーチの黄色い照明が当たるせまいエリアに植えられていた。上の方は頭上の暗闇に呑み込まれている。何ヵ月も前に葉は散ってしまったが、裸の枝が激しい風に鞭のように震えていた。そこに立っているうちに彼は怯えを感じた。そのうちに胸の奥から、まぎれもない恐怖がとくとくと込み上げてきた。何か重く禍々《まがまが》しいものが、今夜うちのまわりを徘徊しているようだと彼は思った。それは今にも襲いかかってくるかもしれない。窓を打ち破って、彼を攻撃するかもしれない。彼は数歩後ろに下がり、ポーチの明かりの一部が自分の足もとを明るく浮かび上がらせている場所に立った。口の中はからからになっていた。つばを飲み込むこともできない。彼は窓に向かって両手を上げ、またそれを下ろした。そして突然こう思った。俺はこれまでの人生において、立ち止まってじっくりものを考えたことなんて、ただの一度もなかったのではないだろうか。そう思うと、恐ろしい衝撃を感じた。それは自分が無価値であるという彼の思いをますます強いものにした。

ひどく疲れていて、四肢にはほとんど力が残されていなかった。彼はパジャマのズボンのウエストを引き上げた。ベッドに入るのもやっとだった。なんとか身を起こして、明かりを消した。暗闇の中でしばらくのあいだ横になっていた。それからもう一度お祈りをしようと努めた。最初のうちはゆっくりと、声には出さずに唇に言葉を浮かべた。それからもそもそと声に出して、熱心に祈った。いろんなものごとについての啓示を彼は求めた。今ある状況の意味を、どうか私に理解させてくださいと求めた。そしてイーディスのために祈った。彼女がよくなりますように、手に負えないような悪いものを医者が発見しませんように。どうかどうか、それが癌なんかではありませんように。そのことを何よりも強く祈った。それから子どもたちのために祈った。二人の息子と、一人の娘、彼らはこの大陸のあちこちに散らばって住んでいる。孫たちもその祈りの中に含めた。それから彼はまたヒッピー男のことを考えた。ほどなく彼はベッドの上に身を起こし、煙草に火をつけなくてはならなかった。暗闇の中でベッドに座り、煙草を吸った。ヒッピーの女、まだ少女といってもいいくらいだ。自分の娘と歳も見かけもほとんど違いはない。しかしあの男は違う。男自身もあの小さな眼鏡も、それは何か別のものだ。彼はそこに座ったまま、あれこれと思いを巡らせた。それから煙草の火を消し、また布団の中に潜り込んだ。横向きに位置を定め、しばらくそこに横になった。それから反対側に寝返りを打った。何度か寝返りを打ち、結局仰向けになって、暗い天井をじっと見た。

バック・ポーチの同じ黄色い照明が窓を照らしていた。彼は目を開け、家を揺するように吹いていく風の音を聞きながらそのまま横になっていた。ときどき心が揺すられるような気がした。しかし今回のそれは怒りではなかった。しばらくのあいだ彼は身動きもせず静かに横になっていた。まるで何かを待っているみたいに。やがて何かが彼の身体を離れ、何かが彼の中に入ってきた。目に涙が浮かんだ。彼は再び祈り始めた。言葉や、文言の一部が、まるで奔流のように彼の心に流れ込み、積もっていった。彼はペースを落とした。彼は言葉のひとつひとつを結び合わせ、そして祈った。今度はその祈りの中に、少女やヒッピー男を加えることもできた。彼らにも祝福を与えよう。派手なヴァンを運転し、馬鹿笑いし、指輪をたくさんはめて、好きなだけげずるをしていてもだ。いずれにしても、祈りは必要なのだ。彼のような人間がする祈りであっても、いや、彼のような人間がする祈りであればこそ、それはあの二人の、何かの役に立つかもしれない。「もし叶うものなら」と彼はその新しい祈りの中でみんなのために口にした。生者のためにも、死者のためにも。

足もとに流れる深い川

So Much Water So Close To Home

食欲こそ旺盛だったが、夫は疲れて苛々しているように見える。両腕をテーブルの上に置き、ゆっくりと口を動かしながら部屋の向こうにある何かを見ている。彼は私を見て、それからまた向こうに目をやる。そしてナプキンで口を拭う。肩をすくめ、食事をつづける。彼は認めたがらないだろうが、私たち二人のあいだを何かが隔てている。

「なんでそんなに俺をじろじろと見るんだ？」と彼は尋ねる。「なんだっていうんだよ？」と彼は言ってフォークを置く。

「そんなにじろじろ見てたかしら？」と私は言って馬鹿みたいに頭を振る。すごく馬鹿みたいに。

電話のベルが鳴る。「出るなよ」と彼は言う。

「あなたのお母さんからかもしれないわ」と私は言う。「ディーン——ディーンのことじゃないかしら」

「じゃ、まあどうぞ」と彼は言う。

私は受話器をとり、しばらく相手の話を聞く。夫は食事の手を止める。私は唇を噛み、電話を切る。

「言っただろう」と彼は言う。そしてまた食べ始めるが、やがて皿の上にナプキンを放り出す。「畜生め、なんだってみんなお節介ばかり焼くんだ。俺が何か道に外れたことをやったっていうのなら、はっきりそう言えばいいじゃないか。こんなのってないぜ、女はもう死んでたんだ。そうだろ？ そこにいたのは俺だけじゃない。みんなで相談して、それで決めたんだ。俺たちはやっと着いたばかりで、そこに来るまで何時間も歩きっぱなしだった。回れ右して車までまたぞろ八キロも歩けっていうのか。初日なんだぜ。冗談じゃない、何がいけないんだ。いったいどこが間違っているっていうんだ。だからそんな目で俺を見るなよ。非難がましい真似はやめてくれ。君までさ」

「でも、わかるでしょう」と私は言って頭を振る。

「おいクレア、俺にいったい何がわかるって言うんだ？ え、言ってみろよ。俺にわかってることは一つしかない。このことについて君があれこれ悩んだってしょうがないってことさ」。彼はいかにも思慮深げという表情を顔に浮かべた。「彼女は死んでいたんだ。しんでた。わかるか？」、ちょっと間をおいてつづける。「ひどいことだよ、本当にさ。あんな若い娘がさ、ひどいことさ。俺だって気の毒だと思う気持ちにかけちゃ誰にもひけをとらない。でもな、彼女は死んでたんだよ、クレア、死んでたんだ。だからもうそのことは忘れようよ。お願いだよ、クレア。忘れよう」

「そこなのよ」と私は言う。「たしかに死んでたわ――でもあなたにはわからないの？　それでもやはり彼女は助けを求めていたのよ」

「負けたよ」と彼は言って両手をあげる。彼は椅子を引いて煙草をとり、缶ビールを手に中庭《パティオ》に行く。そしてあちこち歩き回ってから庭椅子に腰を下ろし、新聞をもう一度手にとる。その第一面には彼と彼の友人たちの名前が載っている。「惨事の発見者たち」の名前だ。

　私は目を閉じて水切り台にひとしきりしがみつく。こんな風にいつまでもくどくどと思いわずらっていてはいけない。そんなことは忘れ、頭から追い払い、何でもいい、とにかく「先に進む」のだ。私は目をあける。でも結局（そんなことをしたらどうなるかよくわかっていたのだけど）水切り台の上を手でさっと払って、皿やグラスを床に落として割ってしまう。かけらが床じゅうに飛び散る。

　彼は動かない。その音を聞いたことは明らかだ。聞き耳を立てるように頭を上げる。

しかしそれだけだ。振り返りもしない。私は彼を憎む。振り返りもしないなんて。彼はちょっと間をおいてから椅子にゆっくりともたれかかり、煙草を吹かす。哀れな人だと私は思う。耳だけをそばだてて、知らん顔をして、そのまま椅子にふんぞり返って煙草を吹かしているなんてね。煙草の煙が口もとから風に吹かれて細くたなびいている。どうして私はそんなことに気が行くんだろう？　じっと座って耳を澄ませ、煙草の煙を風になびかせていることに対して、私が哀れだと思っているなんて、あの人にはわかりっこない……。

夫が山に釣り旅行に行くことに決めたのは先週の日曜日、戦没将兵記念日のある週末の一週間前だ。彼とゴードン・ジョンソンとメル・ドーンとヴァーン・ウィリアムズ。彼ら四人は一緒にポーカーをやったり、ボウリングをしたり、釣りをしたりする仲だ。彼らは毎年春と夏の初めにみんな揃って釣りに行く。シーズン初めの二ヵ月か三ヵ月、家族旅行やリトル・リーグ野球や親戚の家を訪問したりで忙しくなる前だ。みんなきちんとした人たちだ。家庭を大事にして、責任ある地位についている。それぞれ子どもがいて、うちの息子のディーンと同じ学校に行っている。金曜の午後、彼ら四人はナッチーズ川に三日間の釣り旅行に出かけた。山の中に車を停めて目的の釣り場まで何キロか歩いた。寝袋と食料と調理用具とトランプとウィスキーを用意していた。川についた最初の夜、まだキャンプを設営しないうちに、メル・ドーンがうつ伏せになって川に浮かんでいる娘を発見した。彼女は裸で、川岸から突き出た枝にひっかかっていた。彼はみんなを呼び、彼らはやってきて彼女を眺めた。そしてどうすればいいかを話し合った。一人が――スチュアートはそれが誰だかは言わなかったけれど、たぶんヴァーン・ウィリアムズだろう。体格の良い気楽な男で、よく大声で笑う――すぐに車のあるところまで引き返そうぜ、と言った。他の三人は靴で砂地をかきまわしながら、そこまですることないんじゃないかな、と言った。とても疲れていたし、時間も遅いし、それに娘が「どこかに行ってしまう」わけでもないのだ。結局引き返さないことになった。彼らは作業をつづけ、テントを設営し、火を焚いて、ウィスキーを飲んだ。ウィスキーをたくさん飲み、月あかりの下でその娘の話をした。死体が流れちまわないように何かしといた方がいいんじゃないかな、と誰かが言った。死体が夜のあいだにどこかに流れて行ってしまったら自分たちの立場が悪くなるかもしれない、と彼らは彼らなりに考えた。みんなで懐中電灯を手に、よろよろと川まで下りていった。風が吹きはじめていた。ひんやりとした風だ。波が川の砂地に打ち寄せていた。一人が（誰だかわからない。スチュアートかもしれない、彼ならそれくらいはできる）川に入り、娘の指をつかんでうつ伏せにしたまま川岸近くの浅瀬まで引っ張ってきて、ナイロンひもで娘の手首を縛り、もう一方を木の根に結び付けた。それが終わるとそのあいだずっと他の三人の懐中電灯の光は娘の死体を照らしつづけていた。

四人はキャンプに戻り、またウィスキーを飲んだ。そして眠った。翌朝、土曜日の朝、彼らは朝食を作り、コーヒーをたくさん飲み、またウィスキーを飲み、それぞれの釣り場に散った。二人は上流に行き、二人は下流に行った。

その夜、魚とポテトの夕食を済ませ、コーヒーとウィスキーを飲んだあと、四人は川に下りて、水面に浮かんだ娘の死体から数メートルしか離れていないところで皿を洗った。そしてまた酒を飲み、カードを出してゲームを始め、カードが見えなくなるまで酒を飲んだ。ヴァーン・ウィリアムズだけは先に寝てしまったが、残りの三人は品の悪い小話をしたり、昔のいかがわしい自慢話を披露したりした。誰も娘のことは口にしなかった。ゴードン・ジョンソンがついうっかり、釣り上げた鱒の身のしまり方と川の水のおそろしいばかりの冷たさに言及した。みんな黙りこんだ。しかし酒だけは飲みつづけた。誰かがランタンにつまずいて転び、悪態をついてからやっと、三人は寝袋にもぐりこんだ。

翌朝おそく彼らは目覚め、またウィスキーを飲み、ウィスキーを飲みながら少しばかり釣りをした。昼の一時になって（日曜日だ）、彼らは予定を一日繰り上げて引きあげることにした。テントを畳み、寝袋を丸め、フライパンや鍋や魚や釣り具をまとめ、歩きだした。引きあげるとき、娘の死体には目もくれなかった。車に乗り込んでハイウェイを走り、電話のあるところで車を停めた。そのあいだ誰も口をきかなかった。スチュアートが保安官事務所に電話をかけた。暑い太陽の下で他の三人はそばに立って彼を囲み、電話のやりとりを聞いていた。彼は相手に自分たち四人の名前を教えた。べつに隠すことはない。やましいことなど何ひとつしてないのだ。追って細かい指示をし、それぞれの話を聞くからガソリン・スタンドで待つようにと保安官は言った。いいですよ、と彼は言った。

夜の十一時になって彼は帰宅した。私は眠っていたが、台所の物音で目が覚めた。台所に行ってみると夫は冷蔵庫にもたれて缶ビールを飲んでいた。彼はがっしりした両腕を私の体に回し、手のひらで私の背中を上下にさすった。二日前に出ていったときと同じ腕の感触だわ、と私は思った。

ベッドの中でも彼は手を私の体に置き、それからふと何かを考えこむようにちょっと間を置いた。私は少し体の向きを変え、それから両脚を動かした。考えてみれば、そのあとずっと彼は起きていたのだ。というのは、私が寝入ったときにも彼は起きていたし、そのあとちょっとした物音――シーツのすれる音――で私がぼんやり目覚めたとき、外はもうほとんど明るくなって鳥が鳴いていたのだが、仰向けになって、煙草を吸いながらカーテンのかかった窓をじっと見ていたからだ。私はうとうとしながら彼の名を呼んだ。しかし答えはなかった。私はまた眠り込んでしまった。

私が今朝やっとベッドを出たときには、彼はもうきちんと起きていた。たぶん新聞に何か記事が出ていないか見るためだったのだろう。八時ちょっと過ぎに電話のベルが鳴った。

「うるせえ、ちくしょう」と彼が受話器に向かって怒鳴るのが聞こえた。すぐにまた電話が鳴った。私は台所にとんでいった。「話すべきことは何もかも保安官に話した。それだけだよ！」彼はがしゃんと受話器を置いた。

「いったいどうしたの？」と私はびっくりして尋ねた。

「座れよ」と彼はゆっくり言った。そして伸びたままの頬髭を何度も指でこすった。「君に言っとかなくちゃいけないことがある。実は釣りに行っているあいだにちょっとしたことがあったんだ」。私たちはテーブル越しに向かい合って腰を下ろした。そして彼は話した。

私はコーヒーを飲みながら、話しつづける夫をじっと見ていた。それから彼が私の方に押しやった新聞の記事を読んだ。……身元不明の若い女、十八から二十四歳……

三日から五日間水中に放置……動機はおそらく強姦……予備的検死結果は絞殺……乳房と骨盤部に切り傷及び打撲傷……解剖……強姦については目下詳細を調査中。

「わかってくれよ」と彼は言った。「そんな目で俺を見るな。いいか、つまらん真似はやめてくれ。心配することなんて何もないんだよ、クレア」

「どうして昨日の夜のうちに話してくれなかったの？」と私は尋ねた。

「べつに……なんとなくさ。それがどうかしたのか？」と彼は言った。

「私の言いたいこと、わかるでしょ？」と私は言った。私は彼の手を見ていた。がっしりとした指、毛に覆われた指の関節、そんな手がもぞもぞと動き、煙草に火をつけている。昨夜私をなでまわし、私の中に入ってきた指だ。

彼は肩をすくめた。「ゆうべだろうが今朝だろうがべつに変わりないじゃないか。君は眠そうだったし、話すのは朝まで待った方が良いと思ったんだ」。彼は中庭に目をやる。駒鳥が芝生からピクニック・テーブルに飛び移り、羽を整えている。

「嘘よね？」と私は言った。「その子をそんな風に放り出しておいたわけじゃないんでしょ？」

彼はさっと向きなおって言った。「じゃ、どうすりゃよかったんだ？　いいか、一回しか言わないからよく聞いてくれよ。べつに何が起こったってわけじゃないんだ。

後悔するようなこともないし、うしろめたいこともない。わかったか？」

私はテーブルを立ってディーンの部屋に行った。ディーンはもう目を覚ましていて、パジャマのままパズルを組み立てていた。私は洋服を探すのを手伝ってやり、それから台所に戻って彼の朝食をテーブルに並べた。電話はそれからまた二回か三回鳴った。そのたびにスチュアートはぶっきらぼうに受けこたえし、腹を立てて電話を切った。彼はメル・ドーンとゴードン・ジョンソンに電話をかけ、話をした。ゆっくりとした真剣な話し方だった。それからディーンが食事をしているあいだ缶ビールを飲み、煙草を吸った。そして子どもに学校のこととか友だちのことを尋ねた。まるで何事もなかったみたいに。

ディーンは父親がどこに行って何をしていたのか知りたがった。スチュアートは冷凍庫から魚を出してきて彼に見せた。

「今日はあなたのお母さんのところにこの子を預けてくるわ」と私は言った。

「そうだな」とスチュアートは言って冷凍鱒を抱えているディーンを見た。「君がそうしたくて、ディーンもそれでいいのならかまわない。でも、べつに無理にそうすることはないんだぜ。何も問題はないんだから」

「私がそうしたいのよ」と私は言った。

「あっちに行ったら泳げるかな?」とディーンはズボンで指を拭きながら尋ねた。

「たぶんね」と私は言った。「今日は暖かいから水着を持っていきなさい。おばあちゃまもきっと泳いでいいっておっしゃるはずよ」

スチュアートは新しい煙草に火をつけ、私たちの方を見た。

ディーンと私は車で町を抜け、スチュアートの母親の家に行った。彼女はプールとサウナのついた共同アパートに住んでいる。彼女の名前はキャサリーン・ケーン。ケーンという名前は私と同じだ。それはなんだか信じがたいことのように思える。昔は友だちからキャンディーって呼ばれてたんだぜ、とスチュアートがいつか教えてくれた。白っぽい金髪の、背の高い冷ややかな女性だ。彼女はいつもいつも何かを裁いているような印象を私に与える。私は事件のことを手短にひっそりした声で説明し(彼女はまだ新聞を読んでいなかった)、夕方にディーンを迎えに来ますから、と言う。

「水着を持たせてきました」と私は言う。「スチュアートと二人で話さなきゃいけないことがあるんです」と私は曖昧に付け加える。彼女は眼鏡ごしにじっと私を見る。それから肯《うなず》いてディーンの方を向く。「元気かい、坊や?」。彼女は身をかがめて、子どもの体に手を回す。私がドアを開けて立ち去るとき、彼女はまた私を見る。何も言わず意味ありげに私を見る。いつものように。

家に帰るとスチュアートはテーブルに向かって何かを食べていた。そしてまたビールを飲んでいる……。

少しあとで私は割れた皿とガラス食器を掃き集め、外に出る。スチュアートは芝生に仰向けに寝転んで空を見上げている。手元にはビール缶と新聞が置いてある。風が吹いていたが外は暖かく、鳥が鳴いていた。

「スチュアート、ドライブに行かない？」と私は言う。「どこでもいいわ」

彼はごろんと転がって私の方を向き、肯く。「ビールでも買いにいこう」と彼は言う。「もうそろそろ機嫌をなおしてくれよ。俺の身にもなってくれよ、な」。彼は立ち上がり、通りすぎるときに私のお尻に触る。「すぐに用意するよ」

私たちは黙りこくったまま車で町を抜ける。彼は郊外に出る前に道路沿いのマーケットに車を停めてビールを買う。ドアを開けたすぐのところに新聞がどっさり積んであるのが目につく。入口階段の上で柄物のワンピースを着た太った女が小さな女の子に甘草キャンディーをさしだしている。ほんの数分でエヴァーソン・クリークを越え、水際に広がるピクニック場に入る。クリークは橋をくぐり、数百メートル向こうの大きな池に流れ込んでいる。十人あまりの大人や男の子が池の岸辺にぽつぽつと散らばり、柳の下で釣り糸を垂れている。

家のこんな近くにこんなにいっぱい水があるというのに、どうしてわざわざ遠くまで出かけなくてはならないのだろう？

「どうしてよりによって、そんなところに行かなくちゃならなかったのよ？」と私は尋ねる。

「ナッチーズ川のことかい？　俺たちはいつもあそこに行くんだよ。毎年少なくとも一度はね」。我々は日当たりの良いベンチに座る。彼は缶ビールを二本開け、一本を私にくれる。「あんなことになるなんて前もってわかるわけもないしさ」。彼は頭を振り、肩をすくめる。まるで何年も前に起こったか、他人の身に起こったかしたことを話しているみたいに。「のんびりしろよ、クレア。いい天気じゃないか」

「奴らは無実だって言いはったのよ」

「誰が？　いったい何の話だよ？」

「マドックス兄弟よ。私の故郷の町の近くでアーリーン・ハブリィって女の子を殺したの。それから首を切り落としてクリー・エラム川に投げこんだの。私とアーリーンは同じ高校だったの。その事件はまだ少女の頃に起こったの」

「なんでそんなひどい話を思い出すんだよ」と彼は言う。「頼むからよしてくれ。俺の気分を悪くしたくて言ってるのか？　え、俺を怒らせたいのか？　クレア？」

私はクリークを眺める。私は目を見開いてうつ伏せになって水面に浮かび、池の方に流されていく。川床の岩や藻が見える。やがて私は湖へと運ばれる。そしてそこでは風が私の体を押し動かす。何も変わりはしない。私たちはこんなふうにずっとずっとずっとずっとやっていくんだ。今だってそうしている。まるで何事も起こらなかったみたいに。私はピクニック・テーブル越しに相手の顔から表情というものが消えてしまうまでじっと夫を見据える。

「どうしたっていうんだよ」と彼は言う。「いったい何が――」

私はほとんど無意識に夫をぴしゃりと打つ。私は手をあげたままほんの一瞬、間を置き、相手の頬に思いきり平手をくらわせる。私はどうかしている、と彼を打ちながら思う。私たちに必要なのは手をしっかりと握り合うことなのに。二人で助け合うことなのに。こんなのっていけない。

もう一度打とうとする前に彼は私の手首をつかみ、今度は自分が手をあげて構える。私は身をすくめて一撃を待ち受ける。しかし彼の目に何かが宿り、そして消え去る。彼は手を下ろす。私は前よりももっと速度を増しながらぐるぐると輪を描いて池の水面を漂っている。

「さあ、車に乗るんだ」と彼は言う。「家に帰る」

「いやよ、いやよ」と私は言って彼の手をふりほどこうとする。

「来いよ」と彼は言う。「いいから来るんだ」

「君は間違っている」と彼は車に乗ってしばらくしてから言う。野原や木や農家が窓の外を飛び去っていく。「君は間違ったことをしている。俺に対しても君自身に対してもだ。それからディーンに対してもだ。ディーンのことを少しは考えてみたらどうなんだ。俺のこともだ。頭を冷やしてまわりの人間のことを考えたらどうだ」

いま彼に向かって私に言えることは何ひとつない。夫は路面に神経を集中しようとしている。しかし目はバックミラーに行ってしまう。目の端っこの方で、彼は私を、隣のシートで膝を折り畳むようにして座っている私の姿を見ている。太陽の光が私の腕と頬の片側に照りつけている。彼は運転しながらビールの缶をもう一本あけ、そこからじかに飲み、缶を足のあいだにはさむ。そしてふうっと息を吐く。彼にはわかっているのだ。私は彼を笑いとばすこともできるし、すすり泣くこともできるのだということが。

2

スチュアートは今朝は私を寝かせているつもりでいる。しかし私は目覚まし時計のベルが鳴るずっと前から目覚めていた。そして彼の毛深い脚と眠り込んだ太い指を避けてベッドの端に寄り、思いを巡らしていた。彼はディーンを学校に送り出してから髭を剃り、服を着て、すぐに仕事に出かけた。二度ばかりベッドルームをのぞいて咳払いしたが、私はじっと目を閉じていた。

　台所で彼の残していったメモをみつける。「Ｌｏｖｅ《じゃあ》」とサインしてあった。日当たりの良い朝食用のコーナーでコーヒーを飲む。メモにまるいコーヒーのあとがついた。電話のベルは鳴らなかった。それだけでも進歩だ。昨夜以来もう電話はかかってこなくなった。テーブルの上に新聞があったのであちらに向けたりこちらに向けたりしていたが、そのうちに引き寄せて記事を読む。死体の身元は依然不明だ。捜索願も出ていない。彼女がいなくなったことにどうやら誰も気づいていないみたいだ。しかしこの二十四時間、人々は死体を検査し、何かを差し込み、切り刻み、長さや重さを計り、元どおりに並べて縫いあげ、正確な死因や死亡時刻を調べあげているのだ。そして強姦の痕跡を。きっとみんな強姦だといいのにと思っているはずだ。強姦なら理解しやすいのだ。遺体はキース・アンド・キース葬儀所に送られて措置を待つ、と書いてある。当局は情報を求めている、などなど。

二つのことが明らかだった。一、人々はもう、他人の身に何が起ころうが自分には関係ないと思っている。二、何があろうとそこにはもう真の変化というものはない。これほどのことがあったというのに、それでもスチュアートと私のあいだには変化なんてないだろう。私の言っているのは真の変化のことだ。私たちは二人とも年を取っていく。たとえば朝一緒に洗面所を使っているときなんか、鏡で二人の顔を見ると、それは既にはっきりとわかる。そして私たちのまわりでいくつかの物事が変化していくだろう。楽になることもあれば、厳しくなることもある。あれやこれや、何かと。でも物事のありようが大きく違ってくるということはあるまい。私はそう確信している。私たちは既に決定を下し、私たちの人生は既に動き出してしまっている。そしてそれはしかるべき時がくるまでそのまま進みつづけるだろう。しかしもしそれが真実だとしても、それでどうなるだろう？　つまりそう信じてはいながら、それを包みかくして日々を送っている。そしてある日事件が起こる。何かを変化させてしまうはずの事件だ。それなのに、まわりを見まわしてみれば、そこには変化の兆しはまるでない。じゃあ、どうすればいいのか？　その一方で、まわりの人々はあたかもあなたが昨日の、昨夜の、あるいは五分前のあなたと同じ人物であるかのように話しかけたり振る舞ったりする。しかしあなたは現実に危機をくぐり抜けているところであり、心は痛手を負っている……。

過去はぼんやりとしている。古い日々の上に薄い膜がかぶさっているみたいだ。私が経験したと思っていることが本当に私の身に起こったことかどうかさえよくわからない。一人の女の子がいた。彼女は両親と暮らしていた。父親は小さな食堂を経営し、母親はそこのウェイトレス兼レジ係として働いていた。娘はまるで夢でも見てるみたいに小学校からハイスクール、その一、二年あとに秘書学校へと進んだ。それからずっとあとになって——そのあいだ、いったい何があったのかしら？——彼女は別の町に移って電気部品会社の受付の仕事に就き、技師の一人と知り合う。彼がデートに誘ったのだ。結局、相手の目的を察して、彼女は彼に誘惑をさせる。彼女はそのとき、ある直感を得た。性的な誘惑についての洞察のようなものだ。でもあとになってみると、それがどのような洞察であったのかどうしても思い出せない。ほどなくして二人は結婚することになる。しかし過去——彼女の過去はそのころから既にこぼれ落ちるように薄らいでいく。未来のことなど、彼女には想像もできない。未来について考えるたびに、彼女はまるで何か秘密でも抱いているみたいに微笑む。結婚して五年ばかりたったころ、何が原因だったのか彼女には思い出せないのだが、二人はかなり激しい口論をした。夫はそのとき「この一件はいつか暴力沙汰でけりがつくぜ」（「この一件」という言葉を彼は使った）と言った。彼女はそのことをずっと覚えている。彼女はそれをきちんとどこかにしまいこんで、ときどき声に出して繰り返してみる。時おり、ガレージの裏にある砂場に膝をついて座って、午前中ずっとディーンや彼の友だちの一人か二人と遊んでいることもある。しかし午後の四時になるときまって頭が痛みだす。彼女は額を手で押さえる。痛みでくらくらする。医者にみてもらうようにスチュアートに言われて、医者に行く。医者がいろいろと親切に関心を示してくれることが内心は嬉しい。彼女は家を離れ、医者に勧められた施設にしばらく入ることになる。子どもの世話をするために夫の母親がオハイオから急いで出てくる。しかし彼女——クレアは何もかもを放り出してしまう。そして二、三週間で家に帰ってくる。義母は家を出て、少しはなれたところにアパートを借りてそこに腰を据える。まるで待機してるみたいだ。ある夜ベッドに入って二人でうとうとしているとき、クレアは夫に入院先で何人かの女の患者がフェラチオについて語り合っていたことを話した。夫がそういう話が好きだろうと思ったからだ。彼女は暗闇の中で微笑む。スチュアートはその話を喜ぶ。そして彼女の腕を撫でる。すべてうまくいくよ、と彼は言う。これから先、何もかもが変化して、俺たちもうまくいくさ。彼は昇進し、給料もだいぶ上がった。彼女専用の二台目の車も買った。ステーション・ワゴンだ。これからは今のことだけを考えて生きるのだ。本当に久しぶりにやっと一息つくことができたよ、と彼は言う。暗闇の中で彼は彼女の腕をさすりつづける……。彼は相変わらずボウリングやカード・ゲームを定期的にやっている。三人の友だちと釣りにもいく。

その夜、三つのことが起こった。まずディーンが学校で友だちから父親が川で死体を発見したことを聞いてきたのだ。彼はそれについて知りたがる。

スチュアートはほとんどの部分を省略して手短に説明した。うん、そうなんだ、お父さんが三人の友だちと一緒に釣りをしているときに死体を見つけたんだ。

「どんな死体?」とディーンは尋ねる。「女の子だったの?」

「うん、女の子だよ。女の人さ。それで保安官を呼んだんだ」。スチュアートは私を見る。

「保安官、なんて言った?」とディーンが尋ねる。

「あとのことはこちらが引き受けるってさ」

「どんなふうだった?　ぞっとした?」

「そのへんでおしまい」と私は言う。「お皿をすすいだらもう行きなさい」

「でもさ、どんなふうだったの？」となおもディーンは尋ねる。「聞きたいよ」

「言うことがきけないの？」と私は言う。「言うことがきけないの、ディーン？　ディーン！」。この子を揺さぶってやりたい。泣き出すまで揺さぶってやりたい。

「お母さんに言われたとおりにしなさい」とスチュアートが静かに言う。「ただの死体さ。べつに話すようなこともないよ」

テーブルを片づけているとき、スチュアートが私の後ろに立って腕に手を触れた。彼の指は焼けるように熱かった。私はぎくっとして皿を落としそうになった。

「どうしたっていうんだよ」と彼は言って手を下ろす。「なあ、クレア、いったいどうしたんだ？」

「びっくりしちゃったのよ」と私は言う。

「そのことを言ってるんだよ。手を触れるたびに君がびっくりしてとびあがるなんて変だと思わないか」。彼は私の前に立ってかすかな笑いを浮かべ、私の目をのぞきこむ。そして片手を私の腰に回す。もう片方の手は私のあいている手をとってズボンの前に押しつける。

「やめてよ、スチュアート」。私が手をひっこめると、彼は私から離れ、指をパチンと鳴らした。

「そうかい」と彼は言う。「それなら好きなようにしてればいいさ。でもな、よく覚えとけよ」

「何を覚えておくの?」と私は間髪を入れず尋ねる。私はじっと息をつめて彼を見る。彼は肩をすくめる。「なんでもないよ」と彼は言う。そして指の節をぽきぽきと鳴らす。

二つめの出来事は、その夜二人でテレビを見ていたときに起こる。彼は革のリクライニング・チェアに座り、私はカウチに座って膝に毛布をかけ、雑誌を眺めている。テレビの音を除けば家はしんとしていた。番組に突然アナウンスの声が入り込んだ。殺害された少女の身元が判明しました、詳細は十一時のニュースでお伝えします。我々は顔を見合わせる。少し間を置いて彼は立ち上がり、寝酒でも作ってくるよと言う。君は?

「いらない」と私は言う。

「べつに一人で飲むさ」と彼は言う。「念のために訊いただけだよ」

彼はなんとなく傷ついたみたいにみえる。私は目をそらせる。悪いなとも思うけれど、またそれと同時に腹立たしくもある。

彼はずいぶん長いあいだ台所にいる。しかしニュースが始まると同時に、飲み物を手に戻ってくる。

最初にアナウンサーは四人の地元の釣り人が死体を見つけた話を繰り返す。それから画面に少女の写ったハイスクールの卒業写真が出る。髪は濃い茶色、丸顔で、ふっくらした唇に笑みが浮かんでいる。次に少女の両親が遺体確認のために葬儀所に入る映像が出る。困惑したような、悲しみに打たれたような様子で、二人は通路を葬儀所の入口の階段まで重い足どりで歩いていく。黒い服を着た男が入口に立ってドアを手で押さえ、二人が来るのを待っている。ほんの一瞬あとに、まるで中に入ったとたんに回れ右して出てきたみたいに、遺体が安置された施設を出る夫婦の姿が映し出される。女はハンカチで顔を覆うようにして泣き濡れている。男の方は立ち止まってテレビ・レポーターに向かって語る。「あの子です。スーザンです。今は何も言うことができません。犯行が繰り返されぬように、一刻も早く犯人が捕まることを願っています。こんな酷《むご》い……」。あとはカメラに向かって弱々しい身振りを見せる。それから二人は旧型の車に乗り込み、夕方近くの車の流れの中に消えていく。

少女の名はスーザン・ミラー、とアナウンサーが続ける。私たちの町から二百キロ近く北にあるサミットという町の映画館で、切符係として働いていた彼女は、いつものように仕事を終えた。緑色の最新型の車が映画館の前に停まり、彼女は歩いていってそれに乗り込んだ。まるでその車が来るのを待っていたようだったという複数の目撃者の証言から、その車のドライバーは彼女の友だちか、あるいは少なくとも顔見知りであったに違いないというのが当局の推測である。当局はその緑色の車のドライバーに事情を聴きたいと考えている。

スチュアートは咳払いをして椅子にゆったりともたれ、酒をすする。

三つめの出来事はニュースのあとで起こる。スチュアートは体をのばしてあくびをし、私の方を見る。私は立ち上がりカウチで寝るための用意をする。

「何やってるんだ?」と彼はぽかんとした顔で尋ねる。

「眠くないの」と私は彼の視線を避けて言う。「少しここで本でも読んで、眠くなったらそのまま寝ちゃうわ」

私がカウチにシーツを敷くのを彼はじっと見ている。枕をとりにいこうとすると、彼はベッドルームの入口に立って私を阻む。

「もう一度訊くけど」と彼は言う。「どういうつもりだ? そんなことをして、いったい何になるんだ?」

「今夜は一人にしてほしいの」と私は言う。「私にはただ考える時間が必要なの」

彼はふうっと息を吐く。「君のやってることは間違ってると思う。なあクレア、自分が何をしているのか、もう一度よく考えた方がいいぜ」

何も言えない。何を言いたいのか自分でもわからない。私はカウチに戻って毛布の端を押し込んでいく。彼はしばらくそれをじっと見ていたが、やがて肩をすくめる。「それなら好きにしろよ。何しようが俺の知ったこっちゃないさ」、彼はそう言うと、首を掻きながら廊下を歩き去る。

スーザン・ミラーの葬儀は明日の午後二時にサミットのパインズ礼拝堂で行われると今朝の新聞に書いてある。また警察は彼女が緑色のシボレーに乗り込むのを目撃した三人から事情を聴取しているらしい。しかし誰も車のナンバーまでは覚えていない。それでも捜査は有力な手がかりを得て進捗している。私は椅子に座ったまま新聞を手にしばらく考えごとをし、それから美容院に電話をかけて予約をとる。

私は雑誌を膝にドライヤーをかぶり、ミリーに爪の手入れをしてもらう。

「明日、お葬式に出るの」、以前その美容院で働いていた女の子について少し話をしたあとで、私はそう言う。

ミリーは顔を上げて私をちらっと見て、それからマニキュアに戻る。「それはご不幸ですわね。ミセス・ケーン。ご愁傷さまです」

「亡くなったのは若い娘さんなの」と私は言う。

「それがいちばん辛いですね。私の姉も私が子どものころに死にましたが、そのことはまだ忘れられませんもの。どなたがお亡くなりになったんですか?」と少しあとで彼女は言う。

「娘さん。それほど親しくしてたわけでもなかったんだけど、それでもやっぱりねえ」

「そうですよね。本当にお気の毒ですわ。でもお葬式に合うように整えますのでおまかせ下さい。さあ、これでいかがですか?」

「そうね……それでいいわ。ねえ、ミリー、あなた誰か他の人になりたいと思ったことある? それとも誰でもなくなってしまいたいとか、何もない、一切の無になってしまいたいとか、そういうの」

彼女は私の顔を見る。「そんな風に思ったことってないみたいですわ、ええ。だって私が誰か他の人になったら、私は今度の自分のことが好きになれないかもしれないし」。彼女は私の指を持ったまま少し何かを考えているようだった。「わかりませんわ。どうなんでしょう……。じゃ、そちらの手を貸していただけますか、ミセス・ケーン」

その夜の十一時、私はまたカウチに寝支度をする。こんどはスチュアートは何も言わなかった。私をじっと見て、唇の裏で舌を丸め、それから廊下を歩いてベッドルームに行ってしまう。夜中に目が覚める。風が門扉を垣根にばたんばたんと叩きつけているのが聞こえる。目がさえてしまうのが嫌だったので、私はずっと横になって目を閉じている。でも結局は起きあがり、枕を持って廊下に出る。私たちのベッドルームには明かりがこうこうと灯り、スチュアートは仰向けになって口をぽかんと開け、大きな寝息をたてている。私はディーンの部屋に行って、そのわきにもぐりこむ。彼は眠りながらも私の場所をあけてくれる。私はしばらくそこに横になっていて、それからディーンの髪を顔にあてるようにして彼を抱く。

「どうしたの、ママ？」と彼が尋ねる。

「なんでもない。いいからおやすみなさい。大丈夫、なんでもないのよ」

スチュアートの目覚ましの音で私は起き、彼が髭を剃っているあいだにコーヒーを入れ、朝食の用意をする。

彼はタオルを裸の肩にかけて、様子をうかがうように台所の戸口に現れる。

「コーヒーはできているわ」と私は言う。「卵もすぐにできるから」

彼は肯く。

私はディーンを起こし、三人で朝食をとる。スチュアートは何か言いたそうな様子でちらりちらりと私を見る。しかしそのたびに私はディーンに向かってミルクはもういいかとか、トーストはいらないかとか、話しかける。

「あとで電話するよ」とスチュアートは出がけに言う。

「今日は家にいないと思うわ」と私は急いで言う。「やらなくちゃいけないことがいっぱいあるし、実のところ夕食までに帰れないかもしれないの」

「うん、いいよ」、彼は事情を知りたがっている。そして手から手へブリーフケースを移しかえる。「今晩は外で食事でもしないか？　どう？」。彼はじっと私を見ている。彼は死んだ女の子のことなんてもうすっかり忘れているのだ。「おい……大丈夫かい？」

私は彼のネクタイをなおし、それからだらんと手を下ろす。彼は私に出がけのキスをしようとする。私は一歩身を引く。「じゃあ、まあ気をつけてな」と彼はあきらめて言う。そして背を向けて、車まで歩いていく。

私は丁寧に身支度をする。もう何年もかぶったことのない帽子をかぶり、鏡の前に立つ。それから帽子をとり、薄く化粧をする。そしてディーンに置き手紙を書く。

ディーン、お母さんはご用があってかえりがおそくなります。お父さんかお母さんがかえってくるまで、おうちからうらにわにいるようにしてください。
Love《じゃあね》

私は「Love《じゃあね》」という文句をもう一度眺め、そこにアンダーラインを引く。手紙を書きながら「backyard《うらにわ》」という言葉が一語なのか二語なのかを自分が知らないことに気づく。そんなことこれまでに考えたこともなかった。私は少し考えてからあいだに線を引き、それを二語にわける。

ガソリン・スタンドに寄ってガソリンを入れ、サミットへの道筋を訊く。ルイスが給油ホースを入れて、ゆっくりと窓ガラスを拭きはじめるあいだ、四十歳になる口髭をはやした整備士のバリーが洗面所から出てきてフロント・フェンダーに寄りかかる。「サミットねえ」、バリーは私を見つめ、口髭の両側を指で撫でながらそう言う。「サミットにいくらまい道なんてないですよ、ケーンさん。片道二時間から二時間半はかかりますな。山も越えるしね。女の人にはかなりしんどいですぜ。サミット？　またなんだってサミットになんか行くんです？」

「用事があるのよ」といくぶん落ちつきのない声で、私は言う。ルイスは別の車の方に行ってしまった。

「うん、そうだな、向こうであんまり時間をとらないんだったら」と彼は言って親指を駐車スペースの方に突き出す身振りをする。「あたしが運転していって、連れて帰ってきてあげますよ。道がなにせよくないからね。いや道路じたいはいいんだけど、カーブとかそういうもんが多いんですよ」

「ありがとう。でも大丈夫よ」。彼はフェンダーに寄りかかっている。バッグを開けるときに彼の視線を感じる。

バリーはクレジット・カードを受けとる。「夜は運転しちゃだめですよ」と彼は言う。「さっきも言ったようにあまり道がよくないからね。そりゃあたしだってこの車なら大丈夫だって太鼓判押しますよ。この車のことはよく知ってますから。でもパンクとかその手のことだってありますからね。念には念を入れ、タイヤを調べといた方がよさそうだな」。彼はフロント・タイヤを靴でこんこんとこづく。「ホイストで吊り上げてみます。なに、すぐに済みますよ」

「いえ、いいの、結構よ。本当に時間がないの。タイヤなら大丈夫みたいよ」

「すぐ済みます」と彼は言う。「念には念を入れときましょう」

「いいのよ。いいの！　タイヤなら大丈夫。もう行かなくちゃ。バリー……」

「大丈夫ですか？」

「もう行かなくちゃ」

　私は何かにサインする。領収書だとかカードだとか割引券だとかを渡される。全部バッグに仕舞う。「お気をつけて」と彼は言う。「さよなら」

　道路の車の列が切れるのを待つあいだに私は後ろを振り向く。彼はこちらをじっと見ている。私は目を閉じ、そして開ける。彼は手を振っている。

　最初の信号を曲がり、それからもう一度曲がり、ハイウェイまでまっすぐ走る。「サミットまで一九〇キロ」という標識が見える。十時三十分。暖かな朝だ。

　ハイウェイは町の外縁に沿って迂回している。それから田園地帯を、オート麦やてんさいの畑やりんご園を抜ける。あちこちに牧草地が広がり、牛の小さな群れが草を食《は》んでいる。やがて風景が一変する。農耕地はどんどんまばらになり、家は小屋のようなものへと変わっていく。木立が果樹園にとってかわる。突然車は山地に入る。右手の遥か下にナッチーズ川の流れがちらっと見えた。

　まもなく緑色のピックアップ・トラックが後方に姿を現し、何キロかのあいだずっと後についている。私は追い抜いてくれないかと思って場違いな時にスピードを落としたり、場違いな時にスピードを上げたりする。指が痛くなるまでハンドルを固く握りしめる。道路が見晴らしのきく長い直線に入ったとき、彼は私を抜いたが、しばらく横に並んで走っていた。髪をクルー・カットにして青いワークシャツを着た三十代前半の男だ。我々は顔を見合わせる。それから男は手を振り、二度ホーンを鳴らし、追い抜いていく。

私はスピードを落とし、適当な場所――路肩から突き出た未舗装の道――に車を入れ、エンジンを切る。林の下の方から川の音が聞こえる。道は前方の林に吸い込まれている。ほどなくピックアップ・トラックが戻ってくる音が聞こえる。

トラックが後ろに停まるのと同時に、私は車のエンジンを入れる。ドアをロックし、ドアの窓ガラスをぜんぶ閉める。ギアを入れるとき、顔と腕に汗が吹きだす。でも車を動かそうにも道はふさがれている。

「大丈夫かい？」と男は言って車に近づく。「やあ。どうしたね？」。彼は窓をコンコンと叩く。「大丈夫？」。彼はドアに両腕をもたせかけ、顔を窓に近づける。

私は彼をじっと見る。言葉が出てこない。

「追い抜いたあとでスピードを落としたんだけどさ」と彼は言う。「バックミラーにおたくの車が映んないもんだから、二分くらい車を停めて待ったんだ。それでもまだ来ないもんで、戻って確かめたほうがいいと思ったのさ。大丈夫なの？　なんで車のなかに閉じ籠ってるんだよ？」

私は首を振る。

「なあ、窓開けなよ。具合悪いんじゃないの？　え？　女の人がさ、こんな山の中を一人でうろうろするのはまずいよ」。彼は首を振り、ハイウェイに目をやり、またこちらを見る。「な、だから窓開けなって。いいだろ？　こんなんじゃ話もできないよ」

「お願い。もう行かなきゃいけないの」

「ドアを開けなって」とまるで聞こえなかったみたいに彼は言った。「とにかく窓だけでも下ろしなよ。窒息しちゃうぜ」。彼は私の胸と脚を見る。スカートが膝の上までまくれあがっている。彼の目は私の脚をじろじろと見ている。でも私はじっとしている。動くのが怖いのだ。

「私は窒息したいのよ」と私は言う。「わからない？　私はいま窒息してる最中なの」

「まったく何だってんだ？」と男は言ってドアから離れる。彼は背中を向けてトラックに戻る。それからサイドミラーに、彼がまたこちらに来るのが映る。私は目を閉じる。

「サミットまであとをついてってやるとか、そういうのも嫌なんだね？　俺はべつにいいんだぜ。今朝はわりにゆっくりできるからさ」と彼は言う。

私はまた首を振る。

彼はちょっとためらってから肩をすくめる。「まあお好きに」と彼は言う。

彼がハイウェイに出るのを待って車をバックさせる。彼はギアを変え、ゆっくりと遠ざかっていく。バックミラーで私の姿を見ながら。私は路肩に車を停め、ハンドルに顔を伏せる。

棺は閉じられ、上に花が散らされている。私が礼拝堂の後方の席に腰を下ろすと、まもなくオルガンが鳴りはじめる。人々がぞろぞろ入ってきて、席を探しはじめる。中年の人々、もっと高齢の人々もいる。しかしほとんどは二十代前半か、それより若い人々だ。スーツにネクタイ、ジャケットにスラックス、黒いワンピースに革手袋といった格好の彼らはどことなくぎこちない。ベルボトムのズボンと黄色い半袖シャツを着た少年が私の隣に座り、唇を嚙みしめる。礼拝堂の片側の扉が開き、私はふと顔をあげる。ほんの少しのあいだ、駐車場が草地のように見える。でもやがて太陽の光が車の窓にキラッと反射する。親族がひとかたまりになって入場し、カーテンで仕切られた側面の離れた一画に入る。彼らが腰を下ろすときに椅子が軋む。二、三分あとでダークスーツに身を包んだがっしりとした金髪の男が立って、頭を垂れて下さいと言う。彼はまず我々、生者のための短い祈りの言葉を口にし、それが終わるとみんなで亡きスーザン・ミラーのために黙禱を捧げましょう、と言う。私は目を閉じ、テレビや新聞の写真で見た彼女の顔を思い浮かべる。彼女が映画館を出て緑色のシボレーに乗り込むところが見える。そして彼女が川を流されている光景を想像する。裸の死体が岩にうちつけられ、枝にひっかかり、ぐるぐると回り漂う。髪は流れのままに揺れる。それから川面に突き出た木の枝が彼女の手や髪を捕え、そこに留める。四人の男がやってきて彼女をじろじろと眺める。酔払った男（スチュアート？）が彼女の手首をつかむ。ここにいる人たちの中にそのことを知っている人はいるのかしら？もしそれを知ったら、みんなどう思うだろう？　私はまわりの人々の顔を見回す。これらの物事、これらの出来事、これらの顔によって作りあげられるべき関係のようなものがあるはずだ。私はそれを見つけようとするが、おかげで頭が痛む。

牧師はスーザン・ミラーの四つの優れた資質について語った。快活さ、美しさ、優雅さ、そして熱意である。閉じたカーテンの後ろで誰かが咳払いし、誰かがすすり泣く。オルガンの演奏が始まる。葬儀が終了する。

参列者の列にまじって私はゆっくりと棺の前をとおりすぎる。そして正面の階段に出て、眩しく暑い午後の太陽を浴びる。階段で私の前を、片足をひきずるようにして下りていた中年の女性が、歩道に下りるとあたりをぐるっと見回す。私と目が合う。「捕まりましたよ」と彼女は言う。「それでどうなるというものでもありませんがね。とにかく今朝犯人が捕まったんです。ここに来る前にラジオで聞いたんです。町の人間ですよ。やっぱり思ったとおり長髪族の仕業でしたねえ」。私たちは焼けた歩道を何歩か歩く。人々は車のエンジンをかけている。私は手をのばしてパーキング・メーターにつかまる。磨きあげられた車のフードやフェンダーが太陽の光を照りかえしている。頭がふらふらする。「その夜、彼女と関係を持ったことは認めたんだけど、殺してはいないって言ってるんですよ」。彼女は鼻を鳴らした。「そんなこと信用できるものですかね。でもたぶん保護観察つきで釈放ってことになるんじゃないかしら」「共犯者がいたのかもしれませんわ」と私は言う。「ちゃんと調べるべきだわ。誰かをかばっているんじゃないかしら。兄弟とか友だちとか」

「あの娘《こ》は小さいころから知ってるんですよ」と彼女は話しつづける。唇が震えている。「よくうちに遊びに来て、そのたびにクッキーを焼いてやりました。そしてテレビの前でそのクッキーを食べさせてやったんですよ」、彼女は顔を背け、頭を振り始める。涙の粒がその頬をつたって落ちる。

3

スチュアートはテーブルの椅子に座っている。酒のグラスが前に置かれている。目は赤く、泣いていたんじゃないかと一瞬私は思う。私を見て何も言わない。突然ディーンの身に何かが起こったんじゃないかという考えが頭にひらめく。気が動転する。どこなの？　と私は言う。ディーンはどこ？

外だよ、と彼は言う。

スチュアート、私すごく怖いの、すごく怖いのよ、と私はドアに寄りかかって言う。何が怖いんだい、クレア？　言ってごらん。助けてあげられるかもしれないよ。俺は君の力になりたいんだ。言ってごらん。だってそれが夫の役目じゃないか。

うまく言えないの、と私は言う。私はただ怖いのよ。私はつまり、つまり、つまり……。

彼は私から目を離さないようにしながら、グラスをぐいと飲み干して立ち上がる。君に必要なものはわかってるさ。俺が君のお医者になってやるよ、な？　さあ、楽にして。彼は私の腰に腕を回し、もう一方の手で私の上着のボタンをはずし、それからブラウスにかかる。まずやるべきことをやろうな、と冗談めかして彼は言う。

今はだめ、お願い、と私は言う。

今はだめ、お願い、と夫はからかって言う。お願いも何もないさ、と。そして私の後ろにまわって腕をぎゅっと体にまきつけ、もう一方の手をブラジャーの中に滑りこませる。

やめて、やめて、やめて、と私は言う。彼の足の先を踏みつける。

私は上にかかえあげられ、それから崩れ落ちる。私は床に座り込んだまま夫を見あげる。首が痛い。スカートは膝の上までまくれあがっている。彼はかがみこむようにして言う。お前なんかくたばっちまえ。おい、くそ、聞こえてるのか？　お前のあそこなんか腐り落ちちまえばいいんだ。そして一度だけすすりあげる。きっと自分が抑え切れないのだ。どうしようもなくなっているのだ。それから居間に行ってしまう。私は突然彼に哀れの念を強く感じる。

昨夜夫は家で眠らなかった。

今朝花が届く。赤と黄の菊だ。私がコーヒーを飲んでいると玄関のベルが鳴る。

ケーンさんですか？　と若い男が言う。花の入ったボックスを持っている。

私は肯いて、ローブの襟を首まで合わせる。

名前は言わなくても誰だかわかるよ、と電話で御注文なさった方はおっしゃっておられました。男の子は喉のところが開いている私のローブに目をやる。そして帽子に手をやる。彼は両足を開き、階段のいちばん上の段に踏んばって立っている。突き倒してみて下さいとでも言わんばかりに。それではどうも有り難うございました、と彼は言う。

少しあとで電話のベルが鳴る。どうだい、ハニー、とスチュアートが言う。今日は早く帰る。愛してるよ。聞こえたかい？　愛してるよ。悪かったと思う。埋め合わせはする。じゃあね。もう行かなくちゃならない。

花を花瓶に入れ、食堂のテーブルのまんなかに置く。それから私は自分の荷物を客用のベッドルームに運びこむ。

昨夜、十二時ごろ、スチュアートは私の部屋のドアの鍵を壊した。そうしようと思えばできるんだということを彼は示したかったのだろう。その証拠にドアがばたんと開いたときにも、彼はべつに何もしない。下着姿のまま驚いたようなきまり悪いような顔をして、そこに突っ立っているだけだ。怒りの表情が彼の顔からすべり落ちるように消えていく。彼はゆっくりとドアを閉める。少し間があって、製氷皿の氷をとる音が台所から聞こえる。

今日スチュアートから電話があった。二、三日母に家に来てもらうことにしたよ、と彼は言う。私はそのことについて少し考えてから、彼がまだしゃべりつづけている途中で電話を切る。しかしほどなく、私は彼の会社に電話をかける。彼がやっと電話に出る。べつにそれでかまわないわよ、スチュアート、と私は言う。本当にかまわないの、べつになんだっていいのよ。

愛してるよ、と彼は言う。

彼は何かべつの話をする。私はそれを聞きながらゆっくりと肯く。私は眠い。それからはっと目が覚める。そして言う。ねえ、スチュアート、わかって。彼女はまだほんの子どもだったのよ。

ダミー

Dummy

ダミーが死んだあと長い間、私の父はずいぶん神経質になり、気難しくなっていた。そしてまた、それによって彼の人生の幸福な時期は終わりを告げたのだと私は思っている。というのはそれからほどなく彼自身の健康が悪化したからだ。最初がダミー、次にパール・ハーバー、それからウェナッチの近くにある祖父の農場に越したことだった。その農場で父は、十二本のリンゴの樹と、五頭の牛の面倒をみながら人生の最後の日々を送った。

私にとってダミーの死はおそろしく長い少年期の終わりのしるしだった。それは私を否応なく男たちの世界に押し出した。その世界においては敗北と死はごく当り前の出来事だった。

ダミーが死んだのはダミーの奥さんのせいだと父は最初思っていた。次に彼はそれを魚のせいにした。魚さえいなければ、あんなことは起きなかったのだ。彼としてはそれを何かのせいにしたかったのだろう。というのは『フィールド・アンド・ストリーム』という釣りと狩猟の専門誌の裏表紙にあった広告をダミーに見せたのは彼だったからだ。その広告には「生きたブラック・バスをアメリカじゅうどこにでも郵送します」とあった（今でもあるいはその広告はそこに載っているかもしれない）。それはある午後の仕事場でのことだった。父はダミーに言った。そのバスをお前のうちの裏にある池に放したらどうだと。ダミーは唇を嘗めて長い間その広告をじっと見ていたと父は言った。それからキャンディーの包み紙の裏にその情報をせっせと書きうつし、それを作業着の前ポケットにしまった。ダミーが奇妙な振る舞いを見せるようになったのは、魚を手に入れたあとのことだった。その魚はダミーという人間をすっかり変えてしまったのだ。父はそう言っていた。

　ダミーの本名がなんというのか、私は知らない。知っていた者もいたかもしれないが、私はとにかく一度も耳にしたことがない。そのころもダミー〔訳注・生まれつき物が言えない人〕としてしか知らなかったし、今でもやはりダミーとしてしか思い出せない。彼は五十代後半の皺だらけの小柄な男で、頭は禿げていた。背こそ低かったけれど、手足は見るからにがっしりしていた。彼がにやっと笑うと（それは稀なことではあったが）、唇がめくれあがって、黄色いぼろぼろの歯がのぞいた。それは彼の顔に不快な、いかにも狡猾そうな印象を与えていた。もう二十五年も前のことだが、私はまだありありとその表情を思い出せる。誰かが彼に向かって喋りかけているとき、その小さなうるんだ目は、いつも相手の唇の上にぴたりと注がれていた。でもときどきその目は相手の顔や身体の上をなれなれしくさまよった。どうしてかはわからないのだが、彼は本当は耳が聞こえていたんじゃないかという印象を私は持った。少なくとも彼が自分でそう見せかけていたほどひどい障害ではなかったと思う。しかしそれはたいして重要なことではない。喋れなかったということはかなり確かである。彼は私の父と同じ製材所で働いていた。ワシントン州ヤキマにあるカスケイド製材である。彼に「ダミー」という仇名をつけたのはそこの従業員たちである。彼は一九二〇年代の初めからそこで仕事をしていた。私が最初に会ったとき、ダミーは掃除係として働いていた。でもそれまでに彼は、工場のあちこちであらゆる種類の下働きの仕事をしてきたのだと思う。油のしみのついたフェルトの帽子、カーキのワークシャツ、ふくらんだつなぎの作業着の上に軽いデニムの上着という格好をしていた。上着のポケットに彼はほとんどいつもトイレット・ペーパーを二、三本入れて持ち歩いていた。便所の掃除をして、トイレット・ペーパーが切れないように補充しておくことが彼の仕事の一つだったからだ。夜勤の連中は仕事上がりにランチボックスにトイレット・ペーパーを一、二本こそっと隠して持ち帰ってしまうのだった。ダミーの勤務時間は昼間だったが、それでも懐中電灯を持ち歩いていた。他にもレンチやペンチやドライバーや絶縁テープといった、機械工が持ち歩いているようなものをひと揃い用意していた。トッド・スレイドやジョニー・ウェイトといった比較的新しい工員たちは食堂で、彼のことを何かとかなりしつこくからかったものだ。あるいはまた彼がらみのきわどいジョークを言った。それというのも、ダミーがきわどいジョークが嫌いなことを知っていたからだ。目立て職人のカール・ロウはダミーが足場の下を歩いていると、手を伸ばしてその帽子をかっさらった。でもダミーはそんなこともう慣れっこだし、いちいち気にもしていられないという顔をしていた。

ただあるとき、私が父に弁当を持って行ったときのことだが、四人か五人の男たちがダミーをテーブルの隅に追い詰めていた。一人が絵を描いて、にやにやしながら、ダミーに何かを説明しようとしていた。鉛筆で紙のあちこちを指していた。ダミーは眉をひそめていた。彼の首が赤らんでいるのが見えた。それから彼は突然身を引いて、テーブルを拳でどんと叩いた。一瞬場に凍りついたような沈黙が降りたが、それからテーブルにいた全員が大笑いした。

私の父はからかうことにいい顔をしなかった。彼は決してダミーのことをからかったりはしなかった。少なくとも私の知っているかぎりにおいては。父は大柄で、肩のがっしりとした男だった。髪を短く刈り、二重顎で、腹が大きく、機会があればそれを進んで見せびらかした。すぐに笑う人だったが、同時にまたすぐに頭に血が上る人でもあった。ダミーは私の父が働いている鋸《のこぎり》の目立て部屋にやってきて、椅子に腰掛け、大きな回転砥石を使って仕事をしている父をよく眺めていたものだった。そしてもしあまり忙しくなければ、父は手を動かしながらダミーと話をした。ダミーは父のことが気に入っていたようだし、父も彼を気に入っていた。間違いなく。彼なりの流儀でということだが、父はダミーにとってのおそらくいちばんの友だちであったと思う。

ダミーは小さなタール紙張りの家に住んでいた。その家は町から一〇キロほど離れた川辺に建っており、家の八〇〇メートルほど裏手の牧草地の端には、大きな砂利採掘あとの穴があいていた。あたりの道路を舗装した際に、州がその穴を掘ったのだ。ずいぶん大きな穴があとに三つ残され、何年かのあいだにそこに水が溜まった。その三つの池は、だんだんに繋がってやがて一つの大きな池になった。片側には石がうずたかく山になっており、反対側には小さな山が二つあった。池は深く、黒ずんだ緑色をしていた。水面のあたりは澄んでいるのだが、底にいくにしたがってどんよりと淀んでいた。

ダミーは十五か二十歳下の女と結婚していたが、彼女はメキシコ人たちと遊び歩いているというもっぱらの噂だった。製材所のお節介焼きたちが奥さんについて余計なことを言って、それで結局ダミーはおかしくなっちまったんだ、と父はあとになって言った。彼女は小柄でがっしりした女性だった。目は疑わしげにきらきらと光っていた。私は二度しか彼女を見たことはない。一度は私と父が釣りをしに彼の家に行ったときだ。彼女は窓辺に顔を出した。二度めはピート・ジェンセンと二人で自転車に乗っていたときだ。我々は水を一杯所望するためにダミーの家に寄った。

彼女がよそよそしく、非友好的に見えたのはなにも、彼女が愛想も何もなく我々をかんかん照りのポーチで待たせたからというだけでもなかった。彼女がドアを開け、我々が口を開く暇もなく、「何の用なの?」と言ったときの口調のせいもあった。彼女が我々を睨みつけた目つきのせいもあった。それから開いた戸口から漂ってきたひからびた黴《かび》臭い空気のせいもあった。その匂いは私にメアリ叔母さんの家の地下室を思い出させた。

彼女はそれまでに私が出会った成人の女性とはずいぶん違っていた。私はしばらく口がきけなくて、ただじっと彼女を見つめていた。

「僕はデル・フレイザーの息子です。父はおたくのご主人と、あの、一緒に働いています。僕らは自転車に乗っていて、それで水を一杯いただけないかと思ったものですから……」

「ちょっと」と彼女は言った。「ここで待ってて」

ピートと私は顔を見合わせた。

彼女は両手にブリキのコップを持って戻ってきた。私はそれを一口で飲み干し、冷たい縁に舌を這わせた。彼女は二杯目を勧めなかった。

私は「ありがとう」と言って、舌なめずりをした。

「どうもありがとう！」とピートは言った。

彼女は何も言わずに我々をじっと見ていた。我々が自転車に乗って行こうとすると、ポーチの端まで出てきた。

「あんたたちが車で来ていたら、一緒に町まで遊びに行けるんだけどね」と言って彼女は笑みを浮かべた。我々がいたところから見ると、彼女の歯は真っ白に輝いていて、口の割に大きすぎるみたいだった。それは睨みつけられるよりおっかなかった。私はハンドル・グリップを前後にひねりながら、落ち着かない気持ちで彼女をじっと見ていた。

「さあ、行こうぜ」とピートが私に言った。「もしあいつの親父さんがあそこにいなかったら、ジェリーのやつ俺たちに一発くらわしかねない」

彼は自転車をこぎ出し、数秒後にポーチに立っている女を振り返った。彼女は自分の口にした冗談にまだ自分でにやにやしていた。

「車を持っていたって、あんたを町までつれて行きゃしないさ！」と彼は叫んだ。

私は振り向きもせず、急いで彼のあとをついて道路に出た。

ワシントン州の我々が住んでいるあたりでは、バスの釣れる場所はそれほどはなかった。釣れるのはニジマスがほとんどだった。カワマスとイワナが山の上の渓流で少し釣れた。ギンマスはブルー・レイクとリムロック湖で釣れた。だいたいそんなところだ。それから秋の終わりになると鮭やスティールヘッド〔訳注・海に出るニジマス〕が淡水の川を上ってくるくらいだ。でもだからといって、このあたりの釣り人が釣る魚に不足することはない。だから誰もわざわざバスなんか狙わなかった。私の知っている多くの人は、アウトドア雑誌の写真でしかバスを見たことがなかった。でも父はアーカンソーとジョージアで育ったので、バスとはおなじみだった。南部について語る時、父はいつも「故郷《くに》では」と言った。でも今では彼はただ釣りをするのが好きで、何がかかってもかまわなかった。どんな魚だって、かかればそれでよかったのだと思う。友だちと一緒にボートに乗ってサンドイッチを食べ、ビールを飲み、一日を過ごせればそれでよかったのだ。あるいは日によっては、一人で川岸を行ったり来たりして、考えごとをする時間が持てればよかったのだ。

鱒、あらゆる種類の鱒、秋の鮭とスティールヘッド、そして冬のコロンビア河のホワイト・フィッシュ、父は一年中どの季節にも釣れる魚を釣った。それも喜んで。それでも父は、ダミーが自分のうちの池にブラック・バスを養殖することについては、ことのほか期待していたと思う。そしてバスが十分大きくなったら、言うまでもなくそこで好きなだけ釣りができるものと思っていた。なにしろ彼とダミーは友だちだったのだから。ダミーが郵便でブラック・バスを注文したと、ある夜父は私に言った。そのときの彼の目は輝いていた。

「俺たちの専用釣り池だぞ！」と父は言った。「今にバスを釣り上げられるからな、ジャック。これでトラウトの釣り師としてお前は一人前になれるんだ」

三週間か四週間後に魚は届いた。魚が届いた日の午後に、私は市営プールに泳ぎに行っていた。父はあとでその話をしてくれた。父がちょうど仕事から戻って服を着替えたとき、ダミーが家の前に車を停めた。彼は震える手で郵便局からの電報を父に見せた。家にその電報が着いたのだ。そこにはルイジアナ州バトン・ルージュから水槽《タンク》が三つ届いていているとあった。中には生きた魚が入っている。引き取りに来てもらいたい。父も興奮した。彼とダミーはダミーのピックアップですぐに出かけた。

水槽とはいっても、それは実際には樽だった。それが三つ、白い、良い匂いのする新しい松材で作られた木枠に収まっていた。それぞれの木枠のわきとてっぺんには大きな四角い開口部があった。鉄道駅の裏手の陰になったところに、それが並べて置いてあった。一つの木枠をトラックの荷台に積み込むのに、父とダミーの二人の男手が必要だった。

ダミーはおそろしく慎重に運転して町を抜けた。町を出たあとでも時速四〇キロ以下におさえていた。彼は自分の庭に着いても車を停めずに、そのまま通り抜けた。そしてまっすぐ池から十五メートルほどのところまで行った。そのころにはもうほとんど日も暮れかけていたので、彼はヘッドライトを点灯した。シートの下からハンマーとかなてこを出して、車が停まるや否やそれらを手に飛び出していった。それから二人は三つの木枠梱包を水際まで引きずっていって、ダミーは最初の一つをばらしはじめた。彼はトラックのヘッドライトを頼りに作業をして、一度間違えてハンマーの釘抜きになった方で自分の親指を打ってしまった。白い材木に血がべっとりとついたが、彼はそんなことにほとんど気がまわらないみたいだった。最初のタンクの木枠をはがしてみると、中の樽がバーラップ布と籐《とう》材のもので分厚くくるまれていた。重い木の蓋には五セント硬貨くらいの大きさの穴がいくつもあいていた。二人は蓋を持ち上げ、タンクの上から身を伸ばして中をのぞき込んだ。ダミーは懐中電灯を取り出した。数え切れないほどの小魚が、暗いタンクの水の中を泳いでいた。明かりを当てられてもとくに気にならないようだった。彼らはどこに行こうというあてもなく、ただぐるぐると暗い円を描いてまわっていた。ダミーは数分間、タンクの中に懐中電灯の明かりを回していたが、やがてスイッチを切り、ポケットに戻した。彼はうめき声をあげて樽を持ち上げ、池まで運ぼうとした。

「待てよ、ダミー。手伝わせてくれ」と父は声をかけた。

ダミーはタンクを水辺まで持って行って、もう一度蓋をとり、その中身をゆっくりと池の中に流した。懐中電灯を取り出し、水の中を照らした。父はそちらに行ってみたが、何も見えなかった。魚たちは散っていってしまったのだ。まわりのいたるところで蛙がしゃがれ声で鳴いていた。頭上の暗闇の中では夜鷹が輪を描き、虫を追ってさっと飛んだ。

「別の梱包を持ってくるよ、ダミー」と父は言って、ダミーの作業着のポケットからハンマーを取るべく手を伸ばした。

ダミーは身を引き、首を振った。彼は残りの二つの梱包も自分ではがした。木材に黒く血のあとをつけながら。そして手を休めてそれぞれのタンクを明かりで照らし、小さな暗いバスが澄んだ水の中をゆっくりと、端から端まで泳ぐのをじっと眺めた。そのあいだずっと、ダミーは口を半開きにして、重く呼吸をしていた。作業が終わると、彼は木材とバーラップ布と樽を集め、すべてをトラックの荷台に騒々しく放り込んだ。

その夜を境にしてダミーは別の人間になってしまった、と父は断言した。もちろん一晩のうちにがらっと人が変わったというのではない。しかしその夜のあと、彼は徐々に、しかし確実に深みに落ちていったのだ。トラックが牧草地をがたがたと横切るとき、そして父をそのまま家まで送り届けるとき、彼の親指は腫れ上がり、まだいくらか血がしたたっていた。その目はぎゅっと突き出し、ダッシュボードの明かりを受けてとても無表情に見えた。

その夏、私は十二歳だった。

二年後のある日の午後に、父と私がそこで釣りをしようと試みて以来、ダミーは自分の土地に誰も入れないようになった。二年かけて、家の裏手の牧草地に金網を巡らせてしまったのだ。その後池のまわりを電流を通した鉄条網で囲んだ。材料費だけで五百ドルかかったらしい、と父は母に向かって吐き捨てるように言った。

父はもうダミーと関わろうとはしなかった。我々がダミーの家に行った、七月も終わり頃のあの日の午後以来。父はダミーに話しかけることさえやめてしまった。そういうふうに人を切って捨てるような人ではなかったのだが。

秋も間近のある日の夜、父が遅番の仕事をしていて、私は夕食をそこに届けた。アルミフォイルで包んだ温かい食事と、ガラスの広口びんに入れたアイスティーだ。父が窓際に立って機械工のシド・グローヴァーと話をしているのが見えた。私が入っていくと、父は短く、自然ではないとげとげしい笑い声を上げた。そして言った。「あの男のやることを見ていると、魚と結婚したとしか思えなくなるよ。いつか白い上っ張りを着た連中に連れて行かれるんじゃないのかな」

「俺の耳にしたところによれば」とシドは言った。「やつは自分の家を金網で囲んだ方がいいみたいだぜ、とくに寝室のまわりをさ」

父はそこであたりを見回し、私の姿を目に留めた。そして微かに眉を上げた。彼はシドを見た。「ジャックと私があいつの家に行ったとき、どんなことをあいつがしたか、その話はしたよな？」。シドは肯いた。そして父は考え込むように顎をさすった。それから開いた窓からおがくずの中にぺっと唾を吐いた。それから私を迎えるべくこちらを向いた。

その一ヵ月前に、我々がその池で釣りができるように父はようやくダミーを説き伏せた。説き伏せるというよりはねじ伏せるという方が近かった。これ以上の言い訳を聞く耳は持たないと父は言った。彼がある日そのように強く主張しているときに、ダミーの態度が妙に硬くなったことがあったと父は言った。しかし父は早口で、冗談めかしてまくし立てた。ほかの魚たちのためにも、弱いバスをここらでまびいておく必要があるんだ、とかなんとか。ダミーはそこに立って、ただ自分の耳を引っ張り、床を見つめていた。父は最後に言った。じゃあ明日の午後、仕事が終わってすぐにそちらに行くからな、と。ダミーは顔を背けて、行ってしまった。

私は興奮した。魚はとんでもなく繁殖していて、まるで孵化場に糸を垂らすようなもんだと父が言っていたからだ。我々はその夜、母がベッドに入ってしまってからも長いあいだ台所のテーブルに座って、話をし、スナックを食べ、ラジオを聞いていた。

翌日の午後、父が車を家の前に停めたとき、私はもう支度を整えて前庭で待っていた。私は父の古いバス用のプラグを半ダースばかり箱から出して、人差し指で三連針の鋭さを確かめていた。

「準備はできてるか?」と父は車から飛び出してきた。「私は急いで便所に行ってくるから、道具を積み込んでおいてくれ。向こうまで運転したいんならしてもいいぞ」

「いいよ！」と私は言った。言うことのない出だしだった。私は一切合財をバックシートに積み込み、家の方に向かったところで、父がフィッシング用のキャンバスの帽子をかぶり、チョコレートケーキを両手で持ってかじりながら玄関のドアから出てきた。

「さあ乗った乗った」と父はケーキをかじりながら言った。「用意はいいか？」

私は運転席に乗り込んだ。父はぐるりと車のまわりをまわった。母はそれを見ていた。母は色白な肌をした厳しい女性だった。金髪を頭の後ろでぎゅっと丸くまとめ、ラインストーンのクリップでとめていた。父は母に向かって手を振った。

私はハンドブレーキをはずし、ゆっくりとバックして道路に出た。母は私がギアを変えるまでじっと見守っていた。それから、相変わらずにこりともせずに手を振った。私も手を振った。父ももう一度手を振った。彼はケーキを食べ終え、ズボンで手をぬぐった。「さあ、行くぞ！」と彼は言った。

それは気持ちのいい午後だった。我々は一九四〇年型フォード・ステーション・ワゴンのウィンドウをすべて開けっぱなしにしていた。車内を吹き抜けていく風は冷やりとしていた。道路わきの電線がブンブン音をたてていた。我々はモクシー・ブリッジを渡り、西に折れて、スレーター・ロードに入った。大きな雄のキジと二羽の雌が低く飛んで、我々の車の前をかすめるように道路を横切り、アルファルファの野原に降りた。

「あれを見ろよ！」と父が言った。「俺たちは秋にここに来なくちゃな。ハーランド・ウィンターズがこのあたりのどこかに土地を買った。どこか正確には知らないんだが。狩猟解禁の時期になったら、そこで猟をしてかまわないと言っていた」

道路の両側には緑のアルファルファの野原が波打つように広がっていた。ところどころに家が見えた。納屋のついた家もあって、柵の向こうには何頭か家畜の姿も見えた。そのずっと向こう、西の方には大きな黄褐色のトウモロコシ畑があり、その背後には河に沿って繁った白樺の木立が見えた。いくつか白い雲が空を移動していた。

「素晴らしい日だね、父さん。よくわからないけどさ、何をやってもみんな楽しいみたいな気がする」

父は脚を交差させ、足指で車の床をとんとんと叩いていた。片腕を車の外に出し、そこに風を受けていた。「まったくだ。ほんとだ」、それから少しして言った。「何をやっても最高だ。生きているってのは素晴らしいじゃないか！」

ほどなく我々はダミーの家に到着した。ダミーは帽子をかぶって家から出てきた。彼の奥さんが窓から外をのぞいていた。

「フライパンの用意したか?」と父がポーチの階段を下りてくるダミーに声をかけた。

「バスの切身とフライド・ポテトだよ」

ダミーは車のわきに立った我々のところにやってきた。「最高の釣り日和じゃないか!」と父は続けた。「おい、ダミー、釣竿はどうしたんだ? お前、釣りはしないのか?」

ダミーは頭を前後に激しく揺すった。ノーというしるしだ。がに股の片足に体重をかけて、それをもう一方に移しかえた。地面を見ていたが、やがて我々の方に目を向けた。彼の舌は下唇の上に置かれていた。それから右足で地面を軽く掘りかえした。私は魚を入れる魚籠《びく》を背負い、父に彼の竿を手渡し、自分の竿を持った。その途端に私は自分の身体にダミーの視線を感じることになった。

「用意はいいか?」と父は言った。「さあダミー、行こうか?」

ダミーは帽子を取り、帽子を持った手の手首でつるつるの頭のてっぺんをぬぐった。それから突然くるっと後ろを向いた。我々はそのあとを追って家の裏手を三十メートルばかり歩いて、金網に向かった。父は私に目くばせをした。

ふわふわとした牧草地を歩いて横切った。あたりには新鮮ですがすがしい匂いがした。五、六メートル進むごとに、古いあぜ溝の縁に繁った草の陰からシギがぱっと飛びたった。雌のマガモが一度、こちらからは見えない小さな水たまりから飛びたち、派手に鳴きながら飛び去った。

「どっかこのへんに巣があるな」と父は言った。少し進んで父は口笛を吹き始めたが、そのうちにやめた。

牧草地が終わったところで、地面がなだらかに傾斜していて、乾いた石ころだらけになっていた。イラクサの小さな茂みやヒイラギガシなんかが、ぽつぽつと点在している。前方の、柳の木が何本か高く繁ったうしろに、最初の石の山が見えた。十五メートルか二十メートルくらいの高さがある。我々は右に折れた。古い二本の轍《わだち》をたどるようにして、腰まで高さのあるトウワタの繁る野原を抜けた。トウワタを払いながら歩くと、茎のいちばん上についた乾いた豆の莢《さや》が腹立たしげにからからと音を立てた。ダミーが先を歩き、私がその二、三歩背後を歩いた。父が私の後ろを歩いた。やがてダミーの肩越しにきらきらと輝く水が見えた。私の胸はどきどきした。「あそこだよ!」と私は叫んだ。「見えたぞ!」と父がそのあとから首を上に伸ばしながら言った。ダミーは歩く速度を更に落とし、手を頭にやって帽子を神経質そうに何度も前後に動かした。

それから立ち止まった。父が彼の隣に行って言った、「よう、どう思う、ダミー?

とくにここがいいってところはあるのかい？　俺たちどの辺から始めたらいいのかなあ？」

ダミーは下唇を嚐め、まるで怯えたように我々をじろじろと見た。

「おい、いったいどうしたんだよ、ダミー？」と父は鋭い声で言った。「こいつはお前さんの池だろう、ちがうのかい？　なんだかまるで俺たちが他人の土地に不法侵入してるみたいな雰囲気じゃないか」

ダミーはうつむいて、作業着についていた蟻をつまみあげた。

「変なやつだな」と父は言って、溜め息をついた。そして時計を引っ張り出した。「お前さんさえよかったら、俺たちは四十五分か一時間くらいは釣りができる。暗くなる前にな。なあ、それでいいかい？」

ダミーは父を見て、それから両手をポケットに突っ込んで、池の方を向いた。そしてまた歩き始めた。父は私を見て、肩をすくめた。我々はあとをついていった。ダミーのそのような態度は我々の気持ちの高ぶりをいささかそぐことになった。父は咳払いもせずに、何度か地面に唾を吐いた。

池の全貌が目に入ってきた。水面に盛り上がるように姿を見せる魚のせいで、池にはさざなみが立っていた。バスは一分かそこらごとに勢いよく水面から飛び上がり、ばしゃっと大きな水しぶきを上げて落下した。その水紋はどんどん大きくなり池の端にまで達した。池に近づくにつれ、魚たちが水面を打つ音がくっきりと聞こえるようになった。「たまげたな」と父が思わず声を洩らした。

我々は池のほとりの開けた場所に出た。砂利の岸が十五メートルほど続いている。肩までの高さの水草が左手に繁っていたが、それでも我々の前に水面が広く鮮やかに開けていた。我々三人はそこにしばらく肩を並べて立ち、魚たちが中心に向けて集まっていくのを見つめていた。

「身体を低くしろ！」と父は言った。そして自分も不器用にしゃがみ込んだ。私も身を低くし、目の前の水面の、父がじっと見ているあたりを注視した。

「実にたまげた」と父は声を殺して言った。

バスの群れがゆっくりと泳いでいた。二十四か三十四の群れだ。一キロより軽いものはいないように見える。

魚たちはゆっくりと向きを変えた。ダミーはまだそこに立って、魚たちを見ていた。しかし数分後に同じ群れがまた戻ってきた。暗い水の中で彼らはまるで互いに触れあうくらい密に集まっていた。ゆっくりと通り過ぎていくとき、彼らがその分厚いまぶたを持った大きな目で、我々の姿を見ているのがわかった。水の中で彼らの光沢のある側部が細かく動くのが見えた。彼らは三度目に向きを変え、行ってしまった。はぐれた二、三匹が少し遅れてあとに従った。我々がしゃがんでも立っても彼らは気にもかけなかった。魚たちは人に怯えていないのだ。ダミーはきっと毎日午後にやってきて、魚たちに餌を与えていたのだろうと、父はあとになって言った。我々が近づいても魚たちは逃げもせず、それどころかかえって岸に近寄ってきたのだから。「あれはたいした見ものだったな」と後日父は言った。

父と私は十分ばかりそこに座って、バスが深い水の中から出てきて、我々の前を悠々と泳いで過ぎていくのを眺めていた。ダミーはそのあいだずっと自分の指を引っ張りながら、今にも誰かがそこに現われるんじゃないかというように、池のまわりを見回していた。池のまっすぐ先にいちばん高い石の山が見えた。それはゆるい勾配をなして池になだれこんでいる。そこで池はいちばん深くなっていると父は言った。私は池の周辺をぐるりと見回した。柳がかたまって繁っている。樺の木もある。一ブロックほど離れた向こうの端には、水草がたっぷり密生している。ムクドリモドキがそこから出たり入ったりしていた。彼らの発する高い声は夏のにぎやかなさえずりだった。太陽は我々の背後にあり、首筋に心地よい温かみが感じられた。風はない。池のいたるところでバスが浮上して鼻先で水を切り、あるいはぴょんと宙にはねて、側部から下に落ちた。あるいは水面に出てきて、背びれを黒い扇のように突き出して泳いだ。

我々は釣り糸を投げるべく立ち上がった。私は興奮で体を震わせていた。自分の釣竿についたコルクのハンドルからプラグを外すことさえおぼつかなかった。突然ダミーの大きな指が後ろから私の肩をぎゅっとつかんだ。私は振り返った。すぐそばに彼のげっそりした顔があった。ダミーは父に向けて二度か三度顎を上下させた。釣るのは一人だけ、父だけ、それが彼の求めていることだった。

「なんだと！」と父は言って我々二人を見た。「まったく、なんなんだ？」、彼は少しして釣竿を砂利の上に置いた。父は帽子を脱ぎ、またかぶりなおし、ダミーを睨みつけた。それから私の方にやってきた。「さあ、お前がやれよ、ジャック」と父は言った。「かまうことないぞ。さあ、やれって」

私は竿を振る前にダミーの方を見た。彼の顔は硬くこわばっていた。顎にはよだれの細い筋がついていた。

「魚が食いついたら、思い切り引くんだぞ」と父は言った。「しっかり食いついたことを確かめてな。こいつら、ドアノブみたいな頑丈な口してるからな」

私はリールのドラッグ・レバーを外し、腕を後ろに引いて、前によろけながら、かたかたと鳴る黄色いプラグを思い切り遠くまで飛ばした。それは十メートル以上先の水面に落ちた。糸を巻き上げてたるみを直す暇もなく、池の水面がごぼごぼと沸いた。「引くんだ！」と父が怒鳴った。「いいぞ！　見事にかかったぞ！　さあ引け！　もう一度引け！」

私は思い切り二度引いた。よし、ちゃんとかかっている。スチールの釣竿はぎゅっと弓なりにしなり、前後に激しく揺れた。父は大声で叫んだ。「のばせ、のばせ、のばすんだ！　もっと糸をくれてやれ、ジャック！　よし、今だ、巻け！　しっかり巻け！　やめろ、泳がせろ！　うわあああ、お前、あれ見たか！」

そのバスは池のそこら中を勢いよく跳びはねた。水面に姿を現すたびに、プラグのかたかたという音が聞こえるくらい激しく、頭を振った。それからまた魚はひとしきり泳いだ。十分ほどで私はその魚を岸から一メートルほどのところに引き寄せた。魚は側部を上に向けていた。巨大なバスだった。三、四キロはありそうだ。魚は脇腹を見せ、ぴしっと体をしならせ、口を開け、えらをゆっくり動かしていた。膝ががくがくして、うまく立っていられないくらいだった。でも私は竿をなんとか上にかざし、糸をいっぱいに張りつづけた。父は靴をはいたまま水の中に入っていった。

ダミーが私の背後で何かをぶつぶつ言っていたが、私は魚から目を離すわけにはいかなかった。父は魚に近づき、身をかがめ、腕を下に伸ばして魚を網でとろうとした。ダミーが突然私の前に立ち、首を振り、両手をばたばたと動かし始めた。父は彼の方に目をやった。

「なんだ、いったいどうしたんだ、ダミー？　うちの坊主が超特大のバスを釣り上げたんだぞ。こいつをまた水に返すなんて、そんな馬鹿な話があるか」

でもダミーは首を振り、池の方を手で示しつづけた。

「俺は坊主の釣り上げた魚を返させたりはさせせん。俺がそんなことを承知するなんて思ったら大間違いだぞ」

ダミーは私の釣り糸を手でつかもうとした。そうこうするうちにバスの方はまた力を盛り返し、身を翻して泳ぎはじめていた。私は叫び声を上げた。頭に血がのぼってしまったのだろう。私はリールのブレーキを荒っぽく下ろして、糸を巻きはじめた。バスは最後の、死にものぐるいの逃走を始めた。そしてプラグが我々の頭上を飛び越えて、木の枝にかかった。

「行こうぜ、ジャック」と父は言って、自分の竿をつかんだ。「こんな馬鹿くさいところにいられるもんか。こいつをぶん殴っちまう前に、さっさと引き上げよう」

我々は池をあとにした。父はとても腹を立て顎をぐいぐい動かしていた。我々は早足で歩いた。私は泣き出したかったが、何とか我慢して、涙を奥に収めておいた。一度父は石ころにつまずいて、倒れないために何歩か前のめりに走った。「あのクソ野郎め」と彼はつぶやくように言った。太陽はほとんど没していて、風が立ち始めていた。振り返ると、池の縁にまだダミーがいるのが見えた。彼は柳の木のそばに寄って、一本の木に腕を巻きつけ、身をかがめて水の中をのぞき込んでいた。水辺にいると彼はとても黒々として小さく見えた。

私が振り返っているのを見て、父親は歩を止め、こちらを向いた。「あいつは魚に話しかけているんだよ」と彼は言った。「魚に悪かったと謝っているのさ。あいつ、頭がすっかりおかしくなっちまったんだ。さあ行こうぜ」

翌年二月に川が氾濫した。州のこのあたりでは十二月の初めの何週間か、たっぷり雪が降った。そしてクリスマスの直前に厳しい寒さがやってきた。地面はかちかちに凍りついた。雪はそのまま固まって地面に残った。でも一月も終わりになると、暖かい南西風《チヌーク・ウインド》が吹きはじめた。ある朝目を覚ますと、家が風にがたがたと振動し、屋根から水がしたたるぽたぽたという規則的な音が聞こえた。

その風は丸五日間吹きつづけた。そして三日めには川の水位が上がりはじめた。

「四メートル五〇まで水位が上がったぞ」とある晩、父は新聞から目を上げて言った。「ということは、洪水水位を一メートルばかり超えちまったってことだ。ダミーのやつ、これで恋人たちを失うことになるな」

私はモクシー・ブリッジに行って、水位を増した川を一目見てみたかった。でも父は首を振った。

「洪水は見せものじゃない。そんなものもういやというほど見てきた」

二日後に川はその最高水位に達した。そしてそのあと、水は引きはじめた。

一週間後の土曜日の朝、オリン・マーシャルとダニー・オーエンズと私は、三人で自転車に乗って八キロか九キロ離れたところにあるダミーの家に行ってみた。我々はその手前で道路わきに自転車を停め、ダミーの家の敷地と接している牧草地を歩いて横切った。

べっとりと湿気のある、風の強い日だった。暗い雲がところどころでちぎれながら、速い速度で灰色の空を流されていた。地面はぐしょぐしょに濡れていて、ぎっしりと繁った草の下には、いたるところにぬかるみが待ち構えていた。迂回もできなかったので、水たまりに足を突っこんで歩くしかなかった。ダニーは悪態のつきかたを覚えはじめたところで、ぬかるみに足を突っ込むたびに、目いっぱい悪態をわめきちらした。牧草地の端に、ぷっくりと肥えて膨らんだような川の姿が見えた。水位はまだ高く、水はその水路からあふれて樹木の幹のまわりを浸し、土地の縁をかじりとっていた。川の中央部にかけては水の流れは強く、速かった。ときおり、灌木やら枝を上に突き出した樹木やらが流されていくのが見えた。

ダミーの金網のところに行くと、一匹の雌牛が針金に絡まっていた。牛の体はむくんで膨らみ、その皮膚はてかてかと光って灰色になっていた。それは我々が初めて目にしたかさのある死体だった。オリンが棒を手にとって、それで牛のゼリーのような目をつついたり、尻尾を持ち上げてあちこちをつついたりした。

我々は金網に沿って、川の方に歩いていった。我々は金網には近寄らないようにしていた。金網にまだ電流が通っているかもしれないと思ったからだった。でも深い運河のように見えるものの端っこで、金網の姿は唐突に消えてしまっていた。地面はそこでただすとんと水に呑み込まれ、金網のその部分も同じ運命を辿っていた。我々は金網を越えて、その流れの速い水路に沿って進んだ。水路はダミーの敷地を二つに切り裂きながら、池に向かってまっすぐに伸びていた。近くに寄ると、その池に縦に流れ込み、反対側からまた流れ出しているのが見えた。その流れはくねくねと身をよじりつつ、四〇〇メートルほど先のあたりで、またもとの川と合流していた。今ではその池自体が川の一部みたいに見えた。太々しく、さかまいていた。ダミーの魚のほとんどが川に流されてしまったことは確実だった。そしてまだ残っているものも、いったん水位が落ちつけば、出るも入るも自由の身であった。

それから私はそこにダミーの姿を認めた。その姿にはぞっとさせられるものがあった。私は他の連中に合図した。我々はみんなで身をひそめた。ダミーは池の反対側の、水が勢いよく流れ出しているあたりにじっと立っていた。その速い流れを睨んでいた。やがて彼は目を上げ、こちらを見た。我々はあわててもと来た道を走って逃げた。怯えたウサギみたいに。

「でも考えてみたら、ダミーのやつも可哀そうだよなあ」、何週間かあとの夕食の席で、父がそう言った。「ツキがなかったとしか言いようがない。自分で招いたこととはいえ、やはり気の毒なことだ」

父はそれから、前の週の金曜の夜、ジョージ・レイコックがダミーの女房をスポーツマンズ・クラブで見かけたという話をした。彼女は大柄のメキシコ人と一緒にいたということだった。「でも話はそれだけじゃないんだ――」

母がきつい目で父を見上げた。それから私の方を見た。でも私は何も聞こえなかったような顔をして、食事を続けた。

父は言った、「そんな顔せんでもいいさ、ビー。この子だってもうそれくらいのことはわかってるんだ。いずれにしろ」、少しあとで父は誰に向かってともなく言った。「あそこでは何かまずいことが持ちあがりそうだ」

ダミーはすっかり人が変わってしまった。必要がなければ、もう誰のそばにも寄らなかった。一人きりで休憩をとるようになったし、もう誰とも昼食をともにしなくなった。カール・ロウがダミーの帽子をはじき落として、ツー・バイ・フォーの角材を手に追いかけられて以来、人々は彼をからかうのをやめた。ダミーが今では週に平均して一日か二日、仕事を無断欠勤するようになった。あのぶんじゃ、そろそろ首を切られるぞ、とみんなは言いあった。

「あの男はもう駄目だよ」と父は言った。「あのままじゃ、頭が完全にいかれちまうぞ」

五月、私の誕生日の直前の日曜日の午後に、私と父はガレージの掃除をしていた。暖かい静かな日だった。ガレージの空中にほこりが漂っているのが見えた。母が裏口にやってきて言った、「デル、あなたに電話よ。たぶんヴァーンだと思う」

私は父のあとをついて家に入り、手を洗った。父が受話器を取り、話す声が聞こえた。「ヴァーン？　やあ、どうした？　なんだって。そんな馬鹿なことが。ひどい話じゃないか。たまらんな。わかった。じゃあな」

父は受話器を置いて、私と母の方を向いた。その顔は青く、片手はテーブルの上に置かれていた。

「良くない知らせだ……ダミーだよ。あいつ、昨夜ハンマーで女房を叩き殺して、自分は身投げしたそうだ。ヴァーンもその話をたった今、ラジオで聞いたところだ」

一時間後、我々がそこに着いてみると、家の前にも、家と牧草地のあいだにも車が停まっていた。保安官事務所の車が数台、ハイウェイ・パトロールの車が一台、その他の車が何台か。牧草地の入口の扉は開きっぱなしになっていた。タイヤのあとがいくつも池の方まで続いているのが見えた。

網戸のドアは箱で押さえられて、開け放しになっていた。スラックスとスポーツ・シャツに肩吊り式のホルスターをつけたあばた面の痩せた男が、一人でそこに立っていた。彼は父と私がステーション・ワゴンから下りるのを見ていた。

「何があったんですか？」と父は尋ねた。

男は首を振った。「明日の夕刊で読んでもらうしかないね」

「彼は……見つかったんですか？」

「まだだ。池をすくってるところだよ」

「あっちまで歩いていってかまわんですか？　やつとはけっこう親しかったんです」

「まあ、行きたいんなら行ってみりゃいい。向こうで追い払われるかもしれんが」

「ここにいるか、ジャック？」と父は尋ねた。

「いや」と私は言った。「一緒に行くよ」

我々はタイヤのあとを辿って牧草地を歩いて横切った。去年の夏に歩いたのとだいたい同じ道筋だ。

近づくにつれてモーターボートのエンジン音が大きくなった。薄汚いふわふわした排気ガスが空中にぽっかりと浮かんでいるのが見えた。今では池を出入りする流れはほんの小さなものになっていたが、増水した川が地面を切り裂き、樹木や岩を運び去ったあとを目にすることができた。二隻のモーターボートには制服を着た連中が二人ずつ乗っていた。彼らは池の上をゆっくりと行ったり来たりしていた。一人が舵を取り、もう一人が後ろに座ってロープや鉤《かぎ》を操っていた。

砂利の岸辺では救急車が一台、待機していた。そこは我々がその昔、ある夕方に釣りをした場所だった。白衣姿の男が二人、背中をもたせかけて煙草を吸っていた。

救急車の反対側に駐車していた保安官事務所の車のドアが開き、がさがさという無線の音がスピーカーから聞こえた。

「何があったんです?」と父が、水辺に立っている警官に尋ねた。警官は腰に両手をあて、ボートの一隻を見ていた。「あの男とは知り合いでした」と父は付け加えた。「職場の同僚だった」

「殺人と自殺というところらしい」と男は言って、くわえていた火のついていない葉巻を手に取った。我々を見てから、またボートに視線を戻した。

「いったい何があったんです?」と父はなおも尋ねた。

警官はベルトの下に指を引っかけて、大きな回転拳銃を幅広い腰の上に移した。その方がもう少し楽になるようだ。彼は葉巻をくわえたまま、口の片端でしゃべった。

「やつは昨夜バーにいた女房を連れ帰り、トラックの中でハンマーで殴打して死なせた。目撃者がいる。それから……なんていう名前だっけな……やつは女をトラックに乗せたままこの池までやってきて、水に飛び込んだ。妙な話だ。泳げなかったのかもしれん、実際のところはよくわからんのだが……。人が進んで溺れ死ぬというのはそう簡単なことではないはずだ。もし少しでも泳げる人間なら、そんなにあっさりとは死ねないだろうし。ガーシーだかガルシアだか、そういう名前の男は二人のあとを家まで追ってきた。どうやら女のあとを追ってきたらしい。そしてやつは、その男が石の山のてっぺんから池に飛び込むのを見たと言うんだ。その後トラックの中に女を見つけた。死んだ女をな」、彼は唾を吐いた。「えらい騒ぎだよ、まったく」

一隻のモーターボートがエンジンを停めた。我々はみんなそちらに目をやった。後ろにいた男が立ち上がって、重そうにロープをたぐりよせはじめた。

「死体が見つかったんだといいが」と警官が言った。「早く家に帰りたいよ」

ほどなく水の中から片手が現れた。鉤がダミーの横腹か背中を引っかけたのは明らかだった。腕は一度水の中に沈んでから、形のわからない何かの塊と一緒に、また水面に姿を見せた。これは彼じゃない、と私は一瞬思った。それはもう何ヵ月も池に沈んでいた別の何かなのだと。

ボートの前の方にいた男が後ろにやってきた。そして二人でそのぼとぼと水を垂らしているものを舷側から甲板の上に引っ張り上げた。

私は父を見た。彼は目を背け、唇をぶるぶると震わせていた。その顔はしわが刻まれたまま固定されていた。彼は突然年老いたように見えた。そして怯えているように。父は私を見て言った。「女だ！　間違った女と一緒になったら、結局はこうなっちまうんだよ、ジャック」

でもそう言ったとき、父は声を出すのがやっとで、その脚はそわそわと動いていた。彼が本気でそう思っていたとは、私には思えない。そのときにはそれしか言うことを思いつけなかったのだろう。彼が何を思っていたのかはわからない。私と同じように、父はただその光景に怯えていたのだ。私にわかるのはそれくらいだ。しかしそれを境に、父の人生もよりむずかしいものになっていった。そういう気がする。彼はもう前のように幸福に好き放題にふるまうことができなくなってしまった。私自身について言えば、あの腕が水面に突き出ていた光景を忘れることができない。何かのミステリアスでおぞましいシグナルのように、それはゆくゆく我々の家族を見舞うことになる不運のさきぶれとなったように私には思える。

しかし十二歳から二十歳にかけては、感受性の強い年頃だ。今では私も年を取り、あのときの父親と同じくらいの年齢になった。世の中に出て幾多の日々を過ごした。それなりに世の中を知っている、ということになるかもしれない。私はそれが、その腕が、示すところのものを知っている。それはただの溺れる男の腕だ。私はそいつをほかでも目にしてきた。

「さあ、家に帰ろう」と父は言った。

パイ

Pie

彼女の車はそこにあった。他に車はない。バートは少しほっとした。彼は車寄せに入り、昨夜自分が落としたパイのすぐ脇に車を停めた。パイはそのままの格好でそこに落ちていた。アルミニウムの台がさかさに引っくり返って、カボチャのフィリングが舗装の上にぺしゃっと広がっていた。クリスマスの翌日の金曜日、もう正午に近い。

バートはクリスマスに妻と子どもたちに会いにやってきた。しかしヴェラはその前に彼に言った。実はあなたには六時前に引き上げてもらいたい。というのは、私のお友だちが彼の子どもたちと一緒に夕御飯を食べに来ることになっているから、と。彼らは居間に座り、神妙な顔つきでバートが持ってきたプレゼントの包みを開けた。クリスマス・ツリーの明かりが点滅していた。ほかのプレゼントはきらきらとした紙に包まれ、リボンを結ばれ、ツリーの下に積み重ねられて、六時になるのを待っていた。彼は子どもたちが、テリとジャックが、贈りものの包みを開くのを見ていた。そしてヴェラの指が彼女あてのプレゼントのリボンとテープを注意深くほどくのを待っていた。彼女は包装紙をとった。そして箱を開け、カシミアのセーターを取り出した。

「素敵だわ」と彼女は言った。「どうも有り難う、バート」

「着てみれば」とテリが母親に言った。

「そうだよ、着てみてよ」とジャックが言った。「いいじゃないの、お父さん」

彼は息子の顔を見た。そんな風に自分をもりたててくれたことに感謝して。彼はジャックを誘うこともできた。クリスマスの休暇の間に一度、朝に自転車に乗って一緒に出かけ、どこかで朝食を食べようじゃないかと。

彼女はセーターを実際に試し着した。ベッドルームに行き、走って出てきて、両手でセーターの前を上下に撫でた。「素敵だわ」と彼女は言った。

「よく似合ってるよ」とバートは言った。そして胸の中に何かしら熱いものがこみあげてくるのを感じた。

彼は自分あてのプレゼントを開けた。ヴェラがくれたものはソンドハイム紳士用品店の二十ドルのギフト券だった。テリがくれたものはお揃いの櫛とブラシのセットだった。ジャックからは、ハンカチが何枚かと靴下三足、それにボールペンだった。彼とヴェラはラム・コークを飲んだ。外はもう暗くなり、時刻は五時半だった。テリは母親を見て立ち上がり、ダイニング・テーブルの支度を始めた。ジャックは自分の部屋に行った。バートは自分のいる場所が気に入っていた。暖炉の前だ。グラスを手に、あたりに漂うターキーの匂いをかいでいる。ヴェラは台所に行った。バートはソファーに背中をもたせかけていた。ヴェラの部屋のラジオからクリスマス・キャロルが聞こえてきた。ときどきテリが食堂に出入りして、テーブルの支度をした。彼女がワイン・グラスの中にリネンのナプキンを入れていくのをバートは見ていた。赤いバラを一輪さしたほっそりした花瓶も現れた。それからヴェラとテリが台所で声を殺して話を始めた。彼はグラスの酒を飲んでしまった。少量のワックスとおがくずを固めた薪が、暖炉の中で燃えて、赤や青や緑の炎をあげていた。彼はソファーから立ち上がり、箱の中にあった八本の薪をそっくり全部、暖炉の中に放り込んだ。薪が燃え上がっていくのを彼はじっと見ていた。それから中庭《パティオ》のドアの方に行って、サイドボードの上にパイがずらりと並んでいるのを目にとめた。彼はそれらを積み重ねて両手に持った。全部で五つ、かぼちゃとミンスミートだ。サッカーチームにでも食わせるつもりなのだろうか。彼はパイを手に家を出た。しかし暗い車寄せで、車のドアを開けようとしているときに、彼はパイをひとつ下に落としてしまった。

へしゃげたパイをよけるようにして歩き、中庭のドアに向かった。玄関のドアは、彼があの夜に鍵穴の中で鍵を折ってしまって以来、開かずの扉となっていた。どんよりと曇った日で、空気は湿って身を切るようだった。彼は昨夜うちを火事にするつもりでいた、とヴェラは言っていた。それが彼女が子どもたちに向かって口にしたことだった。今朝、詫びを言うために電話を入れたとき、テリは彼に向かってそう繰り返した。「お父さんはうちを火事にするつもりだったって、お母さんが言ってた」とテリは言って笑った。彼としてはことの真偽をきちんとさせておきたかった。またものごと全体について語り合いたかった。

中庭のドアには松ぼっくりで作った花輪《リース》が飾ってあった。彼はガラス窓をこんこんと叩いた。彼の顔を見て彼女は嫌な顔をした。ヴェラはバスローブを着ていた。そしてドアを小さく開けた。

「ヴェラ、昨夜のことを謝りたかったんだ」と彼は言った。「僕は愚かだった。子どもたちにも謝りたかった」

「子どもたちは今はここにいないわ」と彼女は言った。「テリはボーイ・フレンドと一緒に出かけたわ。ジャックはフットボールをやってる」。彼女は戸口に立っていた。彼は中庭の鉢植えの観葉植物の隣に立っていた。彼は袖口についた何かの糸屑を引っ張った。

「私はもうこれ以上あなたにはつきあえない」と彼女は言った。「もうとことんうんざりよ、バート。あなたはゆうべほんとにもう少しで家を焼いてしまうところだったのよ」

「そんなことしてない」

「したわよ。みんな見てたんだから。暖炉を見てみなさい。あやうく壁に火が燃えうつるところだった」

「中に入ってそのことについてちょっと話せないかな」と彼は言った。「なあヴェラ？」

彼女は彼を見た。そしてローブの首のところをぎゅっと合わせ、屋内に下がった。

「入りなさい」、彼女は言った、「でもあと一時間ほどで私、出かけなくちゃならないのよ。それからもう馬鹿な真似はしないでね。自分を抑えなさい。もう私の家に火をつけようとしたりしないで。お願いだから」

「よしてくれよ、ヴェラ」

「本当のことよ」

彼は返事をしなかった。あたりを見回した。ツリーがちかちかと光を点滅させていた。ソファーの端っこには、薄葉紙《うすようし》といくつかの空箱が積み重ねてあった。食堂のテーブルの真ん中には、七面鳥の残骸の載った皿が置いてあった。骨はきれいにせせり取られ、硬い皮の残りが、おぞましい巣のように見えるパセリの上に直立していた。汚れたナプキンがテーブルのあちこちに放り出されていた。皿が何枚か重ねられ、カップとワイン・グラスはテーブルの端の方に寄せられていた。まるで誰かがそれらを片づけようとして、途中で気が変わって中止したみたいに。たしかに本当だった。暖炉の煉瓦の壁には炉棚《マントル》の方まで黒い煤がついていた。暖炉の中には、灰がたっぷりうずたかく積もっていた。シャスタ・コーラの空き缶も見えた。

「台所に来て」とヴェラは言った。「コーヒーを作る。でももうすぐ出なくちゃならないのよ」

「君の友だちは昨夜何時に帰ったんだ?」

「そういう話を始めるつもりなら、すぐにここを出ていってちょうだい」

「わかった、わかった」

彼は椅子を引いて、キッチン・テーブルの大きな灰皿の前に腰を下ろした。彼は目を閉じ、目を開いた。そしてカーテンを引いて、裏庭を眺めた。前輪のなくなった自転車が引っくり返しになって置いてあった。杉材の塀に沿って雑草が伸びていた。

「感謝祭のときのこと」と彼女は言った。そして手鍋に水を入れた。「あなた感謝祭のことを覚えてる? あのとき、私言ったわよねえ。もうこれから先、私たちの祝日《ホリディ》をだいなしにするのはやめてほしいって。夜の十時に七面鳥のかわりにベーコン・エッグを食べるなんてね。普通の人はそんなことしないものよ、バート」

「わかってるよ」と彼は言った。「それについては謝ったじゃないか、ヴェラ。心からすまないと思ってるよ」

「謝って済むってことじゃないのよ。まったくの話」

ガスの種火がまた壊れている。彼女は鍋を火にかけようとして、ガスレンジにかがみこんだ。「間違えて火傷なんかするんじゃないぜ」と彼は言った。「服に火がついたりしないように気をつけてな」

彼女は返事をしなかった。ガスに火をつけた。

彼はヴェラの部屋着に火がついたところを想像してみた。俺はすぐに飛んでいって、彼女を床に押し倒し、ごろごろと居間まで転がそう。そして自分の身で彼女の体を覆うのだ。それともベッドルームに飛んでいって毛布を取ってくるべきなのかな。

「なあヴェラ?」

彼女は彼を見た。

「何か飲むものあるかな。ラムの残りとか。今朝はなんだかちょっと飲みたいんだ。ちっと体を温めたくてね」

「冷凍庫にウォッカが入ってるわよ。ラムもどっかにあると思う。子どもが勝手に飲んじゃってなければね」

「おい、いったいいつから冷凍庫にウォッカなんて入れておくようになったんだよ？」

「あなたの知ったことじゃないでしょう」

「わかった、わかった」

彼は冷凍庫からウォッカを取り出し、グラスを探し、カウンターの上にあったカップにそれを注いだ。

「あなたそんな飲み方をするの？　カップでくいくい飲んじゃうわけ？　そういうのよしたら、バート。いったい私に何の話があるわけよ？　出かけなくちゃならないって言ったでしょう。一時からフルートのレッスンがあるんだから。私に何の用があるのよ、バート？」

「まだフルート習ってんのかい？」

「今そう言ったでしょう。話があるのなら、さっさと話して。そしたら私、出かける支度するから」

「ひとつには悪かったって言いたかったのさ。俺は気が動転してたんだ。悪かったよ」

「あなたはいつだって気が動転してるのよ。ただ飲んだくれて私たちにやつあたりするの」

「それは違う」

「どうして私たちに何か計画があるとわかっている時を選んでうちに来るのよ？　前の晩に来ることだってできたでしょう？　昨夜夕食に人が来るってことは前に言ってたはずよ」

「クリスマスだった。贈りものを渡したかった。俺たちはまだ家族だもの」

彼女は答えなかった。

「ウォッカについて君の言ったことは正しい」と彼は言った、「もし何かジュースがあったら、それで割りたいんだけど」

彼女は冷蔵庫を開けて、中をごそごそと探していた。「クラナップル・ジュースしかないけど」

「上等だよ」と彼は言った。彼は立ち上がり、クラナップル・ジュースをカップに注ぎ、そこにウォッカを少し加え、小指でかきまわした。

「バスルームに入るから」と彼女は言った。「すぐに済む」

彼はクラナップル・ジュースで割ったウォッカをカップから飲んだ。気分が少し良くなった。煙草に火をつけ、大きな灰皿にマッチを放り入れた。灰皿の底の方には吸殻や灰がたまっていた。ヴェラの吸っている銘柄はわかったが、フィルターのついていないものもいくつかあり、その他の銘柄のもの——べったりと口紅のついたラヴェンダー色の吸殻もあった。彼は席を立って、流しの下の袋に吸殻を全部捨てた。その灰皿は重い青い陶器の皿で、縁が立ち上がっていた。二人はサンタ・クルーズのショッピング・モールで、顎髭をのばした陶工からそれを買った。それは普通の皿くらいの大きさで、おそらくはそういう目的で作られたのだろう。料理をサーブするための皿として。しかし二人はすぐにそれを灰皿として使い始めた。彼はそれをテーブルの上に戻し、煙草の火をそこにこすりつけて消した。

鍋の湯が音を立てて沸騰しはじめるのと同時に電話のベルが鳴った。ヴェラがバスルームのドアを開けて、居間の向こうから大声で怒鳴った。「電話に出てよ。今ちょうどシャワーに入るところなんだから」

台所の電話はカウンターの角のロースト皿の後ろにあった。ベルは鳴り続けていた。彼は注意深く受話器を取った。

「チャーリーはいますか?」、平板な表情のない声がそう尋ねた。

「いない」と彼は言った。「間違いだと思うね。こちらは323-4464だ。番号が違うんじゃないか」

「それはどうも」と相手は言った。

彼がコーヒーを作ろうとしていると、電話がまた鳴った。彼は受話器を取った。

「チャーリー？」

「だからそれは間違いなんだよ。もう一度よく番号を見てくれよ。市外局番はあってるかい？」。今回は彼は受話器をもとに戻さずに、はずしっぱなしにしておいた。

ヴェラがジーンズに白いセーターという格好で、ブラシで髪をとかしながら台所に戻ってきた。彼はお湯を注いだ二つのカップの中にインスタント・コーヒーを入れてかきまぜ、自分の方にはウォッカを浮かすように加えた。そしてそれをテーブルに持っていった。

彼女は受話器を取って、耳を澄ませた。「何だったの？　誰が電話かけてきたのかしら？」

「誰でもないよ」と彼は言った。「間違い電話だった。ラヴェンダー色の煙草は誰が吸うんだい？」

「テリよ。ほかにいったい誰がそんなものを吸うと思う？」

「テリが最近煙草を吸っているとは知らなかったよ」と彼は言った。「吸ってるのを見たことなかったから」

「でも吸うのよ。きっとあなたの前ではまだ吸いたくないんでしょう」と彼女は言った。「考えてみれば笑っちゃうわよね」、彼女はヘアブラシを置いた。「でもあの子がつきあってる男はまずいわよ。かなり問題なやつなの。ハイスクールをドロップアウトして以来、いろいろと面倒を起こしていてね」

「その話を聞かせてくれ」

「今話したじゃないの。ろくでもない男。心配しているんだけど、今のところ私にも打つ手がない。ねえバート、私も自分のことで手いっぱいなの。それがあなたにはときどきよくわからないみたいだけど」

彼女はテーブルの向かいの席に座って、コーヒーを飲んだ。二人は煙草に火をつけ、灰皿を使った。彼はいくつかのことを口にしたかった。思いやりと悔悟を伝え、相手を慰めたいと思った。そういう心持ちを伝えたかったのだ。

「テリは私の大麻をくすねて吸ってもいる」とヴェラは言った。「とにかく、最近ではそういう風になっちゃってるわけよ」

「そいつはひどい。あいつ大麻も吸うのか?」とバートは言った。

ヴェラは肯《うなず》いた。

「そんな話を聞くためにここに来たわけじゃないんだが」

「じゃあ、どんな話を聞きに来たわけ？　もっとパイがほしかったの？」

昨夜ここを立ち去るとき、車の床に積み重ねられていたパイのことを彼は思い出した。そのあとパイのことをすっかり忘れてしまっていた。パイはまだ車の中にある。そのことを彼女に言うべきだなと、少しの間彼は思った。

「なあヴェラ、クリスマスなんだぞ」と彼は言った。「だから来たんだよ」

「クリスマスは昨日よ、まったくもう。クリスマスはやって来て、もう行ってしまったのよ」と彼女は言った。「祝日《ホリディ》なんかもう二度と見たくない。そんなもの、死ぬまでもう来なきゃいいのに」

「俺だって同じさ」と彼は言った。「マジな話、祝日なんて願い下げだ。あとはなんとか正月をやり過ごすだけでよくなった」

「あなたは酔払えばいいだけじゃないの」と彼女は言った。

「なんとかしようと努めている」と彼は言った。怒りが湧いてくるのが感じられた。

また電話が鳴った。

「チャーリーはいないかっていう電話だよ」と彼は言った。

「誰ですって？」

「チャーリーだよ」と彼は言った。

ヴェラが受話器を取った。彼女は話しているあいだずっと彼に背中を向けていた。それから彼の方を向いて言った、「私、この電話をベッドルームで取るから、私が向こうで電話を取ったらこっちを切ってくれる？　本当に切ったかどうかちゃんとわかるんだから、言われたとおりにしてよね」

彼はそれには返事をしなかったが、受話器を手に取った。彼女は台所を出ていった。彼は受話器を耳に押しあてて、じっと耳を澄ませた。でも最初のうちは何も聞こえなかった。それからやがて男が電話の向こうで咳払いする音が聞こえた。それからヴェラが別の電話を取った。そして彼に呼びかけた、「オーケー、いいわよバート、電話取ったから。わかった？」

彼は受話器を置いた。そしてそこに立ったまま電話を見ていた。彼はナイフやフォークを入れる引き出しを開けて、中身をごそごそと探った。それから別の引き出しを開けた。流しの中を見た。食堂に行って、肉を切り分ける大型ナイフを大皿の上に見つけた。そして湯を出し、ナイフについた脂の汚れが落ちてしまうまでかけた。それから服の袖でナイフを拭いた。彼は電話のところに行き、コードを二つ折りにして持ち、ごしごしとそれを切った。ビニールの被覆と銅線。手間はかからなかった。彼はコードの断面を確認した。そして電話機をカウンターの隅のキャニスターのそばに押しやった。

ヴェラが台所にやってきた。そして言った、「電話が切れちゃったわ。あなた電話に何か変なことしなかった、バート？」。彼女はカウンターの上の電話機に目をやり、それを手に取った。一メートルばかりの緑色のコードが尻尾のように電話についてきた。

「なんてことするのよ！」と彼女は言った。「もうたくさん。出ていってよ、さっさとどこかに消えて！」彼女は電話機を手に持って、彼に向かって振り回した。「もうこれでおしまいよ、バート。裁判所の接見禁止命令を取るわよ。絶対に取りますからね！　警察を呼ぶ前にここから出ていって」。彼女が電話機をカウンターに叩きつけるように置くと、それはちりんという音を立てた。「今すぐここから出ていかなかったら、お隣に行って電話借りて警察呼ぶわよ。あなたはすべてを壊してまわる人なのよ」

彼は灰皿を手に取って、テーブルから退がった。灰皿の縁を持って、背中を丸めた。そして円盤投げみたいにそれを投げる体勢をとった。

「よしてよ」と彼女は言った。「やめて、お願い。バート、それは私たちの灰皿なんですからね。もうよして。帰ってちょうだい」

彼は別れのあいさつを口にし、中庭のドアから外に出た。確信があるわけではなかったが、でも自分が何かを証明したような気がした。彼としては、自分が彼女をまだ愛しており、やきもちを焼いているのだということをわかってもらいたかった。でも二人にはゆっくり話をする暇がなかった。そろそろ深刻な話をする時期が来ていた。話し合いを必要としていることがあった。論議を詰めなくてはならない大事な案件がいくつかあった。二人はあらためて話し合いを持つことになるだろう。年末の祝日が終わって、普通の日々が戻ってきた頃に。

彼は車寄せに落ちているパイを迂回して車に戻った。車のエンジンをかけ、ギアをバックに入れた。そして道路に出た。それからロー・ギアで前に進んだ。

静けさ

The Calm

土曜日の朝だった。日は短くなり、空気はひやりとしていた。私は散髪をしていた。私は椅子に座り、もう一方の壁には三人の男が並んで座って、自分の番を待っていた。そのうちの二人までは、見たことのない男だった。一人には見覚えがあったが、どこで会ったのか思い出せなかった。床屋が髪を刈っているあいだ、私はその男のことをずっと見ていた。男は楊枝を口にくわえて、くちゃくちゃとやっていた。五十代あたりで、髪は短くてウェーブがかかり、体つきはがっしりとしていた。いったいどこで見かけたのだろう？　やがて、彼が制服制帽という格好で銃を身につけて銀行のロビーに立ち、小さな目で眼鏡ごしに怠りなくあたりに注意を払っている姿が、私の頭に浮かんだ。銀行の警備員だ。あとの二人のうち、一人はけっこうな年配だった。ちぢれた灰色の髪がふさふさとはえていた。彼は煙草を吸っていた。三人めは、それほどの年ではなかったが、頭のてっぺんがほとんど禿げかけていた。頭の両脇に残った黒髪が耳の上に力なく垂れていた。彼は木樵《きこり》のブーツをはき、ズボンは機械油でてかてかと光っていた。

　床屋はその手を私の頭の上に置いて、見やすいように向きを変えた。それから警備員に向かって言った、「鹿はもう仕留めたかね、チャールズ?」

　私はこの床屋が好きだ。私たちはまだ互いを名前で呼ぶほど長くつきあってはいない。でも私の顔は覚えている。私が以前よく釣りをやっていたことを彼は知っている。それで、我々はよく釣りの話をした。彼が狩猟をしたとは思わない。でも彼はどんなことについても話をすることができたし、良き聴き手だった。そういう点では、彼は私の知っている何人かのバーテンダーに似ていた。

「なあビル、こいつがおかしな話なんだよ。まったくとんでもねえやな」と警備員が言った。彼は楊枝を取って、それを灰皿の中に置いた。そして首を振った。「俺は仕留めたとも言えるし、仕留めてないとも言える。だから、あんたの質問に対する答えはイエスでありノーなんだよ」

　私はその声の感じが気に入らなかった。それは大きな男にはふさわしくない声だった。私の息子が昔よく使っていた言葉を借りれば「なよなよしてる」のだ。どことなく女性的で、気取った声だ。何はともあれ心楽しくさせてくれる声ではない。一日聞いていたいと思う類の声ではない。他の二人は彼の顔を見た。年配の男は煙草を吹かしながら、雑誌のページを繰っていた。もう一人は新聞を広げていた。二人はそれぞれの読んでいたものを下におろして話に耳を澄ませた。

「その話を是非聞かせてほしいな、チャールズ」と床屋は言った。床屋はまた私の頭の向きを変えた。そして鋏をしばし手にじっと持ってから、仕事に戻った。

「俺たちはフィクル尾根の上まで登ってったんだ。親父と俺と坊主とでさ。あそこの涸れ谷で狩りをしてた。親父が谷の一方を押さえて、俺と息子がもう一方を押さえていた。息子は二日酔いだった。まったくしようがない餓鬼さ。もう午後で、俺たちは日の出からずっと狩りを続けていた。息子は顔の下半分を真っ青にして、一日じゅうがぶがぶ水飲んでやがった。でも見込みはあると踏んでた。自分の分だけじゃ足りずに、俺のまで飲んでしまいやがった。下の方にいるハンターが、鹿どもを俺たちの方に追い上げてくれるんじゃないかと。それで俺たちは丸太の後ろに身をひそめて谷を見張ってた。すると谷の下のほうで銃声が聞こえた」

「あのあたりには果樹園があるな」と新聞を読んでいた男が言った。彼はずいぶんそわそわしていた。何度も足を組みかえて、しばらくブーツをゆさゆさと揺すり、それからまた足を組みかえた。「鹿どもはあのあたりの果樹園をうろついとるんだ」

「そのとおり」と警備員は言った。「あいつら夜になるとあそこに入って、青いりんごを食べるんだ。それでだな、さっきも言ったとおり、俺たちは銃声を聞いていたから、ただそこでじっと待っていた。すると三十メートルも離れてない先の下生えの茂みから、でかい年くった雄鹿がぴょんと飛び出してきやがった。俺がそれを見るのと同時に、もちろん息子もそれを見た。それで泡くってばんばん撃ちはじめた。あほたれめが。その大鹿としちゃ、そんなもの屁のかっぱさ。何せ一発だって当たりゃしねえやな。でも奴は、自分がどっちの方向から撃たれているのか最初のうちつかめなかった。どっちに跳んで逃げたらいいのか、わかってないんだ。そこで俺は一発ぶっぱなしたね。でも、何しろそんなどたばただったもんで、俺は奴をかますことしかできなかった」

「かました？」と床屋が言った。

「ああそうさ、かましたんだ」と警備員は言った。「つまり腸《はらわた》に一発ぶちこんだんだ。それで奴はがくんときた。がっくりと首を落として、ぶるぶる震えはじめたのさ。体じゅうがぶるぶると震えてた。息子はまだ撃ちつづけてた。なんだか朝鮮の戦線に戻ったみたいな気分だったな。俺はもう一発撃った。でも外しちまった。それで大鹿はもとの茂みに戻っちまった。でもな、鹿にはもうそれほどの力は残っちゃいない。息子は洗いざらい弾丸をがんがん撃ちまくったが、まるっきりの外れさ。でも俺のはきっちり当たった。奴の内臓に一発しっかりねじこんだんだ。致命的な一発だ。かましたってのはそういう意味さ」

「それでどうなったね？」と新聞を丸めて、それで膝をぽんぽんと叩いていた男が言った。「その後はどうなったんだね？　あんたその鹿を追っかけたんだろう。あいつらときたら、とにかく見つけにくいところを死に場所に選ぶからなあ」

　私はその男の顔をもう一度見た。私は彼の口にした言葉を今でもそっくり思い出せる。年老いた男は話に耳を澄ませ、話をする警備員をじっと見ていた。警備員は自分の浴びている注目を楽しんでいた。

「でもあんた、その鹿のあとを追ったんだな？」と年配の男が訊いた。しかしそれは質問というのではなかった。

「もちろんさ。俺と坊主と二人であとを追ったさ。でも息子はからきし役には立たねえ。追跡中に気分悪くなっちまって、それで時間をくっちまった。あのドジ野郎が」、そのときのことを思うと笑わずにはいられないようだった。「ビール飲んで、一晩、女のケツを追っかけまわして、その翌日に鹿狩りができるなんて考えてやがる。まああれでちっとは思い知ったこったろうよ。でもとにかく、俺たちはあとを追っかけた。それもしっかりと追ったよ。跡はちゃんと残ってた。血が地面にも木の葉にもスイカズラにも点々とついていた。もうそこらじゅう血だらけだ。途中で寄りかかって休んだらしく、松の幹にまで血がついていた。あんないっぱい血を流す老鹿は初めて見たね。まったくよく逃げられたもんだよ、あんなに長くな。でもあたりはどんどん暗くなってきたんで、俺たちは戻らなくちゃならなかった。親父のことも心配だったしな。でも結局何も心配することなんてなかったんだが」

「そんな具合に延々逃げちまうことがあるんだわ。また、わかりにくい場所を選んで死ぬんだよな、あいつら」と新聞の男が同じことを長々と繰り返した。

「俺は最初の弾丸《たま》を外したことで息子をこっぴどく叱りつけてやった。口答えしようとしやがったから、頭に来て、一発ぶん殴ってやった。ここんとこをさ」。警備員は頭の横を指さしてにやっと笑った。「横っ面をはたいてやった。ためを思ってやったんだ。まだ餓鬼だ。それくらいやんなくちゃわかんねえ」

「じゃあ今ごろコヨーテの餌食だな、その鹿は」と新聞の男が言った。「コヨーテと鳥とコンドル」。彼は丸めた新聞をまたのばしてまっすぐにした。そしてそれを脇に置いた。また足を組み、まわりの人々の顔を見回して、首を振った。しかしその話を聞いて、とくに思うところもなさそうだった。

年配の男は椅子に座ったまま体の向きを変えて、窓の外のぼやけた朝の太陽を見ていた。彼は煙草に火をつけた。

「ああ、そんなところだろうな」と警備員は言った。「残念なことをした。やたらでかくて年をくってる奴だった。あの角《つの》をガレージの上に飾りたかったたな。だからあんたの質問に答えるとだな、ビル、俺は鹿を仕留めたとも言えるし、仕留めてないとも言えるんだ。でもいずれにせよ、俺たちは鹿肉を持って帰ったよ。というのは、俺の親父がその間に小振りの若鹿を仕留めてたんだ。そしてもうキャンプに持って帰ってた。吊るして、ものの見事に腸を抜いちまってた。肝臓、心臓、腎臓と、みんなワックス・ペーパーにくるんで、クーラーの中に収まってた。俺たちが戻ってくる足音を聞いてキャンプの外まで迎えに出てきた。乾いた血まみれの両手を差し出して見せた。何も言わなかった。最初は何かと思ったたぜ。いったい何があったんだって。まるで手に絵の具を塗られたみたいだった。『ほれ見ろ』と親父は言った」、そして警備員はむっくりとした自分の両手を前に差し出した。

「『ほれ、俺のやったことを見てみろや』。明かりの中に入ると小さな鹿が吊るされているのが見えた。若鹿だ。ほんの小さなやつ。でも爺さん、御満悦だったね。俺と息子はその日はまったく成果なしさ。もっとも息子は二日酔いで、腐っていて、耳鳴りを抱えてたけどな」、彼はそう言って笑い、その光景を回想するように店内を見回した。それから楊枝を取ってくわえ直した。

　年配の男は煙草の火を消して、チャールズの方を向いた。彼は息をふうっと吸って、それからこう言った、「あんたな、今こんなところで散髪しとるくらいなら、山に行ってその鹿を探してきたらどうだね。そいつはむかむかする話だ」。誰も何も言わなかった。警備員の顔に驚きの色が浮かんだ。彼は目を細めた。「あんたが誰か知らんし、知りたいとも思わん。しかしあんたや、あんたの父親や息子に、山に入って他のハンターと一緒に猟をする資格があるとは思えんね」

「おい、なんだ、その言い種は」と警備員は言った。「この野郎、爺さんどっかで見た顔だな」

「わしはあんたに会ったことはない。もし会ってたら、そのぶよぶよ面は覚えてるはずだ」

「なあ、あんたがたもうやめてくれ。ここは私の店だし、ごたごたはごめんだ。商売の邪魔はせんでくれ」

「あんたこそ横っ面を一発はたかれた方がいいみたいだぞ」と老人は言った。一瞬彼が本当に椅子から立ち上がるのではないかと思った。しかし彼の両肩は上がったり下がったりしていた。呼吸するのに見るからに難儀していた。

「おお、面白れえや、やってみろって」と警備員は言った。

「チャールズ、アルバートは私の友人なんだよ」と床屋が言った。床屋は櫛と鋏をカウンターに置き、両手を私の肩の上に置いた。まるで私が椅子から飛び出して喧嘩に加わるんじゃないかと案ずるように。「アルバート、私はずっとチャールズの髪を刈ってるし、その息子の髪も刈ってるんだ。もう何年もだ。もうその話はやめてくれんかな」。床屋は私の肩に手を置いたまま、一人からもう一人へと目をやった。

「外に出てやれや」と話を繰り返す男が言った。何かを待ち望んでいるみたいに、顔を紅潮させていた。

「もうたくさんだ」と床屋は言った。「警察を呼びたくなんかない。チャールズ、もうこの話はやめだ。あんたが次の番だよ、アルバート。すぐにこの人は終わるから。そして」と床屋は繰り返し男の方を向いて言った。「あんた誰か知らんが余計なことにはくちばしを突っ込まんでくださいよね」

警備員が立ち上がった。「俺はまた出直してくる。顔ぶれが面白くない」。彼は誰の顔も見ず外に出て、ドアをばたんと閉めた。

老人は座って煙草を吸っていた。彼は窓の外に目をやった。そして自分の手の甲の上の何かをじっと見ていた。それから立ち上がって帽子をかぶった。

「悪かったな、ビル。あいつの言ったことが何かしら腹に据えかねた。あと二、三日は髪はもつだろう。約束はひとつ入っているだけだ。来週に会おう」

「来週に会おう。元気でな、アルバート。気にするなよ、なあ、アルバート」

老人が出ていくと、床屋は窓際に行って後ろ姿を見送った。「アルバートは肺気腫で、もう長くないんです」、床屋は窓のところからそう言った。「昔よく一緒に釣りに行ったもんです。鮭釣りのことは隅から隅まで教えてくれました。女のこともね。昔はあの人に女が群がっていたもんですよ。年をくってめっきり気が短くなってしまった。でも正直言って、今朝に関しては、怒るだけのことはあったのかもしれない」。我々は窓の向こうで彼がトラックに乗り、ドアを閉めるのを見ていた。それからエンジンをかけて行ってしまった。

繰り返し男はじっとおとなしく座っていられないようだった。彼は立ち上がってうろうろと歩きまわった。そして歩を止めてはありとあらゆるものをじろじろ眺めた。古い木製の帽子掛けやら、ビルと友人たちが口にひもを通した魚を下げている写真やら、毎月違うアウトドアの風景が出ている金物店のカレンダーやらを。彼はカレンダーを一ページ、一ページ、全部めくってみた。それから十月に戻った。カウンターの端の壁に額入りで掛けられた、ビルの理髪師免許証の前に立って、事細かにそれを調べまでした。片脚に体重をかけ、それからもう一方の脚に体重を移し、細かい字を読んでいた。それから床屋の方を向いて「俺もちょっと出て、あとでまた来るよ。あんたはどうか知らんが、俺にはビールが必要だ」と言った。そして急いで出ていった。車が出ていく音が聞こえた。

「さて、あんたはどうします？　このまま最後まで散髪しますかね？」と床屋が私に荒っぽい声で言った。まるで私がすべての原因であるみたいに。

そのとき新しい客が入ってきた。上着を着てネクタイをしめた男だ。「やあビル、どうかしたのかい？」

「よう、フランク、いつもながらの毎日だよ。おたくはどうだね？」

「何ごとも」と男は言った。帽子かけに上着をかけ、ネクタイをゆるめた。椅子に腰かけ、繰り返し男の新聞を手にとった。

床屋は椅子の上で私をくるっと回して、顔をまっすぐ鏡に向けた。そして私の頭の両脇に手をあて、最後にもう一度ぴたっと顔の位置をきめて、私の顔の隣に自分の顔を置いた。我々は二人で鏡を見た。彼の手はまだ私の頭を固定するように押さえていた。私は私の顔を見ていた。床屋も私の顔を見ていた。でもそこに何かを見てとったとしても、彼は私に何も尋ねなかったし、どんな意見も口にしなかった。彼はそれから私の髪を指で梳《す》き始めた。ゆっくりと、まるで何かほかのことを考えているみたいに。彼は私の髪を、まるで恋人がやるみたいに、やさしく指で梳いた。

オレゴンとの州境に近いカリフォルニア州クレッセント・シティーでの出来事だ。それからほどなくして、私はその町を離れた。でも今日、私はクレッセント・シティーのことを思い出していた。そこで私が女房と二人で新しい生活を始めようとしていたころのことを。そしてその朝、床屋の椅子の上で、町を出ていこう、二度と後ろを振り返るまいと決心していたことを。私は今日、思い出していた。目を閉じて、床屋に指で髪を梳かれていたときに、私が感じた静けさのことを。その指先の悲しみを。その時には既に伸び始めていた髪のことを。

私のもの

Mine

昼間には太陽が顔を出し、雪は溶けて泥水と化した。裏庭に面した、肩の高さほどの小さな窓をそんな雪溶け水が幾筋もつたって落ちた。外の道路を車が次から次へと泥をはねかえして走っていった。家の内も外もだんだん暗くなりつつあった。

彼が寝室でスーツケースに衣類を押しこんでいるときに、女が戸口にやってきた。

あんたが出ていってくれればずっとするわよ。本当にせいせいする！　と彼女は言った。聞こえた？

彼はスーツケースに荷物を詰めつづけた。顔も上げなかった。

ちくしょう！　あんたなんかいなくなって、まったくせいせいするわよ。彼女は泣き始めた。ねえあんた、私の顔をちゃんと見ることもできないの？　それから彼女はベッドの上に置いてある赤ん坊の写真に目をとめ、それを手にとった。

彼は女を見た。女は涙を拭って、彼をじっと見た。それからくるっと向こうを向いて、居間の方に戻って行ってしまった。

おい、それを返せよ、と男は言った。

荷物まとめて、とっとと出ていきなさいよ、と彼女は言った。

彼は返事をしなかった。彼はスーツケースのふたを閉め、コートを着て、寝室を一度ぐるっと見渡してから電灯を消した。それから部屋を出て居間に行った。彼女は赤ん坊を抱いて、狭い台所の戸口に立っていた。

赤ん坊を寄越せ、と彼は言った。

あんた頭おかしいんじゃないの？

おかしくなんかない。赤ん坊が欲しいだけだ。この子のものはあとで誰かに取りにこさせる。

冗談じゃない。この子には指一本触れさせないわよ。

赤ん坊は泣き出していた。彼女は赤ん坊の頭をくるんでいた毛布をどかせた。

よしよし、と彼女は赤ん坊を見ながら言った。

彼は女の方に近づいた。

よしてよね！　と彼女は言った。彼女は一歩台所の中に退いた。

赤ん坊を寄越せよ。

出ていってったら！

彼女は後ろを向いて、ガス台の背後の隅で赤ん坊を隠すように抱きかかえた。

彼はガス台越しに両手をのばし、赤ん坊をぎゅっとつかんだ。

放せよ、と彼は言った。

出てってよ、出てってよ！　と彼女は叫んだ。

赤ん坊は顔をまっ赤にして泣き叫んでいた。揉み合っているうちに、二人はガス台の後ろに吊るされた植木鉢にぶつかり、植木鉢は下に落ちた。

彼はそれから女を壁に押しつけ、赤ん坊をつかんだ手を放させようと、赤ん坊をつかんだまま彼女の腕に体重をもたせかけた。

さあ、赤ん坊から手を放せったら、と彼は言った。

やめてよ、と彼女は言った。赤ん坊が痛がってるじゃない！　と彼女は言った。

彼はそれ以上何も言わなかった。キッチンの窓からはもう日は射さなかった。そのうす暗がりの中で、固く握りしめられた女の指を彼は片手でこじ開け、もう片方の手で泣きわめく子どものわきの下のあたりをつかんでいた。

自分の指がむりやり開かれていくのを彼女は感じた。赤ん坊が連れていかれるんだ、と思った。やめて、両手がはがされてしまったとき、彼女はそう言った。この子は放すもんか、と彼女は思った。テーブルに置かれた写真の中からぽっちゃりとした顔が彼らを見上げていた。彼女は赤ん坊の一方の腕をつかもうとした。そして赤ん坊の手首を握って身を反らせた。

彼も赤ん坊を放そうとはしなかった。自分の手から赤ん坊が抜け出ていくのを感じて、引っ張りかえした。力まかせに引っ張りかえした。

そのようにして二人は事態に決着をつけた。

隔たり

Distance

彼女はクリスマスにミラノに来ていて、自分が子どもであったころの話を聞きたがっている。二人が顔を合わせるのはめったにないことだが、会うといつもその話になる。

教えてよ、と彼女は言う。そのころはどんな風だったの？　彼女はストレガをすすり、彼の顔をじっと見つめながら待っている。

彼女はクールで、スリムで、魅力的な娘だ。父親は彼女を誇りに思う。思春期を無事に通過し、若き成人女性に成長したことを喜び、またほっとしている。

ずいぶん昔のことだものな。二十年も前の話だよ、と彼は言う。二人はカッシーナ庭園の近く、ファブローニ通りにある彼のアパートメントにいる。

何か覚えているでしょう、と彼女は言う。ねえ、話してよ。

どんなことが聞きたいんだね、と彼は言う。何を話せばいいんだろうな。君がまだ赤ん坊のころの話でよければ一つ覚えているよ。二人が最初の真剣な諍《いさか》いを起こした話を聞きたいか？　君も一役買っている話なんだ、と彼は言う。そして微笑む。

聞きたいわ、と彼女は言う。そして期待するように手を叩く。でもその前に私たちのお酒のおかわりを作ってきてよ。話の途中で席を立たなくてもいいようにね。

彼はキッチンで飲み物を作り、それを持って居間に戻り、椅子に腰をかける。そしてゆっくりと話し始める。

彼ら自身からしてまだ子どものようなものだった。でも二人は狂おしいほどに恋をしていた。結婚したとき、少年は十八、少女は十七だった。二人のあいだにはすぐに娘が生まれた。

赤ん坊が生まれたのは厳しい冷え込みのつづいた十一月の末で、その地域ではちょうど鴨猟のシーズンのピークにあたっていた。それでね、少年は猟が大好きだったんだ。これもその話に関係があるんだけれどね。

少年と少女、今では夫と妻にして父親と母親である二人は、歯医者の診療所の地下にある三間のアパートに住んでいた。二人は家賃と公共料金をただにしてもらうかわりに、階上の歯医者の部屋を毎晩掃除することになっていた。夏には芝生と花の世話もするという取り決めだった。冬には少年は歩道の雪かきをし、舗道に岩塩をまいた。だいたいのところはわかるね？

わかるわ、と彼女は言う。みんなにとって便利な取り決めだった。歯医者さんも含めて。

そのとおり、と彼は言う。歯医者は二人が自分の名入り便箋を私用に使っていることを発見するんだが、それはまた別の話だ。

さっきも言ったように、若い二人は深く愛し合っていた。それに加えて、二人には大きな野心があった。二人はとんでもない夢想家だった。彼らはいつも自分たちのやろうとしていることの話をし、行こうとしている場所の話をした。

彼は椅子から立ち上がり、窓の外のスレート屋根の上に目をやる。夕方近くの淡い光の中を、雪がしんしんと降りつづいている。

それで話はどうなるの、と彼女はやさしい声で続きを求める。

少年と少女は寝室で寝ていた。赤ん坊は居間のベビー・ベッドで寝ていた。赤ん坊は生後おおよそ三週間で、ようやく夜中に眠ってくれるようになったばかりだった。ある土曜日の夜、階上の片づけが終わったあとで、少年は歯医者の私室に入って、その机に両足をのせ、父親の古い猟仲間であり釣り仲間であるカール・サザーランドに電話をかけた。

やあカール、相手が電話に出ると少年はそう言った。僕はもうお父さんなんだぜ。

女の子が生まれたんだよ。

そりゃおめでとう、とカールは言った。奥さんは元気かい？

元気だよ、カール。赤ん坊も元気にしている、と少年は言った。キャサリーンという名前をつけた。みんな元気さ。

それはけっこうだ、とカールは言った。そいつは素晴らしいな。奥さんに俺からよろしくって言っといてくれ。ところで鴨撃ちに行こうって用件で電話してきたんなら、これはなかなかのものだぞ。何しろ見わたすかぎり鴨だらけって感じなんだ。俺ももう長く猟をしているけれど、これほどの数の鴨を目にしたのは初めてだな。今日は五羽しとめたよ。朝に二羽、午後に三羽だ。明日の朝にはまた出かけるつもりだけど、もし来たいのなら一緒に来いよ。

行きたいな、と少年は言った。そのために電話したんだから。

五時半きっかりにここに来いよ。そして出発だ、とカールは言った。弾丸はたっぷり用意しろよ、じゃかすかぶっぱなすことになるからな。じゃあ明日の朝に会おう。

少年はカール・サザーランドのことが好きだった。少年の今は亡き父親の友人である。父が死んだあと、おそらくは双方が感じていた喪失感を埋めるためなのだろうが、少年とサザーランドは一緒に猟をするようになった。サザーランドはずんぐりとして大柄な、頭の禿げかけた男だった。一人で暮らしており、口数は多くない。二人で一緒にいるとき、少年はときどき居心地悪く感じることがあった。何か自分が余計なことをやったり言ったりしたのではないかと思うこともあった。それほど長いあいだ何もしゃべらずにいる人間と付き合った経験がなかったからだった。しかしひとたび口を開くと、その年嵩《としかさ》の男はしばしば頑迷に自説に固執した。少年がその意見に賛成できない場合も多々あったけれど、それでもタフで、猟にも精通していたので、少年は彼のことが好きだったし、敬愛していた。

少年は電話を切ると、少女に翌朝の猟のことを話すために階下に下りた。猟に行けると思うと彼は幸福だった。少しあとで明日のための装備を並べた。ハンティング・コート、薬莢《やっきょう》入れ、ブーツ、ウールの靴下、毛皮の耳当てつきの茶色いキャンバスのハンティング・キャップ、十二番ゲージのポンプ式散弾銃。長いウールのズボン下。

何時に帰ってくる？　と少女は尋ねた。

たぶんお昼ごろだな、と少年は言った。でも五時か六時くらいになっちゃうかもしれないな。それじゃ遅すぎるかい？

かまわないわよ、と彼女は言った。キャサリーンと私のことなら別に大丈夫だから、楽しんでいらっしゃいよ。たまに楽しんだってバチはあたらないわよ。明日の夜はキャサリーンにきれいな服を着せて、クレアの家に遊びに行きましょうよ。

うん、そいつはいいね、と少年は言った。そうすることにしよう。

クレアは少女の姉で十歳年上だった。本当に息を呑むような女性だったね。彼女の写真を見たことあるかな？　クレアは君が四つのときに、シアトルのホテルで出血多量で亡くなった。少年はクレアにもちょっと惹かれていた。ベッツィーにもちょっと惹かれていたように。ベッツィーは少女の妹で、そのときはまだ十五歳だった。もし君と結婚していなかったら、僕はクレアにいれあげていたかもな、と少年はかつて言ったことがある。

ベッツィーの方はどうなの？　と少女は尋ねた。くやしいけれど、私いつも思うのよ、ベッツィーは私やクレアよりは美人だなあって。彼女のことはどう思うのよ？

ベッツィーもいいね、と少年は言って笑った。もちろんベッツィーはいいさ。でもクレアに対して感じるのは、それとはまた違うものなんだ。クレアは年上だけど、彼女には何かこう、首ったけになれるものがあるんだよ。うん、僕はやっぱりベッツィーよりはクレアの方に夢中になっていたと思うな。もしどっちか一人を選ばなくちゃならないとしたらだけれどね。

でもあなたは本当は誰のことを愛しているのかしら？　と少女は尋ねた。世界じゅうで誰のことをいちばん愛しているのかしら？　誰があなたの奥さんになったのかしら？

君が僕の奥さんだよ、と少年は言った。

そして私たちはずっとお互いのことを愛し合っていくのかしら？　と少女は尋ねた。彼女がこの会話を心から楽しんでいることが少年にはわかった。

ずっとだよ、と少年は言った。僕らはずっといつも一緒にいるのさ。まるでカナダ鴨のようにね。それは頭に最初に浮かんだたとえだった。というのも、なにしろ彼はそのころしょっちゅう鴨たちのことを考えていたからだ。鴨たちは一生に一度だけ結婚するんだ。人生の最初のころに伴侶を選んで、そのままいつもいつも一緒にいる。もしどっちかが先に死んだら、残された方は二度と結婚しない。その鴨はどこかでひとりきりで生きていく。あるいは群れの中で暮らしていくことだってある。でもその鴨は、たとえ仲間たちと一緒にいても、ずっと独身のままでひとりぼっちで生きていくんだ。

哀しい話ね、と少女は言った。そんな風に仲間たちの中でひとり孤独に生きていくということの方がきっと哀しいでしょうね。まったくひとりきりで生きていくよりもね。

哀しいことだよ、と少年は言った。でもそういうのが要するに自然というものなんだ。

あなたはこれまでにそういう夫婦鴨の片方を殺したことはある？　と少女は尋ねた。私の言っている意味わかるでしょう？

彼は頷いた。彼は言った、二度か三度、鴨を撃ったすぐあとで、その群れの中からもう一羽の鴨が戻ってきて、ぐるぐると空に輪を描きながら、地上に横たわったその鴨に呼びかけるところを見たことがあるよ。

あなたはその鴨も撃ったの？　と少女は真剣な顔つきで尋ねた。

そりゃそうさ、と彼は答えた。ときには外すこともあったけど。

そしてあなたはそのことを何とも思わないの？　と彼女は言った。

思わないさ、と彼は言った。猟をしているときには、そんなこと考えもしないよ。ねえ、僕は鴨猟に関することならそれこそ何だって好きなんだ。猟をしていないときだって、彼らが空を飛んでいるのをじっと見ているだけで楽しいんだ。でも人生にはあらゆる種類の矛盾がふくまれているし、そんな矛盾についていちいち考え込むわけにはいかない。

夕食のあとで彼は暖房を強くし、妻が赤ん坊をお湯に入れるのを手伝った。赤ん坊の顔つきの半分が自分に（目と口だ）、あとの半分が少女に（顎と鼻）似ているのを見て、いまさらのように驚いた。彼はその小さな体にパウダーをかけた。手の指や足の指のあいだにもパウダーをかけた。少女が赤ん坊におしめをつけ、パジャマを着せるのを彼は見ていた。

彼は湯をシャワーの床に流し、それから階上に行った。空気は冷え冷えとして、空はどんより曇っていた。吐く息は白かった。そこに生えている草は、というか草の名残は、街灯に照らされて灰色にこわばり、キャンバス地みたいに見えた。歩道のわきには、雪が山のように積まれていた。車が一台通り過ぎていった。タイヤが砂を噛む音が聞こえた。明日はどんな風だろうな、と少年は想像してみた。鴨が頭上で羽ばたき、銃の反動が肩を打つ。

それからドアの鍵を閉め、地下の部屋に戻った。

ベッドに入って二人は本を読もうとしたが、結局二人とも寝込んでしまった。眠ったのは彼女の方が先だった。数分のうちに雑誌は掛け布団の上に落ちていた。彼の目も閉じかけていた。しかし彼はなんとか体を起こして目覚まし時計をチェックし、明かりを消した。

赤ん坊の泣き声で彼は目を覚ました。居間の電灯がついていた。少女がベビー・ベッドの脇に立って、赤ん坊を抱いてあやしていた。彼女は赤ん坊をもとに戻し、電灯を消してからベッドに戻ってきた。

午前二時だった。すぐにまた少年は眠りに就いた。

ところが三十分後、赤ん坊の泣き声がもう一度彼を起こした。こんどは少女の方が眠りつづけていた。赤ん坊は何分間か断続的に泣きつづけ、それから泣きやんだ。少年は聞き耳を立てていたが、やがてうつらうつらと眠り込んだ。

また赤ん坊の泣き声で彼は目を開けた。居間の明かりがあかあかと灯っていた。彼は体を起こして、枕もとの電気をつけた。

いったいこの子どうしたっていうのかしら、と少女は言って、赤ん坊をかかえて行ったり来たりした。おしめも替えたし、おっぱいもあげたし、それでも泣きやまないのよ。もうくたくたで、今にも下に落っことしてしまいそうだわ。

少し横になってなよ、と少年は言った。しばらく僕が子どもの面倒をみているからさ。

彼はベッドを出て、赤ん坊を受け取った。少女はベッドに戻って、そこに横になった。

ほんのちょっとでいいから、赤ん坊をあやしていてね、と少女が寝室から声をかけた。たぶんそれでうまく寝付くと思うから。

少年はソファーに腰を下ろし、赤ん坊を抱いた。そして赤ん坊が目を閉じるまで膝にのせて小刻みに揺すっていた。彼自身の目ももう閉じかけていた。そっと立ち上がり、赤ん坊をベビー・ベッドに戻した。

四時十五分前だった。まだ四十五分眠ることができる。彼はベッドにもぐり込んだ。しかし数分後に赤ん坊はまた泣き出した。今回は二人とも目を覚ました。そして少年は悪態をついた。

ねえ、どうしてそんなこと言うのよ、と少女は少年に言った。この子は具合が悪いのかもしれないのよ。お風呂に入れちゃいけなかったんじゃないかしら？

少年は赤ん坊を手にとった。赤ん坊は足をばたばたさせて、微笑んだ。見てみなよ、と少年は言った。具合なんて悪いもんか。

どうしてそんなことわかるのよ、と少女は言った。さあ、こっちに貸してよ。何かしてあげなくちゃいけないっていうことはわかっているんだけど、何をしてあげればいいのかがわかんないのよ。

彼女の声には切迫したものがあった。少年はそれが気になって、まじまじと彼女を見た。

数分間赤ん坊は泣かないでいた。少女は赤ん坊を下におろした。少年と少女はじっと赤ん坊を見ていた。そして赤ん坊が目を開けてまた泣きだしたとき、二人は互いの顔を見合わせた。

少女は赤ん坊を抱き上げた。よしよし、と少女は目に涙をためて言った。

たぶん胃がもたれているんだよ、と少年は言った。

少女は答えなかった。彼女はもう少年にはかまわずに、赤ん坊を腕に抱いたままあやしつづけた。

少年は少しのあいだそこにじっとしていたが、やがて台所に行って、コーヒーを作るための湯を沸かした。そしてTシャツとショーツの上にウールの下着を着込み、ボタンをとめ、それから服を着た。

何をしているの、と少女が言った。

鴨撃ちに行くのさ、と少年は言った。

そんなのだめよ、と少女は言った。この子の具合が良くなったら、お昼からでも行けばいいわ。でも朝のうちはここにいてちょうだい。赤ん坊がこんなときに、二人きりで置いていかないで。

カールは僕が来ることを予定に入れているんだ、と少年は言った。僕らは二人で計画を立てたんだよ。

カールとあなたがどんな計画を立てたかなんて、私の知ったことじゃないわ、と少女は言った。それにカールが何だっていうのよ。だいたい私はカールなんて人を知りもしないのよ。私はね、とにかくあなたに行ってほしくないの。こんなときに出かけようなんて気によくなれるものね。

カールには会っているじゃないか。彼のことは君も知っているはずだよ、と少年は言った。どうして知らないなんて言うんだよ。

そういう問題じゃないっていうことくらいわかるでしょう、と少女は言った。私が言いたいのは、病気の赤ん坊と私とを放ったらかしていかないでっていうことよ。そういうのって、あまりにも身勝手じゃない。

ちょっと待てよ、そういう話じゃない、と少年は言った。君にはわかってないんだ。

いいえ、わかってないのはあなたの方よ、と少女は言った。私はあなたの奥さんなのよ。この子はあなたの子どもなのよ。そしてこの子はどこか具合が悪いのよ。よく見てよ。でなきゃどうしてこんなに泣くのよ？　私たちを置いて猟になんか行かないでちょうだい。

そんなにヒステリーを起こさないでくれ、と少年は言った。

猟にだってなんだって好きに出かけていけばいいでしょう、と彼女は言った。赤ん坊の体の具合が悪いっていうのに、あなたは知らん顔をして猟に行こうとしている。

それから少女は泣きはじめた。彼女は赤ん坊をベビー・ベッドに戻した。しかし赤ん坊はまた泣きはじめた。少女はナイトガウンの袖で素速く涙を拭い、赤ん坊をもう一度抱き上げた。

少年はゆっくりとブーツの紐を結んだ。シャツを着て、セーターを着て、コートを着た。台所のガスレンジの上で、やかんがヒューヒューと音を立てていた。

どちらかきちんと選んでちょうだいね、と少女は言った。私たちをとるか、カールをとるかっていうことよ。これ、真剣な話なのよ。あなたはどっちかを選ばなくちゃならないのよ。

何が言いたいんだ、と少年はゆっくり言った。

今言ったとおりのことよ、と少女は言った。もし家庭を持ちたいと思うのなら、あなたはどちらか選択しなくてはならないのよ。出ていくのならもう二度と戻ってこないで。これは本気よ。

二人はじっとにらみ合った。それから少年は猟の装備を手に取り、階上に行った。彼は何度か試したあとでやっと車のエンジンをスタートさせ、ウィンドウをぐるっと見てまわり、念を入れて、そこに張りついた氷をこそげ落とした。

夜のあいだに気温はぐっと下がっていた。しかし空は晴れ上がり、星の姿も見えるようになっていた。頭の上で、星が眩しく光っていた。車を運転しながら、少年は一度目を上げて星を眺めた。それらがどれくらい遠くにあるかを考えると、彼の心は動かされた。

カールの家のポーチ灯はついていて、車寄せではステーションワゴンのエンジンが音を立てていた。少年が道路に車を停めると、カールが中から出てきた。少年は既に決心をしていた。

何だったら車は中に入れていいぞ、とカールは歩道を歩いてくる少年に向かって言った。俺の方はもう用意ができているよ、電気だけ消してくるから、ちょっと待っていてくれ。でも悪いことをしちまった、まったくさ、と彼は言った。ひょっとしてお前が寝過ごしてるんじゃないかと思って、ついさっきそっちに電話をかけたところだ。ちょうど今出たところだって奥さんは言ってたよ。いや、悪かったな。

それはいいんだよ、と少年は言葉を選ぶようにして言った。彼は片脚に体重をかけ、襟を立てた。彼はコートのポケットに両手を入れた。彼女はもう起きていたんだよ、カール。僕らは二人ともちょっと前から起きてたんだ。どうも赤ん坊の具合がちょっと良くないみたいなんだ。よくわからないんだけどさ。つまりさ、ずっと泣きっぱなしなんだ。そんなわけでね、僕は今回はどうも猟には行けないみたいだ。彼は寒さに身を震わせ、顔を背けた。

そんなことなら、電話してくれれば済んだのに、とカールは言った。わざわざここまで断りに来ることもなかったじゃないか。猟に行くか行かないかなんて、大した話じゃないだろうが。おおげさに考えなくていいよ。どうだいコーヒーでも飲んでいくかい？

いや、家に戻った方がよさそうだ、と少年は言った。

じゃあ俺は一人で行くとするよ、もう起きてしっかり用意もしちまったしな、とカールは言った。彼は少年を見て煙草に火をつけた。

少年は何も言わずに、じっとポーチに立ちつづけていた。

すっかり晴れちまったな、とカールは言った。これじゃいずれにせよ今朝は大した獲物はなさそうだな。おまけにひどく冷えこんでる。

少年は頷いた。またそのうちにね、カール、と彼は言った。

じゃあな、とカールは言った。なあ、いいか、誰かが他のことを言っても耳を貸さなくていいぞ、とカールが後ろから声をかけた。お前は運のいいやつだよ。まったくの話さ。

少年は車のエンジンをかけ、カールが家の中を回って明かりを消すのを見ていた。それから少年はギアを入れ、車を出した。

居間の明かりはついていたが、少女はベッドで眠っていた。赤ん坊も彼女の隣で眠っていた。

少年はブーツを脱ぎ、ズボンとシャツを脱いだ。靴下とウールの下着という格好でソファーに座り、日曜版の新聞を読んだ。

やがて空も明るくなってきた。少女と赤ん坊はすやすやと眠りつづけていた。少しあとで、少年は台所に行ってベーコンを焼き始めた。

ほどなくローブを羽織った少女がやってきて、何も言わずに両腕を彼の体にまわした。

おい、ローブに火がついちゃうぞ、と少年は言った。彼女は少年に寄り掛かっていたが、同時にガス台にも触れていたのだ。

さっきはごめんなさいね、と彼女は言った。私きっとどうかしていたのよ。あんなことを口にするなんて。

いいよ、そんなことは、と彼は言った。それよりも僕にこのベーコンを料理させてくれよ。

あんな風にきつい言い方をするつもりはなかったの、と彼女は言った。ひどいこと言ったわね。

僕が悪かったんだ、と彼は言った。キャサリーンの具合はどう？

もうすっかり良くなったわ。さっきはいったいどうしたのかしら。あなたが出ていったあとで、おしめをもう一度替えたら泣きやんだの。泣きやんで、そのまま寝ちゃったのよ。いったい何だったのかしらね。私たちのことを怒ったりしないでね。

少年は笑って、べつに君のことを怒ったりするもんかと言った。馬鹿なことを言うんじゃないよ、と彼は言った。さあ、僕にこのフライパンで料理をさせてくれよ。

あなたは座っていていいわよ。私が朝御飯を作ってあげるから。ベーコンを添えたワッフルなんていかがかしら。

いいね、と彼は言った。もう腹ぺこで死にそうだよ。

彼女はフライパンの中からベーコンを取り出し、ワッフルのたねを作った。彼はすっかりリラックスしてテーブルの前に座り、彼女が台所の中を歩き回るのを見ていた。

彼女は寝室の戸を閉めにいった。そして居間で、彼女は二人のお気に入りのレコードをかけた。

せっかく寝ついた子どもをもう一度起こしたくないから、と少女は言った。

彼女はベーコンと目玉焼きとワッフルの載った皿を少年の前に置いた。彼女は自分の前にもう一枚の皿を置いた。さあできたわよ、と彼女は言った。

こいつはうまそうだな、と彼は言った。ワッフルにバターを塗り、シロップをかけた。でもワッフルを切り始めたとき、それを皿ごと自分の膝の上に引っくり返してしまった。

まったくなんてことだ、と彼は言って、テーブルから慌てて離れた。

少女は彼を見て、それから彼の顔に浮かんだ表情を見た。彼女は笑い出した。

その自分の格好、鏡で見てごらんなさいよ、と彼女は言った。そして笑いつづけた。

彼は自分のウールの下着の前にべっとりとついたシロップと、それにくっついたワッフルやベーコンや卵の切れ端を見下ろした。彼も笑い出した。

腹ぺこで死にそうだったのに、と彼は首を振りながら言った。

腹ぺこで死にそうだったのね、と彼女はまだ笑いながら言った。

彼はウールの下着を剝ぐように脱いで、バスルームのドアの中に放り込んだ。それから彼は両手を広げ、彼女はその中に入っていった。二人はレコードの音楽に合わせてとてもゆっくり体を動かした。彼女はローブ、彼はショーツとTシャツという格好で。

もう喧嘩なんかやめましょうね、と彼女は言った。そんなことしたって意味ないもの。そうでしょう？

そのとおりだ、と彼は言った。そのあといやな気持ちになるだけだもの。

もう喧嘩なんかやめましょう、と彼女は言った。

レコードの音楽が終わったあと、彼は彼女の唇に長い口づけをした。時刻はもう八時近くになっていた。冷え込んだ十二月の日曜日の朝だ。

彼は椅子から立ち上がり、二人のグラスにおかわりを注ぐ。

という話だよ、と彼は言う。これでおしまい。まあお話というほどのものでもないんだけれどね。

面白かったわ、と彼女は言う。本当にすごく面白かったのよ。でもいったい何が起こったの？　と彼女は言う。つまりそのあとに、ということだけれど。

彼は肩をすくめ、グラスを手に持って窓際に行く。外はもう暗い。でも雪は降りつづいている。

物事は変化するものなんだ、と彼は言う。子どもたちは成長する。いったい何が起こったのかは私にもわからない。でも知らず知らず、求めているわけでもないのに、物事は変化してしまうんだ。

それはそのとおりよ。でも――でも彼女は言いかけたことをそこでやめてしまう。彼女はその話をそこで打ち切りにする。窓ガラスに映った彼女の姿を彼は見ている。彼女は自分の爪を子細に眺めている。それから頭を上げる。明るい声で言う、ねえ市内見物に連れていくという話はどうなったの？

いいとも、と彼は言う、ブーツをはきなさい、出かけよう。

しかし彼は窓のそばを離れない。その頃の生活を彼は思い出している。その朝からあと、数多くの激しい諍いがあるだろう。彼に他の女たちができて、彼女にも他の男ができる。でもその朝、その朝に限って言えば、二人は踊った。そして互いの体をしっかりと抱いた。これからもずっとこのような朝が続くのだというように。そしてそのあとで、ワッフルのことで大笑いをした。二人は体を寄せ合って、涙がにじむほど大笑いした。そのあいだ、凍りつくものはすべて外側にあった。少なくともしばらくのあいだは。

ビギナーズ

Beginners

心臓の専門医である友人のハーブ・マクギニスが話をしていた。僕ら四人は彼の家の台所でテーブルを囲んでジンを飲んでいた。土曜日の午後のことだ。流しの後ろの大きな窓から太陽が部屋いっぱいにその光を送り込んでいた。ハーブと僕とハーブの二人めの細君であるテレサ（テリと僕らは呼んでいた）と僕の女房のローラの四人だった。僕らはそのころアルバカーキに住んでいたのだが、四人ともみんなよその土地から来た人間だった。テーブルの上にはアイス・ペールが置いてあった。ジンとトニック・ウォーターがテーブルの上を行き来していたが、そのうちにどういうわけか僕らは愛について語り始めた。ハーブは真の愛とはすなわち精神的な愛にほかならないと考えていた。僕は五年間、神学校に入っていたんだ、と彼は言った。医学校に行くために辞めちゃって、その時に教会を離れることにもなったんだが、今思い返してみると、それはやはり僕の人生にとっていちばん大きな意味をもった時期だったね。

私がハーブと一緒になる前に暮らしていた男は、愛するあまり私を殺そうとしたのよ、とテリは言った。彼女がそう言うとハーブは声をあげて笑った。そして顔をしかめた。テリは彼の顔を見た。それから言った。「ある夜、彼は私をさんざん殴りつけたの。それは私たちが一緒に暮らした最後の夜だった。彼は私の足首をつかんで居間じゅう引きずり回したの。そのあいだずっと彼はこう言い続けてたわ、『愛してるよ、そうなんだ、愛してるよ、こんちくしょう』って。足首つかんで、部屋の中を引っぱり回したのよ。頭ががんがんいろんなものにぶつかったわ」。テリは一同を見回した。そして両手で持ったグラスに目をやった。「そういう愛って、いったいどうすりゃいいんでしょうね?」。彼女は身体に肉がほとんどついておらず、美人だった。黒い瞳、茶色の髪が背中にかかっている。そしてターコイズのネックレスと長いペンダント・イヤリングを好んだ。彼女はハーブより十五歳若い。一時期拒食症で苦しんだ。そして六〇年代の後半、看護学校に入る前のことだが、ドロップアウトして「ストリート・パーソン」(と彼女は言う)になっていたこともあった。ハーブは時折愛情を込めて「僕のヒッピー」と彼女のことを呼んだ。

「おいおい、よしてくれよ、そんなのが愛と呼べないくらい君だってわかるだろう?」とハーブが言った。「君がそれを何と呼ぶかは知らないが——僕なら狂気と呼ぶところだが——少なくとも愛と呼ぶことはできないね」

「好きに呼べばいいわよ。でも私にはわかるのよ。それは愛だったんだって」とテリは言った。「あなたにはクレイジーに思えるかもしれないけれど、でもそれは間違いなく愛だったの。人はそれぞれ違うのよ、ハーブ。そりゃときどきあの人無茶苦茶なことしたかもしれない。それは認める。でも彼は私のことを愛してた。あの人なりのやりかたであったにせよ、私を愛してたの。そこにはまさしく愛があったのよ。そのことは否定しないでよね」

ハーブはふうっと息を吐いた。そしてグラスを手にしたままローラと僕の方を見た。「その男は僕を殺すって脅したんだぜ」とハーブは言った。彼は酒をぐっと飲み干し、ジンの瓶に手を伸ばした。「テリはロマンティックなんだ。テリは『愛しているんなら蹴飛ばして』主義者だから。なあテリ、そんな顔するなよ」、ハーブはテーブル越しに手を伸ばし、指でテリの頬に触れた。そして彼女に向かって笑みを浮かべた。

「この人これで仲直りするつもりなのよ」とテリは言った。「私のことをさんざんへこましておいたあとでね」、彼女は笑ってはいなかった。

「仲直りってほどのことでもなかろうよ」とハーブは言った。「別に喧嘩したわけでもないもの。僕には僕なりの考えがある。ただそれだけのことさ」

「じゃああなたはそれを何て呼ぶのよ?」とテリは言った。「何でまたこんな話を始めちゃったのかしら」、彼女はグラスを上げて飲んだ。「ハーブの話はいつも愛のことになっちゃうの」と彼女は言った。「そうでしょう、ハニー？」、彼女は今度はにっこりと微笑む。これで違う話になるんだろうと僕は思った。

「僕はカールの行為を愛とは呼ばない。僕が言わんとしているのはそういうことさ、ハニー」とハーブは言った。「君たちはどう思う？」とハーブは僕とローラに向かって言った。「君たち、そういうのが愛だと思う？」

僕は肩をすくめた。「そんなこと訊かれても困るな」と僕は言った。「だってその相手の男に会ったこともないんだよ。名前だって何かの拍子にちょっと耳にはさんだぐらいだよ。カールだったな。何とも言いようがないじゃないか。細かい事情もいろいろあるんだろうしさ。僕は愛してるからといってそういうことはしないけど、でも偉そうなことは言えない。世の中にはいろんな愛情の示し方や、振る舞い方があるからね。たまたまそういうのは僕の流儀じゃないというだけさ。ただ君が言わんとするのはつまり、愛というのは絶対的なものだということなんだろう」

「僕の話している愛というのはそうだ」とハーブは言った。「僕の話している愛というのは、人を殺そうとしたりはしないものなのさ」

ローラが、僕の愛する大柄なローラが抑揚のない声で言った、「私そのカールっていう人のことを全然知らないし、どういう状況だったかも知らない。そういうことって本当のところは当人にしかわからないものだし。でもね、テリ、暴力というのはどんなものかしら」

　僕はローラの手の甲をさわった。彼女は僕に短い微笑みを返した。それから彼女はテリに視線を戻した。僕はローラの手を取り上げた。温かい手だった。爪は綺麗に磨かれ、完璧なマニキュアが施されている。僕は指で彼女の太い手首をつかんだ。まるで腕輪みたいに。そして彼女を抱いた。

「私が家を出たとき、彼は殺鼠剤を飲んだの」とテリは言った。彼女は両手でぎゅっと強く両腕をつかんだ。「それでサンタフェの病院に担ぎこまれた。私たちそのときサンタフェに住んでいたのよ。命はとりとめたものの、そのせいで歯茎がぼろぼろになってしまった。つまり歯の間から歯茎がごそっとそげ落ちたわけ。それでまるで牙みたいになっちゃったのよ。本当にひどい」とテリは言った。彼女はちょっと間を置き、それから手を腕からはなしてグラスを取った。

「人間って考えられないことをやるのねえ！」とローラは言った。「気の毒だとは思うけど、その人のことはあまり好きになれそうにない。今どこにいるの？」

「彼はもう何もできないさ」とハーブは言った。「もう死んじゃったから」。彼は僕にライムを盛った皿を回した。僕はライムの一片を取って、グラスにしぼった。そして指で角氷をかき回した。

「それがそのあともっとひどいことになったのよ」とテリは言った。「彼は口の中に一発撃ちこんだんだけど、それもしくじったわけ。可哀そうなカール」と彼女は言った。そして頭を振った。

「何が可哀そうなもんか」とハーブは言った。「あいつは危険な男だったんだ」。ハーブは四十五だ。背が高く、手足がひょろっとして、白髪まじりの髪にはウェーブがかかっている。顔と腕はテニスのせいでよく日焼けしている。しらふのときには彼の仕草、身振りは正確で無駄がなく、非常に注意深かった。

「でもあの人は私のことを確かに愛していたのよ、ハーブ。それくらいは言ったっていいでしょう」とテリは言った。「私が求めてるのはそれだけよ。あなたが私を愛してくれているようには、彼は愛してはくれなかった。それは間違いないところよ。でも彼は彼なりに私を愛していたのよ。それくらいは認めてもいいんじゃないかしら？認めたって損はないでしょう」

「その、しくじったってどういうこと？」と僕は訊いた。ローラはグラスを手に前かがみになった。彼女はテーブルに両肘をつき、両手でグラスを持っていた。そして視線をハーブからテリの方にちらっと向けて、返事を待った。彼女の裏のない顔には戸惑いの色が浮かんでいた。自分が親しく友だちづきあいをしている人たちの身にそんな事件が起こったということに、びっくりしているようだった。ハーブはグラスの酒を飲み干した。「どうして自殺するのにしくじったわけ?」と僕はもう一度訊いた。

「どういうことかというとだね」とハーブが言った。「彼はテリと僕を脅すために買った22口径の拳銃を手に取ったってわけさ。嘘じゃないぜ。あいつはそれを使うつもりでいた。そのころの僕らの生活を君たちに見せたかったたね。僕らはまるで逃亡者だった。この僕が銃まで買ったんだぜ。信じられるかい? 暴力を憎むこの僕がだぜ? でもとにかく買ったのさ。護身用にね。そして車のグラヴ・コンパートメントに入れて持ち歩いた。真夜中に病院から呼び出しがかかって出かけなくちゃならないこともあった。そのころ僕とテリとはまだ結婚していなかった。そして僕は家も子どもたちも犬も、とにかく何もかも前の女房に取られてしまっていた。僕とテリとはそのアパートで一緒に暮らしていた。今言ったように、ときどき真夜中に電話で病院に呼び出された。夜の二時とか三時とかにさ。駐車場はまっ暗でね、自分の車にたどり着くだけで冷や汗ものだった。植え込みやら車やらの物陰からあいつが出てきて、ピストルをぶっぱなしたらどうしようって、本当にびくついていたよ。だってあの男は頭がいかれてたんだ。あいつは爆弾だって仕掛けかねなかった。朝から晩まであいつは僕の留守番サービスに電話をかけてきた。そしてドクターに用事があるって言うんだ。僕が電話をかけかえすと『この野郎、お前の命はいただくからな』とかそんなことを言うんだよ。まったくの話、あれは恐ろしかったな」

「でもやっぱり、あの人も可哀そうだったと思う」とテリが言った。彼女は飲み物をすすりながらハーブの顔をじっと見ていた。ハーブも見返した。

「なんだか悪夢のようね」とローラが言った。「それで、彼はピストル自殺しようとしてどうなったの？」。ローラは弁護士の秘書だった。僕は仕事上の関わりで彼女と知り合った。他にもたくさんの人がまわりにいたのだが、僕は彼女と話をし、夕食に誘った。そしていつの間にか深い仲になっていた。彼女は三十五で、僕より三つ年下である。そして僕らは恋をしているというだけではなく、お互いのことが気に入っているし、パートナーとしてうまくやっている。彼女といると気楽になれる。「いったい何があったの？」とローラがもう一度訊いた。

ハーブは少しのあいだ手の中でグラスを回していた。それから言った。「あいつは自分の部屋で、ピストルの銃口を口に突っこんで引き金を引いた。だれかが銃声を聞いて管理人を呼んだ。彼らは合鍵でドアを開け、中の様子を見て救急車を呼んだ。彼が緊急治療室に運びこまれたとき、僕はたまたま病院に詰めていた。ほかの患者のことでそこにいたんだ。生きてはいたが、手の施しようのない状態だった。それでも三日間生きた。嘘じゃなく、頭は普通の二倍の大きさに膨れあがっていた。あんなの見たのは初めてだったし、もう二度と見たくはないね。それを知ったとき、テリは病院に来てそばに付いていてやりたいと言った。そのことで僕らは言い争いをした。そんな状態の彼に会いたくはないだろうと僕は思ったんだ。会うべきじゃないと思ったし、その考えは今でも変わらない」

「言い争いはどちらが勝ったのかしら?」とローラが言った。

「彼が死んだとき、私はそばにいたわ」とテリが言った。「意識は一度も戻らなかったし、助かる見込みもなかった。それでもそばに付いていてあげたの。他に見てあげる人もいなかったんですもの」

「あいつは危険な男だった」とハーブは言った。「君があれを愛と呼ぶなら、僕は降参するしかない」

「愛だったのよ」とテリは言った。「それは世間一般の目から見れば確かにアブノーマルかもしれない。でも彼はそのために進んで死ぬつもりでいた。そして実際に死んだのよ」

「それが愛だなんて、どう転んでも僕には思えないね」とハーブが言った。「だってさ、彼が本当に何のために死んだかなんて誰にわかる？　僕はこれまで自殺者をいっぱい見てきたが、彼らがいったい何のために死んだかなんて、ごく親しい人間にだって本当のところはわからないんじゃないかな。原因として何かそれらしきものがあげられるわけだが、どんなものだろうね」。彼は両手を首の後ろにあてて、椅子を後ろに傾けた。「そういうタイプの愛には僕は興味がもてない。もしそれが愛だとしたら、好きにしてくれとしか言えない」

　少ししてテリは言った、「私たち怖かったわ。ハーブは遺言状を書いて、カリフォルニアにいるグリーン・ベレー上がりの弟宛に送りまでしたのよ。もし自分の身に何かおかしなことが起こったら、あるいはとくにおかしくは見えなくても、誰にあたってみるべきかが、そこに書かれていた」、彼女は首を振って、今回は笑った。テリは自分の酒を飲んだ。そして続けた。「でもたしかに私たちはちょっと逃亡者みたいな生活してた。私たちは彼のことが怖かった、ほんとに。あるときには私、警察まで呼んだのよ。あまり役には立たなかったけれどね。警察はこう言ったわ。カールが実際にハーブに何かするまでは、自分たちには手が出せないんだってね。お笑いだわよね」とテリは言った。彼女は瓶の中に残っていたジンをグラスにあけ、瓶をゆらゆら振った。ハーブはテーブルを立って戸棚のところに行った。そして中から新しい瓶を出した。

「そうね、ニックと私は愛し合っている」とローラが言った。「そうよね、ニック?」そして僕の膝に膝をぶっつけた。「あなた、なんとか言いなさいよ」とローラは言って、僕に向かって大きな笑みを向けた。「私たち二人はとてもうまくやっていると思う。私たちは一緒に何かをやるのが好きだし、相手をひどく傷つけたこともまだない。ありがたいことに。ずっとそうありたいものよね。かなり幸福だと思っている。よしとしなくてはね」

　答えのかわりに僕は彼女の手を取って仰々しく僕の唇にあて、大袈裟にキスした。みんな喜んだ。「僕らはラッキーだった」と僕は言った。

「あなたたちもうよしてよ」とテリが言った。「見てるとうんざりしちゃう。要するにあなたたちまだ新婚さんの、あつあつなのよ。だからそんなことができる。まだのぼせっきりなのよ、なんてったって。一緒になって何年になるの?　どれくらいになるの?　一年?　もっと長い?」

「一年半になるわ」とローラは言った。彼女はまだ頬を染め、微笑んでいた。

「まだ新婚気分ね」とテリは言った。「まあそのうちにわかるわよ」。彼女はグラスを手にじっとローラの顔を見ていた。「冗談よ」とテリは言った。

ハーブは瓶の口を開け、それを持ってテーブルをぐるりと回った。「やれやれ、テリ、たとえ真剣な話としてじゃなくてもそんなこと言うべきじゃないぞ。たとえ冗談でもな。それは幸運を損なうことになる。さあ、乾杯をしようじゃないか。乾杯の音頭を取らせてくれ。愛のために乾杯だ。真実の愛のために」とハーブは言った。僕らはグラスを合わせた。

「愛のために」と僕らは言った。

裏庭で犬の一匹が吠え始めた。窓にかぶさるように繁ったポプラの葉が微風に吹かれてかさこそと音をたてた。午後の太陽は部屋に腰を据えたみたいだった。テーブルのまわりには心地良さと寛容の感覚が、友情と安らぎの感覚が唐突に生まれた。我々はどこでも好きなところにいることができた。我々はまたグラスを上げ、笑みを浮かべてお互いの顔を見やった。ようやく何かで一致した子どもたちみたいに。

「本当の愛がどういうものか教えよう」とハーブが呪縛を破るようにやっと口を開いた。「というかその好例を示そう。あとは君たちがそこからそれぞれの結論を出せばいい」、彼は自分のグラスにジンを注ぎ足した。そしてそこに角氷と切ったライムを入れた。彼が話し始めるのを待ちながら、僕らはそれぞれに酒を飲んだ。ローラの膝がまた僕の膝に触れた。僕は彼女の温かい腿に手を置いた。そして置いたままにしておいた。

「我々は愛についていったい何を知っているだろうか？」とハーブは言った。「こんなことを言うのはいかにも僭越ではあるんだが、それでも言わせていただくなら、僕らはみんな愛の初心者みたいに見える。僕らはだれそれと愛し合っていると言う。そして愛し合っている。それを疑っているわけじゃない。僕らは互いを愛し合っている。誰もが真剣にね。僕はテリを愛しているし、テリは僕を愛している。そして君たち二人も愛し合っている。僕が言っている愛がどういうものかわかるね。性的な愛、誰かに、パートナーに惹きつけられる力、あるいはまた、ただただ日常的な種類の愛、相手の存在への愛、相手と共にいたいという愛、日常的な愛を作りあげるささやかないくつもの物ごと。それから肉欲的な愛と、そうだな、いうならば情感的な愛。他者にたいする日々の思いやり。しかし自分が最初の女房のことをもやはり愛していたはずだと思うと、ときどきわけがわからなくなる。確かに彼女のことを愛してたんだ。そいつは間違いない。そういう意味では、まあ何はともあれ、僕もテリと同じ立場にあると思う。テリとカール」。彼はそれについてしばらく考え、それから続けた。「前の女房を命を賭けて愛していると思えた時期だってあった。子どもたちもいた。でも今ではあいつに我慢ならない。実際の話。そういうのをどう説明すればいいんだろう？ その愛はただ消されてしまったんだろうか。最初から存在もしなかったみたいに。そんなことはそもそも起こらなかったみたいに。何がどうなったのか、そいつを僕は知りたいよ。誰かに教えていただきたいものだよ。それからそのカールの話だ。よろしい、カールの話に戻ろうじゃないか。彼はテリのことを強く愛していて、そのために彼女を殺そうとし、最後には自殺を図った」。彼は少し考え、また話を続けた。「君たち二人は十八ヵ月生活を共にし、愛し合っている。一目見ればそいつはわかる。君たちは愛の輝きに包まれている。でも君たちは二人とも今の相手と巡り合う前に、それぞれ他の人間を愛したことがあるだろう。君たちはそれぞれに、僕ら二人と同じように結婚の経験がある。そしてたぶんその結婚の前にだって、他の誰かを愛したことがあるだろう。僕とテリは一緒になってから五年、結婚してから四年になる。ただね、こう思うと恐ろしくなっちゃうんだ。それは恐ろしいと同時に善きことでもあるし、また救いと言っても差し支えないかもしれないけど、つまりさ、もし僕らのどちらかに何か起こったら——不吉な話で申し訳ないんだが——もし僕らのどちらかの身に明日まずいことが起こったら、残された方はしばらくは相手の死を哀しむだろう、そりゃね、でもそのうちにまた外に出て、別の誰かを愛し、その相手と一緒になるだろう。今あるもの、僕らが今語りあっているこんな愛もすべて、ただの思い出になってしまうだろう。あるいは思い出にすらならんかもしれない。まあ、それがおそらく物ごとのありようなのだろう。僕の言ってることは間違ってるかい？　僕は見当違いなことを言ってるかな？　僕らはたしかに愛しあってはいるけれど、僕とテリの間にもやはりそういうことは起こると思うんだ。僕らだけじゃなく、誰の身にもね。あえてそう言わせてもらおう。僕らはみんな多かれ少かれそれを証明している。でも僕にはよくわからん。もし間違っていたら正してほしい。僕は知りたいんだよ。要するに僕は何も知らないんだ。そいつは進んで認めるよ」

「ねえハーブ、あなたいったいどうしたの？」とテリは言った。「どうしてそんな気の滅入ることを言うの？　すごく滅入っちゃうわ。もし仮りにあなたがそれが真実だと考えているにしてもよ」と彼女は言った。「それにしても落ち込んじゃう」、そして手を伸ばして彼の手首を握った。「酔払ったの？　ねえハーブ、飲み過ぎたんじゃないの？」

「ハニー、僕はただ話しているだけだよ」とハーブは言った。「いいかい？　僕は自分が思っていることくらい、酔払わなくたって言える。そうだろ、僕らはただ話をしているだけじゃないか?」とハーブは言った。それから声の調子を変えた。「でももし酔払いたいと思えば、僕は好きに酔払うぜ。今日はなんでも好きにさせてもらう」。彼は彼女をじっと見据えた。

「別にけちつけてるんじゃないのよ、あなた」とテリは言った。そしてグラスを手に取った。

「僕は今日は非番なんだ」とハーブは言った。「今日はなんだって好きなことをしていいんだ。僕は疲れている。ただそれだけのことさ」

「私たちあなたのことを愛してるわよ」とローラが言った。

ハーブはローラの顔を見た。誰だかよく思い出せないというような目つきで、ハーブはしばし彼女を見ていた。彼女は微笑を浮かべたままハーブを見続けていた。彼女の頰は紅潮し、太陽がその目を射ていた。それで彼女は目をそばめるようにして相手を見ていた。ハーブの表情が和らいだ。「僕も君のことを愛してるよ、ローラ」とハーブは言った。「そして君のこともだ、ニック。愛してる。なあ、いいかい、君らは僕らの友だちだ」、ハーブはそう言った。そしてグラスを手に取った。ハーブが言った、「えーと、何を言おうとしてたんだっけな? うん、そうだ。僕は君たちにある話をしようとしていたんだ。ちょっと前に起こったことについての話だ。つまりだな、僕は君たちにあることを証明しようとしたんだ。その出来事をあるがままに語ることによってね。このことは二、三ヵ月前に起こったんだが、でもそれは今でも続いている。ああ、そういうことになる。この話を聞いたら僕らはみんな恥じ入ってしかるべきなんだ。こういう風に我々が愛について語っているときに、自分が何を語っているか承知しているというような、偉そうな顔をして我々が語っていることについてね」

「ねえ、よしてよ」とテリが言った。「あなた酔払いすぎてる。話し方が変だわ。酔払ってないのなら、そんな酔払いみたいな変てこなしゃべり方しないでよ」

「お願いだからちょっとの間黙っていてくれないか」とハーブはとても静かな口調で言った。「僕に少ししゃべらせてくれ。このことはずっと僕の胸につかえていたんだ。だから少し黙っていてくれ。最初にこれが起こったとき、僕は君にちょっとこの話をした。ある老夫婦が高速道路で事故にあった話だよ。車をぶっつけたのは少年で、みんな目もあてられないようなありさまで、実に手の施しようもなかった。その話をさせてくれよ、テリ。だからちょっとの間口をはさまないでくれ。わかった？」

テリは我々二人を見て、それからハーブを見た。彼女は気をもんでいるように見えた。気をもんでいるというのがまさにぴったりだった。ハーブはみんなに酒瓶を回した。

「きっとあっと驚くような話なんでしょうね、ハーブ」とテリは言った。「度肝を抜かれて言葉を失ってしまうような」

「たぶんそうなると思う」とハーブは言った。「たぶんね。僕自身常にいろんなことに驚かされている。人生におけるすべての物ごとが僕を驚かせる」、彼は少しの間じっと彼女の顔を見ていた。それから語り始めた。

「その夜、僕は当直だった」とハーブは言った。「五月か、あるいは六月だった。病院から電話があったとき、テリと僕はちょうど夕食を始めたところだった。で、高速道路の事故のことを知らされた。酔払い運転の少年。ティーン・エイジャーだ。父親のピックアップを運転してて、老夫婦の乗ったキャンピング・カーにぶっつけた。この夫婦は七十代半ばだった。少年は十八か十九かそれくらいで、この子は病院に運び込まれた時にはもう死んでいた。ハンドルが胸骨を突き破っていた。たぶん即死だったろう。老夫婦は生きていた。虫の息だがなんとか生きていた。複雑骨折、打撲傷、裂傷、一切合財、おまけに二人とも脳しんとうを起こしていた。ひどいものだったよ、嘘いつわりなく。おまけになんといってもその年だもの。女の方が男よりいくらかひどい状態だったね。脾臓破裂やらなんやら、その上両方の膝が砕けていた。でも彼らはシート・ベルトを締めていて、ありがたや、そのせいでとりあえず一命はとりとめた」

「みなさん、全米交通安全評議会からのおしらせでした」とテリが言った。「ありがとうございます。お話はハーブ・マクギニス博士でした」、テリは笑って声をひそめた。「ねえハーブ、あなたときどきやりすぎるけど、でも愛してるわ」

我々はみんな笑った。ハーブも笑った。「僕も愛してるよ、ハニー。そいつは言わなくてもわかってるね」。彼はテーブルの上に身を乗り出した。テリも身を乗り出して、真ん中で二人は唇を合わせた。「テリの言うとおりだ」とハーブは言って、もとの姿勢に戻った。「みなさんシート・ベルトを締めましょう。ドクター・ハーブの言葉に耳を傾けて下さい。でも真面目な話、その年寄り夫婦はひどい重体だった。僕が病院に着いたときには既にインターンと看護婦が二人に処置を施していた。でもさっきも言ったように、少年の方はもう死んでいて、車輪付担架《ガーニー》に乗せられて部屋の隅の方にやられていた。誰かが家族に知らせて、葬儀所の人間がこちらに向かっていた。僕は老夫婦を一目見て、緊急治療室の看護婦に、神経科医と整形外科医をすぐに呼ぶように命じた。長い話を短くするとだな、医師の顔ぶれが揃うと、我々は二人を手術室に運び込み、一晩じゅうあれこれと手を尽くした。その老夫婦はよほど強い生命力を持っていたに違いない。ときどきそういう患者がいるんだ。とにかく我々はできるだけのことは全部やったし、夜が明けるころには生死の確率五分五分というところまでこぎつけた。いや、五分五分までいかないかもしれない。女の方は三分七分というところだったね。アンナ・ゲイツというのが彼女の名前だった。これは大した女性だったよ。でもいずれにせよ二人は朝になっても生きていた。我々は二人を集中治療室に移した。そこでは呼吸が逐一モニターできるし、二十四時間体制で看視ができる。その夫婦は二週間近くそこで集中治療を受けた。女の方が少し長かった。それから二人は病院内の自分たちの病室に移ってもいいということになった」

ハーブは話をやめた。「さてそろそろこのジンを空っぽにしようじゃないか。こいつを空けちまって、夕食といこう。どう？ テリと僕はレストランをひとつ見つけてね。新しくできた店なんだ。そこに行こうと思うんだ。その新しくできた店に。ジンを飲み終えたらそこに行こう」

「ライブラリっていう名前の店なの」とテリは言った。「あなたたちまだそこに行ったことないでしょう？」と彼女が言って、ローラと僕は首を振った。「なかなかいいところなのよ。新しいチェーン店のひとつっていうことだけど、そんな風には見えない。ほらわかるでしょ、いかにもチェーン店っぽいっていう感じ。そんなのじゃない。店の中に本棚があって、そこに本物の本が並んでいるの。食事のあとでぶらぶら眺めて、好きな本があれば借りていくことができるの。そして次に食事に来るときに持ってくればいいの。料理ときたらそれはもう最高。そしてハーブは『アイヴァンホー』を読んでいるのよ！　先週そこに食事に行ったときに借りてきたの。貸し出しカードにサインすればいいだけ。本物の図書館と同じように」

「『アイヴァンホー』は好きだね」とハーブは言った。「『アイヴァンホー』は最高だ。もし人生をやり直せるなら、僕は文学を研究するな。目下のところ僕はアイデンティティー・クライシスをくぐり抜けているんだ。そうだよな、テリ？」とハーブは言った。彼は笑った。グラスを振って、氷をからからと回した。「もう何年もアイデンティティー・クライシスに直面している。テリはそのことをよく知っている。でも僕にこれは言わせてくれ。もし違う時代に、違う人生を選んで、生き直せるとしたらだな、僕はどうすると思う？　僕は騎士になるね。鎧をごっそり身につけていれば、なにしろ安全だしさ。騎士ってのは悪くないよ。火薬やらマスケット銃やら22口径やらが出てくる以前の世界ではね」

「ハーブは白い馬に乗って槍を持ちたいのよ」とテリが言って笑った。

「どこに行くにも女のガーターを携えていくのね」とローラが言った。

「あるいは女そのものをね」と僕が言った。

「そのとおりだ」とハーブが言った。「わかってるじゃないか。まさにそういうことなんだよ、ニック」と彼は言った。「あるいはまた、どこに行くにも彼女の香水のついたハンカチを携えていくんだ。しかしその当時には香水のついたハンカチなんてあったのかな？　まあいいや。何でもいい、とにかく思い出の品だ。要するにしるしだよ。僕が言いたいことは。その当時は何かそういうしるしを持ち歩くことが大事だったんだ。いずれにせよ、何はともあれ、その時代は農奴に生まれるよりは騎士に生まれる方がよかったよな」とハーブは言った。

「いつの時代だってその方がいいわよ」とローラが言った。

「その時代は農奴であることはきつかったはずよ」とテリが言った。

「農奴はいつの時代だってひどい目にあってた」とハーブは言った。「でも騎士たちにしたところでやはり誰かの入れ物だったんだと思うね。当時はそういう仕組みだったんだろう？　いつだって誰もが、誰かの入れ物にされているのさ。そうだよな、テリ？　しかし僕が騎士になりたい理由はだな、御婦人方のことはさておき、鎧にすっぽり包まれているってことなんだ。だからそんな簡単には傷つかない。その当時は自動車なんてなかったし、酔払いのティーン・エイジャーが突っ込んでくることもなかった」

「家来」と僕が言った。

「何だって？」とハーブが訊いた。

「家来」と僕は言った。「それを言うなら家来《ヴァッサル》だろう、ドク。入れ物《ヴェッセル》じゃなくて」

「ヴァッサル」とハーブは言った。「ヴァッサル、ヴェッセル、心臓心室《ヴェントリクル》、なんだっていいじゃないか？　言ってることはわかるだろう？　いいよ、わかったよ。そういうことについちゃ、僕より君の方が教養がある」とハーブは言った。「僕は教養なんてない。技術を学んだだけだ。心臓外科医といったって、実のところ単なる修理屋だ。へいへいと出かけていって、具合の悪いところを修繕する。ただの修理屋さ」

「謙遜はいまひとつあなたに似合わないわよ」とローラが言った。ハーブは彼女に向かってにやりと笑った。

「この男はただのつつましい医師にすぎないんだよ」と僕は言った。「でもねハーブ、彼らはあの鎧の中でときどき窒息したんだよ。ものすごく暑かったりして、くたびれきっているようなときには、心臓発作まで起こした。前に何かの本で読んだけど、彼らは一度馬から落ちると、へとへとで身につけた鎧が重すぎて、起き上がることもできなかったらしいぜ。時として自分たちの馬に踏みつけられたりもしたらしい」

「そいつはひどいや」とハーブは言った。「そいつは最悪だ、ニッキー。彼らはただそこにどてっと横になって、誰かが自分たちを串刺しに来るのをじっと待っていたんだろうな」

「よその家来がやって来るのをね」とテリが言った。

「そのとおり」とハーブは言った。「よその家来《ヴァッサル》がやってきて、愛の名のもとに同類の騎士を槍でぶすりと刺した。あるいは何であれ、当時連中が旗を掲げて戦っていた何かの名のもとに。たぶん僕らがこんにち掲げて戦っているのと同じようなものだと思うけど」とハーブは言った。

「時代は変われど」とローラが言った。「政治は変わらず」。ローラの頬はまだ赤いままだった。その目はきらっと輝いていた。彼女はグラスを唇に運んだ。

ハーブは自分のグラスに酒を注いだ。彼はまるで英国護衛兵《ビーフィーター》の小さな画像を検分するみたいに、酒瓶のラベルをまじまじと見ていた。それから瓶をそろりとテーブルに置き、手を伸ばしてトニック・ウォーターを取った。

「そのお年寄りのご夫婦はどうなったの、ハーブ？」とローラが言った。「話が途中で終わってるわよ」。ローラは煙草に火をつけるのに苦労していた。マッチが次々に消えていた。部屋の中の光が様子を変えていた。それはどんどん淡くなっていた。窓の外に見える木の葉はいまだにちらちらと光っていた。それらが窓ガラスに、あるいはその下にある合板パネルに落とす曖昧な影を、私はじっと見ていた。ローラがマッチを擦る音の他には、何の音も聞こえなかった。

「その老夫婦はそれからどうなったんだい、ハーブ?」と少しあとで僕が言った。

「集中治療室から出たというところまで話を聞いたけど」

「亀の甲より年の功夫婦」とテリが言った。

ハーブは彼女をじっと睨んだ。

「ねえ、そんな目で見ないでよ、ハーブ」とテリが言った、「お話をつづけてよ。ただの冗談じゃない。それでどうなったの? みんな続きが聞きたいんだから」

「ねえテリ、君ちょっとね」とハーブは言った。

「お願い、ハーブ。そんなにいつもいつもムキにならないでよ。話をつづけて。ちょっと冗談言っただけよ。冗談くらい言ったっていいでしょう」

「冗談にするようなことじゃないんだ」とハーブは言った。彼はグラスを手にじっと妻を見ていた。

「どうなったの、それで?」とローラが言った。「私たちすごく続きが聞きたいんだから」

ハーブはローラに視線を移した。それから破顔一笑した。「ねえローラ」と彼は言った。「もし僕にテリがいないか、あるいは彼女をこれほど愛していなかったら、そしてニックが僕の友だちじゃなかったら、僕は君に恋をしていただろうね。君をさっさとかっさらっていたよ」

「つまらないこと言ってないで話の続きを聞かせてよ」とテリが言った。「もし私があなたを愛していなかったら、私はそもそもここにいないわけでしょう。違う？ だから早く続きを話しちゃってよ。それからライブラリにごはんを食べに行きましょう。それでいい？」

「いいとも」とハーブは言った。「どこまで話したっけなあ。僕はどこにいたのか、今どこにいるのか、これはなかなか良い質問だ。真剣に考えてみる価値はある」〔訳注・「どこまで話したっけ？」は英語的表現では「私はどこにいたのか？」になる〕。彼は少し間を置き、それから話し始めた。

「二人がなんとか危機を脱したとき、我々は彼らを集中治療室から出すことができた。あとは回復を待つだけということになった時点でね。僕は毎日一度は彼らの様子を見に行った。ほかに呼び出しがかかったりしたときには、二度見に行った。二人とも頭から足までギプスと包帯に包まれていた。君たちも、本物を見たことがなくても、映画でそういうのを目にしたことはあるだろう。でもとにかく二人は頭のてっぺんから足の先まで包帯に巻かれていた。ほんとに、誇張なしでだよ。何かの大惨事のあとでへぼ役者がよくそういう格好をしているけど、ほんとにあのまんまなんだ。でもこいつは映画じゃない。本物の出来事だ。頭もぐるぐる包帯を巻かれている。目と鼻と口のところに穴が開けられてる。アンナ・ゲイツの方は両脚を吊り上げられていた。さっきも言ったように、彼女はご主人よりもいくぶん重体だったんだ。静脈注射とブドウ糖点滴で生命を保っていた。さて、ヘンリー・ゲイツはいつまでたっても落ち込んでいた。奥さんが生命の危機を脱して、回復に向かっていると聞いても、まだ同じように深く落ち込んでいるんだ。事故にあったからがっくりしてるというだけじゃない。もちろんそういうのはそれなりにこたえてはいたんだけどね。彼の身にもなってくれ。すべては順調に運んでいた。ところがそこにどかん、目の前が突然真っ暗になってしまう。その深淵からなんとか戻ってくる。奇蹟みたいなもんだ。しかしそれでも心の傷は残る。間違いなく残る。ある日僕は彼のベッドの横に座っていて、彼は僕に語りかけた。口のところに開けられた穴から、ゆっくりと話をした。ときどき僕は声を聴き取るために、その顔のところに耳を寄せなくてはならなかった。彼は語った。その少年の車がセンターラインを越えてこちら側の車線に突っ込んできたとき、それがどんな風だったか、自分がそのときどのように感じたか、そういうことを。もうこれでおしまいだと彼は思った。これがこの世で自分が目にする最後の光景になるだろうと。

これで一巻の終わりだと彼は確信した。しかし何かが脳裏を去来するとか、そういうことはなかったと彼は言った。これまでの人生が目の前を一瞬よぎるというようなこともとくになかった。これから女房のアンナの顔をもう見ることができないんだと思うとつらかった、と彼は言った。二人でせっかく楽しくこの人生を生きてきたというのに。それが彼の唯一の心残りだった。彼は前を見て、しっかりと車のハンドルを握りしめ、そして少年の車が突っ込んでくるのを目にした。『アンナ、つかまってろ、アンナ！』と叫ぶ以外にそのとき彼にできることはなかった」

「ほんとに恐ろしいわね」とローラは言った。「寒気がする」と彼女は言って首を振った。

ハーブは肯《うなず》いた。そして語りつづけた。今では話に夢中になっていた。「僕は毎日彼のベッドの脇にしばらく座るようになった。彼は包帯を巻かれたまま横になって、ベッドの足の方に見える窓をじっと見ていた。彼の位置からは窓は高いところにあって、樹木のてっぺんしか見えなかった。どんなにがんばっても、何時間かのあいだに彼に見えるものといえばそれだけだった。誰かに助けてもらわなくては寝返りも打てなかったし、それも一日二度に制限されていた。毎朝数分間、毎夕数分間、首を回すことを許されていた。でも僕らが会いに行くとき、彼は話しながらその窓をじっと見ているしかなかった。僕は少し話をし、いくつか質問をしたが、おおむね聞き手にまわっていた。彼はとても落ち込んでいた。奥さんが生命の危機を脱して、みんなの予想を超えて順調に回復に向かっていると教えられたあとで、彼を最も落ち込ませていたのは、彼がもっともがっくりしていたのは、奥さんと物理的に一緒にいられないということだった。彼女の顔を見て、一緒に日々を過ごせないということだった。二人は一九二七年に結婚したということだった。そしてそれ以来、二度の例外を除いて、離れたことはまったくなかった。子どもたちが生まれたとき、子どもたちは牧場《ランチ》で生まれたのだが、ヘンリーと奥さんは毎日顔を合わせ、話をし、離れることはなかった。ただし二度だけ、二人が違う場所に離れたことがあった。一度は一九四〇年にアンナの母親が亡くなったときで、彼女はいろんな用を済ませるために、鉄道でセントルイスまで行かなくてはならなかった。もう一度は一九五二年に彼女の姉がロサンジェルスで亡くなったときで、そのときは遺体を引き取りに行かなくてはならなかった。言い忘れていたけど、彼らはオレゴン州ベンドから一二〇キロほど郊外に小さな牧場を持っていて、そこで人生の大半を過ごしたんだ。数年前にその牧場を売り払い、ベンドの市街にある家に移った。事故が起こったのは、二人がデンヴァーにいる彼の妹を訪問したその帰りだった。二人はこれからエルパソで暮らしている息子のところに行って、孫たちに会うつもりだった。しかし結婚してこの方、二人がまとまった時間離ればなれになったのは、ただ二度だけだった。考えてもみてくれよ。でもね、なんとまあ、彼は奥さんがそばにいなくて淋しくてしかたなかった。冗談抜きで、彼は実にいいい思い焦がれていた。この男に起こったことを目にするまで、思い焦がれるというのがどういうことなのか、僕にはまったくわかっていなかったね。この男は実に激しく彼女を切望していたんだ。手に手を取って一緒にいたい、それが彼の強く求めているいることだった。アンナが回復している様子を聞かせると、彼はもちろん喜んだし、ほっとしていた。彼女は日々快方に向かい、元気を取り戻していた。あとは時の経過を待つだけだった。彼は今ではギプスも包帯もとれていた。しかし彼はどうしようもないくらい淋しがっていた。もうすぐ、あと一週間もすれば、車椅子に乗せて奥さんのところに連れて行き面会させられると僕は彼に言った。そのあいだにも僕は彼の病室を訪れて話をした。彼は僕に、一九二〇年代の終わり頃から三〇年代前半にかけての牧場の暮らしがどんなものだったか、ぽつぽつと話をしてくれた」。彼はテーブルに座った我々をぐるりと見回し、これから語ろうとすることに対して首を振った。あるいはただ、そんなものとうてい語り得ないということに対して。「冬になるとまわりには雪しかない。道路は閉鎖され、何ヵ月にもわたって牧場から外に出られなくなることがある。それに冬の間は彼は毎日牛たちに餌をやり続けなくてはならなかった。彼らはずっと牧場にいた。夫婦二人きりでね。子どもたちはまだ生まれていなかった。子どもたちが生まれたのはもっとあとになってからだ。冬が来ると、何ヵ月にもわたって彼らは、夫婦二人きりの暮らしを送った。来る日も来る日も同じ生活、同じ作業の繰り返しだ。冬になると、ほかに話をする人もいないし、訪問するべき知人もいなくなる。しかし彼らにはお互いがいた。お互い、それが彼らが持っているもののすべてだった。『そこにはどんな娯楽があったんですか？』と僕は尋ねてみた。真剣に尋ねたんだよ。本当にそれが知りたかったんだ。そんな生活をどうやって送れるのか、僕には見当もつかなかった。そんな生活に耐えられる人がいるなんて、僕にはとても考えられなかったからね。そう思わないか？　ああ、そんなのとても考えられなかったよ。それで彼がどう言ったと思う？　どう返事をしたか聞きたいかい？　彼はそこに横になったままその質問について考えていた。返事が返ってくるまでに時間がかかった。それから彼は言った。『私たちは毎晩ダンスに行ったよ』と。『なんですって？』と僕は言った。『なんて言ったんですか、ヘンリー？』と僕は言って、耳を彼の顔のそばに寄せた。聞き間違えたと思ったんだよ。『私たちは毎晩ダンスに行ったよ』と彼は繰り返した。何の話をしているのかよくわからなかった。さっぱり理解できない。

しかし僕は何も言わずに話の続きを待った。彼はその当時のことをもう一度思い出していた。そしてしばらくして言った。『私たちは蓄音機と何枚かのレコードを持っていたんだよ、ドクター。夜になるとレコードをかけて聴いた。そしてその音楽にあわせて居間で踊った。毎晩それをやっていた。外ではよく雪が降っていた。マイナス二〇度以下になることもあった。一月と二月にはあのあたりはとんでもなく寒くなるんだよ。でも私たちはレコードを聴き、靴下を履いた足で居間で踊った。手持ちのレコードを全部かけてしまうまでね。それから暖炉の火を強くして、家中の明かりを消した。ただひとつだけ明かりを残して。それからベッドに行った。雪が降っていることもあった。家のまわりはどこまでも静まり返っていて、雪の降る音だって聞くことができた。本当だよ、ドク』と彼は言った。『本当に聞こえるんだ。雪の降り積もる音だって聞こえる。もしひそやかにして、頭がクリアで、すべてが平穏であり、あんたがその平穏の中に身を置いていれば、雪の降り積もる音だって耳にすることができるんだ。一度試してみるといいよ』と彼は言った。『このあたりだってたまには雪が降るんだろう？　一度試してみるといい。とにかく私たちは毎晩ダンスに行った。それからキルトをかさねた温かなベッドに潜り込み、朝までぐっすり眠った。目を覚ましたときには息が白くなっていた』と彼は言った。

とっくに包帯もとれて、車椅子で移動ができるところまで彼が回復したとき、私は看護婦と一緒に彼を奥さんのいる部屋に連れて行った。彼はその朝髭を剃り、少しばかりローションもつけた。バスローブを着て、病院のガウンという格好だった。まだ全快してはいなかったが、それでも車椅子の上でしっかりと背筋を伸ばしていた。そして連れてこられた猫みたいにそわそわしていた。それは一目見ればわかった。彼女の部屋に近づくにつれて顔色が紅潮し、不安の色が顔全体に広がっていった。どんな表情だったか、とても言葉では言えないよ。僕が車椅子を押して、看護婦が僕の隣を歩いていた。看護婦は状況をある程度理解していた。どういうことかだいたいわかっていたわけだ。看護婦ってのは何でも目にしているものなんだ。そしてあるところまで行くと、何に対してもとくに動じなくなってしまう。しかしこの看護婦はその朝はけっこう緊張していた。ドアは開いていて、我々はヘンリーを押して部屋の中に入った。奥さんのアンナは、まだ身体が固定されていた。でも頭と左腕だけはなんとか動かせた。彼女は目を閉じていたが、我々が入っていくとぱっと目を開けた。まだ包帯を巻かれていたが、それも今では骨盤部分より下だけになっていた。僕はヘンリーの車椅子を彼女のベッドの左側に押して行って言った、『やあアンナ、お客さんを連れてきましたよ。あなたに会いたいという人だ』。それ以上僕は何も言えなかった。彼女は小さな微笑みを浮かべ、顔が明るく輝いた。シーツの下から手が出てきた。青白く傷だらけになった手だった。ヘンリーはその手を両手でとった。彼はそれをじっと握り、キスした。それから言った、『やあ、アンナ。具合はどうだね？　私のことを覚えているかい？』、彼女の頰を涙が流れた。彼女は肯いた。『君に会えなくてつらかった』と彼は言った。彼女はまだずっと肯いていた。看護婦と僕はすぐにその場を離れた。部屋の外に出ると、彼女はおいおい泣き始めた。彼女はなにしろタフなことで知られた看護婦だったんだけどね。忘れることのできない経験だったな。でもそのあと、彼は一日に二回、車椅子で彼女の病室に連れて行ってもらえるようになった。毎日、午前と午後にね。二人が彼女の病室で一緒に昼食と夕食がとれるように我々は案配をした。そのあいだ二人はそこに座って手を取り合い、語らった。どれだけ話しても、話は尽きないみたいだった」

「これまで私にもその話をしてくれなかったわね、ハーブ」とテリが言った。「最初のうちちょっと話題にしただけで、あとのことは一言だって私には教えてくれなかった。まったくねえ。それで今となってそんな話を持ち出して、人に涙を流させる。ねえハーブ、この話に悲しい結末をつけたりしないでね。まさかそんなことはないわよね？　あなた、私たちを陥れようとしているんじゃないわよね。もしそうだとしたら、ちょうだい。そこでやめて。わかった、ハーブ？」

「彼らはそれからどうなったの、ハーブ？」とローラが言った。「お願いだから最後まで話を聞かせて。その続きはあるの？　でも私も気持ちはテリと同じよ。二人に何か悪いことが起こったとは思いたくない。そんなのは悲しすぎるもの」

「二人は元気になったのかい？」と僕は尋ねた。僕もその話に引きずり込まれていた。でも酔払ってもいた。ものごとに焦点をしっかり定めておくのはむずかしかった。光が部屋からこぼれ出ていくみたいだった。それがそもそも入ってきた窓から、今度は逃げ出していくかのように。しかし誰もテーブルから立ち上がって明かりをつけようとはしなかった。

「ああ、二人は元気にしているよ」とハーブは言った。「ほどなくどちらも退院した。今から数週間前のことなんだが、実は。少したつとヘンリーは松葉杖をついて歩けるようになり、やがてそれが杖になり、間もなくどこにでも自由に歩き回れるようになった。でも今では精神も元気を取り戻していた。心が明るくなっていた。奥さんの顔が見られるようになって、彼は日々健康を取り戻していた。彼女を動かせるようになると、エルパソから息子夫婦がやってきて、ステーションワゴンに二人を乗せ、自分たちの家まで連れて行った。彼女はまだ回復までにいくらかの療養を必要としているが、でもずいぶん良くなった。数日前にヘンリーから葉書をもらった。二人のことを思い出したのはきっとそのせいもあるな。それと、あとは僕らがさっきまで話していた愛について云々の論議のせいもある」

「さあ、このジンを空けちまおうぜ」とハーブは言った。「みんなに一杯分ずつくらいはまだ残っている。それから食事に行こう。ライブラリに食べに行こう。で、どう思うね？　僕にはよくわからん。はじめから終わりまで、目が離せないような出来事だったたな。日々新たな進展みたいなものがあってね。彼と交わしたいくつかの会話を……僕はそういうのを忘れることができないだろうね。しかし今になってその話をしていると、気持ちが落ち込んでくるんだよ。やれやれ、なんていうか、急にずんずん落ち込んできちゃったよ」

「落ち込んだりしないでよ、ハーブ」とテリが言った。「ねえハーブ、薬を飲んだらどう、ハニー？」、彼女はローラと僕の方を見て言った。「ハーブはときどき気分を高める錠剤を飲むの。それは秘密でもなんでもないわよ。ねえハーブ」

ハーブは首を振った。「これまでも時に応じて、必要なものをなんだって飲んできた。べつに秘密でも何でもない」

「僕の最初の女房もそういうのを飲んでたよ」と僕は言った。

「うまく効いた？」とローラが言った。

「いや、ずっと落ち込みっぱなしだった。いつも泣いていたな」

「生まれつき落ち込みやすい人っているんだと思うな」とテリが言った。「生まれつき不幸になるようにできてるの。そして運も良くない。何をやらせてもただ運に恵まれないという人たちを知っている。でもほかの人たちは――これってあなたのことじゃないわよ、ハニー、これはもちろんあなたのことを言ってるんじゃない――自分で自分が不幸であるように仕向けて、その不幸の中に閉じこもっているのよ」。彼女はテーブルの上の何かを指でいじくり回していた。やがてそれをやめた。

「食事に行く前に子どもたちに電話をかけたいんだけど」とハーブは言った。「みんなかまわないかな？　長くはならない。ちょっとシャワーを浴びてさっぱりする。それから子どもたちに電話をかける。そのあと食事に行こう」

「マージョリーと話をする羽目になるかも、ハーブ。もし彼女が電話に出たりしたら。マージョリーは彼の前の奥さんなの。マージョリーとのあれこれについては私たち話したわよね？　ハーブ、あなたは今日は彼女と話なんかしない方がいいんじゃない？　そんなことになったら、ますます気分が悪くなるわよ」

「マージョリーと話なんかしたくないさ」とハーブが言った。「でも子どもたちとは話をしたい。子どもたちのことがすごく懐かしいんだよ。スティーブに会いたい。昨夜目が覚めて、あの子の小さいときのことを思い出していたんだ。あの子と話がしたい。キャシーとも話がしたい。子どもたちのことが懐かしい。だから母親が電話に出ないという方に賭けてみたいんだ。あのいやったらしい女が」

「彼女がなんとか再婚してくれないかって、ハーブが口にしない日は一日もないのよ。あるいは死んでくれないかって」とテリは言った。「ひとつには彼女のせいで私たち破産しそうなのよ。そしてもうひとつには、彼女は子どもたちの親権を手にしている。私たちは夏のあいだ一ヵ月だけ子どもたちをここに置けるんだけど、それだけ。彼女はただ私たちを困らせるために再婚しないんだって、ハーブは言うの。彼女はボーイフレンドと一緒に住んでいるんだけど、ハーブはその男のぶんまで生活援助をしていることになる」

「あの女、蜂アレルギーでね」とハーブは言った。「再婚してほしいと祈ってないときは、あんなやつ、どこか田舎に行って蜂の群れに襲われてぶすぶす刺されて死んじゃえと祈ってるね」

「それってひどいわ、ハーブ」とローラが言って、涙が出るほど笑った。

「ひどくおかしい」とテリは言った。我々はみんな笑った。腹をかかえて笑った。

「ぶううううん」とハーブは言いながら手の指を蜂に見立てて、テリの喉とネックレスに襲いかからせた。それから両手を体の両脇にだらんと下ろした。突然深刻な顔つきに戻った。

「あいつはとことんたちの悪い女なんだ。本当だよ」とハーブは言った。「悪意に満ちたやつだ。ときどき酔払ったときなんか、まあ今がそうなんだけど、養蜂業者みたいな格好してあいつのところに行ってやろうかと思うことがある。ほら、あの顔の前にシールドが下ろせるヘルメットみたいな帽子とか、分厚い手袋とか、詰めものをした防護服とかさ、そういう格好して。そしてドアをノックして、巣いっぱいの蜂を家の中に放ってやるんだ。でももちろん、まず最初に家の中に子どもたちがいないことを確かめるけれどね」。彼は苦労して脚を組んだ。それから両脚を床の上に置いて、前かがみになった。テーブルに肘をついて、両手で顎を支えた。「やっぱり子どもたちに電話するのはやめよう。君の言うとおりかもしれない。そんなに良い考えじゃないかもな。ざっとシャワーを浴びて、シャツを替えて、そのあと食事に行こう。どう、みんなそれでいいかな？」

「いいとも」と僕は言った。「食べてもいいし食べなくてもいい。それともこのまま酒を飲みつづけようか？　僕は夕陽に向かってまっすぐ進んでいけるよ」

「それどういうことなの、ハニー？」とローラが僕の方を見て訊いた。

「文字どおりの意味だよ、ハニー。このまま延々と続けてやっていけるってことだよ。ただそれだけ。夕陽のせいかもしれない」。太陽がまさに沈もうとしていて、窓が赤く染まっていた。

「私は何か食べたいかも」とローラは言った。「急におなかがすいてきちゃった。何かつまむものない？」

「チーズとクラッカーでも持ってくるわ」とテリが言った。でもそう言ったものの、テリはそこにじっと座ったままだった。

ハーブは自分のグラスを飲み干した。それから席からそろそろと立ち上がり、言った。「ちょっと失礼してシャワーを浴びてくるよ」。彼はキッチンを出て、ゆっくりと廊下を歩いてバスルームに行った。ドアを閉めた。

「ハーブのことが心配なの」とテリが言った。彼女は首を振った。「まあ時によってその度合いは違うんだけど、でもここのところとりわけ心配している」、彼女は自分のグラスをじっと見た。チーズとクラッカーを取りに行こうというような素振りはまったく見せなかった。僕は席を立って冷蔵庫を見てみることにした。お腹がすいたとローラが言うときには、何かを食べさせた方がいい。「なんでもそこにあるものを食べていいわよ、ニック。良さそうなものがあったら、持ってきてよ。チーズがあったと思うな。それにサラミ・スティックも。ガス台の上の戸棚にクラッカーがある。私忘れてた。何かスナックを持ってくるって話だったわね。私はお腹すいてないけど、あなたたちはきっとお腹すいちゃったわよね。私ってもう食欲がないの。ええと、何の話をしていたっけ？」、彼女は目を閉じ、また目を開いた。「まだこの話はあなたたちにしていなかったと思うんだけど、してたかしら？　思い出せない。でもね、前の奥さんと別れて、彼女が子どもたちを連れてデンヴァーに行っちゃったとき、ハーブは本当に自殺しそうだったの。ずいぶん長く精神科医に通っていた。何ヵ月も。あのままずっと通っているべきだったかなって、今でもときたま言っている」。彼女は空瓶を手に取り、自分のグラスに向けて逆さにした。僕はカウンターでとても用心深くサラミを切った。「もう空っぽね」とテリは言った。「ここのところまた自殺の話を彼は持ち出している。とくにお酒を飲んだときにはね。彼は傷つきやすすぎるのね。ときどきそう思う。自分を防御することができなくて、すべてに対してむき出しになっている。さて」と彼女は言った。「ジンもなくなった。切り上げ時ね。よく父が言っていた。負け戦はさっさと切り上げろってね。さあ、食事に行く時間。食欲なんてまるでないけど。でもあなたたち、きっとお腹ぺこぺこでしょう。何かつまむものがあってよかったわ。レストランに着くまではそれでなんとかお腹がもつんじゃないかしら。もし飲みたければ、レストランでもお酒は飲める。まあ楽しみにしていて。素敵なお店だから。残った料理と一緒に、好きな本を持ち帰ることもできるんだから。私も出かける用意をしてこなくちゃね。顔を洗って、ちょっと口紅をつけて。私は私のやり方で行く。もしそれがみんなの気に入らなければ、おあいにく様。私が言いたいのはね、ただこういうことなの。でも決して否定的な意味で言っているんじゃないのよ。私はね、あなたたちが五年後も、いや三年後だっていいんだけど、今と同じように仲睦まじく愛し合っていることを心底願っている。ええと、四年後だってなんだっていいわよ。四年後ってのはまさに『試練の刻《とき》』よね。このことに関して私が言いたいのはただそれだけ」。彼女は細い両腕をぎゅっと抱き、手を忙しく上下させた。そして目を閉じた。

僕はテーブルの席から立ち上がって、ローラの背後にまわった。彼女の上によりかかり、両腕を乳房の下で交差させ、彼女を抱いた。顔を落として、彼女の顔につけた。ローラは僕の両腕をぎゅっと押さえつけた。押さえつけて離れないようにした。

テリは目を開けた。彼女は我々を見ていた。それからグラスを手に取った。「あなたたちに」と彼女は言った。「私たちみんなに」。そして酒を飲み干した。氷が歯に当たってかちんと音を立てた。「カールにも」と彼女は言ってグラスをテーブルに置いた。「可哀そうなカール。彼は頭がおかしいとハーブは思っていた。でもハーブは心底彼に怯えていた。カールは別に頭がおかしかったわけじゃないのよ。彼は私のことを愛していたし、私も彼のことを愛していた。それだけよ。今でも彼のことをときどき考える。それは本当のことだし、それを口に出すことを恥ずかしいとも思わない。ときどき彼のことを考える。何かの拍子にふとあの人のことを思い出してしまうの。声を大にして言いたいんだけど、人生がソープオペラみたいになっていくことに私は我慢できないの。それはもう自分の人生じゃなくなってしまう。でもそのときはまさにそんな具合だった。私は彼の子どもを身ごもっていた。そのときに彼は最初の自殺を図ったのよ。殺鼠剤を飲んだときね。私が妊娠していることを彼は知らなかった。話はますますひどいことになる。私は堕胎をすることにした。当然だけど、そのことも彼には言わなかった。私はハーブの知らないことを話しているわけじゃないのよ。こういうこと全部彼は知っている。あろうことか、その堕胎手術をしてくれたのがハーブなの。世界は狭い。そうでしょ？　でもそのとき確かにカールはちょっとおかしくなっていたと思う。私は彼の子どもがほしくなかった。そのあと彼は自殺してしまった。でも彼が亡くなってしばらくして、もうカールに話しかけたり、彼の勝手な言い分を聞いたり、彼が怯えている時に助けてあげたりできないんだと思うと、いろんなことがすごくこたえてきたの。私は彼の赤ん坊に対して申し訳なく思った。その子を産まなかったことに対して。私はカールを愛しているし、それは私の気持ちの中では疑いの余地のないことなの。私は今でも彼のことを愛している。でもね、私はハーブだって愛しているのよ。ねえ、それはわかるでしょう？　いちいち言うまでもないわよね。ああ、もう訳がわからなくなってしまう」、彼女は両手の中に顔を埋めて泣き始めた。ゆっくりと彼女はうつむいて、テーブルに頭をつけた。

ローラはすぐに食べ物を下に置いた。彼女は立ち上がって言った。「ねえテリ。ねえ、さあ、テリ」、そしてテリの首と肩を撫でさすり始めた。「テリ」と彼女はつぶやくように言った。

僕はサラミを食べていた。部屋の中はとても暗くなっていた。僕は口の中に入れていたものを嚙み終え、喉の奥に呑み込んで、窓の方に行った。そして裏庭を眺めた。ポプラの木の向こうに目をやり、二匹の黒い犬がガーデン・チェアのあいだで眠っているのを見た。プールの向こうには扉が開いたままになっている小さな囲いがあり、その先には古い馬小屋があった。雑草の繁った野原があり、柵があり、また野原があった。その更に向こうにはアルバカーキとエルパソを結ぶ高速道路が走っていた。車が高速道路を行き来していた。太陽は山の端に没しようとしていた。山は暗さを増し、そこかしこに影をつくり出していた。しかしまだ光の名残はあって、それが目に見えるものに柔らかみを与えているようだった。山の端近くの空は灰色になって、冬の曇り空を思わせた。しかしそのすぐ上には一筋の青空が顔を見せていた。南国の絵葉書にあるような青だ。地中海の青だ。プールの水面にさざ波を立てているのと同じ微風が、ポプラの葉を細かく震わせていた。あたかも何かの信号を耳にしたかのように、一匹の犬が頭を上げ、少しのあいだ耳を立てて音を聞き取ろうとしていた。それから頭を二本の前足のあいだに落とした。

何かが起ころうとしている気配を僕は感じた。それは影と光の移ろいの緩慢さの中に感じ取れた。そしてそれが何であれ、その何かは僕をも巻き込んでいくのかもしれない。僕はそんなことが起こってほしくはなかった。風が野原に波を立てながら吹いていくのを僕は見ていた。野原の草が風に身を伏せ、それからまた身を起こすのを見ていた。その向こう側の野原は高速道路に向けて坂になっていた。風はその坂をのぼって、高速道路を越えていった。次から次へと波が打っていた。僕はそこに立ち、待ちながら、草が風に身を伏せていく様子を眺めていた。自分の心臓の鼓動を感じることができた。家の裏手のどこかでシャワーの音が聞こえた。テリがまだ泣いていた。努めてゆっくりと、テリの方を振り向いた。彼女はテーブルに頭をつけて、ガス台の方に顔を向けていた。目を開いていたが、時折涙に目をしばたたかせた。ローラは椅子をそちらに持っていて、座ってテリの肩に腕を回していた。もそもそと何かを言いつづけながら、テリの髪に唇をつけていた。

「わかった、わかった」とテリは言った。「その話をして」

「大丈夫よ、テリ」とローラは彼女に優しい声で言った。「大丈夫だからね。みんなうまくいくから」

ローラは目を上げて、僕と視線を合わせた。それは射貫くような視線で、僕の心臓の鼓動が遅くなった。ずいぶん長く感じられる時間、彼女は僕の目をじっと見ていた。それから彼女は肯いた。それが唯一彼女がやったことだった。唯一送られたしるしだった。でもそれだけで十分だった。まるで彼女はこんな風に言っているようだった。心配しないで、私たちはこれをうまく切り抜けるから。私たちについてはきっとみんなうまく行くから。だから気をもんだりしないで。僕は彼女の表情からそんなメッセージを読み取った。でもひょっとしたら僕が間違っているという可能性もある。

シャワーの音が止んだ。少し後でハーブが口笛を吹きながらバスルームのドアを開ける音が聞こえた。僕はテーブルの前にいる女たちを見続けていた。テリはまだ泣いており、ローラは彼女の髪を撫でていた。僕は窓の方に向き直った。一筋の青空はもうなくなって、ほかの部分と同じように暗さを増していた。しかし星が姿を見せていた。金星が見えた。ずっと遠くの脇の方にはそれほど明るくはないけれど、見違えようのない火星が地平線の上に浮かんでいた。風が強さを増していた。風に吹かれている何もない野原の様子を僕は眺めていた。マクギニス家が馬を飼うのをやめたのは残念なことだと、とくに脈絡もなく僕は思った。間もなく暗闇に包まれようとする野原を馬たちが駆けているところを想像したいと思った。あるいは柵の近くにただ静かに立って、頭をそれぞれ反対の方向に向けているところだってかまわない。僕は窓辺に立って、じっと待っていた。そこでもうしばらくじっとしていなくてはならないことが僕にはわかっていた。何か見えるものがまだ残っている限り、家の外に僕は視線を注いでいなくてはならないのだ。

もうひとつだけ

One More Thing

LDの女房のマキシンは、ある夜、彼に向かって出ていけと言った。仕事を終えて家に帰ってみたら、LDがまた飲んだくれて、十五歳になる娘のビーに口汚い言葉を浴びせていたからである。LDとビーは台所のテーブルの前で激しく口論していた。マキシンには持っていたバッグを置いたりコートを脱いだりする余裕もなかった。

ビーは言った、「お母さん、この人に言ってやってよ。私たちがこのあいだ話したことを言ってやって。問題はこの人の頭の中にあるんだって。お酒を止めたいと思うんなら、自分に向かって止めろって言えばいいだけのことじゃない。すべては頭の中にあるのよ。頭をまともにすればいいだけじゃない」

「そんな単純なことだとお前は思ってるのか」とLDは言った。グラスを手の中で回していたが、口はつけなかった。マキシンは刺し貫くような厳しい目で夫を捉えていた。「下らんことを言うな」と彼は言った。「お前には何もわからないんだから、余計な口を出すな。自分が何を言ってるかもよくわかってないんだ。だいたい一日家でごろごろして、星占いの雑誌を読んでるような奴と、まともな話ができるもんか」

「星占いとこの話と、いったいどういう関係があるのよ?」とビーが言った。「変なケチをつけないでほしいわね」。ビーはもう六週間も学校を休んでいた。誰が何と言おうと、もう学校なんか行かないから、と彼女は言った。まったく次から次へと際限なくろくでもない問題が出てくるんだから、とマキシンは言った。

「二人とも黙ってよ!」とマキシンは言った。「ああ、頭痛がしてきた。もううんざりよ、LD」

「ねえ、お母さん、言ってやってよ」とビーが言った。「お母さんだってそう思ってるんでしょう。自分に向かって止めろって言えば止められるんだって。脳にはなんだってできるのよ。禿げるんじゃないか、毛が薄くなるんじゃないかって思い悩んでいれば——これはお父さんのことじゃないけど——実際に髪が抜けていくものなの。そんなのちょっと頭のある人ならみんな知っていることよ」

「糖尿病はどうなんだ?」と彼は言った。「癲癇《てんかん》はどうなんだ? 脳がそれをコントロールできるって言うのか?」。彼はグラスをマキシンの目のすぐ下につきつけ、ぐいと飲み干した。

「糖尿病だってそうよ!」とビーは言った。「癲癇だって。何だってそうなのよ!

脳は人体でいちばん力を持つ器官なのよ。こちらの求めることはなんだってやってくれるの」。彼女はテーブルの上にある彼の煙草を取って、火をつけた。

「じゃあ癌はどうだ？　癌は？」とLDは言った。「脳は癌にならないようにしてくれるのか？　なあビー？」これで話の決着はついたはずだと彼は思った。そしてマキシンの方を見た。「そもそも何でこんな話になっちまったのだろう」と彼は言った。

「癌ね」とビーは言って、父親の頭の単純さを嘲笑うように首を振った。「癌だって同じことよ。癌を恐れなければ、人は癌になんてならないものよ。癌は脳の中で始まるのよ」

「馬鹿言え！」と彼は言って、平手でばんとテーブルを叩いた。灰皿が飛び上がった。グラスが横倒しになって、ビーの方へころころと転がった。「お前、頭がいかれちまってるぞ、ビー。お前、それがわかってるのか？　どこでそんな与太話を仕入れてきたんだ？　まさにでたらめだ。下らなくて涙が出てくるね」

「もうよして、LD」とマキシンは言った。彼女はコートのボタンを外し、カウンターの上にバッグを置いた。そしてLDの顔を見て言った、「ねえLD、私はもううんざり。ビーだってうんざりしてるし、まわりにいる誰もかれもがあなたにはうんざりしてるのよ。いろいろじっくり考えてみたんだけど、私、あなたにここから出ていってほしいの。今夜、たった今。ねえ、私は好意でこう言ってるのよ。私はあなたに今ここから出ていってもらいたいの。松材の箱に入れられて運び出されたりする前にね。さあ出ていって、LD。たった今」と彼女は言った。「いつかこのことを思い出して、きっとあなたは私に感謝することになるわよ」

LDは言った。「なんだって？　俺がこのことを思い出して感謝するって？」と彼は言った。「お前は本当にそんなこと思ってるのか？」。LDは家を出てどこかに行こうなんて考えたこともなかった。棺桶に入っても、入らなくても。彼はマキシンから目をそらせて、昼食時からテーブルの上にずっと置いてあるピックルスの瓶を見た。彼はその瓶を手に取って、冷蔵庫の向こうの台所の窓に向かって放り投げた。ガラスが割れて破片が敷居と床に落ち、ピックルスは凍えた夜の中に消えた。彼はテーブルの縁をぎゅっと握っていた。

ビーは椅子から飛び上がった、「お父さん、頭がいかれちゃってるわ！」と彼女は言った。彼女は母親の隣に立って、口で小さく息をしていた。

「警察に電話して」とマキシンが言った。「暴力をふるってる。怪我させられないうちに台所から出なさい。警察に電話して」と彼女は言った。

女たちはあとずさりしながら台所を出ていこうとした。ちょっとの間LDの頭には、二人の老人が後退していくイメージが浮かんだ。一人はナイト・ガウンに部屋着、もう一人は膝までの長さの黒いコートを着ている。頭が正気を失っているみたいだ。「出ていくさ、マキシン」と彼は言った。「今すぐ出ていってやるって。こっちにしても願ったりかなったりさ。お前らみんな頭がいかれてる。ここはまるで気違い病院だ。俺はよそで別の人生を見つけるさ。ここでの人生がすべてじゃないんだ」。窓に開いた穴から入ってくる風が顔に感じられた。彼は目を閉じ、目を開けた。彼はまだテーブルの縁に手を置いていた。そして話しながらそれを前後にぐらぐらと揺すった。

「そうだといいわね」とマキシンは言った。彼女は台所の戸口で立ち止まっていた。ビーは隣の部屋にじりじりと移っていた。「来世というものがあってほしいといつも私は祈ってるんだから」

「俺は行っちまうぞ」と彼は言った。彼は椅子を蹴飛ばしてテーブルから立ち上がった。「もう俺の顔を見ることはないからな」

「忘れたくても忘れられないだけのことはしてくれたわよ、あなたは」とマキシンは言った。彼女は今では居間にいた。ビーはその隣にいた。ビーは成り行きが信じられず、怯えているように見えた。彼女は母親のコートの袖を指でしっかりとつかんでいた。煙草がもう一方の手の指にはさまれていた。

「だってお父さん、私たちお話ししていただけじゃない」と彼女は言った。「さあさあ、とっとと出ていって、LD」とマキシンは言った。「ここの家賃は私が払ってんのよ。その私が出ていけって言ってるんだから早く出ていけば」

「出ていくって言ってるだろう」と彼は言った。「せっつくな」と彼は言った。「出ていってやるさ」

「乱暴なことはよしてよね」とマキシンは言った。「ものを壊すとなるとやたら力が強いんだから」

「出ていけてせいせいするさ」とLDは言った。「こんな気違い病院みたいなところ」

彼はベッドルームに行って、彼女のスーツケースのひとつをクローゼットから出した。古い模造革の茶色いスーツケースで、留め金が片方壊れていた。彼女はそれにジャンセンのセーターをいっぱい詰めて大学に持っていった。彼もまた大学に行った。それは遥か昔、遠い場所での出来事だった。彼はベッドの上にスーツケースを投げ出し、そこに自分の下着やらズボンやら長袖シャツやらセーターやら真鍮のバックルがついた古い革のベルトやら、あらんかぎりの靴下とハンカチを詰め込んだ。ベッドサイド・テーブルの上の雑誌も、読むものが必要になったときのために持っていった。灰皿も持っていった。スーツケースに入る大きさで、持ち運べるものなら片っ端から放り込んだ。壊れていないほうの留め金をとめ、ストラップをかけたあとで、洗面用具を入れ忘れたことに彼は気がついた。クローゼットの棚の、マキシンの帽子の後ろに、彼のビニールの洗面ポーチがあった。それは一年かそこら前の誕生日のプレゼントとしてビーがくれたものだった。それに剃刀とシェーヴィング・クリームとタルカム・パウダーとスティック・デオドラントと歯ブラシを入れた。歯磨き粉も持っていった。マキシンとビーが居間で何やら低い声で語り合っている声が聞こえた。彼は顔を洗いタオルで拭いたあとで、石鹸も洗面ポーチの中に詰めた。石鹸入れと、流しの上に置いてあったグラスも入れた。これであとナイフ、フォークと金属の皿があれば長期戦にも耐えられそうだなと、彼はふと思った。洗面ポーチのファスナーが閉まらなくなったが、でもとにかく準備は整った。彼はコートを着て、スーツケースを手に取った。そして居間に行った。マキシンとビーは話すのをやめた。マキシンは彼の姿を見ると、ビーの肩に手を回した。

「これでもうおしまいだ」とLDは言った。「この先二度とお前の顔を見ることはないだろうという以外に、言うべき言葉もないね」と彼はマキシンに言った。「何にせよまた会うつもりはない。お前にもだよ」と彼はビーに向かって言った。「お前と、お前のそのあほらしい考えともさよならだ」

「お父さん」と彼女は言った。

「なんでそうやっていちいち娘をいじめるのよ」とマキシンは言った。彼女はビーの手を取った。「あなたはこの家の中を十分無茶苦茶にしちゃったでしょう？　早く行ってよ、LD。ここから消えて、私たちを放っておいて」

「すべてはお父さんの頭の中にあるのよ。それだけは覚えていて」とビーは言った。

「これからどこに行くの？　手紙は書いていい？」と彼女は尋ねた。

「出ていく。俺の言いたいことはそれだけだ」とLDは言った。「この気違い病院以外なら、どこだっていい」と彼は言った。「そいつが肝心なことだ」。彼は最後に居間をぐるりと見回した。スーツケースをもう一方の手に移し、洗面ポーチを脇の下にはさんだ。「また連絡するよ、ビー。癇癪を起こして悪かったよ、ハニー。赦してくれよな。赦してくれるか？」

「ここを気違い病院に変えちゃったのはあなたなのよ」とマキシンは言った。「もしここが気違い病院だとしたら、それはね、LD、あなたのせいよ。あなたがそうしたのよ。どこに行こうと、そのことは忘れないでね」

彼はスーツケースを下に置き、その上に洗面ポーチを載せた。背筋を伸ばして、二人の顔を正面から見た。マキシンとビーは後ずさりした。

「お母さん、もう何も言わない方がいいよ」とビーが言った。それから洗面ポーチから歯磨きチューブがのぞいているのを目にした。彼女は言った。「ねえ、お父さんが歯磨きチューブを持っていこうとしてる。お父さんったら、歯磨きを持っていかないで」

「持っていかせなさい」とマキシンが言った。「欲しいものがあればなんでも持っていけばいい。ここから出ていってさえくれるなら」

ＬＤはもう一度洗面ポーチを脇にはさみ、スーツケースを手に取った。「もうひとつだけ言いたいことがある、マキシン。よく聞いてくれ。そして忘れないでくれ」と彼は言った。「俺はお前を愛している。何があろうと、その気持ちは変わらない。お前のことも愛しているよ、ビー。二人とも愛している」。彼は戸口に立って、これが最後の見納めになるのかもしれないと思いながら二人を見ていると、唇がぴくぴくと引きつるのが感じられた。「じゃあな」と彼は言った。

「あなたはこれを愛って呼ぶわけ？」とマキシンが言った。彼女はビーの手を放した。そして拳を握りしめた。それから首を振り、両手をコートのポケットに勢いよく突っ込んだ。彼をじっと見つめ、それから視線を落とし、靴の近くの床の上にある何かを見た。

俺はこの夜と、この彼女の姿をずっと記憶しているのだろうなと思い至って、彼はショックを受けた。これから何年にもわたって、彼女はそこにいる誰だかよくわからない女、長いコートを着て目を伏せ、明かりのついた部屋の真ん中に無言のまま立っている女になっていくのかもしれないと思うと、彼はぞっとした。

「マキシン！」と彼は叫んだ。「マキシン！」

「これが愛というものなの、ＬＤ？」と彼女は彼を見据えて言った。その目は凄まじく、深かった。彼はとにかくできるところまでその視線を受け止めていた。

『ビギナーズ』のためのノート

ウィリアム・L・スタル
モーリーン・P・キャロル

一九七〇年代、カーヴァーがアルコール依存症に苦しんでいた期間、担当編集者のゴードン・リッシュは彼の文学的な支えとなっていた。彼はカーヴァーの小説を「エスクァイア」誌に掲載し、ニューヨークの編集者やエージェントに紹介し、一九七六年には最初の短篇小説集『頼むから静かにしてくれ』の出版を可能にした。それに続く何年かのあいだに、カーヴァーの人生は大きな変化を遂げた。一九七七年の六月二日に彼は飲酒をやめた。一九七八年には別居というかたちで結婚生活を終了し（正式な離婚が成立したのは一九八二年である）、一九七九年からは作家のテス・ギャラガーと生活を共にするようになった。何年かのあいだ彼は定職に就かず、不定期の仕事をしていたが、その後シラキューズ大学英文科の正教授として招かれ、一九八〇年かららそこで教え始めた。同じ時期にリッシュは「エスクァイア」誌を離れ、アルフレッド・A・クノップフ社の出版部に職を得た。二人は手紙による連絡を続け、カーヴァーの作品集をリッシュの編集のもとに、クノップフから出版する可能性について語り合った。一九八〇年の五月初め、二人はニューヨーク市で会って、そのときにカーヴァーはリッシュに原稿の束を渡した。新しいいくつかの短篇作品と書き直しの手を入れた作品だ。

カーヴァーの視点からすれば、彼がリッシュに手渡したのは実質的には完成品だった。それ以前にリッシュはカーヴァーのいくつかの作品に手を入れたことがあった。その大部分は雑誌か、少部数出版のかたちで（あるいはその両方で）刊行された。しかしながら明らかに、シラキューズに戻って間もなく、カーヴァーは問い合わせの手紙を受け取ったようだ。一九八〇年五月十日の手紙の中で、カーヴァーはリッシュに対してこう書いている。「それで作品が良くなると君が思うなら、手を入れてくれてかまわない」と。またこうも付け加えている。「作品の中に筋肉をもっと盛り込めると思ったら、遠慮なくそうしてくれ」。彼はその編集者の技量を高く評価していたので、もし手入れされた原稿を新たにタイプし直したいのなら、その費用は自分が引き受けようとまで申し出た。

カーヴァーがシラキューズ大学の学期を終え、夏の休暇を過ごすために太平洋岸北西部に向けて出発しようと準備しているあいだ、リッシュは原稿に手を入れていた。

後に述べているように、カーヴァーの作品が彼をいちばん驚かせたのは、その「独得の荒涼さ《ブリークネス》」だった。その荒涼さを目立たせるために、彼は大胆に作品を短くした。プロットやキャラクター形成の描写や、装飾語を最小限に抑えた。長さを三分の一にされた作品もいくつかある。五、六の作品は半分以下に、二作品は四分の三に縮められた。全体の語数にすれば、もとあった原稿の五十五パーセントが削られている。

　リッシュは手早く仕事をした。本にまとめるため、自分の方針に沿って短篇小説を切り刻んだ。企画は急ピッチで進められた。原稿を受け取ってから五週間後に、彼は改稿され、タイプし直された原稿をシラキューズに郵送した。それはカーヴァーとギャラガーがまさにアラスカに向けて出発しようとしているところに到着した。リッシュに電話をかけたがつかまらなかったので、カーヴァーは一九八〇年六月十三日付で短い手紙を出し、あとで電話をかけると約束した。「短篇集は素晴らしいように見受けられる。しかし時間がなくてタイトル・ページしかまだ読んでいない。タイトルはこれでいいと思う」。彼はタイピストのための支払いを同封し、フェアバンクスの滞在先の住所を教えた。そして編集された原稿の内容を確認することなく出発した。

　カーヴァーとギャラガーが「ミッドナイト・サン作家会議」に参加しているあいだ、リッシュは再度の編集作業にとりかかった。もう一度彼は原稿をタイプさせた。六月の末に、ギャラガーをポート・エンジェルズに残し、カーヴァーは短期間シラキューズに戻った。彼はそこで二度目の手直しを受けた原稿が届くのを待った。その時点ではまだ、最初の手直し原稿に目を通していなかったようだ。一九八〇年七月四日、彼はリッシュに「改稿された原稿」はまだ届いていないと書いている。十日後にはワシントン州に帰ることになっているので、日にちはあまりない。二度目のタイプ作業のために彼は白紙の小切手を同封した。七月七日に彼は、本のための完成稿であるとリッシュが言うところの原稿を受け取った。編集されたその原稿を読んだとき、そのすさまじい変更を目にして彼はショックを受けた。「ささやかだけれど、役にたつこと」は三十七ページの作品だが、それは十二ページにまでカットされ、題名も「風呂」に変更されていた。二十六ページの作品「もし叶うものなら」は十四ページにカットされ、題名は「コミュニティー・センター」に変わっていた（リッシュは後日その題名を「デニムのあとで」に変えている）。十五ページの作品「みんなはどこに行った？」は五ページになり、題名は「ミスター・コーヒーとミスター修理屋」になっている。「ビギナーズ」は三十三ページの作品だが、十九ページにまでカットされ、題名は「愛について語るときに我々の語ること」とされている。以前やはりリッシュによって編集の手を加えられ、これまでに二度雑誌掲載されている五百語の短篇「私のもの」でさえ更に縮められ、「ポピュラー・メカニックス」（邦題は「ある日常的力学」）と題を変えられている。

眠れぬ一夜を過ごしたあとで、一九八〇年の七月八日の朝、カーヴァーは苦悶の手紙を書いている。

七月八日午前八時

親愛なるゴードン

僕はこの話から降りなくてはならない。どうか僕の話を聞いてくれ。一晩寝ないで、このことについて考えていた。このことの他には何ひとつ考えられないんだ。とにかくあらゆる側から考えてみた。編集された原稿の二つのヴァージョンを目がこぼれ落ちるんじゃないかと思うくらいじっくりと比較してみた。初回の方が――もしいくつかの点が二番目から初回のものに移行されるとすればだが――優れていると、僕は間違いなく信じている。君はまことに素晴らしい。天才だ。それに異論の余地はない。マックス・パーキンズ〔訳注・フィッツジェラルドやヘミングウェイの担当編集者〕やら誰やらを二人あわせたくらいの値打ちがある。そしてこれまでに君に何かと世話になったことを忘れるわけにはいかない。僕は君に、とても返しきれないほどの、多大な借りがある。僕が今手にしているこの新しい人生全体、まわりにいる友人たちの多く、ここでの仕事、その他何もかも。『頼むから静かにしてくれ』も君あっての本だ。時を経ても消え去ることのない何かを、君は既に僕に与えてくれた。今回の作品の多くを、君はより優れたものにしてくれた。もとあったものより、それらはずっと良くなっている。もし僕が一人きりで、誰とも関わらず、そしてまた誰もこれらの作品をもとあったかたちで読んでいなかったとしたら、いくつかのものに関して言えば、僕が送った作品より良くなっているわけだから、僕はそれをそのまま採用して、これでいこうということになっていたかもしれない。しかしテスはこれらをすべて読んだし、綿密にチェックしてくれた。ドナルド・ホールは新しい作品の多くに目を通している（それらについて彼は僕と時間をかけて討議し、作品集が出たら評論しようと申し出てくれている）。リチャード・フォードもトビー・ウルフもジェフリー・ウルフもいくつかを読んでいる。数日前に出たばかりの「トライクォータリー」にはトビー・ウルフの短篇が一本、フォードとキトリッジとマクグエインの短篇が一本ずつ、それから「みんなはどこに行った？」（「ミスター修理屋」）が掲載されている。今度、本が出版されたあとで彼らに会ったとき、僕は彼らにゆくゆく会うわけだけど、その作品がいつの間にどうしてこんなことになってしまったのか、いったいなんて言って説明すればいいんだろう？　本が一年半か二年もあとで出版されるのなら、まだ話はわかる。しかしすぐに出るとなれば、いくらなんでも間が詰まりすぎている。「トライクォータリー」は別の作品も採用してくれたが、この掲載はどうあっても一九八一・八二年「秋・冬」号まで待たなくてはならない。ゴードン、変更は素晴らしいものだし、その大方は作品を良くしている。僕は「愛について語るときに……」（「ビギナーズ」）に目を通してみた。そしてそこで君がどんなことをやったかを知った。君が何を抜き取ったかを。そして僕は君の洞察に度肝を抜かれ、驚き、飛び上がりそうにさえなった。しかし今は、その物語はあまりにも僕に近すぎる。そこにある多くのものは、僕の酒と縁を切った生活や、新しく見出された（そして見るからにまだ脆弱な）僕の精神の健康と、安寧とほとんど関わりを持っていない。君に真実を言おう。ここで正気を保っているのは僕にとってぎりぎりのことなんだ。三文ドラマみたいな言い方はしたくないが、僕はもう一度短篇小説を書くために、墓場からここに引き返してきたんだ。君も知っているかもしれないと思うが、僕はもう何もかもあきらめて、放棄して、死ぬことを、解放されることを心待ちにしていた。でも僕はこんなふうに考え続けた。今回の選挙が済むまでは死ぬのを延ばそう、と。あるいはこれが、あれがどうなるか見るまでは待ってみよう、と。だいたいそれは行く手のちょっと先にある何かだった。しかしその暗い日々にあっては、それは僕の魂からそれほど遠く離れたものであってはならなかった。それはそんなに昔のことじゃない。今では状況は比較にならないほど良くなっている。健康は取り戻したし、銀行に貯金はあるし、人生のこの時期に相応しい女性を手にしているし、まともな職に就いているし、そんなこんな。しかし僕は、その原稿をひと揃い君に送って以来、一語も書いてはいない。君の感想を待っていた。君の感想は僕にはとても大きな意味を持っている。今僕は恐れている。致命的なまでに恐れている。僕は感じるんだ。もしこのままのかたちで本が出版されたなら、僕はもうこの先小説なんて、ひとつも書けなくなってしまうかもしれないと。これらの作品のうちのいくつかは、ああ、どう言えばいいのか、それくらい密接に、健康と精神の安定を回復しようとする僕の意識に結びついているんだ。前にも言ったように、一年半なり二年なりの期間があれば、そしてこれらの作品から距離を置き、新しい作品をもっと蓄えたあとでなら、これでやっていけると思う。たぶんそうできると思う。でも今はだめだ。本当にだめなんだ。僕には他に何を言えばいいかわからない。

どうかこのことで僕を助けてくれ、ゴードン。こんな重要な決断に、僕は今まで直面したことはなかったと思う。誇張なしで。だからどうか理解してもらいたいんだ。妻を別にすれば、今ではテスを別にすれば、君は僕の人生において最も重要な意味を持つ存在だったし、今でもそうだ。それは紛れもない事実だ。僕はこのことで君の愛や厚意を失いたくない。何があろうと。それは僕自身の一部が死ぬのと同じことだ。精神的な一部が。ジーザス、僕は下らないことをべらべらしゃべっている。もし君がこのことで不必要に弱り果てたり、悲しい気持ちになったり、そしてまた君のことだから僕に腹を立てたり、失望したりしたとしたら（あり得ることだ）、それでより惨めになるのは僕の方だ。そして僕の人生はきっと様変わりしてしまうことだろう。本当だよ。しかしその一方で、本が出版されて、僕がそこにかかるべき誇りも喜びも感じられなかったとしたら、自分に許された範囲から大幅に逸脱し、境界線をいくらかでも越えてしまったと感じたとしたら、僕は自負のようなものを抱けなくなるだろうし、ものを書くことさえもうできなくなってしまうかもしれない。今僕はそれくらい深刻なことだと感じている。もし僕が本に対して全面的な好意を抱くことができなければ、僕はもう立ち直れないだろう。本当だよ。ああ、神様、他にどう言えばいいのか僕にはわからない。僕は混乱とパラノイアで頭がまさにいっぱいになっている。へとへとにもなっている。まったくへとへとだ。

お願いだ、ゴードン、このことで僕を助けてくれ。わかってほしい。いいかい。もう一度言わせてくれ。もし僕がこの世界で何らかの立場なり評価なり信用を手にしているとしたら、それらはみんな君のおかげだと思う。僕が手にしている、この考えようによってはけっこう興味深い人生も、君に負うところが大きい。しかしこのままのかたちでことを進めたとしたら、それはもう僕には良きものではなくなってしまう。この本は本来であれば喜びに満ちた祝典を招くべきなのに、そうはならないだろう。それは防御と弁解を呼ぶことになるだろう。この本はすべて複雑な意味合いで、あるいはそんなに複雑ではないのかもしれないが、飲酒をやめてから僕が感じている価値観や、自己評価としっかり結びついている。僕にはどう考えてもこいつは無理だ。その結果僕の身に降りかかるかもしれないリスクを、僕は引き受けられない。この僕の決定のもたらす苦痛は今や絶頂に達している。僕にはそれがわかる。もはやそれは手に負えないものになっている。頭がどうかしてしまいそうだ。同時にまたこの決定が君を沈みこませるであろうことも、僕にはわかっている。説明をし、更なる作業をし、軌道に乗った物事にストップをかけ、どうしてそうなったかという納得のいく理由をみつけなくてはならない。しかしいつかは、僕の苦悩も君のそれも、どこかに消えてしまうだろう。悲しみもあるだろう。僕は実際に今悲しくてたまらない。でもそれだっていつかは消えてしまうはずだ。しかしもし今ここで声を上げなければ、心から語らなければ、そしてものごとの流れを止めなかったら、僕はゆくゆくつらい時期を迎えることになる。僕が毎日、そしてほとんど毎晩のように戦わなくてはならない悪鬼は、むっくりと起き上がり、僕を打ち負かしてしまうかもしれない。

　言うまでもなく僕にはわかっている。まず短篇集の中身を読んでからでなければ、契約書に署名するべきではなかったのだ。前もって、署名をする前に、僕の感じている恐怖を君に明らかにしておくべきであったのだ。さて、それで僕はこれから何をどうすればいいのだろう？　君のアドバイスが欲しい。すべてを僕のせいにして、なんとか契約から僕を解放してくれるような手だてはないだろうか？　本の出版を一九八二年の冬か春に延ばして、僕はそこに収められる作品をまず雑誌で発表したいのだと、出版社にわかってもらうことはできないだろうか——これは本当のことでもある。作品のいくつかは来年かもっと先にならないと雑誌に載せられないことになっているのだから。僕は雑誌での発表を先にしてもらいたいし、一九八二年の春、僕がこの大学で終身在職権《テニュア》ももらえそうな頃、本が出版されるといいと思っていると会社の方に言うのは？　それから、次の年に何をどうすればいいか、はっきり決めればいいんじゃないか？　それともただ単に、すべてをぱったりとストップさせてしまうしかないだろうか。そうすべきだろうか？　クノップフに小切手を返す。もしそれがこちらに送られてくる途上にあるのなら。まだなら、君が止めておいてくれないか。それから僕は君に、君がこの作業に費やした時間の報酬を支払いたいと思う。ずいぶん多くの時間が費やされたはずだ。まったくもう、そう思うと、僕は気が狂いそうになる。そのことで頭が熱くなってしまう。いや、そのことから目を背けてはならない。それは中止されるのがいちばんいいと思う。

　僕は編集のことを考えていた。とりわけ初回の手直しのことを。さっきも言ったように、それは見事な直しだ。そのままで進められては困ると思うのは、以下の作品だ。「コミュニティー・センター」（もし叶うものなら）、と「風呂」（ささやかだけれど、役にたつこと）、それから「愛について語るときに我々の語ること」（ビギナーズ）に出てくる老夫婦、アンナ・ゲイツとヘンリー・ゲイツの話ももう少し残したい。「ミスター修理屋」（みんなはどこに行った？）は現状では本に入れたくない。「隔たり」はその題を「何もかもが彼にくっついていた」に変更されるべきではないと思う。短い作品「私のもの」も「ポピュラー・メカニックス」（ある日常的力学）に変更してもらいたくない。「ダミー」もそのままの題にしてもらいたい。

「深刻な話」を「パイ」に変えるのはかまわない。「いいものを見せてあげよう」という題は「私にはどんな小さなものも見えた」よりもいいと思う。それ以外は、あちこちの細かい部分はともかく、二回目の直しの一部を初回の直しに編入することで、私としてはいちおう納得することができる。細かいことだが、「パイ」（深刻な話）の最後の部分で、男が灰皿を持って家を出ていく部分は、良い思いつきで、まさに秀逸だ。そういう箇所が多々認められ、原稿は以前よりもより明確になり、より素晴らしくなっている。でも僕としては「ミスター修理屋」を今あるかたちでこの作品集に入れることは承伏できない。「トライクォータリー」に載っているもともとのかたちか、少なくとも大半を残したかたち、どちらかでなければ、出版はしたくない。

今となってはこの話は、僕にとって切実すぎる。それについて考えることすら、僕にはつらいのだ。結局のところ、今の時点で次の作品集を出すことは、僕にとって早すぎるのかもしれない。来年の春にしてもやはり早すぎるとは思うが。どう考えても早すぎるんだ。僕は思うんだが、ゴードン、手遅れにならないうちにこの話は中止にしてしまおう。こんなことを言ったら、君の愛と友情を失ってしまいかねないことが、僕にはよくわかっている。しかしもしそのリスクを引き受けなければ、自分の魂と精神の健康を失ってしまいかねないということも、僕にははっきりわかっているのだ。僕はまだ回復の途上にいるし、アルコール依存症からようやく抜け出そうとしているところだ。そしてこのように重大な意味を持つ、ずっと先まで残るものごとに関して、僕は収拾のつかない面倒に首を突っ込むわけにはいかない。そうなんだ。それが僕の案じていることなんだ。君はこれらの作品を、実に多くの部分でより良いものにしてくれた。軽い方の編集とトリミングによってね。しかし他の作品については、さっき挙げた三つの作品については、もしこのようなかたちで世間に出されたら、僕は恨み言を口にすることだろう。たとえそれがオリジナルの作品より芸術品に近くなって、今から五十年後にも読み継がれるようになるとしても、下手をすれば僕の命取りになりかねない。本当だよ。それらの作品は僕がこうして復帰してきたことに、密接にぴたりと結びついているものなのだ。僕が回復し、作家としての、また一人の人間としての、ささやかな自負や誇りを取り戻してきたことに。

君はきっと腹を立て、裏切られたと感じ、不快に思っていることだろう。本当に悪いと思っている。この作業のために君が費やした時間については補償できると思う。しかしこのことによって、君がこの先引き受けなくてはならないかもしれない編集上の、あるいはビジネス上の、様々なトラブルや心痛について――それは僕が原因なのだが――君を助けたり、何かの役に立てるようなことはできそうにない。それについてはどうか赦してもらいたい。僕としては次の作品集を出すまでに、もっと時間をあけなくてはならないようだ。一年半か、あるいは二年か。でも僕としてはそれでいいと思っている。そのあいだにまた少しずつ作品を書き溜め、価値観のようなものを身につけていけるのであれば。君の友情、気遣い、そして何かにつけ僕を擁護してくれたことは、僕にとって大きな意味を持っていたし、今でも持っている。言葉ではとても言い表せないくらい。君にもわかっていると思うが、君にその借りを返すことなんて僕にはできない。僕は君を称え、尊敬する。君のことを実の兄弟以上に愛している。しかしこのことに関しては、君は僕を解放してくれないといけない。ゴードン、本当だよ。このような試みを、あと一歩たりとも先に前に進めることはできない。だから僕にアドバイスを与えてほしい。明日ここを発つが、土曜日には戻ってくる。前にも言ったとは思うが、月曜日には西海岸に向けて出発する。ベリンガムとポート・タウンゼンドに。そこでテスと落ち合い、ここには七月三十日に戻る。僕のここの住所は以下のとおり。

メアリランド・アヴェニュー832

シラキューズ、ニューヨーク州　13210

前にも述べたように、僕は混乱し、疲れ、パラノイア気味で、恐れている。この作品集が今あるような形で世に出たら、その結果僕がどんなことになるのか、それを恐れているのだ。だから、お願いだ、僕を助けてもらいたい、今一度。どうか僕につらくあたらないでほしい。自分が君を不快な気持ちにし、がっかりさせたとわかったら、僕はばらばらになってしまいそうだ。ゴードン、よろしくお願いする。

レイ（署名）

どうかこの本の刊行を中止するのに必要な処置をとってもらいたい。勝手なことを言うようだが、よろしく寛恕願いたい。

それからほどなくして、カーヴァーは電話でリッシュと話をしている。この会話は記録されていないが、リッシュの意見は明らかになった。契約は力を持っているし、本の刊行に向けて、編集作業はフルスピードで行われている。この時点で既に、出版のメカニズムはカーヴァーの手の及ばないものになっていた。彼はそのことをまだ認識できていなかったのかもしれない。一九八〇年七月十日にいたってもなお、彼は初回の改変原稿と二回目の改変原稿をせっせと引き比べていたからだ。その夜彼は、煮えきらない手紙をリッシュにあてて書いている。一方で彼はクノップフから本が出るということに胸をときめかせ、編集者に深く感謝している。「実に見事だ」と彼は書き出している。「とても素晴らしい。そして君の尽力を、僕はとてもありがたく、名誉なことと感じている」。その一方で彼は、作品に加えられたカットに対して、あれこれ疑念を呈している。編集を受けたテキストに対して、ひとつひとつ「些末」ではあるが「意味のある」変更を加えることを申し出ている。その多くはリッシュが二度目の改稿で大幅に削った部分の修復だった。「僕は深刻な疑問と懸念を持っている」とカーヴァーは書いている。「そうでもなければ、こんなふうにチェックを入れたりはしなかった」。彼の不安は、その削ぎ落とされたかたちの作品群が、彼の書いたものを支離滅裂なものに見せてしまうのではないかということだった。「僕は心から恐れている。これほど多くのものを取り去り、すかすかにしてしまうことによって、作品にとって必要な結合組織が失われてしまうのではないかと」

四分の三以上を削除され、題名も「ミスター・コーヒーとミスター修理屋」に変更された「みんなはどこに行った？」については、カーヴァーはそこに手を入れるよりはむしろ、作品集から取り除いてしまってもらいたいと頼んでいる。オリジナルの作品は「トライクォータリー」に掲載されており、編集者がそれをO・ヘンリー賞の候補作として推していることを、カーヴァーは承知していた。それに加えて、アルコール依存症の男が、自分の問題に向き合い始める姿を描いた小説である。「みんなはどこに行った?」は、彼自身の回復へと向かう転換点を描いたものでもある。「僕はこの作品に、多くの激しく複雑な感情を抱いている」と彼は説明している。「たとえ本に収録されなくとも、どのような形であろうとも」。彼は翌朝この手紙を書き終え、もう一度謝意を述べている。「この本に、また君がクノップフからこの本が出るように尽力してくれたことに、僕は興奮している」。ポート・エンジェルズでテスに再会したいという気持ちが抑えきれず、彼は推薦文やパブリシティーの話に焦点を絞る。新しい本への世間の期待を盛り上げるために、まだ発表されていないいくつかの作品を急いで雑誌に送ることにしよう。手紙の最後近くにカーヴァーは、飲んだくれていた時代に彼がリッシュに対してとっていた、へりくだった態度に逆戻りしている。「僕は以前君に向かって言ったことがある。もし『エスクァイア』に作品が載ったら、そのまま死んでも幸福だと思うと」と彼は書いている。「そして今、クノップフから僕の本が出ようとしている。こんなに見事な本が! そして更に多くが続くだろう。僕はしっかりと調子を取り戻している」。彼は手紙を「愛を込めて」と締めくくる。そして「またそのうちに」手紙を書くことを約束する。

シラキューズを出発する前夜、つまり一九八〇年七月十四日の夜には、カーヴァーは本の内容を編集者の裁量に委ねてしまっていた。「君が本心、僕のためを思ってくれていることはわかっている」と彼は手紙に書いている。「そしてそのために君はすべてを、あるいはそれ以上のことをしてくれるはずだ」。「口うるさい著者」になりたくないから、自分はこれだけのことしかリッシュに求めない。それは自分が書き送った修復について、一考してもらいたいということだ。「もし僕が僕自身にとっての最悪の敵になっていると君が判断するなら、それはまあ仕方ない、君の主張通り、君の二度目の改訂原稿を最終稿とするしかあるまい」。彼が一週間前に示した抵抗は、もうあとかたもない。「あるいはこれに関しては僕が間違っているのかもしれない。あるいは君が百パーセント正しいのかもしれない。ただもう一度だけじっくり考えてみてくれないか。望むのはそれだけだ」。彼がただひとつ明確に指示したのは、「ミスター・コーヒーとミスター修理屋」だけは本に入れてほしくないということだった。

『愛について語るときに我々の語ること』の編集作業に対してカーヴァーが示した困惑について、リッシュはどのように反応したのだろうか？　一九九八年八月、彼は「ニューヨーク・タイムズ・マガジン」に対してこのように語っている。「私の認識では、手紙は一通送られてきたが、私は関係なく作業を進めたということだね」。後日彼はカーヴァーに校正刷りを送った。「君が送ってくれたゲラ刷りについてはちらっと目を通しただけで、まだ何もしていない」とカーヴァーは一九八〇年十月六日の手紙に書いている。「読まなくてもいいから早く送り返せと君に言われて、いささか拍子抜けしてしまった」と。もしカーヴァーがそれを読んでいたら、作品群がリッシュの二度目の改稿に沿ってまとめられていたこと、また更なる削除が行われていたことを彼は発見しただろう。カーヴァーが提案した変更は実質的にまったく反映されていなかった。そして本には「ミスター・コーヒーとミスター修理屋」が含まれていた。

一九八〇年二月十五日、カーヴァーはリッシュに書いた手紙の中で、今自分が手にしている原稿は三つのグループに分類されるとしている。ひとつは地方文芸誌《リトル・マガジン》や小出版社の本に掲載されたことはあるが、商業的な本のかたちでは刊行されていない作品群だ。もうひとつは雑誌に掲載されたか、近いうちに掲載されることになっている作品群。三つ目は新たに書かれたもので、これはタイプ原稿のかたちのままだ。

本書『ビギナーズ』に収められている原稿は、それら三つのグループに属する作品群によって構成されている。クノップフ社に原稿を見せるにあたって、それまで本や雑誌に掲載された作品について、カーヴァーはいくつもの書き直しをしている。そのような著者による改訂は、手書きのものも含めて、テキストに反映されている。原稿の中の、明らかな単語の抜けや、綴りの間違いや、句読点の不統一なところなどは、こちらで適宜処理させていただいた。以下に示すのは、『ビギナーズ』に収められた作品の、ひとつひとつの刊行履歴である。リッシュの編集を受けたものも、後日カーヴァーの著作に改めて収められた（いくつかの）ものも、そこに含まれている。

「ダンスしないか？」

『ビギナーズ』においては八ページだった原稿は、『愛について語るときに』では九パーセントの削除を受けている。

〔以前の出版歴〕「ダンスしないか？」として「クォータリー・ウェスト」（一九七八年秋号）「パリス・レビュー」（一九八一年春号）。「パリス・レビュー」のヴァージョンは、リッシュの『ビギナーズ』初回の改変によるものだ。一九七七年にカーヴァーは「ダンスしないか？」という題の作品を「エスクァイア」に送っている。リッシュはこれに手を加え、「私は座ることにしよう（I Am Going to Sit Down）」という題に変えたが、どのヴァージョンも「エスクァイア」には掲載されていない。「クォータリー・ウェスト」に掲載されたヴァージョンには、リッシュによる変更が、すべてではないにせよ、数多く反映されている。『ビギナーズ』のテキストとほぼ変わりない。

〔以後の出版歴〕『ぼくが電話をかけている場所』に、『愛について語るときに』と同じかたちで収録されている。

「ファインダー」

『ビギナーズ』においては六ページだった原稿は、『愛について語るときに』では三〇パーセントの削除を受けている。

〔以前の出版歴〕「ビューファインダー（View Finder）」として「アイオワ・レビュー」（一九七八年冬号）「クォータリー・ウェスト」（一九七八年春夏号）。これらの二つのヴァージョンはほとんど同じである。刊行されないまま終わった初期のカーヴァーの作品「ひきうす（The Mill）」に加えられたリッシュによる変更が数多く反映されている。その題は両手のない男の"You're going through the mill now"〔訳注・試練をくぐり抜けているという意味。本書の訳文は「今がいちばんきついときだ」（三四ページ）〕という台詞からきている。リッシュはその台詞の部分を削除し、題を「ファインダー」に変えた。この言葉はオリジナル原稿に二度出てくる。この作品を「エスクァイア」に掲載しようという試みは、一九七七年九月にリッシュが同誌の小説担当編集者をやめたことで頓挫した。「クォータリー・ウェスト」のヴァージョンは、本書収録のものと同一である。

〔以後の出版歴〕なし

「みんなはどこに行った?」

『ビギナーズ』においては一五ページだった原稿は、『愛について語るときに』では七八パーセントの削除を受け、題名は「ミスター・コーヒーとミスター修理屋」に変更されている。

〔以前の出版歴〕「みんなはどこに行った?」として「トライクォータリー」(一九八〇年春号)。このテキストは句読点の違いを別にすれば、『ビギナーズ』のテキストと同一である。

『愛について語るときに』のリッシュの最初の改変では、娘の名前はケイトからメロディーに、妻の名前はシンシアからマーナに変えられ、息子の名前マイクについての言及はすべて削除されている。リッシュはタイトルを最初「ミスター修理屋」としたが、その後「ミスター・コーヒーとミスター修理屋」に変えている。

〔以後の出版歴〕「みんなはどこに行った?」として『ファイアズ』に収録された。『ファイアズ』のテキストは「トライクォータリー」のテキストと同一。ただしカーヴァー自身によって僅かな変更がなされている。たとえば「みんないったい家のどこにいるんだろう」（六〇ページ）という部分は削除されている。その結果、この文章は「トライクォータリー」と『ビギナーズ』にしか出てこない。


「ガゼボ」

『ビギナーズ』においては一三ページだった原稿は、『愛について語るときに』では四四パーセントの削除を受けている。

〔以前の出版歴〕リッシュの『ビギナーズ』初回の改変によるものが「ガゼボ」として「ミズーリ・レビュー」（一九八〇年秋号）に掲載された。

〔以後の出版歴〕『ぼくが電話をかけている場所』に『愛について語るときに』収録の版とほぼ同一のものが収録されている。


「いいものを見せてあげよう」

『ビギナーズ』においては一一ページだった原稿は、『愛について語るときに』では五六パーセントの削除を受け、題名は「私にはどんな小さなものも見えた」に変更されている。

〈以前の出版歴〉リッシュの『ビギナーズ』初回の改変によるものが「いいものを見せてあげよう」として「ミズーリ・レビュー」（一九八〇年秋号）に掲載された。初回の改変においてリッシュは作品のオリジナルの結末をほとんど削除している。二度目の改変においては題名を「私にはどんな小さなものも見えた」に変えている。

〈以後の出版歴〉なし

「浮気」

『ビギナーズ』においては二一ページだった原稿は、『愛について語るときに』では六一パーセントの削除を受け、題名は「菓子袋」に変更されている。

〈以前の出版歴〉「浮気」として「パースペクティブ――現代文学クォータリー」（一九七四年冬号）に掲載された。『怒りの季節』にも収録。「パースペクティブ」『怒りの季節』に収められた版は『ビギナーズ』のものとほぼ同一である。

〈以後の出版歴〉なし

「ささやかだけれど、役にたつこと」

『ビギナーズ』においては三七ページだった原稿は、『愛について語るときに』では七八パーセントの削除を受け、題名は「風呂」に変更されている。

〔以前の出版歴〕リッシュの『ビギナーズ』初回の改変による「風呂」が「コロンビア――詩と散文の雑誌」(一九八一年春夏号)に掲載された。

〔以後の出版歴〕「ささやかだけれど、役にたつこと」として「プロウシェア」(一九八二年号)に掲載された。「プロウシェア」のテキストは『ビギナーズ』のテキストに準じている。ただし言葉遣いや言い回しにいくつかの細かい変更があり、四ページにわたる回想の部分が削除されている。「風呂」でなされたリッシュによる変更は、冒頭の段落における二、三の言い換えを別にすれば、「プロウシェア」のテキストにはまったく反映されていない。カーヴァーは『大聖堂』に「ささやかだけれど、役にたつこと」を収録したが、それはテス・ギャラガーの意見を取り入れて、「プロウシェア」のテキストに少し手を入れたものだ。『大聖堂』に収録されたのと同じ版が『ぼくが電話をかけている場所』に収められている。


「出かけるって女たちに言ってくるよ」

『ビギナーズ』においては一九ページだった原稿は、『愛について語るときに』では五五パーセントの削除を受けている。

〔以前の出版歴〕「フレンドシップ」として「南西部リテラリ・クォータリー」（一九七一年夏号）に掲載された。一九六九年にカーヴァーは「エスクァイア」掲載を検討してもらうべく、「フレンドシップ」をリッシュのところに持ち込んでいる。しかし「エスクァイア」はその作品を採用しなかった。のちにカーヴァーはキャプラ・プレス社の発行人ノエル・ヤングのところに、『怒りの季節』に収録してもらえないかとその作品を持ち込んだが、ヤングは「私の弱い神経にとってはあまりに血腥い」と判断し、見送った（一九七七年四月二十四日付の手紙）。『ビギナーズ』の「出かけるって女たちに言ってくるよ」は「南西部リテラリ・クォータリー」の「フレンドシップ」にきわめてよく似ている。改訂するにあたって、カーヴァーは題名を変え、いくつかの言葉を取り替え、最後の段落を長くした。

〔以後の出版歴〕なし

「もし叶うものなら」

『ビギナーズ』においては二六ページだった原稿は、『愛について語るときに』では六三パーセントの削除を受け、題名は「デニムのあとで」に変更されている。

〔以前の出版歴〕「もし叶うものなら」として「ニュー・イングランド・レビュー」（一

九八一年春号）に掲載された。「ニュー・イングランド・レビュー」の版は『ビギナーズ』の版とほぼ同一である。

〔『愛について語るときに』関連〕リッシュは初回の改変のときに題名を「コミュニティー・センター」に変え、最後の六ページを削除している。その後彼は題名を「デニムのあとで」に変えた。

〔以後の出版歴〕「もし叶うものなら」は一九八四年に、カリフォルニア州ノースリッジのロード・ジョン・プレスから、サイン入り限定版（二二六部）として出版された。限定版のテキストは「ニュー・イングランド・レビュー」のそれと同じだが、言い回しに若干の変更がある。カーヴァーは最後の部分のいくつかのセンテンスを、何度かにわたって書き直している。

「足もとに流れる深い川」

『ビギナーズ』においては二七ページだった原稿は、『愛について語るときに』では七〇パーセントの削除を受けている。

〔以前の出版歴〕「足もとに流れる深い川」として「スペクトラム」（一九七五年号）に掲載された。『怒りの季節』にも収録。「スペクトラム」の版と『怒りの季節』の版は同一である。短縮された版が「プレイガール」（一九七六年二月号）に掲載された。「プレイガール」の編集者は広範囲に削除を行い、最後に二つのセンテンスを付け加えているが、この付け加えはほかのどの版にも見受けられない。「私は叫び始める。それはもうどうでもいいことなの」というセンテンスだ。「スペクトラム」の版と『怒りの季節』の版は、いくつかの句読点の変更を別にすれば、『ビギナーズ』の版と同一である。〔以後の出版歴〕「足もとに流れる深い川」は『怒りの季節』とほぼ変わりない版で『ファイアズ』に収められている。『ファイアズ』の版は『ぼくが電話をかけている場所』に収録されている。

「ダミー」

『ビギナーズ』においては二四ページだった原稿は、『愛について語るときに』では四〇パーセントの削除を受け、題名は「私の父が死んだ三番めの原因」に変更されている。〔以前の出版歴〕「ダミー」として「ディスコース――リベラル・アーツ・レビュー」（一九六七年夏号）に掲載されている。『怒りの季節』に収録。『怒りの季節』のテキストは「ディスコース」の抜刷りを基にしている。カーヴァーはそこにいくつかの重要ではない変更を加えている。『怒りの季節』のテキストは『ビギナーズ』のものと実質的に同一である。

〔『愛について語るときに』関連〕リッシュは二度目の改変のときに題名を「ダミー」から「私の父が死んだ最初の原因」に変更している。その前に彼は「フレンドシップ」という題名をつけ、それをとりやめて、のちに「私の父が死んだ三番めの原因」という題名に変えた。

〔以後の出版歴〕「父が死んだ三番めの原因」として『ぼくが電話をかけている場所』に収録されている。このヴァージョンは『愛について語るときに』のそれとほとんど同一である。

「パイ」

『ビギナーズ』においては一一ページだった原稿は、『愛について語るときに』では二九パーセントの削除を受け、題名は「深刻な話」に変更されている。

〔以前の出版歴〕「深刻な話」として「ミズーリ・レビュー」(一九八〇年秋号)に掲載された。これはリッシュの初回の改変版に、部分的に二度目の改変を加えたものである。一九八〇年十二月に、『ビギナーズ』に収録されたのとほとんど同じヴァージョンの『パイ』が、「プレイガール」に掲載された(クリスマスの時期が背景になっているので、雑誌はこの作品を年末号までとっておいた)。

〔以後の出版歴〕「深刻な話」として『ぼくが電話をかけている場所』に収録されている。


「静けさ」

『ビギナーズ』においては九ページだった原稿は、『愛について語るときに』では二五パーセントの削除を受けている。

〔以前の出版歴〕「静けさ」は「アイオワ・レビュー」(一九七九年夏号)に掲載されている。「アイオワ・レビュー」のテキストは『ビギナーズ』のものと同一である。

〔『愛について語るときに』関連〕「静けさ」の最後のセンテンスを編集するにあたって、リッシュはカーヴァーの床屋のタッチについての表現を、「悲しみ(sadness)」から「柔らかさ(tenderness)」に変え、更に「心地よさ(sweetness)」に変えた。

〔以後の出版歴〕「静けさ」は『愛について語るとき』とほとんど同じ版で『ぼくが電話をかけている場所』に収録された。


「私のもの」

「私のもの」は『ビギナーズ』原稿の中で唯一、最初のタイプ原稿が保存されていない作品である。原稿は、二度目に書き直された『愛について語るときに』の原稿の中に初めて見出せる。これはリッシュによる二度目の改変を受けたものだ。三ページのタイプ原稿は一パーセントの削除しか受けていない。

〔以前の出版歴〕「私のもの」の初出は『怒りの季節』である。ほぼ同じ版が「小さなものごと」という題で「フィクション」（一九七八年号）に掲載されている。一九七八年六月に「私のもの」は『怒りの季節』に収録されたかたちのまま、「プレイガール」に転載されている。一九七七年四月にカーヴァーは「別離の論争」という題の「三ページのミニ・ストーリー」を、キャプラ・プレス社のノエル・ヤングにあてて、サインした『怒りの季節』の契約書と共に送っている。それと同時にカーヴァーはリッシュにもこの作品を送っている。リッシュは「エスクァイア」に掲載できないものかと、作品に編集の手を入れた。彼は「別離の論争」の原稿の七パーセントを削除し、題を変えるようにカーヴァーに求めた。カーヴァーはその題を「小さなものごと」に変え、その後「私のもの」に変えたが、結局それが「エスクァイア」に掲載されることはなかった。そのテキストは『怒りの季節』に「私のもの」として収録され、そこにはリッシュによる編集上の示唆が、すべてではないにせよ、数多く反映されている。それは『ビギナーズ』に収録されたテキストと実質的に同じである。

〔『愛について語るときに』関連〕リッシュは『ビギナーズ』原稿の二度目の改変の際に、題を「私のもの」から「ポピュラー・メカニックス」に変えている。

〔以後の出版歴〕『ぼくが電話をかけている場所』に収録された版は、『愛について語るときに』に収録されたものと同じである。しかしカーヴァーは題を「ポピュラー・メカニックス」から「小さなものごと」に変えた。


「隔たり」

『ビギナーズ』においては一三ページだった原稿は、『愛について語るときに』では四五パーセントの削除を受け、題名は「何もかもが彼にくっついていた」に変更されている。

〔以前の出版歴〕「隔たり」として「チャリトン・レビュー」（一九七五年秋号）に掲載されている。『怒りの季節』に収録。『怒りの季節』のテキストは「チャリトン・レビュー」のページをコピーしたものだが、そこにカーヴァーはいくつかのあまり重要ではない手入れを加えている。「隔たり」は『怒りの季節』から「プレイガール」（一九七八年三月号）に転載された。『怒りの季節』の版は『ビギナーズ』のものと同一である。

〔以後の出版歴〕「隔たり」は『ファイアズ』に収録されたが、その大部分は『怒りの季節』のテキストを復元したものだ。それに加えて、『ファイアズ』のテキストには、『愛について語るときに』に収録されたときになされたリッシュの改変がいくつか反映されている。また原稿の余白に書き込まれていたテス・ギャラガーの指摘も、いくつか反映されている。『ファイアズ』の版が『ぼくが電話をかけている場所』に収録された。

「ビギナーズ」

『ビギナーズ』においては三三ページだった原稿は、短篇集『愛について語るときに』では五〇パーセントの削除を受け、題名は「愛について語るときに我々の語ること」に変更されている。

〔以前の出版歴〕リッシュが『ビギナーズ』原稿に二度目の改変作業をおこなったヴァージョンの「愛について語るときに我々の語ること」(そこには印刷所に回す原稿への手入れも含まれている)が、「アンタイオス」(一九八一年冬春号)に掲載されている。

〔『愛について語るときに』関連〕『ビギナーズ』に収められた原稿にはカーヴァー自筆の修正が複数加えられており、最後の二つのセンテンス、「やがてものごとは良くなるだろう。目を閉じれば、自分が失われていくだろうことが僕にはわかっていた」が線を引いて消されている。初回の改変でリッシュは最後の五ページを削除した。二度目の改変で題名は「ビギナーズ」から「愛について語るときに我々の語ること」に変えられた。また老夫婦の名前（アンナとヘンリー・ゲイツ）は削除された。

〔以後の出版歴〕「愛について語るときに我々の語ること」は短篇集『愛について語るときに』の版で『ぼくが電話をかけている場所』に収録された。「ビギナーズ」は「ニューヨーカー」（二〇〇七年十二月二十四―三十一日号）に『ビギナーズ』収録のオリジナル原稿の形で掲載された。

「もうひとつだけ」

『ビギナーズ』においては七ページだった原稿は、『愛について語るときに』では三七パーセントの削除を受けている。

〔以前の出版歴〕「もうひとつだけ」は「ノース・アメリカン・レビュー」（一九八一年三月号）に掲載されている。「ノース・アメリカン・レビュー」のテキストは『ビギナーズ』のそれとほぼ同一である。

〔『愛について語るときに』関連〕作品を編集するにあたって、リッシュは娘の名前をビーからレイエットに変えた。それからカーヴァーの意見を入れて、レイに変えた。

〔以後の出版歴〕『愛について語るときに』に収められた版が、『ぼくが電話をかけている場所』に収録されている。

訳者あとがき――カーヴァー文学にとって、なにより重要な事実

本書は既に僕（村上）の翻訳で、このライブラリーの一冊として出版されている、レイモンド・カーヴァーの短篇集『愛について語るときに我々の語ること』（一九八一年）を、オリジナル原稿のかたちで復元・編集したものである。長いあいだ埋もれていたこれらの原稿は、カーヴァーの研究家であるウィリアム・L・スタルとモーリーン・P・キャロルによって発掘され、綿密な考証を受け、一冊の本としてまとめられた。当時の担当編集者によって大幅にカットされた部分を拾い上げて復元したために、『ビギナーズ』というタイトルを新たにつけられた本書のページ数は、並べて厚さを比べていただければ一目瞭然だが、『愛について語るときに我々の語ること』の二倍ほどに（文字通り当社比で）増量されている。

そのような本書成立のテクニカルな経緯については、巻頭と巻末に付された編者による序文とノートに詳しく記されているわけだが、ここでは、著者であるレイモン

ド・カーヴァーと、長い期間にわたって彼の編集者をつとめたゴードン・リッシュとの個人的な関係（あるいは確執）について、日本の一般読者のためにもう少し詳しく述べておきたいと思う。二人の編者はあくまで研究者としての学術的公正性を保つために、スキャンダラスな部分に触れることを意識的に回避しているので、事情背景を理解するためには、ある程度の状況説明が必要になってくるだろう。

編集者リッシュと小説家カーヴァーの間には、長い蜜月時代があったが、あるときからしっくりいかなくなり、二人はやがて袂を分かった。しかし両者ともその訣別の事情については多くを語らず、少なくともパブリックな場では口をつぐんでいた。僕が一九八三年の夏に――それは今にして思えば、まさにリッシュとカーヴァーが訣別する直前のことだった――ワシントン州の自宅でカーヴァーに会って、「なぜあなたは以前書いた作品を、違うスタイルでそんなに熱心に書き直すのですか？」と質問したときにも（それは僕にはかなりユニークな、ある意味ではマニアックな作業のように思えた）、彼はリッシュの存在についてはあえて触れず、ごく曖昧に「いや、昔書いた作品に納得がいかないので、それを納得のいくように書き直そうとしているんだ」とぼかして――なんとなく言いにくそうに口ごもりながら――語っていた。

おそらく「お互いに泥をぶっつけあうのはやめよう」という、暗黙の了解のようなものが両者の間にあったのではないかと推測される。カーヴァーが病を得て一九八八年に亡くなってからも、リッシュは二人の関係については、おおむね沈黙を守っていた。その劇的な死によって、カーヴァーはいわばアメリカ文学の聖域のような場所に祭り上げられていたし、その足を引っ張るようなことをすれば、自分の置かれた立場が悪くなるだけだと、どうやらリッシュは認識していたようだ。

しかし一九九一年、ゴードン・リッシュがインディアナ大学のリリー図書館に、この『愛について語るときに我々の語ること』（『ビギナーズ』）の収録作品を始めとする、彼が編集したカーヴァーの様々なオリジナル原稿、及びカーヴァーがリッシュ宛に書いた個人的な書簡をそっくりまとめて売却したことから（なぜそんなことをしたのか、理由は不明である）、かつて二人の間で進められていた作業の全貌が、次第に明らかになっていった。

このあたりの経過は一九九八年八月（奇しくもカーヴァーの没後十年である）、D・T・マックスというジャーナリストが「ニューヨーク・タイムズ」のサンデー・マガジンに寄稿した『カーヴァー・クロニクルズ』という文章に詳しいし（この記事は大きな反響を呼ぶことになった）、僕もこの興味深い記事を全文翻訳して『月曜日は最悪だとみんなは言うけれど』という、やはりこの「翻訳ライブラリー」に収められている本に入れた（邦題は『誰がレイモンド・カーヴァーの小説を書いたのか？』）。とても要領よく綿密に（そしてまたかなり公正に）書かれた記事なので、もう一度そこからいくつかの事実を引用してみたいと思う。

また最近になってアメリカで出版された、レイモンド・カーヴァーの詳細な伝記（『レイモンド・カーヴァー・ある作家の生涯』キャロル・スクレニッカ著）からも、ゴードン・リッシュについての多くの情報を得ることができた。

ゴードン・リッシュは一九三四年にニューヨーク州ロング・アイランドで生まれているから、カーヴァーよりは四歳年上になる。ユダヤ系で、父親は婦人用帽子を製造する企業を経営していた。ゴードンは若い頃からエキセントリックなまでに激しく文学に傾倒するようになった。アリゾナ大学を卒業して西海岸に移り、高校の教師など様々な職業を経て、やがてカリフォルニア州パロ・アルトで文芸誌の編集の仕事を手がけるようになった。彼自身は小説家を目指していたのだが、その作品が脚光を浴びたという形跡はない。編集者になることはリッシュにとってあくまで次善の選択であったのだが、やがてそれが自分にとって天職であることを彼は発見する。編集者としての彼の強みは、とにかく浴びるほどたくさんの作品を読めることだった。寝る時間をも惜しんで、有名無名の作家のフィクション作品を片端から読みあさった。またリッシュにはきわめて明確な独自の文学観があり、自分の好みにあったものは、徹底的にどこまでも好んだ。彼がカーヴァーと最初に出会ったのは一九六八年のことだった。場所はパロ・アルトだ。当時カーヴァーは教科書会社に勤めながら小説を書いていた。

一九六九年にリッシュは「エスクァイア」誌に迎えられる。とくに実績もない地方文芸誌の無名編集者から、歴史あるクォリティー・マガジンの文芸担当編集者へ。まさに異例の抜擢である。当時はカウンターカルチャーの全盛期で、時代は様々な局面で大きな転換を迎えており、「エスクァイア」もまたフィクションの新しいヴォイスを誌面に取り入れようとしていた。そのためには伝統にとらわれない、新しい感覚を持った、意欲的な若い編集者が求められていた。そこでゴードン・リッシュに白羽の矢が立ったのだ。順風満帆、リッシュは希望に胸を膨らませてニューヨークに向かった。カーヴァーに向かって「どんどん作品を送ってこいよ。何とかしてやるから」と言い残して。

作家と編集者としての二人の関係はそこから始まる。当時の二人の力関係は、どのように見ても不均衡なものだった。リッシュは今や一流全国誌のスター編集者であり、カーヴァーはまだ西海岸の一部でしか名を知られていない駆け出しの小説家だった。リッシュは都会育ちで押しが強く、求めるものはなんとしても手に入れる男だった。多くの人に好かれるタイプではないが、腕は立つ。そして時代の追い風も受けていた。それに比べてカーヴァーは片田舎の出身で、幼い二人の子どもを抱え、日々の生活に追われ、自分に自信が持てず、くよくよと思い悩むところもあった。徐々に酒害に苦しむようにもなっていた。彼の作品の、時として愚直なまでにリアリスティックなスタイルは時流に乗らず、掲載してくれる雑誌を見つけるのも簡単ではなかった。

カーヴァーがリッシュに送ったいくつかの作品は、リッシュの尽力にもかかわらず、「エスクァイア」に最終的に採用されなかったが、やがて『隣人』が編集部の目にとまり、一九七一年六月号に掲載されることになった。それが全国誌にカーヴァーの作品が掲載された最初であり、この衝撃的な短篇小説によって、レイモンド・カーヴァーという名前は世間の耳目を引き始めることになった。そのような経緯があり、カーヴァーは、リッシュに対して深い恩義を感じるようになる。リッシュは当時のカーヴァーにとって、誇張抜きで、まさに生命線のごとき存在だった。

このときから既に、リッシュの過剰なまでのエディティングが始まっている。カーヴァーの送った『隣人』の原稿には大幅にリッシュの手が入り、題名までが変更された（この場合は The を取り除いただけだったが）。カーヴァーはもちろんそのことを快くは思わなかった。作家は誰しも、自分の書いたものに編集者が無断で手を入れることを好まない。当然のことだ。しかしカーヴァーは、無名の自分を檜舞台に上げてくれたリッシュに対して心から感謝していたし、彼の編集者としての能力を高く買ってもいた。そして何はともあれ、「エスクァイア」に自分の作品が掲載されるのは、カーヴァーにとってはまったく夢のような出来事だった。だから彼はあえて口を閉ざし、リッシュの指示にそのまま従った。そこから二人の、ある意味では屈曲した関係が始まる。カーヴァーはリッシュに原稿を送り続け、リッシュはその原稿に手を入れ続けた。

それはリッシュにとっても、カーヴァーにとっても、総じて幸福な関係とは言えなかった。そこには最初から不自然なねじれがあった。しかしそのねじれは、少なくとも最初のうちはということだが、二人にとって共通の利益をもたらすものとして機能した。それが二人の蜜月時代だった。カーヴァーの作品は全国誌に掲載され、その結果、一流出版社から短篇集『頼むから静かにしてくれ』を刊行することもできた。当時のリッシュがカーヴァーの売り込みにかけたエネルギーは、尋常なものではなかったようだ。彼は自分のやろうとしていることに全力を傾注する人間だった。そのようなリッシュの尽力によってカーヴァーの名前は全国的に知られるようになり、それなりに収入も増えた。その一方リッシュは、カーヴァーを「自分が発見した新しい文学の声」として売り出すことによって、目利きの編集者としての評価を得ることができた。リッシュは劇的効果を増すために、カーヴァーと以前から親交があったことは伏せて、まわりの人々には「持ち込み原稿からたまたま拾い上げたんだ」と語った。カーヴァーもおずおずとそれに口裏を合わせている。

確かにリッシュにはエキセントリックな傾向がある。他人の言い分に耳を貸さず、やりたいことをやる。そして何をするにせよ、いくぶんやり過ぎるところがある。かなり問題を抱えた編集者だ。しかしカーヴァーの側にもつけこまれる要因がないとは言えない。まずひとつは、カーヴァーがその人生において常に何らかの「導き手《メンター》」なり、強力な忠告者を必要としていたということだった。彼はワシントン州の田舎町に育ち、父親は製材所の労働者だった。親戚に大学を出たものは一人もおらず、文学的な環境などどこにも見いだせなかった。それでも彼は高校生のときに、自分は何があっても小説家になるのだと決意した。しかし小説家とはどういうものなのか、どのようにすれば小説家になれるのか、そんな知識はどこからも手に入れられなかった。だからまったくのゼロから自分を正しく、そして厳しく指導してくれる「導き手」が、彼にはどうしても必要だった。カーヴァーはチコ州立大学でジョン・ガードナーに巡り会い、彼の指導の下に文学を学ぶ。幸いなことにガードナーは優れた作家であり、同時に意欲的な教師だった。ガードナーは創作科のクラスでカーヴァーが書いた小説を丁寧に、綿密に手入れしてくれた。そして小説を書くとはどのような作業なのか、その意味をいちばん基礎の部分から彼に教え込んだ。カーヴァーはガードナーから受けた教えをマントラのように頭に刻み込んだ。それが作家としてのカーヴァーの出発点になった。つまりリッシュのやったことは、ガードナーがやったことのほとんど延長線上にあったとも言える。リッシュは言うなれば、カーヴァーがもともと抱えていた空白スペースにぴたりと位置を占めることができたのだ。

もちろん大学創作科の学生と、仮にもプロになった作家とのあいだには、大きな相違がある。創作科の教師と、文芸誌の編集者との間にも大きな相違がある。それぞれ職能も違うし、職域も違うし、職業的モラルのあり方も違う。しかし言うなれば、カーヴァーは生まれながらにして強い「導き手」を求める性格であり、一方のリッシュは生まれながらにして人に「指図をする」性格であった。二人の間にはもともと、そのような化学的反応を呼び起こす素地があったと言えるだろう。

またひとつの問題は、リッシュに文学的野心があったことだった。彼には文学界で名をなしたいという飽くなき思いがあった。しかし残念ながら、彼には創作家としての能力はどうやらあまり具わっていなかったようだ。リッシュはその人生の過程で絶えず小説を書き続けたが、それが作品として成功を収めることはなかった。一九九一年に出した長篇小説『マイ・ロマンス』は五百部しか売れなかったし、ほとんど世間から黙殺された。そのぶん——というべきだろう——他人の書いた作品をアグレッシブに切り刻み、ある意味では「自分のもの」とすることを彼は好んだ。そして彼はそのような作業に、並外れて優れた手腕を発揮した。

リッシュは後年、カーヴァー作品を切り刻み、大きく改変したことについて質問されると、「いや、それは何もカーヴァー相手だけのことじゃない。みんなに対しても俺は同じようなことをやっていたんだ」と何でもなさそうに答えていた。彼が「エスクァイア」のために、ウラジーミル・ナボコフの新しい長篇小説の原稿を、まったく違う構造を持つ話に作り変えてしまった話は有名だ。ナボコフはその大胆な改変を目にして激怒した。大家ナボコフの原稿に手を入れるような編集者など、これまでどこを探してもいなかったのだ。「このゴードン・リッシュというのはどこのどいつだ?」と彼は言った。もちろんその作品が「エスクァイア」に載ることはなかった。

多くの作家はリッシュの押しの強いやり方に激怒したし、激怒までしなくても掲載を拒否した。しかし「エスクァイア」というブランドの力は大きかったし、不満を抑えて、大幅な改変にやむなく同意する作家も少なからずいたという。そのような強引な手腕によって、そして新鮮な若手作家を発掘し、登用する勘の良さによって、リッシュは「キャプテン・フィクション」という名前を冠され、ニューヨーク出版界の名物編集者となった。

もちろんリッシュとカーヴァーは、ただ利害によって結ばれていただけではない。彼らは精神的な絆によって結ばれた「ソウル・メイト」でもあった。作家のハーバート・ゴールドは、当時の二人の関係についてこのように語っている。「ゴードンは、カーヴァーに精神的に弱いところがあることを、あるいは好んでいたかもしれない。しかし彼はカーヴァーのことをとても誇りに思っていたし、よく彼の話をした」。二人は不遇時代を共にしていたし、文学を真剣に志すもの同士、心が通じ合うところもあった。そしてリッシュは、カーヴァーに小説家としての優れた才能があることを見抜いていた。それはまだ完成品ではない。いわば磨かれていない粗い鉱石であり、掘られていない油田だった。カーヴァーにとってリッシュが生命線であったとすれば、リッシュにとってカーヴァーはかけがえのない豊かな資産であり、彼の編集者としての腕の試しどころだった。

リッシュはそのエディティングにおいて、話の筋そのものを大きく書き換えたりはしなかった。新しく自前の文章を加えることも希だった。そんなことをしたら、それは編集ではなく、ゴースト・ライティングに近いものになってしまう。しかし文章を大幅に削ったり、組み替えたり、順番を入れ替えたりすることによって、作品自体の雰囲気をがらりと変えてしまうことが、彼にはできた。ラディカルな編集ではあるが、決して気まぐれで恣意的なものではない。そこには一貫した方針があり、それなりに繊細な気配りもあった。まさにひとつの才能と言うほかはない。

しかし編集者が自らこのような大幅な改変作業に手を染めることは、長期的に見れば決して好ましいことではない。作品についてのアドバイスを与えるのは編集者の役目だが、実際に書き直すのは言うまでもなく作家の役目である。編集者が自分で勝手に書き直して、「これでいいかどうか承認してくれ」というのでは話の順序が違う。編集者と作家の力関係によっては、それは一種のハラスメントになりかねないからだ。作家の力が弱く、ノーと言いづらい場合には、作家が心ならずも涙を呑まなくてはならない場合も出てくるだろう。それは公正なことではない。

とくに一九七〇年代半ば以降のカーヴァーはアルコール依存症に苦しみ、人生のどん底にあった。家庭は崩壊し、仕事は失われ、ほとんど何も書けないような状態が続いた。二度の破産を経験し、身体は損なわれていた。実際に死にかけたこともあった。

自信も誇りも失われかけていた。そんな状態に置かれていた彼が、リッシュの強権発動に対してノーと言えるわけはない。たとえ彼がノーと言ったところで、リッシュはそんなものには耳を貸さなかっただろう（実際『愛について語るときに』の編集作業においては、カーヴァーの懇願に対してまったく耳を貸していない）。まわりの多くの人はそれを「いじめ《ブリイング》」と受け取っている。つまりリッシュとカーヴァーはその当時、「いじめっ子」と「いじめられっ子」の関係にあったのだと。

　前妻のメアリアン・カーヴァーはその意見に与しない。「レイはスヴェンガーリ〔訳注・英国の作家デュモーリアの『トリルビー』に登場する音楽家。催眠術を使って主人公を操る〕の魔力と戦う無力な子どもというのではなかった。彼はゴードンのことが好きで、彼に同情していたのよ。もしレイのように小説を書く才能が持てたなら、俗に言うように、ゴードンは左側の睾丸だって差し出したでしょう。レイにはそれがちゃんとわかっていた。レイはオリジナルなものを書くことができたけど、ゴードンにできるのは、紙に書かれたものを切り刻んで、変えてしまうことだけだった」

　カーヴァーがリッシュに同情したかしなかったか、そこまではわからない。しかしものごとはそのようなレベルでは収まらなくなる。ニューヨーク出版界におけるリッシュの名声はなおも高まっていく。彼は経営が変わったのを機に「エスクァイア」を辞め、大手出版社クノップフへと会社を移る。更なるステップアップだ。それにつれて彼のエゴはますます膨らみ、レイモンド・カーヴァーは自分の「創造物」であり、腹話術の人形のようなものに過ぎないとまわりの人々に向かって言い立て始める。カーヴァーの単行本には、共著者として自分の名前が並べられるべきなのだと豪語するようにもなる。そのようにしてねじれは看過できない弊害を生み出し始める。それにつれて、カーヴァー作品に対するリッシュの編集はますますヘビーなものになり、エゴイスティックな様相を帯びていく。

しかし一九七〇年代も末近く、カーヴァーに人生の大きな転機が訪れる。彼は苦労の末にきっぱりと酒を断ち、健康を徐々に回復していく。メアリアンと別居し、詩人・作家のテス・ギャラガーを新しいパートナーとする。シラキューズ大学の教授の地位に就き、生活は安定し、作家としての評価は日々高まっていく。しかし何よりも大きかったのは、彼がテスという新たな人生の「導き手」を手に入れたことだ。テスは豊かな文学的才能を持ち、聡明にして、大地のように強い女性だ。彼女はまさにカーヴァーが必要としていた存在だった。そしてちょうどこの時期に、『ビギナーズ』の編集問題が持ち上がってきたわけだ。

リッシュがますます強権を発動しようとする一方で、カーヴァーはようやく健康を取り戻し、生き方をがらりと変え、作家としての自信を回復しつつあった。衝突は避けられないところだ。しかしカーヴァーの気力、精神状態はまだ万全とは言えない。それは編者のノートに全文引用されている、リッシュ宛てのカーヴァーの痛々しい――まさに痛々しいとしか言いようのない――手紙を読んでいただければよくわかると思う。テスはこのときにはまだ西海岸にいて、カーヴァーとは別々に生活していた。だから彼は一人でリッシュと渡り合わなくてはならなかった。（体勢を立て直すまで）出版をあと一年半待ってくれないかとカーヴァーはリッシュに頼んでいるが、もしそれが実現していれば（リッシュは契約書を盾にそんな頼みを一蹴した）、本の内容は実際に大きく変わっていたことだろう。

『愛について語るときに我々の語ること』はリッシュの編集したかたちのまま刊行され、結果的にはそれは予想以上の成功を収めた。文壇的にも世間的にも高い評価を得て、レイモンド・カーヴァーは一流の現代作家として人々に受け入れられた。その特異な作品スタイルは文芸界に鮮やかな衝撃を与え、いわゆる「ミニマリズム」とか「Kマート・リアリズム」という新たな流れがそこに出現した。それは「ダーティー・リアリズム」といった、ジャーナリスティックな名前で呼ばれることもあった。そして彼自身は求めもしなかったことだが、カーヴァーはその流派《スクール》の旗手として、先頭に押し出されることになった。

しかしそのシュールレアリスティックなまでに情緒や描写や説明をそぎ落とした独特の文体は、カーヴァーではなく、むしろリッシュが意図して作り上げたものだった。『ビギナーズ』と『愛について語るときに……』を比べて読んでいただければおわかりになるはずだが、『ビギナーズ』に収められたヴァージョンの作品は、どれもスピードがよりゆるやかで、ふっくらと肉付きが良い。『愛について語るときに……』に比べて、少しばかり冗長なところが見受けられるかもしれないが、そこにはカーヴァーという人の人間性が温かく存在している。手法的にはどちらかといえばシンプルでコンサヴァティブだ。それに比べると『愛について語るときに……』はよりダークで、鋭くスピードがあり、スリリングなまでに示唆的である。挑戦的で、アヴァンギャルドでもある。人目も惹く。

僕の一読者としての正直な感想を言わせてもらえば、リッシュの編集はリッシュの意図している方向性においては、うまく成功していると思う。たとえば表題作の『愛について語るときに我々の語ること』においては、リッシュの改変はおおむね良い効果を及ぼしている。余分なところがそぎ落とされ、作品としてぐっと締まり、読みやすくもなっている。説明の少ない分、物語もより緊迫感を持っている。しかしそれと同時に、交通事故にあった老夫婦の新婚時代の挿話（夫が回想する）が削除されていることが、読み比べてみると、僕には淋しく感じられる。改変されたものの方が、作品としては効果的に機能しているのだが、そこにあったはずのひとつの深い気持ちが取り去られてしまったことが、何かしら惜しく思えるのだ。機能が優先され、気持ちが後回しにされているところがある。直接的に現実の役には立たなかったかもしれないが、そこにあっただけで独特の落ち着きを醸し出していた古い家具が、運び去られてしまったあとのような「不在感」がそこにはある。リッシュはある意味優れた、異能の編集者かもしれない。しかしそれよりもっと優れた、もっと人間的な、別の編集方法がきっとあったはずだ、というのが僕の実感である。

「カーヴァーのめそめそしたセンチメンタリズムに私は堪えられなかった」というようなことをリッシュは言っている。その気持ちはわからなくはない。『ビギナーズ』のオリジナル原稿にもそういう要素は散見されるだろう。「ここはなくてもいいかな」と思わせられる部分は確かにある。しかしその「めそめそしたセンチメンタリズム」は、カーヴァーが作家として人間として成熟していくのに合わせて、より高度な精神性へと、より深い共感性へと高められていく。そしてそれこそが『大聖堂《カセドラル》』や『使い走り』という見事な傑作を生み出す原動力ともなっていくのだ。しかしリッシュによって改変された『愛について語るときに……』には、残念ながらそういうのびしろが今ひとつ不足している。その本はスタイルとして時代を画するものではあったかもしれないが、スタイルは歳月とともに否応なく消化され、古びていくものだ。真実の文学を成立させるにはスタイルを超えた何かが必要とされる。

本当にあるべきだったのは、リッシュが適切なアドバイスをし、カーヴァーがそれを受けて自分の手で作品を書き直すという共同作業だった。そうすれば『愛について語るときに……』でも『ビギナーズ』でもない、もうひとつの作品集が世に問われていたことだろう。今あるものよりも、よりバランスのとれた、より説得性のある作品群がそこには収められていたことだろう。その本全体を通して、正しい将来への展望がくっきりと浮かび上がっていたことだろう。そしてカーヴァーはごく自然に、穏やかに作家としての王道を歩み、成長を遂げていったことだろう。

しかし残念ながら、一九七〇年代においては、それは実際には起こりえないことだった。リッシュは性格的にそこまで自分の身を引くことはできなかったし、カーヴァーの生活はしばしば深く混乱し、執筆に神経を集中できない局面がもたらされた。だから多くの場合カーヴァーは、リッシュの言うがままにならざるを得なかった。言い換えるなら、リッシュはあまりにリッシュであり、カーヴァーはあまりにカーヴァーであった。

しかし『愛について語るときに……』が成功を収めたあと、カーヴァーは時間をかけて自分の生活と文学スタイルを確立していく。いわゆる「ミニマリズム」とは距離を置き、より広い文学世界を視野に据え、リッシュが自分の原稿に手を加えることを拒否するようになる。クノップフの担当編集者として共同作業はするが、原稿はいじってくれるなと彼に向かってはっきりと通告をする。「僕はもうこれ以上、外科手術のような切断や移植には堪えられない」とカーヴァーは一九八二年八月のリッシュに宛てた手紙の中に書いている。また別の手紙の中でこうも書いている。「良き編集者として本づくりを手伝ってほしい。最良の編集者として。影武者としてではなく」。そしてそれと並行して、彼はテスの協力とアドバイスを得て、かつてリッシュの激しい「外科手術」を受けた自分の作品を、少しずつもとあったかたちに修復していく。

具体的に言えば、たとえば『風呂』は『ささやかだけれど、役にたつこと』に戻され、『足もとに流れる深い川』は長いヴァージョンに戻されている。部分的にはリッシュのエディティングが反映され、そのおかげで作品としての完成度は増しているが、おおむね原型に近いものになっている。それらの多くは亡くなる直前に刊行された作品集『ぼくが電話をかけている場所』（一九八八年）に収められている。その本には七つの新作と、三十の旧作（そのうちのいくつかは復元作業を受けている）が収められている。しかしそれと同時にリッシュの編集のまま、元に戻されていない作品も少なからずある。たとえば表題作の『愛について語るときに我々の語ること』は、リッシュの編集したものが、いわゆる「決定版」になっている。あえて戻す必要はないと、カーヴァー自身が判断したのだろう。

しかしカーヴァーは、そのようないくつかの作品の書き直しがリッシュによって滅多切りにされたものの修復作業だとは明らかにしなかった。彼はそれを――僕に向かって言ったのと同じように――物語の「拡張作業」なのだと説明した。彼にはどうやらリッシュとの確執を世間に明らかにしようというつもりはなかったようだ。「カーヴァーはすべてが平穏に進むことを求めていたんだ」とトバイアス・ウルフは語っている。インタビュアーたちに「キャプテン・フィクション」との関係について質問されると、カーヴァーは常にリッシュのことを友人であり、才能のある編集者であり、自分が困難な状況にあるときに助けの手を差し伸べてくれた人だと言った。しかし彼との編集上の関係の変転については、語ることを巧妙に避けたし、作品に関心を持つ人々のために何かしらの事実を明らかにすることもしなかった。

そのような作業が存在したことを明らかにするのは、カーヴァーにとってもまた具合の悪いことだったに違いない。たとえば『ファイアズ』に収められたエッセイ『書くことについて』の中で、カーヴァーは「時間がないから」と言って作品の推敲をおろそかにする友人の物書きに対して怒りの声をあげている。「もしその語られた物語が、力の及ぶ限りにおいて最良のものでないとしたら、どうして小説なんて書くのだろう？　結局のところ、ベストを尽くしたという満足感、精一杯働いたというあかし、我々が墓の中まで持っていけるのはそれだけである。私はその友人に向かってこう言いたかった。悪いことは言わないから別の仕事をみつけた方がいいよと」。そのようなきっぱりとした文章を書く作家が、実際には自分の文章の大幅な改変を――いくら全幅の信頼を置いている編集者とはいえ――他人にまかせきりにしていたということが明らかになれば、おそらく首を傾げる人も出てくるだろう。

結局、短篇集『大聖堂』の出版（一九八三年）が、二人にとっての最後の共同作業となった。その後リッシュはカーヴァーの担当編集者であることをやめ、クノップフ社の別の編集者がその地位を継いだ。ペーパーバック部門の担当編集者であったゲイリー・フィスケットジョンは、当時の二人の関係についてこのように回顧している。「一九八〇年代初め頃のレイとゴードンを見ていると、まるでうまくいかなくなった結婚生活を見ているみたいな気がしたものだ。ゴードン・リッシュにとって、カーヴァーの目覚ましい成功はまったく嬉しくないようだった。彼はそれを喜ばず、ことあるごとに水を差した。それはまさに、強い愛情がエゴやフラストレーションによって汚染されていく好例だった」

一九八〇年代に入って、カーヴァーの作家としての評価が高まっていくのとは逆に、リッシュの編集者としての評価は徐々に低下していった。バランスはまさに逆転したのだ。彼の強引な手法は、ある時点からその効果を発揮しなくなっていった。クノップフ社でもさして業績を上げることができず、彼は解雇された。現在はニューヨークに住み、フルタイムで小説を書いているようだ（彼自身は編集者が作品に口出しすることを一切許さないらしい）。今のところ、彼の小説は世間的にも文壇的にもあまり高い評価を受けていない。そして予想しうることだが、自分を「裏切った」レイモンド・カーヴァーに対して、彼はいまだに恨みに近い感情を抱いている。細かい事情については、今でも多くを語ろうとはしないが、彼の発するメッセージはかなり明白である。自分は「どこの馬の骨とも知れぬ」無名のカーヴァーを拾い上げ、全力を尽くして「屑のような」作品をより良きものに作り替え、「田舎ものの二流作家」に分不相応なスポットライトを浴びせてやった。それなのに、自分はこのように忘れ去られ、カーヴァーはアメリカ文学の聖像《イコン》として燦然と輝いている。それはあまりにも不公平ではないか、ということだ。彼が大学図書館にカーヴァーのオリジナル原稿を売却したのは、あるいは復讐のひとつのかたちであったのかもしれない。

僕自身の個人的体験を語らせていただくと、アメリカの雑誌（一流全国誌）に作品が掲載されるとき、日本の雑誌に掲載されるときよりは、原稿は大きな編集を受けるケースが多い。それぞれの雑誌にはそれぞれ独自の編集方針があるし、カラーがある。たとえば「ここの部分はうちの雑誌のポリシーにあわないので、削除してもらえないか」という要請があることも少なくない。またアメリカの編集者はサラリーマンというよりは専門職なので、良くも悪くも、自分の編集者としての手腕を示したがることが多い。僕は、もちろん場合にはよるが、編集者と納得がいくまで意見を交換したあとで、おおむね改変には同意している。よその国のことだし、社会背景も違うだろうし、多少の変更を加えられても、本にするときにまたもとに戻せばいいだけのことだ。それに、まあ当然のことながら、リッシュによる改変のような、すさまじい編集を受けたことは一度もない。もし同じようなことをされたら、おそらく唖然として言葉もないだろう。もちろん「ノー」と言って作品を引っ込める。そんなことをされたら、それはもう自分の作品ではなくなってしまうから。

最近たまたまニューヨークの編集者（あるいは元編集者）と話をする機会があった。かつて「グランタ」誌を立ち上げた伝説の二人組の片割れジョナサン・リーヴァイと（もう一人はビル・ビュフォード）、尖った文芸誌「マックスイーニー」の名物編集者ショーン・ウィルシーだ。僕はゴードン・リッシュについてどう思うかと、彼らに（別々に）訊いてみた。二人ともリッシュと個人的な面識はなかったが、彼らの意見で共通しているのは、リッシュは一九七〇年代当時、ひとつの新しい「編集者像」を文芸の世界に作り上げていたということだった。編集者になったとき、若き彼らの念頭には、ゴードン・リッシュがひとつのロールモデルとしてあった。まず雑誌というひとつの強い枠組《フレーム》みを設定し、そこに作品を当てはめていくという手法だ。これまでのように「作家から作品をいただいてきて、それを印刷して載っける」というのではなく、「まず雑誌ありき」という考え方だ。作品にもし不満があれば、場合によっては、フレームにあわせてそれを変更する。そういう意味ではリッシュは時代の流れを先取りしていたのかもしれない。

「僕は一度、雑誌にアップダイクの短篇をもらって、それにヘビー・エディティングを加えたことがあった」とショーンが笑いながらこっそり打ち明けてくれた。「百ヵ所ばかり鉛筆を入れて、ごりごりと直した。はっきり言って、まあ、そんなに良い作品じゃなかったからさ。そしてアップダイクのところに持っていった。アップダイクは怒ったよ。僕の書き込みだらけの原稿を受け取ると、僕の鼻先でばたんと思い切りドアを閉めた。何しろこっちはまだ二十代の駆け出しの編集者だったからね。でもアップダイクは百ヵ所のうちの実に九十七ヵ所の訂正に応じてくれた。すごい人だ。そして原稿を返すと、僕の鼻先でまたばたんと思い切りドアを閉めた」

大変な思いをしていたのはカーヴァーひとりではなかったのだ。

この『ビギナーズ』の出版によって刺激を受け、カーヴァーの文学についての論争は更に長く続くことになるだろう。ものごとが落ち着くまでに、もう少し時間がかかるかもしれない。しかし僕自身の意見を語らせてもらえれば、決着は既に見えているようなものだ。

確かに『頼むから静かにしてくれ』と『愛について語るときに我々の語ること』の二冊の作品集は、編集者リッシュの強い影響下に成立している。それについて疑いの余地はない。しかしそれらの本に収められた作品はおおむね初期のものであり、その中にはまだ「発展途上にある」と言っても差し支えないものが少なからず含まれている。多くの読者が見るところカーヴァー文学の真価は『大聖堂』以降の作品群に見いだせる彼の作家としての、また人間としての深まりの中にある。そしてまた初期に書かれた最良の作品は、作者自身の手によって後年復元され、正しいかたちで我々の前に既に提示されている。カーヴァーは結局のところ、いろいろあったものの、作家としてそれなりの責任を果たしたと言ってもいいだろう。リッシュによって与えられた傷あとを最小限にするべく修復しつつ、その功績をも公平に反映させようと努めていた。

そして彼の残したうちの真に優れた作品は——数にすればおそらく一ダースを超えるだろうが——テクニカルな部分での論争とは無関係に、また文壇スキャンダルとも無縁に、アメリカ文学のクラシックとしてしっかり残り、長く人々に読み継がれていくに違いない。文学作品にとっては、なんといってもその事実が、その事実こそが意味を持つのだ。僕はそう信じている。

村上春樹

二〇一〇年二月

本書は翻訳ライブラリーのための訳し下ろしです。

装幀・カバー写真　和田　誠

編者紹介

ウィリアム・L・スタル（William L. Stull）はハートフォード大学で英語教授を、モーリーン・P・キャロル（Maureen P. Carroll）は同大人文学科で非常勤教授を勤める。二十年以上にわたりレイモンド・カーヴァー作品の研究を続け、編者として *Conversations with Raymond Carver*（1990年、インタビュー集）、*Remembering Ray*（1993年、エッセイ集）等の関連書や、カーヴァー作品 *All of Us : The Collected Poems*（1996年、詩集）、*Call If You Need Me*（2000年、未発表短篇集『必要になったら電話をかけて』）の出版にも貢献した。

村上春樹《むらかみはるき》 翻訳《ほんやく》ライブラリー

ビギナーズ

2010年 3月30日 初版発行
2018年11月30日 再版発行

訳 者 村上《むらかみ》 春樹《はるき》
著 者 レイモンド・カーヴァー
発行者 松田 陽三
発行所 中央公論新社
〒100-8152 東京都千代田区大手町1-7-1
電話 販売部 03(5299)1730
編集部 03(5299)1740
URL http://www.chuko.co.jp/

印 刷 三晃印刷 製 本 小泉製本

Published by CHUOKORON-SHINSHA, INC.
Printed in Japan ISBN978-4-12-403531-5 C0097
定価はカバーに表示してあります。
落丁本・乱丁本はお手数ですが小社販売部宛お送り下さい。
送料小社負担にてお取り替えいたします。

村上春樹 翻訳ライブラリー　好評既刊

レイモンド・カーヴァー著
頼むから静かにしてくれ Ⅰ・Ⅱ〔短篇集〕
愛について語るときに我々の語ること〔短篇集〕
大聖堂〔短篇集〕
ファイアズ〔短篇・詩・エッセイ〕
水と水とが出会うところ〔詩集〕
ウルトラマリン〔詩集〕
象〔短篇集〕
滝への新しい小径〔詩集〕
英雄を謳うまい〔短篇・詩・エッセイ〕
必要になったら電話をかけて〔未発表短篇集〕
ビギナーズ〔完全オリジナルテキスト版短篇集〕

スコット・フィッツジェラルド著
マイ・ロスト・シティー〔短篇集〕
グレート・ギャツビー〔長篇〕＊新装版発売中
ザ・スコット・フィッツジェラルド・ブック〔短篇とエッセイ〕
バビロンに帰る ザ・スコット・フィッツジェラルド・ブック２〔短篇とエッセイ〕
冬の夢〔短篇集〕

ジョン・アーヴィング著 熊を放つ 上下〔長篇〕

マーク・ストランド著 犬の人生〔短篇集〕

C・D・B・ブライアン著 偉大なるデスリフ〔長篇〕

ポール・セロー著 ワールズ・エンド（世界の果て）〔短篇集〕

サム・ハルパート編
私たちがレイモンド・カーヴァーについて語ること〔インタビュー集〕

村上春樹編訳
月曜日は最悪だとみんなは言うけれど〔短篇とエッセイ〕
バースデイ・ストーリーズ〔アンソロジー〕
私たちの隣人、レイモンド・カーヴァー〔エッセイ集〕
村上ソングズ〔訳詞とエッセイ〕